Advertencia necesaria

Inés Suárez (1507-1580), española, nacida en Plasencia, viajó al Nuevo Mundo en 1537 y participó en la conquista de Chile y la fundación de la ciudad de Santiago. Tuvo gran influencia política y poder económico. Las hazañas de Inés Suárez, mencionadas por los cronistas de su época, fueron casi olvidadas por los historiadores durante más de cuatrocientos años. En estas páginas narro los hechos tal como fueron documentados. Me limité a hilarlos con un ejercicio mínimo de imaginación.

Ésta es una obra de intuición, pero cualquier similitud con hechos y personajes de la conquista de Chile no es casual. Asimismo me he tomado la libertad de modernizar el castellano del siglo XVI para evitar el pánico entre mis posibles lectores.

I. A.

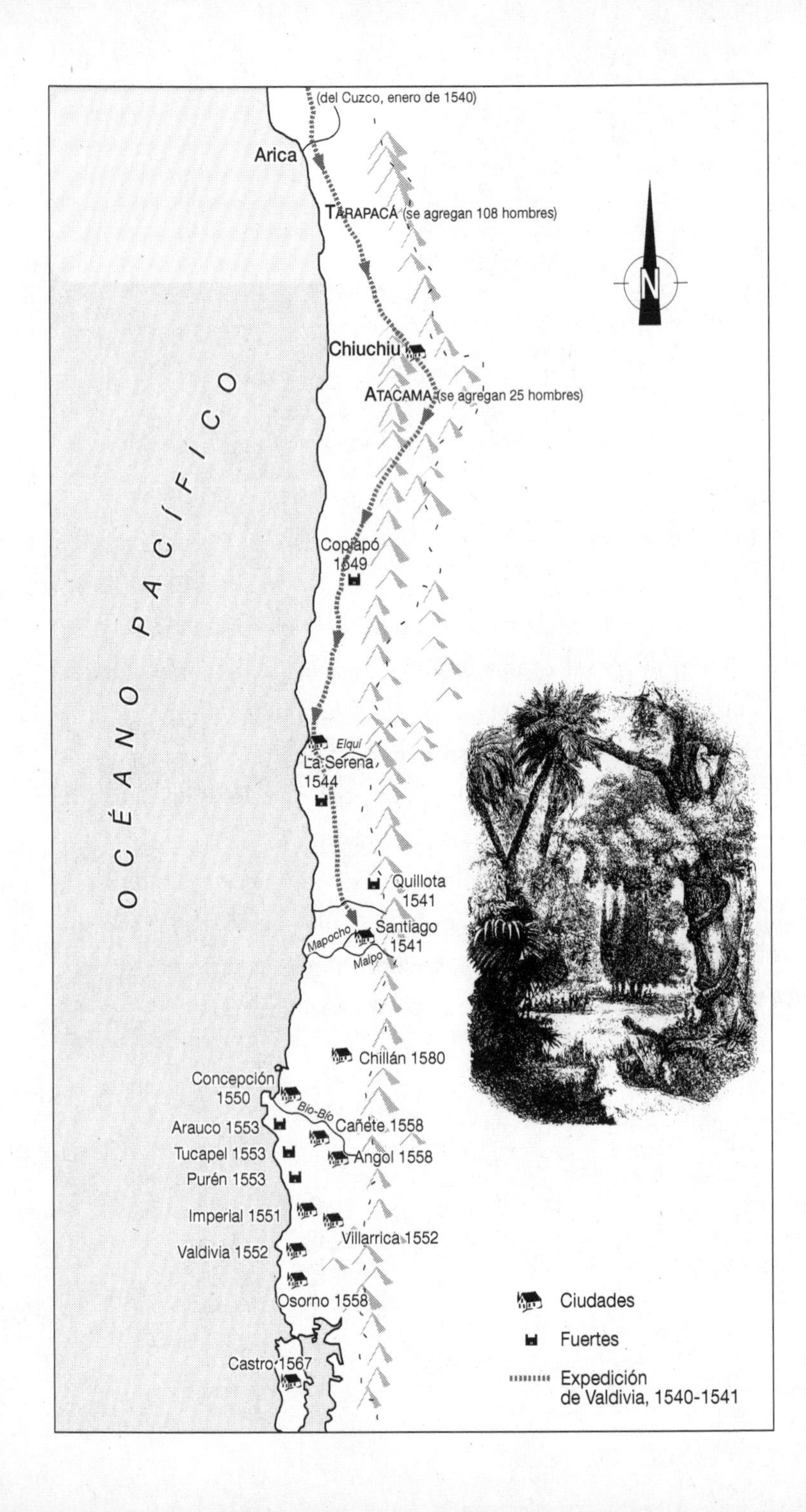

(del Cuzco, enero de 1540)
Arica
TARAPACÁ (se agregan 108 hombres)
Chiuchiu
ATACAMA (se agregan 25 hombres)
OCÉANO PACÍFICO
Copiapó 1549
Elquí
La Serena 1544
Quillota 1541
Santiago 1541
Mapocho
Maipo
Chillán 1580
Concepción 1550
Bío-Bío
Arauco 1553
Cañete 1558
Tucapel 1553
Angol 1558
Purén 1553
Imperial 1551
Villarrica 1552
Valdivia 1552
Osorno 1558
Castro 1567
N
Ciudades
Fuertes
Expedición de Valdivia, 1540-1541

Elogios para Isabel Allende y

INÉS DEL ALMA MÍA

"Inés es totalmente una mujer de su tiempo, y Allende no se aparta de los archivos históricos, en los cuales ella decapita a los presos indígenas y lanzan sus cabezas sobre el muro de la fortaleza para aterrorizar a sus compañeros, como así también salva vidas con sus suaves manos de sanadora. A pesar de su detallada violencia, *Inés del alma mía*, al igual que todas las novelas de Allende, rebalsa en color y sensualidad. La autora pasó cuatro años investigando la época, incorporando los conocimientos no sólo sobre la historia de Chile durante la subyugación de su pueblo natal en manos de los valientes y crueles españoles, pero con detalles vitales como el tipo de alimentos que comían los emigrantes en largos viajes por el océano y de su vestimenta. La investigación vale la pena en escenas finamente detalladas". —*Minneapolis Star Tribune*

"Inés narra con una mirada clara y una sensibilidad hacia los pueblos nativos que rara vez cae en la corrección política anacrónica. Basando la historia en los acontecimientos documentados de la vida de su heroína, Allende artesanalmente crea una epopeya emocionante y rápida, llena de batallas feroces y romances apasionados". —*Publishers Weekly*

"Este relato llevado a la ficción, de una de las heroínas nacionales de Chile está meticulosamente investigado y ofrece una detallada versión de un período poco conocido de la historia, mientras la anciana Inés relata la historia de su vida".

–*Library Journal*

Isabel Allende

INÉS DEL ALMA MÍA

Isabel Allende nació en Perú donde su padre era diplomático chileno. Vivió en Chile entre 1945 y 1975, con largas temporadas de residencia en otros lugares, en Venezuela hasta 1988 y, a partir de entonces, en California. Inició su carrera literaria en el periodismo en Chile y en Venezuela. Su primera novela, *La casa de los espíritus*, se convirtió en uno de los títulos míticos de la literatura latinoamericana. A ella le siguieron otros muchos, todos los cuales han sido éxitos internacionales. Su obra ha sido traducida a treinta y cinco idiomas. En 2010, fue galardonada con el Premio Nacional de Literatura de Chile, y en 2012, con el Premio Hans Christian Andersen de Literatura por su trilogía El Águila y el Jaguar.

www.isabelallende.com

TAMBIÉN DE ISABEL ALLENDE

La casa de los espíritus

De amor y de sombra

Eva Luna

Cuentos de Eva Luna

El plan infinito

Paula

Afrodita

Hija de la fortuna

Retrato en sepia

La ciudad de las bestias

Mi país inventado

El reino del dragón de oro

Zorro

El bosque de los pigmeos

La suma de los días

La isla bajo el mar

El cuaderno de Maya

Amor

El juego de Ripper

El amante japonés

INÉS DEL ALMA MÍA

Isabel Allende

VINTAGE ESPAÑOL
Una división de Penguin Random House LLC
Nueva York

PRIMERA EDICIÓN VINTAGE ESPAÑOL EN TAPA BLANDA, MAYO 2017

Información de catalogación de publicaciones disponible en la Biblioteca del Congreso de los Estados Unidos.

Vintage Español ISBN en tapa blanda: 978-0-525-43356-9

Para venta exclusiva en EE.UU., Canadá, Puerto Rico y Filipinas.

www.vintageespanol.com

Impreso en Colombia

Crónicas de doña Inés Suárez, entregadas a la iglesia de los Dominicos, para su conservación y resguardo, por su hija, doña Isabel de Quiroga, en el mes de diciembre del año 1580 de Nuestro Señor, Santiago de la Nueva Extremadura, Reino de Chile.

Manuel Ortega, *Inés de Suárez en defensa de Santiago*, Museo Histórico Nacional, Santiago de Chile.

Las ilustraciones de este libro proceden de la edición de *La Araucana*, de Alonso de Ercilla, de la imprenta de Gaspar y Roig, Madrid, 1852.

Capítulo uno
EUROPA, 1500-1537

Soy Inés Suárez, vecina de la leal ciudad de Santiago de la Nueva Extremadura, en el Reino de Chile, en el año 1580 de Nuestro Señor. De la fecha exacta de mi nacimiento no estoy segura, pero, según mi madre, nací después de la hambruna y la tremenda pestilencia que asoló a España cuando murió Felipe el Hermoso. No creo que la muerte del rey provocara la peste, como decía la gente al ver pasar el cortejo fúnebre, que dejó flotando en el aire, durante días, un olor a almendras amargas, pero nunca se sabe. La reina Juana, aún joven y bella, recorrió Castilla durante más de dos años llevando de un lado a otro el catafalco, que abría de vez en cuando para besar los labios de su marido, con la esperanza de que resucitara. A pesar de los ungüentos del embalsamador, el Hermoso hedía. Cuando yo vine al mundo, ya la infortunada reina, loca de atar, estaba recluida en el palacio de Tordesillas con el cadáver de su consorte; eso significa que tengo por lo menos setenta inviernos entre pecho y espalda y que antes de la Navidad he de morir. Podría decir que una gitana a orillas del río Jerte adivinó la fecha de mi muerte, pero sería una de esas falsedades que suelen plasmarse en los libros y que por estar impresas parecen ciertas. La gitana sólo me auguró una larga vida, lo que siempre dicen por una moneda. Es mi corazón atolondrado el que me anuncia la proximidad del fin. Siempre supe que moriría anciana, en paz y en mi cama, como todas las mujeres de mi familia; por eso no vacilé en enfrentar muchos peligros, puesto que nadie se despacha al otro mundo antes del momento señalado. «Tú te estarás muriendo de viejita no más, señoray», me tranquilizaba Catalina, en su afable castellano del Perú, cuando el porfiado galope de caballos que sentía en el pecho me lanzaba al suelo. Se me ha olvidado el nombre quechua de Catalina y ya es tarde para preguntárselo –la enterré en el patio de mi casa hace muchos años–, pero tengo plena seguridad de la precisión y veracidad de sus profecías. Catalina entró a mi servicio en la antigua ciudad del Cuzco, joya de los incas, en la época de Francisco Pizarro, aquel corajudo bastardo que, según dicen las lenguas sueltas, cuidaba cerdos en España y terminó convertido en marqués gobernador del Perú, agobiado por su ambición y por múltiples traiciones. Así son las ironías de este mundo nuevo de las Indias, donde no rigen las leyes de la tradición y todo es revoltura: santos y pecadores, blancos, negros, pardos, indios, mestizos, nobles y gañanes. Cualquiera puede hallarse en cadenas, marcado con un hierro al rojo, y que al día siguiente la fortuna, con un revés, lo eleve. He vivido más de cuarenta años en el Nuevo Mundo y todavía no me acostumbro al desorden, aunque yo misma me he beneficiado de él; si me hubiese quedado en mi pueblo natal, hoy sería una anciana pobre y ciega de tanto hacer encaje a la luz de un candil. Allá sería la Inés, costurera de la calle del Acueducto. Aquí soy doña Inés Suárez, señora muy principal, viuda del excelentísimo gobernador don Rodrigo de Quiroga, conquistadora y fundadora del Reino de Chile.

Por lo menos setenta años tengo, como dije, y bien vividos,

agradecerle el amor que me prodigó durante nuestras largas vidas. «Mira, Inés –me dijo, señalando nuestros campos, que se extienden hasta los faldeos de la cordillera–. Todo esto y las almas de centenares de indios ha puesto Dios a nuestro cuidado. Así como mi obligación es combatir a los salvajes en la Araucanía, la tuya es proteger la hacienda y a nuestros encomendados.»

La verdadera razón de partir solo era que no deseaba darme el triste espectáculo de su enfermedad, prefería ser recordado a caballo, al mando de sus bravos, combatiendo en la región sagrada al sur del río Bío-Bío, donde se han pertrechado las feroces huestes mapuche. Estaba en su derecho de capitán, por eso acepté sus órdenes como la esposa sumisa que nunca fui. Lo llevaron al campo de batalla en una hamaca, y allí su yerno, Martín Ruiz de Gamboa, lo amarró al caballo, como hicieron con el Cid Campeador, para aterrar con su sola presencia al enemigo. Se lanzó al frente de sus hombres como un enajenado, desafiando el peligro y con mi nombre en los labios, pero no encontró la muerte solicitada. Me lo trajeron de vuelta, muy enfermo, en un improvisado palanquín; la ponzoña del tumor había invadido su cuerpo. Otro hombre hubiese sucumbido mucho antes a los estragos de la enfermedad y el cansancio de la guerra, pero Rodrigo era fuerte. «Te amé desde el primer momento en que te vi y te amaré por toda la eternidad, Inés», me dijo en su agonía, y agregó que deseaba ser enterrado sin bulla y que ofrecieran treinta misas por el descanso de su alma. Vi a la Muerte, un poco borrosa, tal como veo las letras en este papel, pero inconfundible. Entonces te llamé, Isabel, para que me ayudaras a vestirlo, ya que Rodrigo era demasiado orgulloso para mostrar los destrozos de la enfermedad ante las criadas. Sólo a ti, su hija, y a mí, nos permitió colocarle la armadura completa y sus botas remachadas, luego lo sentamos en su sillón favorito, con su yelmo y su espada sobre las rodillas, para que recibiera los sacramentos de la Iglesia y partiera con entera dignidad, tal como había vivido. La Muerte, que no se había movido de su lado y aguardaba discretamente a que termináramos de prepararlo, lo envolvió en sus brazos maternales y luego me hizo una seña, para que me acercara a recibir el último aliento de mi marido. Me incliné sobre él y lo besé en la boca, un beso de amante. Murió en esta casa, en mis brazos, una tarde caliente de verano.

No pude cumplir las instrucciones de Rodrigo de ser despedido sin bulla porque era el hombre más querido y respetado de Chile. La ciudad de Santiago se volcó entera a llorarlo, y de otras ciudades del reino llegaron incontables manifestaciones de pesar. Años antes la población había salido a las calles a celebrar con flores y salvas de arcabuz su nombramiento como gobernador. Le dimos sepultura, con las merecidas honras, en la iglesia de Nuestra Señora de las Mercedes, que él y yo hicimos erigir para gloria de la Santísima Virgen, y donde muy pronto descansarán también mis huesos. He legado suficiente dinero a los mercedarios para que dediquen una misa semanal durante trescientos años por el descanso del alma del noble hidalgo don Rodrigo de Quiroga, valiente soldado de España, adelantado, conquistador y dos veces gobernador del Reino de Chile, caballero de la Orden de Santiago, mi marido. Estos meses sin él han sido eternos.

No debo anticiparme; si narro los hechos de mi vida sin rigor y concierto me perderé por el camino; una crónica ha de seguir el orden natural de los acontecimientos, aunque la memoria sea un revoltijo sin lógica. Escribo de noche, sobre la mesa de trabajo de Rodrigo, arropada en su manta de alpaca. Me cuida el cuarto Baltasar, bisnieto del perro que vino conmigo a Chile y me acompañó durante catorce años. Ese primer Baltasar murió en 1553, el mismo año en que mataron a Valdivia, pero me dejó a sus descendientes, todos enormes, de patas torpes y pelo duro. Esta casa es fría a pesar de las alfombras, cortinas, tapicerías y braseros que los criados mantienen llenos de carbones encendidos. A menudo te quejas, Isabel, de que aquí no se puede respirar de calor; debe de ser que el frío no está en el aire sino dentro de mí. Puedo anotar mis recuerdos y pensamientos con tinta y papel gracias al clérigo González de Marmolejo, quien se dio tiempo, entre su trabajo de evangelizar salvajes y consolar cristianos, para enseñarme a leer. Entonces era capellán, pero llegó a ser el primer obispo de Chile y también el hombre más rico de este reino, como contaré más adelante. Murió sin llevarse nada a la tumba, pero dejó el rastro de sus buenas acciones, que le valieron el amor de la gente. Al final, sólo se tiene lo que se ha dado, como decía Rodrigo, el más generoso de los hombres.

Empecemos por el principio, por mis primeros recuerdos. Nací en Plasencia, en el norte de Extremadura, ciudad fronteriza, guerrera y religiosa. La casa de mi abuelo, donde me crié, quedaba a un tiro de piedra de la catedral, llamada La Vieja por cariño, ya que sólo data del siglo XIV. Crecí a la sombra de su extraña torre cubierta de escamas talladas. No he vuelto a ver la ancha muralla que protege la ciudad, la explanada de la plaza Mayor, sus callejuelas sombrías, los palacetes de piedra y las galerías de arcos, tampoco el pequeño solar de mi abuelo, donde todavía viven los nietos de mi hermana mayor. Mi abuelo, artesano ebanista de profesión, pertenecía a la cofradía de la Vera Cruz, honor muy por encima de su condición social. Establecida en el más antiguo convento de la ciudad, esa cofradía encabeza las procesiones en Semana Santa. Mi abuelo, vestido de hábito morado, con cíngulo amarillo y guantes blancos, era uno de los que llevaban la Santa

la gente y ya nos parecía ver a esas hordas endemoniadas ante las murallas de Plasencia. Ese año el fervor religioso, azuzado por el miedo, llegó a la demencia. Yo iba en la procesión, mareada por el ayuno, el humo de las velas, el olor a sangre e incienso, el clamor de rezos y gemidos de los flagelantes, marchando como dormida detrás de mi familia. En medio del gentío de encapuchados y penitentes distinguí a Juan de inmediato. Habría sido imposible no verlo, era un palmo más alto que los demás y su cabeza asomaba por encima de la multitud. Tenía espaldas de guerrero, el cabello rizado y oscuro, la nariz romana y ojos de gato que devolvieron mi mirada con curiosidad. «¿Quién es ése?», se lo señalé a mi madre, pero por respuesta recibí un codazo y la orden terminante de bajar la vista. Yo no tenía novio porque mi abuelo había decidido que me quedaría soltera para cuidarlo en sus últimos años, en penitencia por haber nacido en vez del nieto varón que él deseaba. Carecía de medios para dos dotes, y determinó que Asunción tendría más oportunidades que yo de hacer una alianza conveniente, pues poseía esa belleza pálida y opulenta que los hombres prefieren, y era obediente; en cambio yo era puro hueso y músculo y, además, terca como mula. Había salido a mi madre y a mi difunta abuela, que no eran dechados de dulzura. Decían entonces que mis mejores atributos eran los ojos sombríos y la cabellera de potranca, pero lo mismo podía decirse de la mitad de las muchachas de España. Eso sí, era muy hábil con las manos, en Plasencia y sus alrededores no había quien cosiera y bordara con más prolijidad que yo. Con ese oficio contribuí desde los ocho años al sostén de la familia y fui ahorrando para la dote que mi abuelo no pensaba darme; me había propuesto conseguir un marido, porque prefería el destino de lidiar con hijos al futuro que me esperaba con mi abuelo cascarrabias. Aquel día de Semana

Santa, lejos de obedecer a mi madre, me eché hacia atrás la mantilla y sonreí al desconocido. Así comenzaron mis amores con Juan, oriundo de Málaga. Mi abuelo se opuso al principio y la vida en nuestro hogar se convirtió en un loquero; volaban insultos y platos, los portazos partieron una pared y si no es por mi madre, que se ponía en medio, mi abuelo y yo nos habríamos aniquilado. Le di tanta guerra, que al fin cedió por cansancio. No sé qué vio Juan en mí, pero no importa, el hecho es que a poco de conocernos acordamos que nos casaríamos al cabo de un año, el tiempo necesario para que él encontrara trabajo y yo pudiera aumentar mi escuálida dote.

Juan era uno de esos hombres guapos y alegres al que ninguna mujer se resiste al principio pero que después desea que se lo hubiera llevado otra, porque causan mucho sufrimiento. No se daba la molestia de ser seductor, tal como no se daba ninguna otra, porque bastaba su presencia de chulo fino para excitar a las mujeres; desde los catorce años, edad en que empezó a explotar sus encantos, vivió de ellas. Riéndose, decía que había perdido la cuenta de los hombres a quienes sus mujeres habían puesto cuernos por su culpa y las ocasiones en que escapó enjabonado de un marido celoso. «Pero eso se ha acabado ahora que estoy contigo, vida mía», agregaba para tranquilizarme, mientras con el rabillo del ojo espiaba a mi hermana. Su apostura y simpatía también le ganaban el aprecio de los hombres; era buen bebedor y jugador, y poseía un repertorio infinito de cuentos atrevidos y planes fantásticos para hacer dinero fácil. Pronto comprendí que su mente estaba fija en el horizonte y en el mañana, siempre insatisfecha. Como tantos otros en aquella época, se nutría de las historias fabulosas del Nuevo Mundo, donde los mayores tesoros y honores se hallaban al alcance de los valientes que estaban dispuestos a correr riesgos. Se creía destinado a grandes hazañas, como Cristóbal Colón, quien se echó a la mar con su coraje como único capital y se encontró con la otra mitad del mundo, o Hernán Cortés, quien obtuvo la perla más preciosa del imperio español, México.

–Dicen que todo está descubierto en esas partes del mundo –argumentaba yo, con ánimo de disuadirle.

–¡Qué ignorante eres, mujer! Falta por conquistar mucho más de lo ya conquistado. De Panamá hacia el sur es tierra virgen y contiene más riquezas que las de Solimán.

Sus planes me horrorizaban porque significaban que tendríamos que separarnos. Además, había oído de boca de mi abuelo, quien a su vez lo sabía por comentarios escuchados en las tabernas, que los aztecas de México hacían sacrificios humanos. Se formaban filas de una legua de largo, miles y miles de infelices cautivos esperaban su turno para trepar por las gradas de los templos, donde los sacerdotes –espantajos desgreñados, cubiertos por una costra de sangre seca y chorreando sangre fresca– les arrancaban el corazón con un cuchillo de obsidiana. Los cuerpos rodaban por las gradas y se amontonaban abajo; pilas de carne en descomposición. La ciudad se asentaba en un lago de sangre; las aves de rapiña, hartas de carne humana, eran tan pesadas que no podían volar, y las ratas carnívoras alcanzaban el tamaño de perros pastores. Ningún español desconocía estos hechos, pero eso no amedrentaba a Juan.

Mientras yo bordaba y cosía desde la madrugada hasta la medianoche, ahorrando para casarnos, los días de Juan transcurrían en tabernas y plazas, seduciendo a doncellas y meretrices por igual, entreteniendo a los parroquianos y soñando con embarcarse a las Indias, único destino posible para un hombre de su envergadura, según sostenía. A veces se perdía por semanas, incluso meses, y regresaba sin dar explicaciones. ¿Adónde iba? Nunca lo

En ausencia de Juan se me enfriaba la pasión, se me calentaba la ira y decidía expulsarlo de mi vida; pero tan pronto reaparecía con una excusa leve y sus sabias manos de buen amante, volvía a someterme. Y así empezaba otro ciclo idéntico: seducción, promesas, entrega, la dicha del amor y el sufrimiento de una nueva separación. El primer año se nos fue sin fijar la fecha para la boda, el segundo y el tercero también. Para entonces mi reputación andaba por el suelo, porque la gente comentaba que hacíamos cochinadas detrás de las puertas. Era cierto, pero nadie tuvo nunca prueba de ello, éramos muy prudentes. La misma gitana que me anunció larga vida, me vendió el secreto para no quedar preñada: introducirme una esponja empapada en vinagre. Estaba enterada, por los consejos de mi hermana Asunción y de mis amigas, que la mejor forma de dominar a un hombre era negarle favores, pero ni una santa mártir podía hacer eso con Juan de Málaga. Era yo quien buscaba ocasiones de estar a solas con él para hacer el amor en cualquier sitio, no sólo detrás de las puertas. Él tenía la habilidad extraordinaria, que nunca encontré en otro hombre, de hacerme feliz en cualquier postura y en pocos minutos. Mi placer le importaba más que el suyo. Aprendió el mapa de mi cuerpo de memoria y me lo enseñó para que disfrutara sola. «Mira qué bella eres, mujer», me repetía. Yo no compartía su halagüeña opinión, pero estaba orgullosa de provocar deseo en el hombre más majo de Extremadura. Si mi abuelo hubiese sabido que hacíamos como los conejos hasta en los rincones oscuros de la iglesia, nos habría matado a ambos; era muy quisquilloso respecto a su honra. Esa honra dependía en buena medida de la virtud de las mujeres de su familia, por eso, cuando las primeras murmuraciones de la gente llegaron a sus peludas orejas, montó en santa cólera y me amenazó con despacharme al infierno a palos. «Una mancha en la honra, sólo con sangre se lava», dijo. Mi madre se le plantó al frente, con los brazos en jarras y esa mirada suya capaz de detener a un toro en plena carrera, para hacerle ver que por mi parte existía la mejor disposición para el matrimonio, sólo faltaba convencer a Juan. Entonces mi abuelo se valió de sus amigos de la cofradía de la Vera Cruz, hombres influyentes de Plasencia, para doblar el brazo a mi reticente novio, quien ya se había hecho de rogar en demasía.

Nos casamos un luminoso martes de septiembre, día del mercado en la plaza Mayor, cuando el aroma de flores, frutas y verduras frescas impregnaba la ciudad. Después de la boda, Juan me llevó a Málaga, donde nos instalamos en un cuarto de alquiler, con ventanas a la calle, que procuré embellecer con cortinas de bolillo y muebles hechos por mi abuelo en su taller. Juan asumió su papel de marido sin más bienes que su fantasiosa ambición pero con entusiasmo de padrillo, a pesar de que ya nos conocíamos como un matrimonio antiguo. Había días en que las horas volaban haciendo el amor y no alcanzábamos ni a vestirnos; hasta comíamos en la cama. A pesar de los desafueros de la pasión, pronto me di cuenta de que, desde el punto de vista de la conveniencia, ese casamiento era un error. Juan no me dio sorpresas, me había mostrado su carácter en los años anteriores, pero una cosa era ver sus fallas a cierta distancia y otra convivir con ellas. Las únicas virtudes de mi marido que puedo recordar eran su instinto para darme contento en el lecho y su empaque de torero, que no me cansaba de admirar.

–Este hombre no sirve de mucho –me advirtió mi madre un día que fue a visitarnos.

–Con tal que me dé hijos, lo demás no me importa.

–¿Y quién va a mantener a los chiquillos? –insistió ella.

–Yo misma, que para eso tengo hilo y aguja –repliqué, desafiante.

Estaba acostumbrada a trabajar de sol a sol y no faltaban clientas para mis costuras y bordados. Además, preparaba pasteles de masa, rellenos de carne y cebolla, los cocinaba en los hornos públicos del molino y los vendía al amanecer en la plaza Mayor. De tanto experimentar, descubrí la proporción perfecta de grasa y harina para obtener una masa firme, flexible y delgada. Mis pasteles –o empanadas– se hicieron muy populares, y al poco tiempo ganaba más cocinando que cosiendo.

Mi madre me regaló una estatuilla tallada en madera de Nuestra Señora del Socorro, muy milagrosa, para que bendijera mi vientre, pero la Virgen seguramente tenía otros asuntos más importantes entre manos, porque desatendió mis súplicas. Hacía un par de años que no usaba la esponja con vinagre, pero de hijos, nada. La pasión que compartía con Juan fue transformándose en disgusto para ambas partes. En la medida en que yo le exigía más y le perdonaba menos, se fue alejando. Al final, casi no le hablaba, y él lo hacía sólo a gritos, pero no se atrevía a golpearme, porque en la única ocasión en que me levantó el puño le di con una sartén de hierro en la cabeza, tal como había hecho mi abuela con mi abuelo y después mi madre con mi padre. Dicen que por ese sartenazo mi padre se fue de nuestro lado y nunca más le vimos. Al menos en este respecto mi familia era diferente: los hombres no pegaban a sus mujeres, sólo a los hijos. A Juan le propiné apenas un papirotazo de nada, pero el hierro estaba caliente y le dejó una marca en la frente. Para un hombre tan presumido como él, esa insignificante quemadura resultó una tragedia, pero sirvió para que me respetara. El sartenazo puso término a sus amenazas, pero admito que no contribuyó a mejorar nuestra relación; cada vez que se palpaba la cicatriz, un brillo criminal aparecía en sus pupilas. Me castigó negándome el placer que antes me daba con magnanimidad. Mi vida cambió, las semanas y los meses se arrastraban como una condena a las galeras, puro trabajo y más trabajo, siempre afligida por mi esterilidad y la pobreza. Los caprichos y las deudas de mi marido se convirtieron en una carga pesada que yo asumía para evitar la vergüenza de enfrentar a sus acreedores. Se nos terminaron las noches largas de besos y las mañanas perezosas en el lecho; nuestros abrazos se distanciaron y se volvieron breves y brutales, como violaciones. Los soporté sólo por la esperanza de un hijo. Ahora, cuando puedo observar mi vida completa desde la serenidad de la vejez, comprendo que la verdadera bendición de la Virgen fue negarme la maternidad y así permitirme cumplir un destino excepcional. Con hijos habría estado atada, como siempre lo están las hembras; con hijos habría quedado abandonada por Juan de Málaga, cosiendo y haciendo empanadas; con hijos no habría conquistado este Reino de Chile.

Mi marido seguía ataviado como un chulo y gastando como un hidalgo, seguro de que yo acometería lo imposible por pagar sus deudas. Bebía demasiado y visitaba la calle de las meretrices, donde solía perderse por varios días, hasta que yo pagaba a unos gañanes para que fuesen a buscarlo. Me lo traían cubierto de piojos y lleno de vergüenza; yo le quitaba los piojos y le alimentaba la vergüenza. Dejé de admirar su torso y su perfil de estatua y empecé a envidiar a mi hermana Asunción, casada con un hombre con aspecto de jabalí pero trabajador y buen padre de sus hijos. Juan se aburría y yo desesperaba, por eso no intenté detenerlo cuando al fin decidió partir a las Indias en busca de El Dorado, una ciudad de oro puro, donde los niños jugaban con topacios y esmeraldas. Pocas semanas más tarde partió sin despedirse, entre

conquistadores en las Indias, mucho peor lo pasaban sus esposas en España. Me arreglé para burlar el control de mi hermana y mi cuñado, que me temían casi tanto como a mi madre y, con tal de no enfrentarme, se abstenían de indagar en mi vida privada; les bastaba con que yo no diera un escándalo. Seguí atendiendo a mis clientes de las costuras, yendo a vender mis empanadas en la plaza Mayor, y hasta me daba el gusto de asistir a fiestas populares. También acudía al hospital a ayudar a las monjas con los enfermos y las víctimas de peste y cuchillo, porque desde joven me interesó el oficio de curar, no sabía que más tarde en la vida me sería indispensable, tal como lo sería el talento para la cocina y para encontrar agua. Como mi madre, nací con el don de ubicar agua subterránea. A menudo, a ella y a mí nos tocaba acompañar a un labriego –y a veces a un señor– al campo para indicarle dónde hacer el pozo. Es fácil, se sostiene con suavidad en las manos una varilla de árbol sano y se camina lentamente por el terreno, hasta que la varilla, al sentir la presencia de agua, se inclina. Allí se debe cavar. La gente decía que con ese talento mi madre y yo podíamos enriquecernos, porque un pozo en Extremadura es un tesoro, pero lo hacíamos siempre gratis, porque si se cobra por ese favor, se pierde el don. Un día ese talento habría de servirme para salvar a un ejército.

Durante varios años recibí muy pocas noticias de mi marido, excepto tres breves mensajes provenientes de Venezuela que el cura de la iglesia me leyó y me ayudó a contestar. Juan decía que estaba pasando muchos trabajos y peligros, que allí iban a parar los hombres más viciosos, que debía andar siempre con las armas prontas, vigilando por encima del hombro, que había oro en abundancia, aunque él todavía no lo había visto, y que regresaría rico a construirme un palacio y darme vida de duquesa. Entretanto mis días transcurrían lentos, tediosos y muy pobres, porque gastaba apenas lo suficiente para mi subsistencia y lo demás lo guardaba en un hoyo en el suelo. Sin decírselo a nadie, para no alimentar chismes, me propuse seguir a Juan en su aventura, costara lo que costase, no por amor, que ya no se lo tenía, ni por lealtad, que él no la merecía, sino por el señuelo de ser libre. Allá, lejos de quienes me conocían, podría mandarme sola.

Una hoguera de impaciencia me quemaba el cuerpo. Mis noches eran un infierno, me revolcaba en la cama reviviendo los abrazos felices con Juan, en la época en que nos deseábamos. Me acaloraba aún en pleno invierno, vivía rabiosa conmigo y con el mundo por haber nacido mujer y estar condenada a la prisión de las costumbres. Bebía tisanas de adormidera, como me aconsejaban las monjas del hospital, pero en mí no tenían efecto. Procuraba rezar, como me exigía el cura, pero era incapaz de terminar un padrenuestro sin perderme en turbados pensamientos, porque el Diablo, que todo lo enreda, se ensañaba conmigo. «Necesitas un hombre, Inés. Todo se puede hacer con discreción...», suspiró mi madre, siempre práctica. Para una mujer en mi situación era fácil conseguirlo; incluso mi confesor, un fraile maloliente y lascivo, pretendía que pecáramos juntos en su polvoriento confesionario a cambio de indulgencias para acortar mi condena en el purgatorio. Nunca accedí; era un viejo maldito. Hombres, de haberlos querido, no me habrían faltado; los tuve a veces, cuando el aguijón del demonio me atormentaba demasiado, pero eran abrazos de necesidad, sin futuro. Estaba atada al fantasma de Juan y presa en la soledad. No era realmente viuda, no podía volver a casarme, mi papel era esperar, sólo esperar. ¿No era preferible enfrentar los peligros del mar y de tierras bárbaras antes que envejecer y morir sin haber vivido?

Por fin obtuve licencia real para embarcarme a las Indias, después de gestionarla por años. La Corona protegía los vínculos matrimoniales y procuraba reunir a las familias para poblar el Nuevo Mundo con hogares legítimos y cristianos, pero no se daba prisa en sus decisiones; todo es muy demorado en España, como bien sabemos. Sólo daban licencia a mujeres casadas para juntarse con sus maridos siempre que fuesen acompañadas por un familiar o una persona de respeto. En mi caso fue Constanza, mi sobrina de quince años, hija de mi hermana Asunción, una muchacha tímida, con vocación religiosa, a quien escogí por ser la más sana de la familia. El Nuevo Mundo no es para gente delicada. No le preguntamos su opinión, pero por la pataleta que tuvo, supongo que no le atraía el viaje. Sus padres me la entregaron con la promesa, escrita y sellada ante escribano, de que una vez me hubiera reunido con mi marido, la enviaría de vuelta a España y la dotaría para que entrara al convento, promesa que no pude cumplir, pero no por falta de honradez por mi parte, sino por la suya, como se verá más adelante. Para obtener mis papeles, dos testigos debieron dar fe de que yo no era de las personas prohibidas, ni mora ni judía, sino cristiana vieja. Amenacé al cura con denunciar su concupiscencia ante el tribunal eclesiástico y así le arranqué un testimonio escrito de mi calidad moral. Con mis ahorros compré lo necesario para la travesía, una lista demasiado larga para detallarla aquí, aunque la recuerdo completa. Basta decir que llevaba alimento para tres meses, incluso una jaula con gallinas, además de ropa y enseres de casa para establecerme en las Indias.

Pedro de Valdivia se crió en un caserón de piedra en Castuera, solar de hidalgos pobres, más o menos a tres jornadas de marcha hacia el sur de Plasencia. Lamento que no nos conociéramos en nuestra juventud, cuando él era un apuesto alférez de paso en mi ciudad, al regreso de una de sus campañas militares. Tal vez anduvimos el mismo día por las torcidas calles, él ya todo un hombre, con la espada al cinto y el vistoso uniforme de los caballeros del rey, yo todavía una muchacha de trenzas coloradas, como las tenía entonces, aunque después se me oscurecieron. Pudimos haber coincidido en la iglesia, su mano pudo rozar la mía en la pila de agua bendita y pudieron cruzarse nuestras miradas, sin reconocernos. Ni ese recio soldado, curtido por los afanes del mundo, ni yo, una niña costurera, podíamos adivinar aquello que nos deparaba el destino.

Pedro provenía de una familia de militares sin fortuna pero de abolengo, cuyas proezas se remontaban a la lucha contra el ejército romano, antes de Cristo, continuaba por setecientos años contra los sarracenos y seguía produciendo varones de mucho temple para las eternas guerras entre monarcas de la cristiandad. Sus antepasados habían descendido de las montañas para instalarse en Extremadura. Creció oyendo a su madre contar las hazañas de los siete hermanos del valle de Ibia, los Valdivia, que se enfrentaron en cruenta batalla con un monstruo pavoroso. Según la inspirada matrona, no se trataba de un dragón común –cuerpo de lagarto, alas de murciélago, dos o tres cabezas de sierpe–, como el de san Jorge, sino de una bestia diez veces más grande y feroz, antigua de muchos siglos, que encarnaba la maldad de todos los enemigos de España, desde los romanos y los árabes hasta los malvados franceses, que en tiempos recientes se atrevían a disputar los derechos de nuestro soberano. «¡Imagínate, hijo, nosotros hablando francés!», intercalaba siempre la doña en el relato. Uno a uno cayeron los hermanos Valdivia, chamuscados por las llamaradas que escu-

Entre los tercios de España iba otro atrevido hidalgo, Francisco de Aguirre, quien se convirtió de inmediato en el mejor amigo de Pedro. Tan fanfarrón y bullicioso era Francisco, como serio era Pedro, aunque ambos gozaban de igual fama de valientes. La familia Aguirre era vasca de origen, pero asentada en Talavera de la Reina, cerca de Toledo. Desde el principio el joven dio muestras de una audacia suicida; buscaba el peligro porque se creía protegido por la cruz de oro de su madre que llevaba al cuello. De la misma cadenilla colgaba un relicario con una mecha de cabello castaño, perteneciente a la hermosa joven que amaba desde niño con un amor prohibido, pues eran primos hermanos. Francisco había jurado permanecer célibe, ya que no podía casarse con su prima, pero eso no le impedía buscar los favores de cuanta hembra se pusiera al alcance de su fogoso temperamento. Alto, guapo, con risa franca y una sonora voz de tenor, perfecta para animar tabernas y enamorar mujeres, no había quien se le resistiera. Pedro le advertía que se cuidara, porque el mal francés no perdona a moros, judíos ni cristianos, pero él confiaba en la cruz de su madre, que si había resultado ser infalible protección en la guerra, debía serlo también contra las consecuencias de la lujuria. Aguirre, amable y galante en sociedad, se transformaba en una fiera en la batalla, al contrario de Valdivia, quien se mostraba sereno y caballeroso aun ante los más álgidos peligros. Ambos jóvenes sabían leer y escribir, habían estudiado y poseían más cultura que la mayoría de los hidalgos. Pedro había recibido esmerada educación de un sacerdote, tío de su madre, con quien él convivió en la juventud y de quien se murmuraba en voz baja que era en realidad su padre, pero él jamás se atrevió a preguntárselo. Habría sido un insulto a su madre. Además, Aguirre y Valdivia tenían en común que vinieron al mundo en 1500, el mismo año del nacimiento del

el alma de los desventurados soldados acampados en el patio. No comprendían por qué los tenían allí, entumecidos y ansiosos, en vez de llevarlos a luchar contra los franceses. El marqués de Pescara no se daba prisa, esperaba el momento adecuado con la paciencia de un avezado cazador. Por fin, cuando ya habían pasado varias semanas, dio la señal a sus oficiales de aprontarse para la acción. Pedro de Valdivia ordenó a los hombres de su batallón que se colocaran las armaduras sobre sus refajos de lana, tarea difícil, porque al tocar el gélido metal los dedos se pegaban en él, y luego les entregó sábanas para que se cubrieran. Así, como blancos espectros, marcharon en total silencio, tiritando de frío, durante la noche entera, hasta que al alba llegaron a las proximidades de la fortaleza enemiga. Los vigías en las almenas percibieron cierto movimiento sobre la nieve, pero creyeron que se trataba de las sombras de los árboles mecidos por el viento. No vieron a los españoles arrastrándose en blancas oleadas sobre el suelo blanco hasta el último instante, cuando éstos se lanzaron al ataque y los fulminaron por sorpresa. Esa victoria aplastante convirtió al marqués de Pescara en el militar más célebre de su tiempo.

Un año más tarde Valdivia y Aguirre participaron en la batalla de Pavía, la hermosa ciudad de cien torres, donde también los franceses fueron derrotados. El rey de Francia, que se batía a la desesperada, fue hecho prisionero por un soldado de la compañía de Pedro de Valdivia, que lo derribó del caballo sin saber quién era y estuvo a punto de rebanarle el cuello. La oportuna intervención de Valdivia lo impidió, modificando así el curso de la Historia. Sobre el campo de lid quedaron más de diez mil muertos; durante semanas el aire estuvo infestado de moscas y la tierra de ratas. Dicen que todavía los repollos y las coliflores de la región suelen traer huesos astillados entre las hojas. Valdivia comprendió que por primera vez la caballería no había sido el factor fundamental para el triunfo, sino dos nuevas armas: los arcabuces, complicados de cargar pero de largo alcance, y los cañones de bronce, más livianos y móviles que los de hierro forjado. Otro elemento decisivo fue la participación de miles de mercenarios, suizos y lansquenetes alemanes, famosos por su brutalidad y a los que Valdivia despreciaba, porque para él la guerra, como todo lo demás, era una cuestión de honor. El combate de Pavía lo llevó a meditar sobre la importancia de la estrategia y las armas modernas: no bastaba el coraje demente de hombres como Francisco de Aguirre, la guerra era una ciencia que requería estudio y lógica.

Después de la contienda de Pavía, agotado y cojeando por un lanzazo en la cadera, que le curaron con aceite hirviendo, aunque la herida volvía a abrirse al menor esfuerzo, Pedro de Valdivia regresó a su casa en Castuera. Estaba en edad de casarse, perpetuar su apellido y hacerse cargo de sus tierras, yermas de tanta ausencia y descuido, como no se cansaba de repetirle su madre. El ideal era una novia que aportase una dote considerable, ya que la empobrecida hacienda de los Valdivia mucho la necesitaba. Había varias candidatas elegidas por la familia y el cura, todas de buen nombre y fortuna, a las que él iría conociendo mientras convalecía de su herida. Pero los planes no resultaron como se esperaba. Pedro vio a Marina Ortiz de Gaete en el único sitio donde podía encontrarla en público: a la salida de misa. Marina tenía trece años y todavía la vestían con las crinolinas almidonadas de la infancia. Iba acompañada por su dueña y una esclava, que sostenía un parasol sobre su cabeza, aunque el día estaba nublado; jamás un rayo de luz directa había tocado la piel translúcida de aquella muchacha pálida. Tenía el rostro de un ángel, el cabello rubio y luminoso, el andar vacilante de quien carga con demasiadas enaguas, y tal aire de inocencia, que Pedro olvidó al punto los propósitos de mejorar su hacienda. No era hombre de mezquinos cálculos; la belleza y virtud de la joven lo sedujeron al punto. Aunque ella carecía de dinero y su dote estaba muy por debajo de sus méritos, apenas averiguó que no estaba prometida a otro comenzó a cortejarla. La familia Ortiz de Gaete también deseaba para su hija una unión con beneficios económicos, pero no pudo rechazar a un caballero de nombre tan ilustre y probado valor como Pedro de Valdivia, y puso como única condición que la boda se llevara a cabo después de que la chica cumpliera catorce años. Entretanto, Marina se dejó agasajar por su pretendiente con la timidez de un conejo, aunque se las arregló para hacerle saber que ella también contaba los días para casarse. Pedro estaba en el apogeo de su virilidad, era de buena estatura, pecho fuerte, bien proporcionado, de noble estampa, nariz prominente, mentón autoritario y ojos azules, muy expresivos. Ya entonces llevaba el cabello hacia atrás, cogido en una cola corta en la nuca, mejillas afeitadas, bigote engomado y la barbita angosta que lo caracterizó toda su vida. Se vestía con elegancia, empleaba gestos categóricos, era de hablar pausado e imponía respeto, pero también podía ser galante y tierno. Marina se preguntaba, admirada, por qué ese hombre de gran orgullo y bizarría se había fijado en ella. Se casaron al año siguiente, cuando la chica comenzó a menstruar, y se instalaron en el modesto solar de los Valdivia.

Marina entró a su condición de casada con las mejores intenciones, pero era demasiado joven, y ese marido de temperamento sobrio y estudioso la asustaba. No tenían de qué hablar. Ella aceptaba, turbada, los libros que él le sugería, sin atreverse a confesarle que apenas sabía leer un par de frases elementales y firmar su nombre con trazo vacilante. Había vivido preservada del contacto con el mundo y deseaba continuar así; las peroratas de su marido sobre política o geografía la aterraban. Lo suyo era la oración y el bordado de preciosas casullas de cura. Carecía de experiencia para hacerse cargo de la casa, y los sirvientes no atendían sus órdenes, impartidas con voz de infante, de modo que su suegra siguió mandando, mientras ella era tratada como la niña que era. Se propuso aprender las fastidiosas tareas del hogar, asesorada por las mujeres mayores de la familia, pero no había a quién preguntarle sobre otro aspecto de la vida matrimonial, más importante que disponer la comida o llevar las cuentas.

Mientras la relación con Pedro consistió en visitas vigiladas por una dueña y esquelas gentiles, Marina fue feliz, pero el entusiasmo se esfumó al hallarse en la cama con su marido. Ignoraba por completo lo que iba a ocurrir en la primera noche de desposada; nadie la había preparado para la deplorable sorpresa que se llevó. En su ajuar había varios camisones de batista, largos hasta los tobillos, cerrados en el cuello y los puños con cintas de raso, y con un ojal en forma de cruz delante. No se le ocurrió preguntar para qué servía aquella apertura, y nadie le explicó que por allí tendría contacto con las partes más íntimas de su marido. Nunca había visto a un varón desnudo y creía que las diferencias entre los hombres y las mujeres eran el vello en la cara y el tono de voz. Cuando sintió en la oscuridad el aliento de Pedro y sus manos grandes tanteando entre los pliegues de su camisa en busca del primoroso ojal bordado, le dio un empujón de mula y salió dando alaridos por los corredores de la casona de piedra. A pesar de sus buenas intenciones, Pedro no era un amante cuidadoso, su experiencia se limitaba a abrazos breves con mujeres de virtud negociable, pero comprendió que necesitaría una gran paciencia. Su esposa era todavía una niña y su cuerpo apenas empezaba a desarrollarse, no convenía forzarla. Intentó iniciarla de a poco, pero pronto la inocencia de Marina, que tanto le atrajo al principio, se convirtió en un obstáculo imposible de salvar. Las noches eran frustrantes para él y un tormento para ella, y ninguno de los dos se atrevía a hablar del asunto a la luz del alba. Pedro se volcó en sus estudios y en el cuidado de sus tierras y labriegos, mientras quemaba energía en la práctica de la esgrima y la equitación. En el fondo se estaba preparando y despidiendo. Cuando el llamado de la aventura se volvió irresistible, se alistó de nuevo bajo los estandartes de Carlos V, con el sueño secreto de alcanzar la gloria militar del marqués de Pescara.

En febrero de 1527 las tropas españolas se hallaban, bajo las órdenes del condestable de Borbón, ante las murallas de Roma. Los españoles, secundados por quince compañías de feroces mercenarios suizo-alemanes, esperaban la oportunidad de entrar a la ciudad de los césares y resarcirse de muchos meses sin sueldo. Era una horda de soldados hambrientos e insubordinados, dispuestos a vaciar los tesoros de Roma y el Vaticano. Pero no todos eran bribones y mercenarios; entre los tercios de España iban un par de recios oficiales, Pedro de Valdivia y Francisco de Aguirre, quienes se habían reencontrado después de dos años de separación. Tras abrazarse como hermanos, se pusieron al tanto sobre las novedades en sus respectivas vidas. Valdivia exhibió un medallón con el rostro de Marina pintado por un miniaturista portugués, un judío converso que había logrado burlar a la Inquisición.

–No hemos tenido hijos todavía porque Marina es muy joven, pero habrá tiempo para ello, si Dios quiere –comentó.

–¡Dirás mejor si antes no nos matan! –exclamó su amigo.

A su vez, Francisco confesó que seguía en amores platónicos y secretos con su prima, quien había amenazado con hacerse monja si su padre insistía en casarla con otro. Valdivia opinó que no era una idea descabellada, ya que para muchas mujeres nobles el convento, adonde entraban con su séquito completo de sirvientas, su propio dinero y los lujos a los que estaban acostumbradas, resultaba preferible a una boda impuesta a la fuerza.

–En el caso de mi prima sería un lamentable desperdicio, amigo mío. Una joven tan hermosa y pletórica de salud, creada para el amor y la maternidad, no debe amortajarse en vida dentro de un hábito. Pero tienes razón, prefiero verla convertida en monja que casada con otro. No podría permitirlo, tendríamos que quitarnos la vida juntos –aseguró Francisco, enfático.

–¿Y condenaros ambos a las pailas del infierno? Estoy seguro de que tu prima optará por el convento. ¿Y tú? ¿Qué planes tienes para el futuro? –preguntó Valdivia.

–Continuar guerreando, mientras pueda, y visitar a mi prima en su celda de monja al amparo de la noche –se rió Francisco, tocándose la cruz y el relicario en el pecho.

Roma estaba mal defendida por el papa Clemente VII, hombre más apto para enredos políticos que para estrategias de guerra. Apenas las huestes enemigas se aproximaron a los puentes de la ciudad, en medio de una densa niebla, el Pontífice escapó del Vaticano, por un pasadizo secreto, al castillo de Sant Angelo, erizado de cañones. Lo acompañaban tres mil personas, entre ellas el célebre escultor y orfebre Benvenuto Cellini, tan conocido por su insigne talento de artista como por su terrible carácter; el Papa delegó en él las decisiones militares porque dedujo que si él mismo temblaba ante el artista no había razón para que los ejércitos del condestable de Borbón no temblaran también.

En el primer asalto a Roma, el condestable recibió un fatal tiro de mosquete en un ojo. Benvenuto Cellini se jactaría más tarde de haber disparado la bala que lo mató, aunque en realidad ni siquiera estuvo cerca de él, pero ¿quién se hubiese atrevido a contradecirlo? Antes de que los capitanes lograran imponer orden, las tropas, sin control, se lanzaron a hierro y pólvora hacia la indefensa ciudad y la tomaron en cuestión de horas. Durante los primeros ocho días fue tan cruel la matanza, que la sangre corría por las calles y se coagulaba entre las piedras milenarias. Huyeron más de cuarenta y cinco mil personas, y el resto de la aterrorizada población se sumió en el infierno. Los voraces invasores quemaron iglesias, conventos, hospitales, palacios y casas particulares. Mataron a destajo, incluso a los locos y enfermos del hospicio y a los animales domésticos; torturaron a los hombres para obligarlos a entregar lo que podían haber escondido; violaron a cuanta mujer y niña hallaron; asesinaron desde a las criaturas de pecho hasta a los ancianos. El saqueo, como una interminable orgía, continuó por semanas. Los soldados, ebrios de sangre y alcohol, arrastraban por las calles las destrozadas obras de arte y reliquias religiosas, decapitaban por igual estatuas y personas, se robaban lo que podían echar en sus bolsas y lo demás lo hacían polvo. Se salvaron los famosos frescos de la Capilla Sixtina porque allí velaron el cuerpo del condestable de Borbón. En el río Tíber flotaban miles de cadáveres y el olor a carne descompuesta infestaba el aire. Perros y cuervos devoraban los cuerpos tirados por doquier; después llegaron las fieles compañeras de la guerra, el hambre y la peste, que atacaron por igual a los desventurados romanos y a sus victimarios.

Durante esos días aciagos, Pedro de Valdivia recorría Roma con la espada en la mano, furioso, procurando inútilmente evitar el pillaje y la matanza e imponer algo de orden entre la soldadesca, pero los quince mil lansquenetes no reconocían jefe ni ley y estaban dispuestos a liquidar a quien intentara detenerlos. A Valdivia le tocó hallarse por casualidad ante las puertas de un convento cuando éste fue atacado por una docena de los mercenarios alemanes. Las monjas, sabiendo que ninguna mujer escapaba a las violaciones, se habían reunido en el patio formando un círculo en torno a una cruz, en el centro del cual estaban las jóvenes novicias, inmóviles, tomadas de las manos, con las cabezas bajas y rezando en un murmullo. De lejos parecían palomas. Pedían que el Señor las librara de ser mancilladas, que se apiadara de ellas enviándoles una muerte rápida.

—¡Atrás! ¡Quien se atreva a cruzar este umbral tendrá que vérselas conmigo! —rugió Pedro de Valdivia blandiendo su espada en la diestra y un sable corto en la siniestra.

Varios de los lansquenetes se detuvieron sorprendidos, calculando acaso si valía la pena enfrentarse a ese imponente y determinado oficial español o era más conveniente pasar a la casa de al lado, pero otros se lanzaron en tropel al ataque. Valdivia tenía a su favor que era el único soldado sobrio y de cuatro estocadas certeras puso fuera de combate a otros tantos alemanes, pero para entonces los demás del grupo se habían repuesto del desconcierto inicial y también se le fueron encima. Aunque tenían la mente nublada por el alcohol, los alemanes eran guerreros tan formidables como Valdivia y pronto lo rodearon. Tal vez ése habría sido el último día del oficial extremeño si no hubiera aparecido por azar Francisco de Aguirre y se le hubiera puesto al lado.

–¡A mí, teutones hijos de puta! –gritaba aquel vasco tremendo, rojo de ira, enorme, blandiendo la espada como un garrote.

La trifulca atrajo la atención de otros españoles que pasaban por allí y vieron a sus compatriotas en grave peligro. En menos que demoro en contarlo, se armó una batalla campal frente al edificio. Media hora después los asaltantes se retiraron, dejando a varios desangrándose en la calle, y los oficiales pudieron atrancar las puertas del convento. La madre superiora pidió a las monjas de más carácter que recogieran a las que se habían desmayado y se colocaran a las órdenes de Francisco de Aguirre, quien se había ofrecido para organizar la defensa fortificando los muros.

–Nadie está seguro en Roma. Por el momento los mercenarios se han retirado, pero sin duda regresarán, y entonces más vale que os encuentren preparadas –les advirtió Aguirre.

–Conseguiré unos arcabuces y Francisco os enseñará a usarlos –decidió Valdivia, a quien no se le escapó el brillo picaresco en la mirada de su amigo al imaginarse solo con una veintena de virginales novicias y un puñado de monjas maduras pero agradecidas y aún apetecibles.

Sesenta días más tarde terminó por fin el horroroso saqueo de Roma, que puso fin a una época –el papado renacentista en Italia– y quedaría para la Historia como una mancha infame en la vida de nuestro emperador Carlos V, aunque él se encontraba muy lejos de allí.

Su santidad el Papa pudo abandonar su refugio en el castillo de Sant Angelo, pero fue arrestado y recibió el maltrato de los presos comunes, incluso le arrebataron el anillo pontificio y le dieron una patada en el trasero que lo lanzó de bruces en el suelo entre las carcajadas de los soldados.

A Benvenuto Cellini se le podía acusar de muchos defectos, pero no era de los que olvidan devolver favores, por eso cuando la madre superiora del convento lo visitó para contarle cómo un joven oficial español había salvado a su congregación y se había quedado durante semanas en el edificio para defenderlas, quiso conocerlo. Horas después la monja acompañó a Francisco de Aguirre al palacio. Cellini lo recibió en uno de los salones del Vaticano, entre cascotes y muebles despanzurrados por los asaltantes. Los dos hombres intercambiaron cortesías muy breves.

–Decidme, señor, ¿qué deseáis a cambio de vuestra valiente intervención? –preguntó a boca de jarro Cellini, quien no se andaba con rodeos.

Rojo de ira, Aguirre se llevó instintivamente la mano a la empuñadura de la espada.

–¡Me insultáis! –exclamó.

La madre superiora se colocó entre ellos con el peso de su autoridad y los apartó con un gesto despectivo, no tenía tiempo para bravuconadas. Pertenecía a la familia del condotiero genovés Andrea Doria, era una mujer de fortuna y linaje, acostumbrada a mandar.

–¡Basta! Os ruego que disculpéis esta ofensa involuntaria, don Francisco de Aguirre. Vivimos malos tiempos, ha corrido mucha sangre, se han cometido espantosos pecados, no es raro que hasta los correctos modales queden relegados a segundo término. El señor Cellini sabe que no defendisteis nuestro convento por interés de una recompensa, sino por rectitud de corazón. Lo último que desea el señor Cellini es injuriaros. Sería un privilegio para nosotros que aceptarais una muestra de aprecio y gratitud…

La madre superiora hizo un gesto al escultor para que aguardara, luego tomó a Aguirre por una manga y lo arrastró al otro extremo del salón. Cellini los oyó cuchichear por largo tiempo. Cuando ya se terminaba su escasa paciencia, los dos regresaron y la madre superiora expuso la petición del joven oficial, mientras éste, con los ojos fijos en las puntas de sus botas, sudaba.

Y así es como Benvenuto Cellini obtuvo autorización del papa Clemente VII, antes de que éste fuese conducido al destierro, para que Francisco de Aguirre se casara con su prima hermana. El joven vasco corrió alborozado donde su amigo Pedro de Valdivia para contarle lo ocurrido. Tenía los ojos húmedos y le temblaba su vozarrón de gigante, incrédulo ante semejante prodigio.

–No sé si ésta es una buena noticia, Francisco. Tú coleccionas conquistas como nuestro sacro emperador colecciona relojes. No te imagino convertido en esposo –apuntó Valdivia.

–¡Mi prima es la única mujer a la que he amado! Las otras son seres sin rostro, sólo existen por un momento para satisfacer el apetito que el Diablo puso en mí.

–El Diablo pone en nosotros muchos y muy variados apetitos, pero Dios nos da claridad moral para controlarlos. Eso nos diferencia de los animales.

–Has sido soldado por muchos años, Pedro, y todavía crees que nos diferenciamos de los animales... –se burló Aguirre.

–Sin duda. El destino del hombre es elevarse por encima de la bestialidad, conducir su vida según los más nobles ideales y salvar su alma.

–Me asustas, Pedro, hablas como un fraile. Si no conociera tu hombría como la conozco, pensaría que careces del instinto primordial que anima a los machos.

su belleza, etérea y serena, invitaba a contemplarla como a una obra de arte. Tenía un aire distante de sonámbula, como si presintiera que su vida iba a ser una eterna espera. En la primera noche que pasaron juntos, ambos repitieron, como autómatas, los mismos gestos y silencios de antes. En la oscuridad de la habitación se unieron los cuerpos sin alegría; él temía asustarla y ella temía pecar; él deseaba enamorarla y ella deseaba que amaneciera pronto. Durante el día, cada uno asumía el papel que tenía asignado, convivían en el mismo espacio sin rozarse. Marina acogió a su marido con un cariño ansioso y solícito que a él, lejos de halagarle, le molestaba. No necesitaba tantas atenciones, sino algo de pasión, pero no se atrevía a pedirla, porque suponía que la pasión no era propia de una mujer decente y religiosa, como ella. Se sentía vigilado por Marina, preso en los lazos invisibles de un sentimiento que no sabía corresponder. Le disgustaban la mirada suplicante con que ella lo seguía por la casa, su muda tristeza al despedirlo, su expresión de velado reproche al recibirlo después de una breve ausencia. Marina le parecía intocable, sólo cabía deleitarse observándola a cierta distancia, mientras ella bordaba, absorta en sus pensamientos y oraciones, iluminada como una santa de catedral por la luz dorada de la ventana. Para Pedro, los encuentros tras los pesados y polvorientos cortinajes del lecho conyugal, que había servido a tres generaciones de los Valdivia, perdieron su atracción, porque ella se negó a reemplazar la camisa con el ojal en forma de cruz por una prenda menos intimidatoria. Pedro le sugirió que consultara con otras mujeres, pero Marina no podía hablar de ese asunto con nadie. Después de cada abrazo permanecía horas rezando arrodillada en el suelo de piedra de esa casona barrida por corrientes de aire, inmóvil, humillada por no ser capaz de satisfacer a su marido. Secretamente, sin embargo, se complacía en ese sufrimiento que la distinguía de las mujeres ordinarias y la acercaba a la santidad. Pedro le había explicado que no hay pecado de lascivia entre esposos, ya que el propósito de la copulación son los hijos, pero Marina no podía evitar helarse hasta la médula cuando él la tocaba. No en vano su confesor le había machacado a fondo el temor al infierno y la vergüenza del cuerpo. Desde que Pedro la conocía, sólo había visto la cara, las manos y a veces los pies de su mujer. Tentado estaba de arrancarle a tirones el maldito camisón, pero le frenaba el terror que reflejaban las pupilas de ella cuando se le acercaba, terror que contrastaba con la ternura de su mirada durante el día, cuando ambos estaban vestidos. Marina no tenía iniciativa en el amor ni en ningún otro aspecto de la vida en común, tampoco cambiaba de expresión o de ánimo, era una oveja quieta. Tanta sumisión irritaba a Pedro, a pesar de que la consideraba una característica femenina. No comprendía sus propios sentimientos. Al desposarla, cuando ella era todavía una niña, quiso retenerla en el estado de inocencia y pureza que lo sedujo al principio, pero ahora sólo deseaba que ella se rebelara y lo desafiara.

Valdivia había llegado al grado de capitán con gran rapidez debido a su excepcional valor y su capacidad de mando, pero a pesar de su brillante carrera no estaba orgulloso de su pasado. Después del saqueo de Roma lo atormentaban recurrentes pesadillas en las que aparecía una joven madre, abrazada a sus hijos, dispuesta a saltar de un puente a un río de sangre. Conocía los límites de la abyección humana y el fondo oscuro del alma, sabía que los hombres expuestos a la brutalidad de la guerra son capaces de cometer acciones terribles y él no se sentía diferente a los demás. Se confesaba, por supuesto, y el sacerdote lo absolvía siempre con una penitencia mínima, porque las faltas cometidas en nombre de

España y la Iglesia no podían considerarse pecados. ¿Acaso no obedecía órdenes de sus superiores? ¿Acaso el enemigo no merecía una suerte vil? *Ego te absolvo ab omnibus censuris et peccatis, in nomine Patri, et Filii, et Spiritus Sancti, Amen.* Para quien ha probado la exaltación de matar no hay escapatoria ni absolución, pensaba Pedro. Le había tomado gusto a la violencia, ése era el secreto vicio de todo soldado, de otro modo no sería posible hacer la guerra. La ruda camaradería de las barracas, el coro de rugidos viscerales con que los hombres se lanzaban juntos a la batalla, la común indiferencia ante el dolor y el miedo, le hacían sentirse vivo. Ese placer feroz al traspasar un cuerpo con la espada, ese satánico poder al cercenar la vida de otro hombre, esa fascinación ante la sangre derramada, eran adicciones muy poderosas. Se empieza matando por deber y se termina haciéndolo por ensañamiento. Nada podía compararse a eso. Aun en él, que temía a Dios y se preciaba de ser capaz de controlar sus pasiones, el instinto de matar, una vez suelto, era más fuerte que el de vivir. Comer, fornicar y matar, a eso se reducía el hombre, según su amigo Francisco de Aguirre. La única salvación para su alma era evitar la tentación de la espada. De rodillas ante el altar mayor de la catedral juró dedicar el resto de su existencia a hacer el bien, servir a la Iglesia y a España, no cometer excesos y regir su vida por severos principios morales. Había estado a punto de morir en varias ocasiones y Dios le había permitido conservar la vida para expiar sus culpas. Colgó su espada toledana junto a la antigua espada de su antepasado y se dispuso a sentar cabeza.

El capitán se convirtió en un apacible vecino preocupado por asuntos plebeyos, el ganado y las cosechas, las sequías y las heladas, los contubernios y las envidias del pueblo. Lecturas, juegos de cartas, misas y más misas. Como era estudioso de la ley escrita y el derecho, la gente le consultaba sobre asuntos legales y hasta las autoridades judiciales se inclinaban ante su consejo. Su mayor deleite eran los libros, en especial las crónicas de viajes y los mapas, que estudiaba al detalle. Había aprendido de memoria el poema del Cid Campeador, se había deleitado con las crónicas fantásticas de Solino y los viajes imaginarios de John Mandeville, pero la lectura que realmente prefería eran las noticias del Nuevo Mundo que se publicaban en España. Las proezas de Cristóbal Colón, Fernando de Magallanes, Américo Vespucio, Hernán Cortés y tantos otros lo dejaban sin dormir por las noches; con la vista clavada en el baldaquín de brocado de su cama, soñaba despierto con descubrir apartados rincones del planeta, conquistarlos, fundar ciudades, llevar la Cruz a tierras bárbaras para gloria de Dios, grabar el propio nombre a fuego y acero en la Historia. Entretanto su esposa bordaba casullas con hilos de oro y rezaba un rosario tras otro en inacabable letanía. A pesar de que Pedro se aventuraba varias veces por semana a través de la humillante apertura del camisón de Marina, los hijos tan deseados no llegaron. Así pasaron años tediosos y lentos, en el sopor del ardiente verano y el recogimiento del invierno. Dureza extremada, Extremadura.

Varios años más tarde, cuando Pedro de Valdivia ya se había resignado a envejecer sin gloria junto a su mujer en la silenciosa casa de Castuera, llegó de visita un viajero de paso que llevaba una carta de Francisco de Aguirre. Su nombre era Jerónimo de Alderete y era oriundo de Olmedo. Tenía rostro agradable, una mata de pelo rizado color miel, bigote turco con las puntas engomadas hacia arriba y los ojos incandescentes de un soñador. Valdivia lo recibió con la hospitalidad obligada del buen español, ofreciéndole su casa, que carecía de lujos pero resultaba más cómoda y segura que las posadas. Era invierno y Marina había ordenado encender fuego en el hogar de la sala principal, pero los leños no disipaban las corrientes de aire ni las sombras. En esa espartana habitación, casi desprovista de muebles y adornos, transcurría la vida de la pareja; allí él leía y ella se afanaba con la aguja, allí comían y allí, en los dos reclinatorios enfrentados al altar adosado a la pared, ambos rezaban. Marina sirvió a los hombres un vino áspero, hecho en casa, salchichón, queso y pan, luego se retiró a su rincón a bordar a la luz de un candelabro, mientras ellos hablaban.

Jerónimo de Alderete tenía la misión de reclutar hombres para llevarlos a las Indias, y para tentarlos exhibía en tabernas y plazas un collar de gruesas cuentas de oro labrado y unidas con un firme hilo de plata. La carta enviada por Francisco de Aguirre a su amigo Pedro trataba sobre el Nuevo Mundo. Exultante, Alderete le habló a su anfitrión de las fabulosas posibilidades de ese continente, que andaban de boca en boca. Dijo que ya no había lugar para nobles hazañas en Europa, corrupta, envejecida, desgarrada por conspiraciones políticas, intrigas cortesanas y prédicas de herejes, como los luteranos, que dividían a la cristiandad. El futuro estaba al otro lado del océano, aseguró. Había mucho por hacer en las Indias o América, nombre que dio a esas tierras un cartógrafo alemán en honor a Américo Vespucio, un jactancioso navegante florentino que no tuvo el mérito de descubrirlas, como Cristóbal Colón. Según Alderete, debieron haberlas nombrado Cristóbalas o Colónicas. En fin, ya estaba hecho y no era ése el punto, añadió. Lo que más se necesitaba en el Nuevo Mundo eran hidalgos de corazón indómito, con la espada en una mano y la cruz en la otra, dispuestos a descubrir y conquistar. Era imposible

la conquista del Perú y su fastuoso tesoro. Unos años antes, dos soldados desconocidos, Francisco Pizarro y Diego de Almagro, se asociaron en la empresa de llegar hasta el Perú. Desafiando homéricos peligros en mar y tierra realizaron dos viajes: partieron de Panamá en sus naves y avanzaron por la despedazada costa del Pacífico a tientas, sin mapas, rumbo al sur, siempre el sur. Se guiaban por los rumores oídos a los indios de diversas tribus sobre un lugar donde los utensilios de cocina y labranza tenían esmeraldas incrustadas, por los arroyos fluía plata líquida, y las hojas de los árboles y los escarabajos eran de oro vivo. Como no sabían con precisión adónde iban, debían detenerse y bajar a tierra para explorar esas regiones, nunca antes pisadas por planta europea. En el camino murieron muchos castellanos y otros sobrevivieron alimentándose de culebras y sabandijas. En el tercer viaje, en el que no participó Diego de Almagro porque estaba reclutando soldados y consiguiendo financiamiento para otra nave, Pizarro y sus hombres alcanzaron por fin el territorio de los incas. Sonámbulos de fatiga y sudor, extraviados de mar y cielo, los españoles descendieron de sus maltrechas embarcaciones en una tierra benigna de valles fértiles y majestuosas montañas, muy distinta a las junglas envenenadas del norte. Eran sesenta y dos zaparrastrosos caballeros y ciento seis exhaustos soldados de a pie. Echaron a andar con cautela en sus pesadas armaduras, llevando una cruz delante, los arcabuces cargados y las espadas desnudas. Les salieron al encuentro gentes color madera, vestidas con finas telas de colores, que hablaban una lengua de vocales dulces y se mostraban asustadas porque nunca habían visto nada como esos seres barbudos, mitad bestia y mitad hombre. La sorpresa debió de ser similar por ambas partes, ya que los navegantes no esperaban hallar una civilización como aquélla. Quedaron perplejos ante las obras de arquitectura e ingeniería, los tejidos y las joyas. El inca Atahualpa, soberano de aquel imperio, se encontraba entonces en unas termas de aguas curativas, donde acampaba con un lujo comparable al de Solimán el Magnífico, en compañía de miles de cortesanos. Hasta allí llegó uno de los capitanes de Pizarro para invitarlo a conferenciar. El Inca lo recibió con su fastuoso séquito en una tienda blanca, rodeado de flores y árboles frutales, plantados en maceteros de metales preciosos, y entre piscinas de agua caliente, donde jugaban centenares de princesas y nubes de niños. Estaba oculto por una cortina, porque nadie podía mirarlo a la cara, pero la curiosidad pudo más que el protocolo y Atahualpa hizo quitar la cortina para observar de cerca al extranjero barbudo. El capitán se encontró frente a un monarca aún joven y de agradables facciones, sentado en un trono de oro macizo, bajo un baldaquín de plumas de papagayo. A pesar de las extrañas circunstancias, una chispa de simpatía mutua surgió entre el soldado español y el noble quechua. Atahualpa ofreció al pequeño grupo de visitantes un banquete en vajillas de oro y plata con incrustaciones de amatistas y esmeraldas. El capitán transmitió al Inca la invitación de Pizarro, pero se sentía acongojado porque sabía que era una trampa para hacerlo prisionero, de acuerdo con la estrategia habitual de los conquistadores en esos casos. Le bastaron pocas horas para aprender a respetar a esos indígenas; nada tenían de salvajes, al contrario, eran más civilizados que muchos pueblos de Europa. Comprobó, admirado, que los incas tenían conocimientos avanzados de astronomía y habían elaborado un calendario solar; además, llevaban el censo de los millones de habitantes de su extenso imperio, que controlaban con impecable organización social y militar. Sin embargo, carecían de escritura, sus armas eran primitivas, no usaban la rueda ni tenían animales de carga o

provenientes de Quito y treinta mil caribes, que comían carne humana, listos para marchar contra los conquistadores en Cajamarca, pero la muerte del Inca los obligó a desistir. Más tarde se supo que aquel inmenso ejército no existía.

–De todos modos, cuesta explicarse cómo un puñado de españoles pudo derrotar a la refinada civilización que describís. Estamos hablando de un territorio mayor que Europa –dijo Pedro de Valdivia.

–Era un imperio muy vasto, pero frágil y joven. Cuando llegó Pizarro, tenía sólo un siglo de existencia. Además, los incas vivían en la molicie, nada pudieron hacer frente a nuestro coraje, las armas y los caballos.

–Supongo que Pizarro se alió con los enemigos del Inca, como hizo Hernán Cortés en México.

–Así es. Atahualpa y su hermano Huáscar mantenían una guerra fratricida, y de eso se valieron Pizarro y luego Almagro, quien llegó al Perú poco después, para derrotar a ambos.

Alderete explicó que en el imperio del Perú no se movía una hoja sin conocimiento de las autoridades, todos eran siervos. Con parte del tributo que pagaban los súbditos, el Inca alimentaba y protegía a huérfanos, viudas, enfermos y ancianos, y guardaba reservas para los malos tiempos. Pero, a pesar de estas razonables medidas, inexistentes en España, el pueblo detestaba al soberano y a su corte, porque vivía sometido a la servidumbre por las castas de los militares y religiosos, los orejones. Según dijo, al pueblo le daba lo mismo hallarse bajo el dominio de los incas o de los españoles, por eso no opuso mucha resistencia a los invasores. En todo caso, la muerte de Atahualpa dio la victoria a Pizarro; al descabezar el cuerpo del imperio, éste se desmoronó.

–Esos dos hombres, Pizarro y Almagro, bastardos sin educación ni fortuna, son el mejor ejemplo de lo que puede alcanzarse en el Nuevo Mundo. No sólo se han hecho riquísimos, sino que han sido colmados de honores y títulos por nuestro emperador –agregó Alderete.

–Sólo se habla de fama y riqueza, sólo se cuentan las empresas exitosas: oro, perlas, esmeraldas, tierras y pueblos sometidos, nada se dice de los peligros –arguyó Valdivia.

–Tenéis razón. Y los peligros son infinitos. Para conquistar esos suelos vírgenes se requieren hombres de mucho temple.

Valdivia enrojeció. ¿Acaso ese joven dudaba de su temple? Pero enseguida razonó que, de ser así, estaba en su derecho. Hasta él mismo dudaba; hacía mucho tiempo que no ponía a prueba su propio coraje. El mundo estaba cambiando a pasos de gigante. Le había tocado nacer en una época espléndida en la que por fin se revelaban los misterios del Universo: no sólo la Tierra había resultado ser redonda, también había quienes sugerían que ésta giraba en torno al Sol y no a la inversa. ¿Y qué hacía él mientras todo eso ocurría? Contaba corderos y cabras, recolectaba bellotas y aceitunas. Una vez más Valdivia tuvo conciencia de su hastío. Estaba harto de ganado y labradíos, de jugar a los naipes con los vecinos, de misas y rosarios, de releer los mismos libros –casi todos prohibidos por la Inquisición– y de varios años de abrazos obligados y estériles con su mujer. El destino, encarnado en ese joven de refulgente entusiasmo, golpeaba una vez más a su puerta, tal como lo hiciera en los tiempos de Lombardía, Flandes, Pavía, Milán, Roma.

–¿Cuándo partís a las Indias, Jerónimo?

–Este mismo año, si Dios me lo permite.

–Podéis contar conmigo –dijo Pedro de Valdivia en un susurro, para que Marina no le oyera. Tenía la mirada fija en su espada toledana, que colgaba sobre la chimenea.

En 1537 me despedí de mi familia, a quien ya no volvería a ver, y viajé con mi sobrina Constanza a la hermosa Sevilla, perfumada de azahar y jazmín, y de allí, navegando por las claras aguas del Guadalquivir, llegamos al bullicioso puerto de Cádiz, con sus callejuelas de adoquines y sus cúpulas moriscas. Nos embarcamos en la nave del maestro Manuel Martín, de tres mástiles y doscientas cuarenta toneladas, lenta y pesada, pero segura. Una fila de hombres llevó a bordo la carga: barriles de agua, cerveza, vino y aceite, sacos de harina, carne seca, aves vivas, una vaca y dos cerdos para consumir en el viaje, además de varios caballos, que en el Nuevo Mundo se vendían a precio de oro. Vigilé que mis bultos, bien amarrados, fuesen dispuestos en el espacio que el maestro Martín me asignó. Lo primero que hice al instalarme con mi sobrina en nuestra pequeña cabina fue disponer un altar para Nuestra Señora del Socorro.

–Tenéis mucho valor al emprender este viaje, doña Inés. ¿Dónde os espera vuestro marido? –quiso saber Manuel Martín.

–En verdad lo ignoro, maestro.

–¿Cómo? ¿No os espera en Nueva Granada?

–Me envió su última carta desde un lugar que llaman Coro, en Venezuela, pero eso fue hace tiempo y puede ser que ya no se encuentre allí.

–Las Indias son un territorio más vasto que todo el resto del mundo conocido. No os será fácil hallar a vuestro marido.

–Lo buscaré hasta encontrarlo.

–¿Cómo, señora mía?

–Como es habitual, preguntando…

–Os deseo suerte, entonces. Ésta es la primera vez que viajo con mujeres. Os ruego, a vos y a vuestra sobrina, que seáis prudentes –agregó el maestro.

–¿Qué queréis decir?

–Ambas sois jóvenes y nada mal parecidas. Sin duda adivináis a qué me refiero. Tras una semana en alta mar, la tripulación comenzará a padecer la falta de mujer y, habiendo dos a bordo, la tentación será fuerte. Además, los marineros creen que la presencia femenina atrae tormentas y otras desgracias. Por vuestro bien y mi tranquilidad, preferiría que no tuvierais trato con mis hombres.

El maestro era un gallego bajo, de anchas espaldas y piernas cortas, con una nariz prominente, ojillos de roedor y la piel curtida, como el cuero, por la sal y los vientos de las travesías. Se había embarcado de grumete a los trece años y podía contar en una mano los años que había pasado en tierra firme. Su aspecto tosco contrastaba con la gentileza de sus modales y la bondad de su alma, como sería evidente más tarde, cuando vino en mi ayuda en un momento de mucha necesidad.

Es una lástima que entonces yo no supiese escribir, porque habría comenzado a tomar notas. Aunque no sospechaba aún que mi vida merecería ser contada, aquel viaje debió ser registrado en detalle, ya que muy poca gente ha cruzado la salada extensión del océano, aguas de plomo, hirvientes de vida secreta, pura abundancia y terror, espuma, viento y soledad. En este relato, escrito muchos años después de los hechos, deseo ser lo más fiel a la verdad posible, pero la memoria es siempre caprichosa, fruto de lo vivido, lo deseado y la fantasía. La línea que divide la realidad de la imaginación es muy tenue, y a mi edad ya no interesa porque todo es subjetivo. La memoria también está teñida por la vanidad. Ahora la Muerte está sentada en una silla cerca de mi mesa, esperando, pero todavía me alcanza la vanidad no sólo para ponerme carmín en las mejillas cuando vienen visitas, sino para escribir mi historia. ¿Hay algo más pretencioso que una autobiografía?

Yo nunca había visto el océano; creía que era un río muy ancho, pero no imaginé que no se vislumbraba la otra orilla. Me abstuve de hacer comentarios para disimular mi ignorancia y el miedo que me heló los huesos cuando la nave salió a aguas abiertas y comenzó a menearse. Éramos siete pasajeros, y todos, menos Constanza, quien tenía el estómago muy firme, nos mareamos. Tanto fue mi malestar, que al segundo día le rogué al maestro Martín que me facilitara un bote para remar de vuelta a España. Lanzó una carcajada y me obligó a tragar una pinta de ron que tuvo la virtud de transportarme a otro mundo durante treinta horas, al cabo de las cuales resucité, demacrada y verde; sólo entonces pude beber un caldo que mi gentil sobrina me dio a cucharaditas. Habíamos dejado atrás la tierra firme y navegábamos en aguas oscuras, bajo un cielo infinito, en el mayor desamparo. No podía imaginar cómo el piloto se orientaba en ese paisaje siempre idéntico, guiándose con su astrolabio y las estrellas en el firmamento. Me aseguró que podía estar tranquila, pues había hecho el viaje muchas veces y la ruta era bien conocida por españoles y portugueses, que llevaban décadas recorriéndola. Las cartas de navegación ya no eran secretos bien guardados, hasta los malditos ingleses las poseían. Otra cosa eran las cartas del estrecho de Magallanes o de la costa del Pacífico, me aclaró; los pilotos las cuidaban con sus vidas, pues eran más valiosas que cualquier tesoro del Nuevo Mundo.

Nunca me acostumbré al movimiento de las olas, el crujido de las tablas, el rechinar de los hierros, el golpeteo incesante de las velas azotadas por el viento. De noche apenas podía dormir. De día me atormentaban la falta de espacio y, sobre todo, los ojos de perro en celo con que me miraban los hombres. Debía conquistar mi turno en el fogón para colocar nuestra olla, así como la privacidad para usar la letrina, un cajón con un orificio suspendido sobre el océano. Constanza, por el contrario, jamás se quejaba y hasta parecía contenta. Cuando llevábamos un mes de viaje, los alimentos empezaron a escasear y el agua, ya descompuesta, fue racionada. Trasladé la jaula con las gallinas a nuestro camarote porque me robaban los huevos, y dos veces al día las sacaba a tomar el aire atadas con un cordel por una pata.

En una ocasión tuve que usar mi sartén de hierro para defenderme de un marinero más osado que los demás, un tal Sebastián Romero, cuyo nombre no he olvidado porque sé que nos encontraremos en el purgatorio. En la promiscuidad de la nave, este hombre aprovechaba la menor ocasión para echarse encima de mí, pretextando el movimiento natural de las olas. Le advertí una y otra vez que me dejara en paz, pero eso aún lo excitaba más. Una noche me sorprendió sola en el reducido espacio bajo el puente destinado a la cocina. Antes de que alcanzara a darme un zarpazo, sentí su aliento fétido en la nuca y, sin pensarlo dos veces, di media vuelta y le mandé un sartenazo en la cabeza, tal como años antes había hecho con el pobre Juan de Málaga, cuando intentó golpearme. Sebastián Romero tenía el cráneo más blando que Juan y cayó despatarrado al suelo, donde permaneció dormido por varios minutos, mientras yo buscaba unos trapos para vendarlo. No derramó tanta sangre como cabía esperar, aunque después se le hinchó la cara y se le volvió color de berenjena. Lo ayudé a ponerse de pie y, como a ninguno de los dos nos convenía dar a conocer la verdad, acordamos que se había golpeado contra una viga.

nuestras venas corre bastante sangre sarracena. Constanza, sin el hábito, parecía una de esas odaliscas de tapicería otomana.

Llegó un día en que empezamos a pasar hambre. Entonces me acordé de las empanadas y convencí al cocinero, un negro del norte de África con el rostro bordado de cicatrices, para que me facilitara harina, grasa y un poco de carne seca, que puse a remojar en agua de mar antes de cocinarla. De mis propias reservas aporté aceitunas, pasas, unos huevos cocidos, picados en trocitos, para que cundieran, y comino, una especia barata que da un sabor peculiar al guiso. Habría dado cualquier cosa por unas cebollas, de esas que sobraban en Plasencia, pero no quedaba ninguna en la bodega. Cociné el relleno, sobé la masa y preparé empanadas fritas, porque no había horno. Tuvieron tanto éxito, que a partir de ese día todos contribuían con algo de sus provisiones para el relleno. Hice empanadas de lentejas, garbanzos, pescado, gallina, salchichón, queso, pulpo y tiburón, y me gané así la consideración de los tripulantes y pasajeros. El respeto lo obtuve, después de una tormenta, cauterizando heridas y componiendo huesos quebrados de un par de marineros, como había aprendido a hacer en el hospital de las monjas, en Plasencia. Ése fue el único incidente digno de mención, aparte de haber escapado de corsarios franceses que acechaban las naves de España. Si nos hubiesen dado alcance –como explicó el maestro Manuel Martín–, habríamos sufrido un terrible fin, porque estaban muy bien armados. Al conocer el peligro que se cernía sobre nosotros, mi sobrina y yo nos arrodillamos ante la imagen de Nuestra Señora del Socorro a rogarle con fervor por nuestra salvación, y ella nos hizo el milagro de una neblina tan densa, que los franceses nos perdieron de vista. Daniel Belalcázar dijo que la neblina estaba allí antes de que empezáramos a rezar; el timonel sólo tuvo que enfilar hacia ella.

Este Belalcázar era hombre de poca fe pero muy entretenido. Por las tardes nos deleitaba con relatos de sus viajes y de lo que veríamos en el Nuevo Mundo. «Nada de cíclopes, ni gigantes, ni hombres con cuatro brazos y cabeza de perro, pero encontraréis con seguridad seres primitivos y malvados, especialmente entre los castellanos», se burlaba. Nos aseguró que los habitantes del Nuevo Mundo no eran todos salvajes; aztecas, mayas e incas eran más refinados que nosotros, al menos se bañaban y no andaban cubiertos de piojos.

–Codicia, sólo codicia –agregó–. El día que los españoles pisamos el Nuevo Mundo, fue el fin de esas culturas. Al comienzo nos recibieron bien. Su curiosidad superó a la prudencia. Como vieron que a los extraños barbudos salidos del mar les gustaba el oro, ese metal blando e inútil que a ellos les sobraba, se lo regalaron a manos llenas. Sin embargo, pronto nuestro insaciable apetito y brutal orgullo les resultaron ofensivos. ¡Y cómo no! Nuestros soldados abusan de sus mujeres, entran a sus casas y toman sin permiso lo que se les antoja, y al primero que osa ponerse por delante lo despachan de un sablazo. Proclaman que esa tierra, adonde recién han llegado, pertenece a un soberano que vive al otro lado del mar y pretenden que los nativos adoren unos palos cruzados.

–¡Que no os oigan hablar así, señor Belalcázar! Os acusarán de traidor al emperador y de hereje –le advertí.

–No digo sino la verdad. Comprobaréis, señora, que los conquistadores carecen de vergüenza: llegan como mendigos, se comportan como ladrones y se creen señores.

Esos tres meses de travesía fueron largos como tres años, pero me sirvieron para saborear la libertad. No había familia –salvo la tímida Constanza–, ni vecinos ni frailes observándome; no debía rendir cuentas a nadie. Me despojé de los vestidos negros de viuda y de la cotilla que me aprisionaba las carnes. A su vez, Daniel Belalcázar convenció a Constanza para que se desprendiera del hábito monjil y usara mis sayas.

Los días parecían interminables, y las noches, aún más. La suciedad, la estrechez, la escasa y pésima comida, el mal humor de los hombres, todo contribuía al purgatorio que fue la travesía, pero al menos nos salvamos de las serpientes marinas capaces de tragarse una nave, los monstruos, los tritones, las sirenas que enloquecen a los marineros, las ánimas de los ahogados, los barcos fantasmas y los fuegos fatuos. La tripulación nos advirtió de estos y otros peligros habituales en los mares, pero Belalcázar aseguró que jamás había visto nada de eso.

Un sábado de agosto arribamos a tierra. El agua del océano, antes negra y profunda, se volvió celeste y cristalina. El bote nos condujo a una playa de arenas ondulantes lamida por olas mansas. Los tripulantes se ofrecieron para cargarnos, pero Constanza y yo nos alzamos las sayas y vadeamos el agua; preferimos mostrar las pantorrillas a ir como sacos de harina sobre las espaldas de los hombres. Nunca imaginé que el mar fuese tibio; desde el barco parecía muy frío.

La aldea consistía en unas chozas de cañabrava y techo de palma; la única calle que había era un lodazal, y la iglesia no existía; sólo una cruz de palo sobre un promontorio marcaba la casa de Dios. Los escasos habitantes de aquel villorrio perdido eran una mezcla de marineros de paso, negros y pardos, además de los indios, a los que yo veía por primera vez, unas pobres gentes casi desnudas, miserables. Nos envolvió una naturaleza densa, verde, caliente. La humedad empapaba hasta los pensamientos y el sol se abatía implacable sobre nosotros. La ropa resultaba insoportable, y nos quitamos los cuellos, los puños, las medias y el calzado.

Pronto averigüé que Juan de Málaga no estaba allí. El único que lo recordaba era el padre Gregorio, un infortunado fraile dominico, enfermo de malaria y convertido en anciano antes de tiempo, ya que apenas había cumplido los cuarenta años y parecía tener setenta. Llevaba dos décadas en la selva con la misión de enseñar y propagar la fe de Cristo, y en sus andanzas se había topado un par de veces con mi marido. Me confirmó que, como tantos españoles alucinados, Juan buscaba la mítica ciudad de oro.

–Alto, guapo, amigo de apuestas y del vino. Simpático –dijo. No podía ser otro.

–El Dorado es una invención de los indios para librarse de los extranjeros, que yendo tras el oro acaban muertos –agregó el fraile.

El padre Gregorio nos cedió a Constanza y a mí su choza, donde pudimos descansar, mientras la marinería se embriagaba con un fuerte licor de palma y arrastraba a las indias, contra su voluntad, a la espesura que cercaba el poblado. A pesar de los tiburones, que habían seguido al barco durante días, Daniel Belalcázar se remojó en ese mar límpido durante horas. Cuando se quitó la camisa, vimos que tenía la espalda cruzada de cicatrices de azotes, pero él no dio explicaciones y nadie se atrevió a pedírselas. En el viaje habíamos comprobado que ese hombre tenía la manía de lavarse, por lo visto conocía otros pueblos que lo hacían. Quiso que Constanza entrara en el mar con él, incluso vestida, pero yo no se lo permití; había prometido a sus padres que la devolvería entera y no mordida por un tiburón.

Cuando el sol se puso, los indios encendieron fogatas de leña verde para combatir a los mosquitos que se volcaron sobre el villorrio. El humo nos cegaba y apenas nos permitía respirar, pero la alternativa era peor, porque tan pronto nos alejábamos del fuego nos caía encima la nube de bichos. Cenamos carne de danta, un animal parecido al cerdo, y una papilla blanda que llaman mandioca; eran sabores extraños, pero después de tres meses de pescado y empanadas la cena nos pareció principesca. También probé por primera vez una espumosa bebida de cacao, un poco amarga a pesar de las especias con que la habían sazonado. Según el padre Gregorio, los aztecas y otros indios americanos usan las semillas de cacao como nosotros usamos las monedas, así son de preciosas para ellos.

La tarde se nos fue oyendo las aventuras del religioso, quien se había internado varias veces en la selva para convertir almas. Admitió que en su juventud también había perseguido el sueño terrible de El Dorado. Había navegado por el río Orinoco, plácido como una laguna a veces, torrentoso e indignado en otros tramos. Nos contó de inmensas cascadas que nacen de las nubes y revientan abajo en un arco iris de espuma, y de verdes túneles en el bosque, eterno crepúsculo de la vegetación apenas tocada por la luz del día. Dijo que crecían flores carnívoras con olor a cadáver y otras delicadas y fragantes pero ponzoñosas; también nos habló de aves con fastuoso plumaje, y de pueblos de monos con rostro humano que espiaban a los intrusos desde el denso follaje.

–Para nosotras, que venimos de Extremadura, sobria y seca, piedra y polvo, ese paraíso es imposible de imaginar –comenté.

–Es un paraíso sólo en apariencia, doña Inés. En ese mundo caliente, pantanoso y voraz, infestado de reptiles e insectos venenosos, todo se corrompe rápidamente, sobre todo el alma. La selva transforma a los hombres en rufianes y asesinos.

–Quienes se internan allí sólo por codicia ya están corrompidos, padre. La selva sólo pone en evidencia lo que los hombres ya son –replicó Daniel Belalcázar, mientras anotaba febrilmente las palabras del fraile en su cuaderno porque su intención era seguir la ruta del Orinoco.

Esa primera noche en tierra firme, el maestro Manuel Martín y algunos marineros fueron a dormir a la nave para cuidar la carga; eso dijeron, pero se me ocurre que en verdad temían las serpientes y sabandijas de la selva. Los demás, hartos del confinamiento de los minúsculos camarotes, preferimos acomodarnos en la aldea. Constanza, extenuada, se durmió al punto en la hamaca que nos habían asignado, protegida por un inmundo mosquitero de tela, pero yo me preparé para pasar varias horas de insomnio. La noche allí era muy negra, estaba poblada de misteriosas presencias, era ruidosa, aromática y temible. Me parecía hallarme rodeada de las criaturas que había mencionado el padre Gregorio: insectos enormes, víboras que mataban de lejos, fieras desconocidas. Sin embargo, más que esos peligros naturales me inquietaba la maldad de los hombres embriagados. No podía cerrar los ojos.

Transcurrieron dos o tres horas largas y, cuando por fin empezaba a dormitar, escuché algo o a alguien que rondaba la choza. Mi primera sospecha fue que se trataba de un animal, pero enseguida recordé que Sebastián Romero se había quedado en tierra y deduje que, lejos de la autoridad del maestro Manuel Martín, el hombre podía ser de cuidado. No me equivoqué. Si hubiese estado dormida, tal vez Romero habría conseguido su propósito, pero, para su desgracia, yo lo aguardaba con una daga morisca, pequeña y afilada como una aguja, que había comprado en Cádiz. La única luz en el interior de la choza provenía del reflejo de las brasas que morían en la fogata donde habían asado la danta. Un hueco sin puerta nos separaba del exterior, y mis ojos se habían acostumbrado a la penumbra. Romero entró a gatas, husmeando, como un perro, y se acercó a la hamaca donde yo debía estar tendida con Constanza. Alcanzó a estirar la mano para separar el mosquitero, pero se le heló el gesto al sentir la punta de mi daga en el cuello, detrás de la oreja.

—Veo que no aprendes, bribón —le dije sin levantar la voz, para no hacer escándalo.

—¡Que el Diablo te lleve, ramera! Has jugado conmigo durante tres meses y ahora finges que no quieres lo mismo que yo —masculló, furioso.

Constanza despertó asustada y sus gritos atrajeron al padre Gregorio, a Daniel Belalcázar y a otros que dormían cerca. Alguien encendió una antorcha y entre todos sacaron a viva fuerza al hombre de nuestra vivienda. El padre Gregorio ordenó que lo ataran a un árbol hasta que se le pasara la demencia del alcohol de palma, y allí estuvo gritando amenazas y maldiciones durante un buen rato, hasta que por fin, al amanecer, cayó rendido por la fatiga y los demás pudimos dormir.

Unos días más tarde, después de cargar agua fresca, frutos tropicales y carne salada, la nave del maestro Manuel Martín nos condujo hacia el puerto de Cartagena, que ya entonces era de importancia fundamental, porque allí se embarcaban los tesoros del Nuevo Mundo rumbo a España. Las aguas del mar Caribe eran azules y limpias como las piletas de los palacios de los moros. El aire tenía un olor intoxicante de flores, fruta y sudor. La muralla, construida con piedras unidas por una mezcla de cal y sangre de toro, brillaba bajo un sol implacable. Centenares de indígenas, desnudos y con cadenas, acarreaban grandes piedras, azuzados a latigazos por los capataces. Ese murallón y una fortaleza protegían a la flota española de los piratas y otros enemigos del imperio. En el mar se mecían varias naves ancladas en la bahía, algunas de guerra y otras mercantes, incluso un barco negrero que transportaba su carga del África para ser rematada en la feria de negros. Se distinguía de los otros por el olor que emanaba a miseria humana y maldad. Comparada con cualquiera de las viejas ciudades de España, Cartagena era todavía una aldea, pero contaba con iglesia, calles bien trazadas, viviendas enjalbegadas, edificios sólidos de gobernación, bodegas de carga, mercado y tabernas. La fortaleza, todavía en construcción, presidía desde lo alto de una colina, con los cañones ya instalados y apuntando a la bahía. La población era muy variada, y las mujeres, descotadas y atrevidas, me parecieron bellas, sobre todo las mulatas. Decidí quedarme un tiempo porque averigüé que mi marido había estado allí hacía poco más de un año. En un almacén tenían un atado de ropa que Juan había dejado en prenda con la promesa de que a su regreso pagaría el dinero adeudado.

En la única posada de Cartagena no aceptaban a mujeres solas, pero el maestro Manuel Martín, que conocía a mucha gente, nos consiguió una vivienda en alquiler. Consistía en una pieza bastante amplia, aunque casi vacía, con una puerta a la calle y una ventana angosta, sin más mobiliario que un camastro, una mesa y una banqueta, donde mi sobrina y yo acomodamos nuestros bártulos. De inmediato empecé a ofrecer mis servicios como costurera y a buscar un horno público para hacer empanadas, porque mis ahorros estaban desapareciendo más rápido de lo calculado.

Apenas nos instalamos, apareció Daniel Belalcázar a hacernos una visita. La pieza estaba atiborrada de bultos, así es que debió sentarse en la cama, con su sombrero en la mano. Sólo teníamos agua para ofrecerle y se bebió dos vasos seguidos; estaba sudando. Pasó un rato largo en silencio, escudriñando el suelo de tierra apisonada con desmesurada atención, mientras nosotras esperábamos, tan incómodas como él.

–Doña Inés, vengo a solicitaros, con el mayor respeto, la mano de vuestra sobrina –soltó al fin.

La sorpresa casi me aturde. Nunca había visto entre ellos algo que indicara un romance, y por un momento pensé que el calor había trastornado a Belalcázar, pero la expresión embobada de Constanza me obligó a recapacitar.

–¡La niña tiene quince años! –exclamé, espantada.

–Aquí las muchachas se casan jóvenes, señora.

–Constanza no tiene dote.

–Eso no tiene importancia. Nunca he aprobado esa costumbre, y aunque Constanza tuviese una dote de reina, yo no la aceptaría.

–¡Mi sobrina desea ser monja!

–Deseaba, señora, pero ya no –murmuró Belalcázar, y ella lo confirmó con voz clara y rotunda.

Les hice ver que yo carecía de autoridad para entregarla en matrimonio, y menos a un aventurero desconocido, un hombre sin residencia fija que se pasaba la vida anotando tonterías en un cuaderno y la doblaba en edad. ¿Cómo pensaba mantenerla? ¿Acaso pretendía que ella lo siguiera al Orinoco a retratar caníbales? Constanza me interrumpió para anunciar, roja de vergüenza, que era demasiado tarde para oponerme, porque en realidad ya estaban casados ante Dios, aunque no ante la ley humana. Entonces me enteré de que mientras yo hacía empanadas de noche en el barco, ellos dos hacían lo que les daba la real gana en el camarote de Belalcázar. Levanté la mano para darle a Constanza un par de bien merecidas bofetadas, pero él me sujetó el brazo. Al día si-

formidable bofetón en la cara y luego empleó las dos manos para rasgarme la ropa; entonces comprendí que no me libraría de él por la fuerza. Por un instante contemplé la posibilidad de someterme, con la esperanza de que la humillación fuese breve, pero la ira me cegaba y tampoco estaba segura de que después fuera a dejarme en paz; podía matarme para que no lo delatase. Tenía la boca llena de sangre, pero me las arreglé para pedirle que no me maltratara, ya que podíamos gozar los dos, no había prisa, estaba dispuesta a complacerlo en lo que deseara. No recuerdo muy bien los detalles de lo acontecido aquella noche, creo que le acaricié la cabeza murmurando una retahíla de obscenidades aprendidas de Juan de Málaga en la cama, y eso pareció calmar un poco su violencia, porque me soltó y se puso de pie para quitarse las calzas, que tenía arrugadas a la altura de las rodillas. Tanteando bajo la almohada encontré la daga, que siempre tenía cerca, y la empuñé firmemente en la diestra, manteniéndola oculta contra el costado de mi cuerpo. Cuando Romero se me echó encima de nuevo, le permití acomodarse, le atrapé la cintura con ambas piernas levantadas y le rodeé el cuello con el brazo izquierdo. Él lanzó un gruñido de satisfacción, pensando que al fin yo había decidido colaborar, y se dispuso a aprovechar su ventaja. Entretanto usé las piernas para inmovilizarlo, cruzando los pies sobre sus riñones. Alcé la daga, la cogí a dos manos, calculé el sitio preciso para infligirle el mayor daño, y apreté con todas mis fuerzas en un abrazo mortal, clavándosela hasta la empuñadura. No es fácil enterrar un cuchillo en las fuertes espaldas de un hombre en esa posición, pero me ayudó el terror. Era su vida o la mía. Temí haber errado, porque por un momento Sebastián Romero no reaccionó, como si no hubiese sentido el aguijonazo, pero enseguida dio un alarido visceral y rodó hasta caer al suelo entre los bultos apilados. Trató de ponerse de pie, pero quedó de rodillas, con una expresión de sorpresa que pronto se tornó en horror. Se llevó las manos atrás en un intento desesperado de arrancarse el puñal. Lo aprendido sobre el cuerpo humano curando heridas en el hospital de las monjas me sirvió bien, porque la puñalada fue mortal. El hombre seguía forcejando y yo, sentada en el camastro, lo observaba, tan espantada como él pero dispuesta a saltarle encima si gritaba y cerrarle la boca como fuese. No gritó, un gorgoriteo siniestro escapaba de sus labios entre espumarajos rosados. Al cabo de un tiempo que me pareció eterno, se estremeció como poseído, vomitó sangre y poco después se desmoronó. Esperé mucho rato, hasta que se calmaron mis nervios y pude pensar; entonces me aseguré de que ya no volvería a moverse. En la escasa luz del único candil pude ver que la sangre era absorbida por la tierra del suelo.

Pasé el resto de la noche junto al cuerpo de Sebastián Romero, primero rogándole a la Virgen que me perdonara tan grave crimen y después planeando cómo librarme de pagar las consecuencias. No conocía las leyes de esa ciudad, pero si eran como las de Plasencia iría a parar al fondo de un calabozo hasta que pudiera probar que había actuado en mi propia defensa, ardua tarea, porque la sospecha de los magistrados siempre recae sobre la mujer. No me hice ilusiones: a nosotras se nos culpa de los vicios y pecados de los hombres. ¿Qué supondría la justicia de una mujer joven y sola? Dirían que había invitado al inocente marinero y luego lo había asesinado para robarle. Al amanecer cubrí el cadáver con una manta, me vestí y me fui al puerto, donde todavía estaba anclada la nave de Manuel Martín. El maestro escuchó mi historia hasta el final, sin interrumpirme, masticando su tabaco y rascándose la cabeza.

—Parece que tendré que hacerme cargo de este lío, doña Inés —decidió cuando terminé de hablar.

Acudió a mi modesta vivienda con un marinero de su confianza y entre ambos se llevaron a Romero envuelto en un trozo de vela. Nunca supe qué hicieron con él; imagino que lo lanzaron al mar atado a una piedra, donde los peces deben de haber dado cuenta de sus restos. Manuel Martín me sugirió que me fuera pronto de Cartagena, porque un secreto como ése no podía ocultarse indefinidamente, y así fue como pocos días más tarde me despedí de mi sobrina y su marido y partí con otros dos viajeros rumbo a la ciudad de Panamá. Varios indios llevaban el equipaje y nos guiaban por montañas, bosques y ríos.

El istmo de Panamá es una angosta faja de tierra que separa nuestro océano europeo del mar del Sur, que también llaman Pacífico. Tiene menos de veinte leguas de ancho, pero las montañas son abruptas, la selva muy espesa, las aguas insalubres, los pantanos putrefactos y el aire está infestado de fiebre y pestilencia. Hay indios hostiles, lagartos y serpientes de tierra y de río, pero el paisaje es magnífico y las aves bellísimas. Por el camino nos acompañó la algarabía de los monos, animales curiosos y atrevidos que nos saltaban encima para robarnos las provisiones. La jungla era de un verde profundo, sombría, amenazante. Mis compañeros de ruta llevaban las armas en la mano y no perdían de vista a los indios, que podían traicionarnos en cualquier descuido, tal como nos había advertido el padre Gregorio, quien también nos previno contra los caimanes, que arrastran a su víctima al fondo de los ríos; las hormigas rojas, que llegan por millares y se introducen por los orificios del cuerpo, devorándolo por dentro en cuestión de minutos, y los sapos que producen ceguera con la ponzoña de sus salivazos. Traté de no pensar en nada de eso, porque me habría paralizado el terror. Tal como decía Daniel Belalcázar, no vale la pena sufrir de antemano por las desgracias que posiblemente no ocurrirán. Hicimos la primera parte de la travesía en un bote impulsado a remo por ocho nativos. Me alegré de que mi sobrina no estuviese presente, porque los remeros iban desnudos y la verdad era que, a pesar del paisaje soberbio, se me iban los ojos hacia aquello que no debía mirar. La última parte del camino la recorrimos en mula. Desde la última cumbre divisamos el mar color turquesa y los contornos borrosos de la ciudad de Panamá, sofocada en un vaho caliente.

Capítulo dos
AMÉRICA, 1537-1540

Treinta y cinco años tenía Pedro de Valdivia cuando llegó con Jerónimo de Alderete a Venezuela, *Venecia pequeña*, como la llamaron irónicamente los primeros exploradores al ver sus pantanos, canales y chozas en palafitos. Había dejado a la delicada Marina Ortiz de Gaete con la promesa de que regresaría rico o enviaría por ella tan pronto como fuese posible –magro consuelo para la joven abandonada–, y había gastado lo que tenía, endeudándose además, para financiar el viaje. Como cualquiera que se aventuraba en el Nuevo Mundo, colocó sus bienes, su honor y su vida al servicio de la empresa, aunque las tierras conquistadas y un quinto de las riquezas –si las había– pertenecerían a la Corona de España. Tal como decía Belalcázar, con autorización del rey la aventura se llamaba conquista, sin ella era asalto a mano armada.

Las playas del Caribe, con sus aguas y arenas opalescentes y sus elegantes palmeras, recibieron a los viajeros con engañosa tranquilidad, pues tan pronto se internaron en el follaje los envolvió una jungla de pesadilla. Debían abrirse paso a machetazos, aturdidos por la humedad y el calor, hostigados sin tregua por mosquitos y alimañas desconocidas. Avanzaban por un suelo pantanoso, donde se hundían hasta los muslos en una materia blanda y putrefacta, pesados, torpes, cubiertos de asquerosas sanguijuelas que les chupaban la sangre. No podían quitarse las armaduras por temor a las flechas envenenadas de los indios, que los seguían silenciosos e invisibles en la vegetación.

–¡No podemos caer vivos en manos de los salvajes! –les advirtió Alderete, y les recordó que el conquistador Francisco Pizarro, en su primera expedición al sur del continente, había entrado con un grupo de sus hombres a una aldea desocupada donde aún ardían fogatas. Los españoles, hambrientos, destaparon los calderos y vieron los ingredientes de la sopa: cabezas, manos, pies y vísceras humanas.

–Eso ocurrió en el oeste, cuando Pizarro buscaba el Perú –aclaró Pedro de Valdivia, quien se creía bien informado sobre descubrimientos y conquistas.

–Los indios caribes de estos lados también son antropófagos –insistió Jerónimo.

Era imposible orientarse en el verde absoluto de ese mundo primitivo, anterior al Génesis, un infinito laberinto circular, sin tiempo, sin historia. Si se alejaban unos pasos de la ribera de los ríos, se los tragaba la jungla para siempre, como le ocurrió a uno de los hombres, que se internó entre los helechos llamando a su madre, loco de congoja y miedo. Avanzaban en silencio, agobiados por una soledad de abismo profundo, una angustia sideral. El agua estaba infestada de pirañas que, al olor de la sangre, se abalanzaban en masa y acababan con un cristiano en pocos minutos; sólo los huesos, blancos y limpios, demostraban que alguna vez existió. En esa lujuriante naturaleza no había qué comer. Pronto se les terminaron los víveres y empezó el padecimiento del hambre. A veces lograban cazar un mono y lo devoraban crudo, asqueados por su aspecto humano y su fetidez, porque en la humedad eterna del bosque era muy difícil hacer fuego. Se enfermaron al probar unos frutos desconocidos y durante días no pudieron seguir adelante, derrotados por los vómitos y una cagantina implacable. Se les hinchaba el vientre, se les soltaban los dientes, se revolcaban de fiebre. Uno murió echando sangre hasta por los ojos, a otro se lo tragó un lodazal, un tercero fue triturado por una anaconda, monstruosa serpiente de agua, gruesa como una pierna de hombre y larga como cinco lanzas alineadas. El aire era un vapor caliente, podrido, malsano, un hálito de dragón. «Es el reino de Satanás», sostenían los soldados, y debía de serlo, porque los ánimos se enardecían y peleaban a cada rato. Los jefes se hallaban en duros aprietos para mantener algo de disciplina y obligarlos a continuar. Un solo señuelo les impulsaba a seguir adelante: El Dorado.

A medida que avanzaban penosamente, disminuía la fe de Pedro de Valdivia en la empresa y aumentaba su disgusto. No era eso lo que había soñado en su aburrido solar de Extremadura. Iba dispuesto a enfrentarse con bárbaros en batallas heroicas y a conquistar regiones remotas para gloria de Dios y el rey, pero nunca imaginó que usaría su espada, la espada victoriosa de Flandes e Italia, para luchar contra la naturaleza. La codicia y crueldad de sus compañeros le repugnaban, nada había de honorable o idealista en esa soldadesca brutal. Salvo Jerónimo de Alderete, quien había dado pruebas sobradas de nobleza, sus compañeros eran rufianes de la peor calaña, gente traidora y pendenciera. El capitán al mando de la expedición, a quien no tardó en detestar, era un desalmado: robaba, traficaba con los indios como esclavos y no pagaba el quinto correspondiente a la Corona. ¿Adónde vamos tan iracundos y desesperados, si al fin y al cabo nadie puede llevarse el oro a la tumba?, pensaba Valdivia, pero seguía andando porque era imposible retroceder. La disparatada aventura duró varios meses, hasta que por fin Pedro de Valdivia y Jerónimo de Alderete lograron separarse del nefasto grupo y embarcarse a la ciudad de Santo Domingo, en la isla de La Española, donde pudieron reponerse de los estragos del viaje. Pedro aprovechó para enviar a Marina algún dinero que había ahorrado, como haría siempre, hasta su muerte.

En esos días llegó a la isla la noticia de que Francisco Pizarro necesitaba refuerzos en el Perú. Su socio en la conquista, Diego de Almagro, había partido al extremo sur del continente con la idea de someter las tierras bárbaras de Chile. Los socios tenían temperamentos opuestos: el primero era sombrío, desconfiado y envidioso, aunque muy valiente, y el segundo era franco, leal y tan generoso, que sólo deseaba hacer fortuna para repartirla. Era inevitable que hombres tan diferentes, pero de igual ambición, terminaran por enemistarse, a pesar de haberse jurado fidelidad comulgando ante el altar con la misma hostia partida en dos. El imperio incaico quedó chico para contenerlos a ambos. Pizarro, convertido en marqués gobernador y caballero de la Orden de Santiago, se quedó en el Perú, secundado por sus temibles hermanos, mientras Almagro se dirigía, en 1535, con un ejército de quinientos castellanos, diez mil indios yanaconas y el título de adelantado, a Chile, la región aún inexplorada, cuyo nombre, en lengua aymara, quiere decir «donde acaba la tierra». Para financiar el viaje gastó de su peculio más de lo que el inca Atahualpa pagó por su rescate.

Apenas Diego de Almagro se fue con sus bravos a Chile, Pizarro debió enfrentar una insurrección general. Al dividirse las fuerzas de los viracochas, como llamaban a los españoles, los nativos del Perú tomaron las armas contra los invasores. Sin pronta ayuda, la conquista del imperio inca peligraba, así como las vidas de los españoles, obligados a batirse con fuerzas muy superiores. El llamado de socorro de Francisco Pizarro alcanzó a La Española, donde lo oyó Valdivia, quien sin vacilar decidió acudir al Perú.

El solo nombre de ese territorio –Perú– evocaba en Pedro de Valdivia las inconcebibles riquezas y la refinada civilización que su amigo Alderete describía con elocuencia. Admirable, en verdad, pensaba al oír las cosas que se contaban, aunque no todo era digno de encomio. Sabía que los incas eran crueles, controlaban al pueblo con ferocidad. Después de una batalla, si los vencidos no aceptaban incorporarse por completo al imperio, no dejaban a nadie vivo, y ante el menor asomo de descontento trasladaban aldeas completas a mil leguas de distancia. Aplicaban los peores suplicios a sus enemigos, incluso a mujeres y niños. El Inca, quien desposaba a sus hermanas para garantizar la pureza de la sangre real, encarnaba a la divinidad, el alma del imperio, pasado, presente y futuro. De Atahualpa se decía que tenía miles de doncellas en su serrallo y una multitud incalculable de esclavos, que se divertía torturando a los prisioneros y que solía degollar a sus ministros con su propia mano. El pueblo, sin rostro y sin voz, vivía sometido; su destino era trabajar desde la infancia hasta la muerte en beneficio de los orejones –cortesanos, sacerdotes y militares–, que vivían en un fausto babilónico, mientras el hombre común y su familia sobrevivían apenas con el cultivo de un terruño que les era asignado pero no les pertenecía. Contaban los españoles que muchos indios practicaban la sodomía, que en España se paga con la muerte, aunque los incas la habían prohibido. Buena prueba de la lujuria de esa gente eran las cerámicas eróticas que los aventureros mostraban en las tabernas para regocijo de los parroquianos, quienes no sospechaban que se pudiese holgar de tan variadas maneras. Aseguraban que las madres rompían la virginidad de sus hijas con los dedos antes de entregarlas a los hombres.

Nada repudiable hallaba Valdivia en aspirar a la fortuna que podría encontrar en el Perú, pero no era ése su incentivo, sino la obligación de luchar junto a los suyos y alcanzar la gloria, que hasta entonces le había sido escurridiza. Eso lo distinguía de los demás participantes de la expedición de socorro, que iban encandilados por el brillo del oro. Así me lo aseguró él mismo muchas veces, y se lo creo, porque esa conducta era consecuente con las demás decisiones de su vida. Impulsado por su idealismo, abandonó años más tarde la seguridad y la riqueza, que por fin había obtenido, para intentar la conquista de Chile, empresa en la que Diego de Almagro había fracasado. Gloria, siempre gloria, ése fue el único norte de su destino. Nadie amó a Pedro más que yo, nadie lo conoció más que yo, por eso puedo hablar de sus virtudes, tal como más adelante deberé referirme a sus defectos, que no eran leves. Es cierto que me traicionó y conmigo fue cobarde, pero hasta los hombres más íntegros y valientes suelen fallarnos a las mujeres. Y, puedo asegurarlo, Pedro de Valdivia fue uno de los hombres más íntegros y valientes de los que han venido al Nuevo Mundo.

Valdivia se dirigió por tierra a Panamá y allí se embarcó, en 1537, junto a cuatrocientos soldados, rumbo al Perú. El viaje demoró un par de meses, y cuando llegó a su destino la sublevación de los indios ya había sido sofocada por la oportuna intervención de Diego de Almagro, quien regresó de Chile a tiempo para unir sus fuerzas a las de Francisco Pizarro. Almagro había atravesado las cumbres más heladas en su avance hacia el sur, había sobrevivido a increíbles padecimientos y había regresado por el desierto más caliente del planeta, arruinado. Su expedición a Chile alcanzó hasta el Bío-Bío, el mismo río donde los incas habían retrocedido setenta años antes, cuando pretendieron en vano adueñarse del territorio de los indios del sur, los mapuche. También los incas, como Almagro y sus hombres, fueron detenidos por ese pueblo guerrero.

Mapu-ché, «gente de la tierra», así se llaman ellos mismos, aunque ahora los denominan araucanos, nombre más sonoro, dado por el poeta Alonso de Ercilla y Zúñiga, que no sé de dónde lo sacó, tal vez de Arauco, un lugar del sur. Yo pienso seguir llamándolos mapuche –la palabra no tiene plural en castellano– hasta que me muera, porque así se dicen ellos mismos. No me parece justo cambiarles el nombre para facilitar la rima: araucano, castellano, hermano, cristiano y así durante trescientas cuartillas. Alonso era un mocoso en Madrid cuando los primeros españoles luchábamos en este suelo; llegó a la conquista de Chile un poco atrasado, pero sus versos contarán la epopeya por los siglos de los siglos. Cuando de los esforzados fundadores de Chile no quede ni el polvo de sus huesos, nos recordarán por la obra de aquel joven, quien no siempre es fiel a los hechos, ya que en su deseo de rimar los versos suele sacrificar la verdad. Además, no nos deja bien parados, me temo que muchos de sus admiradores tendrán una idea algo errada de lo que es la guerra de la Araucanía. El poeta acusa a los españoles de crueldad y desmedida ambición de riqueza, mientras exalta a los mapuche, a quienes atribuye bravura, nobleza, caballerosidad, ánimo de justicia y hasta ternura con sus mujeres. Creo conocerlos mejor que Alonso, porque llevo cuarenta años defendiendo lo que fundamos en Chile, y él apenas estuvo aquí unos meses. Admiro a los mapuche por su coraje y su amor exaltado a la tierra, pero puedo afirmar que no son un dechado de compasión y dulzura. El amor romántico que tanto exalta Alonso es bastante raro entre ellos. Cada hombre tiene varias mujeres, a las que trata como bestias de trabajo y crianza; así les consta a las españolas que han sido raptadas. Son tales las humillaciones padecidas en cautiverio, que estas pobres mujeres, avergonzadas, a menudo prefieren no regresar al seno de sus familias. Admito, eso sí, que los españoles no tratan mejor a las indias destinadas a su holgura y servicio. Los mapuche nos aventajan en otros aspectos, por ejemplo, no conocen la codicia. Oro, tierras, títulos, honores, nada de eso les interesa; no poseen más techo que el cielo ni más lecho que el musgo, andan libres por el bosque, con el viento en la melena, galopando en los caballos que nos han robado. Otra virtud que les celebro es el cumplimiento de la palabra dada. No son ellos quienes faltan a los pactos establecidos, sino nosotros. En tiempos de guerra atacan por sorpresa, pero no a traición, y en tiempos de paz respetan los acuerdos. Antes de nuestra llegada no conocían la tortura y respetaban a los prisioneros de guerra. El peor castigo es el exilio, la expulsión de la familia y de la tribu, más temida que la muerte. Los crímenes graves se pagan con una ejecución rápida. El condenado cava su propia tumba, donde echa palitos y piedras mientras nombra a los seres que desea que lo acompañen al otro mundo, luego recibe un mazazo mortal en el cráneo.

Me asombra el poder de esos versos de Alonso, que inventan la Historia, desafían y vencen al olvido. Las palabras sin rima, como las mías, no tienen la autoridad de la poesía, pero de todos modos debo relatar mi versión de lo acontecido para dejar memoria de los trabajos que las mujeres hemos pasado en Chile y que suelen escapar a los cronistas, por diestros que sean. Al menos tú,

Isabel, debes conocer toda la verdad, porque eres mi hija del corazón, aunque no lo seas de sangre. Supongo que pondrán estatuas de mi persona en las plazas, y habrá calles y ciudades con mi nombre, como las habrá de Pedro de Valdivia y otros conquistadores, pero cientos de esforzadas mujeres que fundaron los pueblos, mientras sus hombres peleaban, serán olvidadas. Me distraje. Volvamos a lo que estaba contando, porque no me sobra tiempo, tengo el corazón cansado.

Diego de Almagro abandonó la conquista de Chile, forzado por la resistencia invencible de los mapuche, la presión de sus soldados –desencantados por la escasez de oro– y las malas noticias de la rebelión de los indios en el Perú. Emprendió el regreso para ayudar a Francisco Pizarro a sofocar la insurrección y juntos consiguieron derrotar definitivamente a las huestes enemigas. El imperio de los incas, asolado por el hambre, la violencia y el desorden de la guerra, bajó la cerviz. Sin embargo, lejos de agradecer la intervención de Almagro en su favor, Francisco Pizarro y sus hermanos se volvieron contra él para quitarle el Cuzco, ciudad que le correspondía en el reparto territorial hecho por el emperador Carlos V. Para satisfacer la ambición de los Pizarro no alcanzaban esas tierras inmensas con sus incalculables riquezas; querían más, lo querían todo.

Francisco Pizarro y Diego de Almagro terminaron por tomar las armas y se enfrentaron, en el sitio de Abancay, en una corta batalla que culminó con la derrota del primero. Almagro, siempre magnánimo, trató con inusual clemencia a sus prisioneros, también a los hermanos Pizarro, sus implacables enemigos. Admirados de su actitud, muchos soldados vencidos se pasaron a sus filas, mientras sus leales capitanes le rogaban que ejecutara a los Pizarro y aprovechara su ventaja para adueñarse del Perú. Almagro desatendió los consejos y optó por la reconciliación con el ingrato socio que le había agraviado.

Pedro de Valdivia llegó a la Ciudad de los Reyes en aquellos días y se puso a las órdenes de quien le había convocado, Francisco Pizarro. Respetuoso de la legalidad, no cuestionó la autoridad ni las intenciones del gobernador; éste era el representante de Carlos V, y eso le bastó. Sin embargo, lo último que Valdivia deseaba era participar en una guerra civil. Había viajado hasta allí para combatir a indios insurrectos, y nunca se puso en el caso de tener que hacerlo contra otros españoles. Trató de servir de intermediario entre Pizarro y Almagro para llegar a una solución pacífica, y en un momento creyó estar a punto de lograrla. No conocía a Pizarro, quien decía una cosa, pero en la sombra planeaba otra. Mientras el gobernador se daba tiempo con discursos de amistad, preparaba su plan para acabar con Almagro, siempre con la idea fija de gobernar solo y apropiarse del Cuzco. Envidiaba los méritos de Almagro, su eterno optimismo y, sobre todo, la lealtad que provocaba en sus soldados, porque él se sabía detestado.

Después de más de un año de escaramuzas, convenios violados y traiciones, las fuerzas de ambos rivales se enfrentaron en Las Salinas, cerca del Cuzco. Francisco Pizarro no encabezó su ejército, sino que lo colocó bajo el mando de Pedro de Valdivia, cuyos méritos militares eran conocidos de todos. Lo nombró maestre de campo, porque había luchado bajo las órdenes del marqués de Pescara en Italia y tenía experiencia en batirse contra europeos, ya que una cosa era enfrentarse con indios mal armados y anárquicos y otra era hacerlo contra disciplinados soldados españoles. En su representación asistió a la batalla su hermano, Hernando Pizarro, odiado por su crueldad y arrogancia. Deseo que esto quede muy claro, para que no se culpe a Pedro de Valdivia de las atrocidades cometidas en esos días, de las cuales tuve pruebas contundentes porque me tocó atender a los infelices cuyas llagas no sanaban aun meses después de la batalla. Los pizarristas contaban con cañones y doscientos hombres más que Almagro; estaban muy bien armados, llevaban arcabuces nuevos y unas balas mortíferas, como pelotas de hierro que al abrirse desplegaban varias cuchillas afiladas. Tenían la moral alta y se hallaban bien descansados, mientras que sus contrarios venían de pasar grandes penurias en Chile y en la tarea de sofocar la sublevación de los indios del Perú. Diego de Almagro estaba muy enfermo y tampoco participó en la batalla.

Los dos ejércitos se dieron cita en el valle de Las Salinas, en un rosado amanecer, mientras millares de indios quechuas observaban desde las colinas el divertido espectáculo de los viracochas matándose unos a otros como fieras rabiosas. No entendían las ceremonias ni las razones de esos barbudos guerreros. Primero formaban en filas ordenadas, luciendo sus bruñidas armaduras y gallardos caballos, luego ponían una rodilla en tierra, mientras otros viracochas, vestidos de negro, hacían magia con cruces y copones. Comían un pedacito de pan, se santiguaban, recibían bendiciones, se saludaban de lejos, y al fin, cuando ya habían transcurrido casi dos horas de esta danza, se aprestaban para asesinarse mutuamente. Lo hacían con método y ensañamiento. Durante horas y más horas peleaban cuerpo a cuerpo gritando lo mismo: «¡Viva el Rey y España!», «¡Santiago y a ellos!». En la confusión y el polvo que levantaban las patas de las bestias y las botas de los hombres, no se sabía quién era quién, porque los uniformes se habían vuelto todos color arcilla. Entretanto, los indios aplaudían, cruzaban apuestas, saboreaban su merienda de maíz asado y carne salada,

después del saqueo de Roma se le aparecían madres que se suicidaban con sus hijos para escapar de la soldadesca.

Diego de Almagro, de sesenta y un años y muy debilitado por su enfermedad y la campaña de Chile, fue hecho prisionero, humillado y sometido a un juicio que duró dos meses, en el que no tuvo oportunidad de defenderse. Cuando supo que había sido sentenciado a muerte, pidió que el maestre de campo enemigo, Pedro de Valdivia, fuese testigo de sus últimas disposiciones; no encontró otro más digno de su confianza. Diego de Almagro era todavía un hombre de buena estampa, a pesar de los estragos de la sífilis y de tantas batallas. Llevaba un parche negro en el ojo que había perdido en un encuentro con salvajes antes de descubrir el Perú. En esa ocasión, él mismo se arrancó de un tirón la flecha, con el ojo ensartado en ella, y continuó peleando. Un hacha de piedra filuda le rebanó tres dedos de la mano derecha, entonces empuñó la espada con la izquierda y así, ciego y cubierto de sangre, se batió hasta que fue socorrido por sus compañeros. Después le cauterizaron la herida con un hierro al rojo y aceite hirviendo, lo que le deformó la cara pero no destruyó el atractivo de su risa franca y su expresión amable.

—¡Que le den tormento en la plaza, delante de toda la población! ¡Merece ejemplar castigo! —ordenó Hernando Pizarro.

—No seré partícipe de eso, excelencia. Los soldados no lo aceptarán. Ha sido duro batirse entre hermanos, no echemos sal en la herida. Podría haber una revuelta en la tropa —le aconsejó Valdivia.

—Almagro nació villano, que muera como un villano —replicó Hernando Pizarro.

Pedro de Valdivia se abstuvo de recordarle que los Pizarro no eran de mejor cuna que Diego de Almagro. También Francisco Pizarro era hijo ilegítimo, no recibió educación y había sido abandonado por su madre. Los dos eran pobres de solemnidad antes de que un afortunado revés del destino los colocara en el Perú y los hiciera más ricos que el rey Salomón.

–Don Diego de Almagro ostenta los títulos de adelantado y gobernador de Nueva Toledo. ¿Qué explicación se le dará a nuestro emperador? –insistió Valdivia–. Os repito, con todo respeto, excelencia, que no conviene provocar a los soldados, cuyos ánimos ya están bastante exaltados. Diego de Almagro es un militar sin tacha.

–¡Volvió de Chile derrotado por una banda de salvajes desnudos! –exclamó Hernando Pizarro.

–No, excelencia. Regresó de Chile para socorrer al hermano de vuestra merced, el señor marqués gobernador.

Hernando Pizarro comprendió que el maestre de campo tenía razón, pero no estaba en su carácter retractarse y menos perdonar al enemigo. Ordenó que Almagro fuese degollado en la plaza del Cuzco.

En los días previos a la ejecución, Valdivia estuvo a menudo a solas con Almagro en la celda lóbrega e inmunda que fue la última morada del adelantado. Lo admiraba por sus hazañas de soldado y su fama de generoso, aunque conocía algunos de sus errores y flaquezas. En cautiverio, Almagro le contó lo que vivió en Chile durante los dieciocho meses de su peregrinaje, plantando en la imaginación de Valdivia el proyecto de la conquista que él no pudo llevar a cabo. Le describió el espantoso viaje por las altas sierras, vigilados por los cóndores, que volaban en lentos círculos sobre sus cabezas a la espera de nuevos caídos para limpiarles los huesos. El frío mató a más de dos mil indios auxiliares –los llamados yanaconas–, doscientos negros, cerca de cincuenta españoles e incontables caballos y perros. Hasta los piojos desaparecían, y las pulgas caían de las ropas como semillitas. Nada crecía allí, ni un liquen, todo era roca, viento, hielo y soledad.

–Era tanta la consternación, don Pedro, que masticábamos la carne cruda de los animales congelados y bebíamos la orina de los caballos. De día marchábamos a paso forzado, para evitar que nos cubriera la nieve y nos paralizara el miedo. De noche dormíamos abrazados con las bestias. Cada amanecer contábamos a los indios muertos y mascullábamos deprisa un padrenuestro por sus almas, pues no había tiempo para más. Los cuerpos quedaron donde cayeron, como monolitos de hielo señalando el camino para los extraviados viajeros del futuro.

Agregó que las armaduras de los castellanos se congelaban, aprisionándolos, y que al quitarse las botas o los guantes se desprendían los dedos sin dolor. Ni un demente hubiese emprendido el regreso por la misma ruta, le explicó, por eso prefirió enfrentarse al desierto; no imaginaba que también sería terrible. ¡Cuánto esfuerzo y padecimiento cuesta el cristiano deber de conquistar!, pensaba Valdivia.

–Durante el día el calor del desierto es como una hoguera y la luz es tan intensa que enloquece a hombres y caballos por igual, induciéndoles a ver visiones de árboles y remansos de agua dulce –contó el adelantado–. Apenas se oculta el sol, baja de súbito la temperatura y cae la camanchaca, un rocío tan helado como las nieves profundas que nos atormentaron en las cumbres de la sierra. Llevábamos abundante agua en barriles y en odres de cuero, pero pronto se nos hizo escasa. La sed mató a muchos indios y envileció a los españoles.

–En verdad parece un viaje al infierno, don Diego –comentó Valdivia.

–Lo fue, don Pedro, pero os aseguro que si me alcanzara la vida volvería a intentarlo.

–¿Por qué, si son tan espantosos los obstáculos y tan pobre la recompensa?

–Porque una vez vencida la cordillera y el desierto que separan a Chile del resto de la tierra conocida, se encuentran colinas suaves, bosques fragantes, fértiles valles, ríos copiosos y un clima tan amable como no lo hay en España ni en ninguna otra parte. Chile es un paraíso, don Pedro. Es allí donde debemos fundar nuestras ciudades y prosperar.

–¿Y qué opinión tiene vuestra merced de los indios de Chile? –preguntó Valdivia.

–Al principio encontramos salvajes amistosos, unos que llaman *promaucaes* y son de raza similar a la mapuche, pero de otras tribus. Luego éstos se volvieron contra nosotros. Están mezclados con indios del Perú y el Ecuador, son súbditos del incanato, cuyo dominio llegó sólo al río Bío-Bío. Nos entendimos con algunos curacas o jefes incas, pero no pudimos continuar hacia el sur, porque allí están esos mapuche, que son muy aguerridos. Con deciros, don Pedro, que en ninguna de mis arriesgadas expediciones y batallas encontré enemigos tan formidables como aquellos bárbaros armados de palos y piedras.

–Deben de serlo, adelantado, si pudieron deteneros a vos y a vuestros soldados, de tanta fama...

–Los mapuche sólo saben de guerra y libertad. No tienen rey ni entienden de jerarquías, sólo obedecen a sus toquis durante el lapso de la batalla. Libertad, libertad, sólo libertad. Es lo más importante para ellos, por eso no pudimos someterlos, tal como no lo lograron los incas. Las mujeres realizan todo el trabajo, mientras que los hombres no hacen otra cosa que prepararse para pelear.

La condena de Diego de Almagro se cumplió una mañana de pleno invierno en 1538. A última hora Pizarro cambió la sentencia, por temor a la reacción de los soldados si lo degollaban en público, como había ordenado. Lo ejecutaron en su celda. El verdugo le aplicó el tormento del garrote vil, estrangulándolo lentamente con una cuerda, y luego su cuerpo fue llevado a la plaza del Cuzco, donde lo decapitaron, aunque tampoco se atrevieron a exponer la cabeza en un gancho de carnicero, como estaba planeado. Para entonces Hernando Pizarro comenzaba a darse cuenta de la magnitud de lo que había hecho y a preguntarse cuál sería la reacción del emperador Carlos V. Decidió dar a Diego de Almagro un entierro digno, y él mismo, vestido de luto riguroso, encabezó el cortejo fúnebre. Años más tarde todos los hermanos Pizarro pagaron sus crímenes, pero ésa es otra historia.

He debido alargarme en la narración de estos episodios porque explican la determinación de Pedro de Valdivia de alejarse del Perú, que estaba desgarrado por la insidia y la corrupción, y conquistar el territorio aún inocente de Chile, empresa que compartió conmigo.

La batalla de Las Salinas y la muerte de Diego de Almagro ocurrieron unos meses antes de mi viaje al Cuzco. A la sazón, yo me hallaba en Panamá, donde varias personas me dijeron que habían visto a Juan de Málaga, aguardando noticias de mi marido. En el puerto se daban cita quienes iban o venían de España. Muchos viajeros pasaban por allí –soldados, empleados de la Corona, cronistas, frailes, científicos, aventureros y bandidos–, todos cocinándose en el mismo vaho de los trópicos. Con ellos yo enviaba mensajes hacia los cuatro puntos cardinales, pero el tiempo se arrastraba sin una respuesta de mi marido. Entretanto, me gané la vida con los oficios que conozco: coser, cocinar, componer huesos y curar heridas. Nada podía hacer por ayudar a quienes sufrían de peste, fiebres que convierten la sangre en melaza, mal francés y picaduras de bichos ponzoñosos, que allí abundan y no tienen remedio. Como mi madre y mi abuela, tengo salud de roble y pude vivir en los trópicos sin enfermarme. Más tarde, en Chile, sobreviví sin problemas en el desierto, caliente como una hoguera, en diluvios invernales, que mataban de gripe a los hombres más robustos, y durante las epidemias de tifus y viruela, en las que me tocó cuidar y enterrar a víctimas pestilentes.

Un día, hablando con la tripulación de una goleta atracada en el puerto, me enteré de que Juan se había embarcado rumbo al Perú hacía ya un buen tiempo, como lo hicieron otros españoles al oír de las riquezas descubiertas por Pizarro y Almagro. Junté mis pertenencias, eché mano de mis ahorros y conseguí embarcarme hacia el sur con un grupo de frailes dominicos, porque no obtuve permiso para hacerlo sola. Imagino que esos curas eran de la Inquisición, pero nunca se lo pregunté, porque la sola palabra me aterrorizaba entonces y me aterroriza todavía. Jamás olvidaré una quema de herejes que hubo en Plasencia cuando yo tenía unos ocho o nueve años. Volví a usar mis vestidos negros y asumí el papel de esposa desconsolada para que me ayudaran a llegar al Perú. Los frailes se maravillaban de mi fidelidad conyugal, que me conducía por el mundo persiguiendo a un marido que no me había convocado a su lado y cuyo paradero desconocía. Mi motivo no era la fidelidad, sino el deseo de salir del estado de incertidumbre

de mar, asustada de ese poder que no deseaba, porque podía volverse contra mí. Soñaba con lobos jadeantes, las lenguas colgando, los colmillos ensangrentados, dispuestos a saltarme encima, todos a la vez. A veces los lobos tenían el rostro de Sebastián Romero. Pasaba las noches en vela, encerrada en mi cabina, cosiendo, rezando, sin atreverme a salir al aire fresco de la noche, para calmar los nervios, por temor a la constante presencia masculina en la oscuridad. Temía esa amenaza, es cierto, pero también me atraía y fascinaba. El deseo era un abismo terrible que se abría a mis pies y me invitaba a dar un salto y perderme en sus profundidades. Conocía la fiesta y el tormento de la pasión porque los había vivido con Juan de Málaga en los primeros años de nuestra unión. Muchos defectos tenía mi marido, pero no puedo negar que era un amante incansable y divertido, por eso lo perdoné una y otra vez. Cuando ya nada me quedaba del amor o del respeto por él, seguía deseándolo. Para protegerme de la tentación del amor, me decía que nunca encontraría a otro capaz de darme tanto gozo como Juan. Sabía que debía cuidarme de las enfermedades que contagian los hombres; había visto sus efectos y, por muy sana que fuese, las temía como al Diablo, ya que basta el menor contacto con el mal francés para infectarse. Además, podía quedar preñada, porque las esponjas con vinagre no son remedio seguro, y tanto había rogado a la Virgen por un hijo, que ésta podía hacerme el favor a destiempo. Los milagros suelen ser inoportunos.

Esas buenas razones me sirvieron durante años de forzada castidad, en los que mi corazón aprendió a vivir sofocado pero mi cuerpo nunca dejó de reclamar. En este Nuevo Mundo el aire es caliente, propicio a la sensualidad, todo es más intenso, el color, los aromas, los sabores; incluso las flores, con sus terribles fragancias, y las frutas, tibias y pegajosas, incitan a la lascivia. En Carta-

bría la mitad del pecho, la ropa en hilachas e inmunda, la boca sin dientes y la conducta de un ebrio. Me juró que había sido amigo de mi marido, pero no lo creí, porque primero me contó que Juan era soldado de infantería, endeudado por el juego y debilitado por el vicio de las mujeres y el vino, y luego empezó a divagar sobre un penacho de plumas y una capa de brocado. Para terminar de espantarme, se me fue encima con la intención de abrazarme, y cuando lo rechacé, ofreció comprar mis favores con monedas de oro.

Ya que había llegado tan lejos –de Extremadura a los antiguos dominios de Atahualpa–, decidí que bien podía hacer un último esfuerzo y me sumé a una caravana que transportaba bastimentos y una manada de llamas y alpacas al Cuzco. Nos custodiaba un grupo de soldados al mando de un tal alférez Núñez, soltero, guapo, jactancioso y, por lo visto, acostumbrado a satisfacer sus caprichos. En la caravana iban dos frailes, un escribano, un auditor y un médico alemán, además de los soldados, todos a caballo, en mula o transportados en litera por los indios. Yo era la única española, pero algunas indias quechuas con sus niños acompañaban a la interminable hilera de cargadores llevando vituallas para sus maridos. Las ropas de lana de colores brillantes les daban un aire alegre, pero en verdad tenían la expresión hosca y rencorosa de la gente sometida. Eran de corta estatura, pómulos altos, ojos pequeños y alargados, y dientes negros por las hojas de coca que masticaban para darse ánimo. Los niños me parecieron encantadores, y algunas mujeres atrayentes, aunque nunca sonreían. Nos siguieron por varias leguas, hasta que recibieron de Núñez la orden de regresar a sus casas; entonces se fueron una a una, conduciendo a sus hijos de la mano. Los hombres que llevaban el equipaje a la espalda eran muy fuertes y, a pesar de ir descalzos y cargados como bestias, resistían los caprichos del clima y las fatigas del viaje me-

insistencia de la Corona, empeñada en reunir a las familias y crear una sociedad legítima y decente en las colonias. Esas mujeres llevaban su vida puertas adentro, solitaria y aburrida, aunque lujosa, puesto que disponían de docenas de indias para complacer sus menores caprichos. Me contaron que las damas españolas del Perú ni siquiera se limpiaban el trasero solas, las criadas se encargaban de hacerlo. Poco acostumbrados a ver a una española sin acompañante, los hombres de la caravana se esmeraron en tratarme con grandes consideraciones, como si yo fuese una persona de rango y alcurnia, no la pobre costurera que en verdad era. En ese largo y lento viaje al Cuzco atendieron mis necesidades, compartieron conmigo su comida, me prestaron sus tiendas y cabalgaduras, me regalaron botas y una manta de vicuña, el tejido más fino del mundo. A cambio, tan sólo me pedían que les cantara una canción o les hablara de España cuando acampábamos por las tardes y les pesaba la nostalgia. Gracias a esa ayuda pude arreglarme, porque allí todo costaba cien veces más que en España y muy pronto me encontré sin un maravedí. Era tanta la abundancia de oro en el Perú, que la plata se despreciaba, y tanta la falta de cosas esenciales, como herraduras para caballos o tinta para escribir, que los precios eran absurdos. A uno de los viajeros le arranqué de un tirón un diente podrido –asunto fácil y expedito, sólo se requieren una invocación a santa Apolonia y una tenaza–, y él me pagó con una esmeralda digna de un obispo. Está engastada en la corona de Nuestra Señora del Socorro, y ahora vale más que entonces, porque en Chile no abundan las piedras preciosas.

Al cabo de varios días de marcha por los caminos del Inca, a través de secas planicies y montañas, cruzando precipicios por puentes colgantes de cuerdas vegetales y vadeando arroyos y charcos de sal, subiendo y subiendo, llegamos al fin del viaje. El alférez Núñez, desde lo alto de su caballo, me señaló el Cuzco con su lanza.

Nunca he visto nada como la magnífica ciudad del Cuzco, ombligo del imperio inca, lugar sagrado donde los hombres hablan con la divinidad. Tal vez Sevilla, Roma o algunas ciudades de los moros, que tienen fama de espléndidas, puedan compararse al Cuzco, pero yo no las conozco. A pesar de los destrozos de la guerra y el vandalismo sufrido, era una joya blanca y resplandeciente bajo un cielo color púrpura. Se me cortó el aliento y durante varios días anduve sofocada, no por la altura y el aire delgado, como me advirtieron, sino por la pesada belleza de sus templos, fortalezas y edificios. Dicen que cuando llegaron los primeros españoles había palacios laminados de oro, pero ahora estaban los muros desnudos. Al norte de la ciudad se alza una espectacular construcción, Sacsayhuamán, la fortaleza sagrada, con sus tres hileras de altas murallas zigzagueantes, el Templo del Sol, su laberinto de calles, torreones, andenes, escaleras, terrazas, sótanos y habitaciones, donde vivían con holgura cincuenta o sesenta mil personas. Su nombre significa «halcón satisfecho» , y como un halcón vigila el Cuzco. Fue construida con monumentales bloques de piedras talladas y ensambladas sin argamasa y con tal perfección, que no cabe una fina daga entre las junturas. ¿Cómo cortaron esas enormes rocas sin herramientas de metal? ¿Cómo las transportaron sin ruedas ni caballos desde muchas leguas de distancia? Y me preguntaba también cómo un puñado de soldados españoles logró conquistar en tan poco tiempo un imperio capaz de erigir esa maravilla. Por mucho que azuzaran las disputas entre los incas y que contaran con miles de yanaconas dispuestos a servirlos y batirse por ellos, la epopeya me parece, todavía hoy, inexplicable. «Tenemos a Dios de nuestro lado, además de pólvora y hierro», decían los castellanos, agradecidos de que los nativos se defendieran con armas de piedra. «Cuando nos vieron llegar por el mar en grandes casas provistas de alas, creyeron que éramos dioses», añadían, pero yo creo que fueron ellos quienes difundieron esa idea tan conveniente y terminaron por creerla los indios y ellos mismos.

Anduve por las calles del Cuzco asombrada, escudriñando a la multitud. Esos rostros cobrizos nunca sonreían ni me miraban a los ojos. Trataba de imaginar sus vidas antes de que llegáramos nosotros, cuando por esas mismas calles paseaban familias completas vestidas con vistosos trajes de colores, sacerdotes con petos de oro, el Inca cuajado de joyas y transportado en una litera de oro decorada con plumas de aves fabulosas, acompañado por sus músicos, sus orondos guerreros y su interminable séquito de esposas y vírgenes del Sol. Esa compleja cultura seguía casi intacta, a pesar de los invasores, pero era menos visible. El Inca había sido puesto en el trono y era mantenido como prisionero de lujo por Francisco Pizarro; nunca lo vi, porque no tuve acceso a su corte secuestrada. En las calles estaba el pueblo, numeroso y callado. Por cada barbudo había centenares de indígenas lampiños. Los españoles, altaneros y ruidosos, existían en otra dimensión, como si los nativos fuesen invisibles, sólo sombras en las angostas callejuelas de piedra. Los indígenas cedían el paso a los extranjeros, que los habían derrotado, pero mantenían sus costumbres, creencias y jerarquías, con la esperanza de librarse de los barbudos a punta de tiempo y paciencia. No podían concebir que se quedarían para siempre.

Para entonces la violencia fratricida, que dividió a los españoles en tiempos de Diego de Almagro, se había calmado. En el

Cuzco, la vida recomenzaba a un ritmo lento, con paso cauteloso, porque existía mucho rencor acumulado y los ánimos se caldeaban con facilidad. Los soldados estaban aún en ascuas por la despiadada guerra civil, el país se hallaba empobrecido y desordenado, y los indios eran sometidos a trabajos forzados. Nuestro emperador Carlos V había ordenado en sus reales cédulas tratar a los nativos con respeto, evangelizarlos y civilizarlos por la bondad y las buenas obras, pero ésa no era la realidad. El rey, quien nunca había pisado el Nuevo Mundo, dictaba sus juiciosas leyes en oscuros salones de palacios muy antiguos, a miles de leguas de distancia de los pueblos que pretendía gobernar, sin tener en cuenta la perpetua codicia humana. Muy pocos españoles respetaban esas ordenanzas y menos que nadie el marqués gobernador Francisco Pizarro. Hasta el más mísero castellano contaba con sus indios de servicio, y los ricos encomenderos los tenían por centenares, ya que de nada valían la tierra ni las minas sin brazos para trabajarlas. Los indios obedecían bajo el látigo de los capataces, aunque algunos preferían dar una muerte compasiva a sus familias y luego suicidarse.

Hablando con los soldados pude juntar los pedazos de la historia de Juan y tuve la certeza de su muerte. Mi marido había llegado al Perú, después de agotar sus fuerzas buscando El Dorado en las selvas calientes del norte, y se había alistado en el ejército de Francisco Pizarro. No tenía pasta de soldado, pero se las arregló para sobrevivir en los encuentros con los indios. Pudo obtener algo de oro, puesto que existía en abundancia, pero lo perdía una y otra vez en apuestas. Debía dinero a varios de sus camaradas y una suma importante a Hernando Pizarro, hermano del gobernador. Esa deuda lo convirtió en su lacayo, y por encargo suyo cometió diversas bellaquerías.

Mi marido combatió con las tropas victoriosas en la batalla de Las Salinas, donde le tocó una extraña misión, la última de su vida. Hernando Pizarro le ordenó que se cambiara el uniforme con él; así, mientras Juan llevaba el traje de terciopelo color naranja, la fina armadura, el yelmo con celada de plata coronado de albo penacho, y la capa adamascada, que caracterizaba al primero, éste se mezclaba entre los infantes vestido de soldado raso. Es posible que Hernando Pizarro escogiera a mi marido por la altura: Juan era de su mismo tamaño. Supuso que sus enemigos lo buscarían durante la batalla, como en verdad ocurrió. El extravagante atuendo atrajo a los capitanes de Almagro, quienes lograron acercarse a golpes de espada y dar muerte al insignificante Juan de Málaga, confundiéndolo con el hermano del gobernador. Hernando Pizarro salvó la vida, pero su nombre quedó manchado para siempre con la mala fama de cobarde. Sus proezas militares anteriores fueron borradas de un plumazo y nada pudo devolverle el prestigio perdido; la vergüenza de ese ardid salpicó a los españoles, amigos y enemigos, que nunca se lo perdonaron.

Una presurosa conspiración de silencio se tejió para proteger a este Pizarro, a quien todos temían, pero la vileza cometida en la batalla circulaba en voz baja por tabernas y corrillos. Nadie se quedó sin conocerla y comentarla, y así pude averiguar los detalles, aunque no encontré los restos de mi marido. Desde entonces me atormenta la sospecha de que Juan no recibió cristiana sepultura y por eso su alma anda en pena, buscando reposo. Juan de Málaga me siguió en el largo viaje a Chile, me acompañó en la fundación de Santiago, sostuvo mi brazo para ajusticiar a los caciques y se burló de mí cuando lloraba de rabia y de amor por Valdivia. Todavía hoy, más de cuarenta años después, se me aparece de vez en cuando, aunque ahora me fallan los ojos y suelo confundirlo con otros fantasmas del pasado. Mi casa de Santiago es grande, ocupa la manzana entera, incluyendo patios, caballerizas y una huerta; sus paredes son de adobe, muy gruesas, y los techos, altos, con vigas de roble. Tiene muchos escondites donde pueden instalarse ánimas errantes, demonios o la Muerte, que no es un espantajo encapuchado de cuencas vacías, como dicen los frailes para meternos susto, sino una mujer grande, rolliza, de pecho opulento y brazos acogedores, un ángel maternal. Me pierdo en esta mansión. Hace meses que no duermo, me falta la tibia mano de Rodrigo sobre el vientre. Por las noches, cuando la servidumbre se retira y sólo quedan los guardias afuera y las mucamas de turno, que se mantienen en vela por si las necesito, recorro la casa con una lámpara, examino las grandes habitaciones de paredes blanqueadas con cal y de techos azules, enderezo los cuadros y las flores en los jarrones, y atisbo en las jaulas de los pájaros. En realidad, ando cazando a la Muerte. A veces he estado tan cerca de ella, que he podido sentir su fragancia a ropa recién lavada, pero es juguetona y astuta, no puedo asirla, se me escabulle y se oculta en la multitud de espíritus que habitan esta casa. Entre ellos está el pobre Juan, que me siguió a los confines de la tierra, con su sonajera de huesos insepultos y sus andrajos de brocado ensangrentado.

En el Cuzco desapareció hasta el último rastro de mi primer marido. Sin duda, su cuerpo, vestido con el principesco atuendo de Hernando Pizarro, fue el primero que los soldados victoriosos levantaron del suelo al final de la batalla, antes de que los indios se descolgaran de los cerros para cebarse con los despojos de los vencidos. Sin duda, se sorprendieron al comprobar que bajo el yelmo y la armadura no estaba su dueño, sino un anónimo soldado, y supongo que obedecieron de mal talante la orden de disimular lo ocurrido, porque lo último que perdona un español es la cobardía, pero lo hicieron tan bien, que borraron por completo el paso de mi marido por la vida.

Cuando se supo que la viuda de Juan de Málaga andaba haciendo preguntas, el mismo marqués gobernador, Francisco Pizarro, quiso conocerme. Había hecho construir un palacio en la Ciudad de los Reyes, y desde allí dominaba el imperio con fausto, perfidia y mano dura, pero en ese momento se encontraba de visita en el Cuzco. Me recibió en un salón decorado con alfombras peruanas de rica lana y muebles tallados. La cubierta de la gran mesa principal, los respaldos de las sillas, las copas, los candelabros y las escupideras eran de plata maciza. Había más plata que hierro en el Perú. Varios cortesanos, apiñados en los rincones, sombríos como buitres, cuchicheaban y movían papeles dándose aires de importancia. Pizarro vestía de terciopelo negro, jubón ajustado con mangas acuchilladas, gola blanca, una gruesa cadena de oro al pecho, hebillas también de oro en el calzado y una capa de marta sobre los hombros. Era un hombre de unos sesenta y tantos años, altanero, de piel verdosa, barba entrecana, ojos hundidos de mirar desconfiado y un desagradable tono de voz en falsete. Me dio su breve pésame por la muerte de mi marido, sin mencionar su nombre, y enseguida, en un gesto inesperado, me pasó una bolsa de dinero para que sobreviviera «hasta que pudiera embarcarme de vuelta a España», como manifestó. En ese mismo instante tomé una decisión impulsiva, de la que nunca me he arrepentido.

–Con todo respeto, excelencia, no pienso regresar a España –le anuncié.

ta, pero decente, con tres habitaciones y un patio, bien situada en el centro de la ciudad y siempre fragante por la enredadera de madreselva que trepaba por sus paredes. También me asignaron tres indias de servicio, dos jóvenes y una de más edad que había adoptado el nombre cristiano de Catalina y llegaría a ser mi mejor amiga. Me dispuse a ejercer mi oficio de costurera, muy apreciado entre los españoles, que se hallaban en aprietos para hacer durar la poca ropa traída de España. También curaba a los soldados tullidos o malheridos en la guerra, en su mayoría combatientes de Las Salinas. El médico alemán, que viajó conmigo en la caravana desde la Ciudad de los Reyes al Cuzco, me convocaba a menudo para ayudarlo a atender los peores casos, y yo acudía con Catalina, porque ella sabía de remedios y encantamientos. Entre Catalina y él existía cierta rivalidad que no siempre convenía a los infortunados pacientes. Ella no se interesaba en aprender sobre los cuatro humores que determinan el estado de salud del cuerpo, y él despreciaba la hechicería, aunque a veces resultaba muy efectiva. Lo peor de mi trabajo con ellos eran las amputaciones, que siempre me han repugnado, pero debían hacerse, porque si la carne empieza a pudrirse no hay otra forma de salvar al herido. De todos modos, muy pocos sobreviven a esas operaciones.

Nada sé de la vida de Catalina antes de la llegada de los españoles al Perú; no hablaba de su pasado, era desconfiada y misteriosa. Baja, cuadrada, de color avellana, con dos trenzas gruesas atadas a la espalda con lanas de colores, ojos de carbón y olor a humo, esta Catalina podía estar en varias partes al mismo tiempo y desaparecer en un suspiro. Aprendió castellano, se adaptó a nuestras costumbres, parecía satisfecha de vivir conmigo y un par de años más tarde insistió en acompañarme a Chile. «Yo queriendo ir contigo, pues, señoray», me suplicó en su lengua cantadita. Había aceptado el bautismo para ahorrarse problemas, pero no abandonó sus creencias; tal como rezaba el rosario y encendía velas en el altar de Nuestra Señora del Socorro, recitaba invocaciones al Sol. Esta sabia y leal compañera me instruyó en el uso de las plantas medicinales y en los métodos curativos del Perú, distintos a los de España. La buena mujer sostenía que las enfermedades provienen de espíritus traviesos y demonios que se introducen por los orificios del cuerpo y se albergan en el vientre. Había trabajado con médicos incas, quienes solían perforar huecos en el cráneo de sus pacientes para aliviar migrañas y demencias, procedimiento que fascinaba al alemán, pero al que ningún español estaba dispuesto a someterse. Catalina sabía sangrar a los enfermos tan bien como el mejor cirujano y era experta en purgas para aliviar los cólicos y la pesadez del cuerpo, pero se burlaba de la farmacopea del alemán. «Con eso no más matando, pues, tatay», le decía, sonriendo con sus dientes negros de coca, y él terminó por dudar de los afamados remedios que con tanto esfuerzo había traído desde su país. Catalina conocía poderosos venenos, pociones afrodisíacas, yerbas que daban incansable energía, y otras que inducían el sueño, detenían desangramientos o atenuaban el dolor. Era mágica, podía hablar con los muertos y ver el futuro; a veces bebía una mixtura de plantas que la enviaba a otro mundo, donde recibía consejos de los ángeles. Ella no los llamaba así, pero los describía como seres transparentes, alados y capaces de fulminar con el fuego de la mirada; ésos no pueden ser sino ángeles. Nos absteníamos de mencionar estos asuntos delante de terceras personas porque nos habrían acusado de brujería y tratos con el Maligno. No es divertido ir a dar a una mazmorra de la Inquisición; por menos de lo que nosotras sabíamos, muchos desventurados han terminado en la hoguera. No siempre los conjuros de Catalina daban el

chas de adivinar y siempre me anunciaba lo mismo: yo viviría muy largo y llegaría a ser reina, pero mi futuro dependía del hombre de sus visiones. Según ella, no era ninguno de quienes golpeaban mi puerta o me asediaban en la calle. «Paciencia, mamitay, ya estará viniendo tu viracocha», me prometía.

Entre mis pretendientes se contaba el orgulloso alférez Núñez, quien no renunciaba a su afán de echarme el guante, como él mismo decía con poca delicadeza. No entendía por qué yo rechazaba sus requerimientos, ya que mi excusa anterior no servía. Se había demostrado que era viuda, como él me había asegurado desde el comienzo. Imaginaba que mis negativas eran una forma de coquetería, y así, cuanto más tercos eran mis desaires, más se encaprichaba él. Debí prohibirle que irrumpiera con sus mastines en mi casa, porque aterrorizaban a mis sirvientas. Los animales, entrenados para someter a los indios, al olerlas comenzaban a tironear de sus cadenas y gruñían y ladraban con los colmillos a la vista. Nada divertía tanto al alférez como azuzar a sus fieras contra los indios, por lo mismo desatendía mis súplicas e invadía mi casa con sus perros, tal como lo hacía en otras partes. Un día los dos animales amanecieron con el hocico lleno de espuma verde y pocas horas después estaban tiesos. Su dueño, indignado, amenazó con matar a quien se los hubiese envenenado, pero el médico alemán lo convenció de que habían muerto de peste y que debía quemar los restos de inmediato para evitar el contagio. Así lo hizo, temiendo que el primero en caer con la enfermedad fuera él mismo.

Las visitas del alférez se hicieron cada vez más frecuentes y, como también me molestaba en la calle, me hizo la vida un infierno. «Este blanco no entiende con palabras, pues, señoray. Yo bien digo que puede irse muriendo, como los perros de él», me anunció Catalina. Preferí no indagar qué quería decir. En una ocasión

Núñez llegó como siempre, con su olor a macho y sus regalos, que yo no deseaba, llenando mi casa con su ruidosa presencia.

–¿Por qué me atormentáis, hermosa Inés? –me preguntó por enésima vez, cogiéndome por la cintura.

–No me agraviéis, señor. No os he autorizado para que me tratéis con familiaridad –repliqué, desprendiéndome de sus zarpas.

–Bien, entonces, distinguida Inés, ¿cuándo nos casamos?

–Nunca. Aquí tenéis vuestras camisas y calzas, remendadas y limpias. Buscad otra lavandera, porque no os quiero en mi casa. Adiós. –Y lo empujé hacia la puerta.

–¿Adiós, decís, Inés? ¡No me conocéis, mujer! ¡A mí nadie me insulta, y menos una ramera! –me gritó desde la calle.

Era la hora suave del atardecer, cuando los parroquianos se juntaban a esperar que salieran las últimas empanadas del horno, pero no tuve ánimo para atenderlos; temblaba de ira y vergüenza. Me limité a repartir algunas empanadas entre los pobres, para que no se quedaran sin comer, y luego cerré mi puerta, que habitualmente mantenía abierta hasta que caía el frío de la noche.

–Maldito es, pues, mamitay, pero no te asoroches. Este Núñez ha de estar trayendo buena suerte –me consoló Catalina.

–¡Sólo puede traerme desgracia, Catalina! Un hombre fanfarrón y despechado es siempre peligroso.

Catalina tenía razón. Gracias al nefasto alférez, que se instaló en una taberna a beber y jactarse de lo que pensaba hacer conmigo, conocí esa noche al hombre de mi destino, aquel que Catalina no se cansaba de anunciarme.

La taberna, una sala de techos bajos, con varios ventanucos por donde apenas entraba suficiente aire para respirar, estaba atendida por un andaluz de buen corazón que daba crédito a los soldados cortos de fondos. Por esa razón, y por la música de cuerdas y tambores de un par de negros, el local era muy popular. Contrastaba con el bullicio alegre de los clientes la figura sobria de un hombre que bebía solo en un rincón. Estaba sentado en una banqueta ante una mesita, donde había extendido un trozo de papel amarillento que mantenía estirado con su garrafa de vino. Era Pedro de Valdivia, maestre de campo del gobernador Francisco Pizarro y héroe de la batalla de Las Salinas, entonces convertido en uno de los encomenderos más ricos del Perú. En pago por los servicios prestados, Pizarro le había asignado, por el lapso de su vida, una espléndida mina de plata en Porco, una hacienda en el valle de La Canela, muy fértil y productiva, y centenares de indios para trabajarlas. ¿Y qué hacía en ese momento el afamado Valdivia? No calculaba las arrobas de plata extraídas de su mina, ni el número de sus llamas o sacos de maíz, sino que estudiaba un mapa trazado a la carrera por Diego de Almagro en su prisión, antes de ser ajusticiado. Le atormentaba la idea fija de triunfar allí donde el adelantado Almagro había fracasado, en ese territorio misterioso al sur del hemisferio. Eso faltaba aún por conquistar y poblar, era el único lugar virgen donde un militar como él podía alcanzar la gloria. No deseaba permanecer a la sombra de Francisco Pizarro, envejeciendo cómodamente en el Perú. Tampoco pretendía regresar a España, por muy rico y respetado que fuese. Menos le atraía la idea de reunirse con Marina, quien le aguardaba fielmente desde hacía años y no se cansaba de llamarlo en sus cartas, siempre colmadas de bendiciones y reproches. España era el pasado. Chile era el futuro. El mapa mostraba los caminos recorridos por Almagro en su expedición y los puntos más difíciles: la sierra, el desierto y las zonas donde se concentraban los enemigos.

a la mujer por la noche y llevársela a su casa. Un coro de risotadas y bromas obscenas acogió su solicitud, pero nadie se ofreció para ayudarlo, ya que no sólo era una acción cobarde, sino también peligrosa. Una cosa era violar en la guerra y holgar con las indias, que nada valían, y otra agredir a una viuda española que había sido recibida por el gobernador en persona. Más valía sacarse eso de la mente, le advirtieron sus compinches, pero Núñez proclamó que no le faltarían brazos para llevar a cabo su propósito.

Pedro de Valdivia no lo perdió de vista y media hora más tarde lo siguió a la calle. El hombre salió trastabillando, sin darse cuenta de que llevaba a alguien detrás. Se detuvo un rato frente a mi puerta, calculando si podría realizar su cometido solo, pero decidió no correr tal riesgo; por mucho que el alcohol le nublase el entendimiento, sabía que su reputación y su carrera militar estaban en juego. Valdivia lo vio alejarse y se plantó en la esquina, oculto en las sombras. No debió esperar mucho, pronto vio a un par de indios sigilosos que empezaron a rondar la casa tanteando la puerta y los postigos de las ventanas que daban a la calle. Cuando comprobaron que estaban atrancadas por dentro, decidieron trepar por el cerco de piedra, de sólo cinco pies de altura, que protegía la vivienda por atrás. En pocos minutos cayeron dentro del patio, con tan mala suerte para ellos que voltearon y quebraron una tinaja de barro. Tengo el sueño liviano y desperté con el ruido. Por un momento Pedro los dejó hacer, para ver hasta dónde eran capaces de llegar, y enseguida saltó el muro detrás de ellos. Para entonces yo había encendido una lámpara y había cogido el cuchillo largo de picar la carne para las empanadas. Estaba dispuesta a usarlo, pero rezaba para no tener que hacerlo, ya que Sebastián Romero me pesaba bastante y habría sido una lástima echarme otro cadáver en la conciencia. Salí al patio seguida de

–Me temo que el alférez Núñez no será tan magnánimo como vos, caballero. Buscará a esos hombres por cielo y tierra, saben demasiado y no le conviene que hablen –dije.

–Creedme, señora, me alcanza la autoridad para mandar a Núñez a pudrirse en la selva de los Chunchos, y os aseguro que lo haré –replicó él.

Recién entonces lo reconocí. Era el maestre de campo, héroe de muchas guerras, uno de los hombres más ricos y poderosos del Perú. Lo había vislumbrado en algunas ocasiones, pero siempre de lejos, admirando su caballo árabe y su autoridad natural.

Esa noche, la vida de Pedro de Valdivia y la mía se definieron. Habíamos andado en círculos por años, buscándonos a ciegas, hasta encontrarnos al fin en el patio de esa casita en la calle del Templo de las Vírgenes. Agradecida, le invité a entrar a mi modesta sala, mientras Catalina iba a buscar un vaso de vino, que en mi casa no faltaba, para agasajarlo. Antes de esfumarse en el aire, como era su costumbre, Catalina me hizo una señal a espaldas de mi huésped y así supe que se trataba del hombre que ella había vislumbrado en sus conchitas de adivinar. Sorprendida, porque nunca imaginé que la suerte me asignaría a alguien tan importante como Valdivia, procedí a estudiarlo de pies a cabeza en la luz amarilla de la lámpara. Me gustó lo que vi: ojos azules como el cielo de Extremadura, facciones viriles, rostro abierto aunque severo, fornido, buen porte de guerrero, manos endurecidas por la espada pero de dedos largos y elegantes. Un hombre entero, como él, sin duda era un lujo en las Indias, donde tantos hay marcados por horrendas cicatrices o carentes de ojos, narices y hasta miembros. ¿Y qué vio él? Una mujer delgada, de mediana estatura, con el cabello suelto y desordenado, ojos castaños, cejas gruesas, descalza, cubierta por un camisón de tela ordinaria. Mudos, nos miramos durante una eternidad sin poder apartar los ojos. Aunque la noche estaba fría, la piel me quemaba y un hilo de sudor me corría por la espalda. Sé que a él lo sacudía la misma tormenta, porque el aire de la habitación se volvió denso. Catalina surgió de la nada con el vino, pero al percibir lo que nos ocurría, desapareció para dejarnos solos.

Después Pedro me confesaría que esa noche no tomó la iniciativa en el amor porque necesitaba tiempo para calmarse y pensar. «Al verte sentí miedo por primera vez en mi vida», me diría mucho más tarde. No era hombre de mancebas ni concubinas, no se le conocían amantes y nunca tuvo relaciones con indias, aunque supongo que alguna vez las tuvo con mujeres de alquiler. A su manera, había sido siempre fiel a Marina Ortiz de Gaete, con quien estaba en falta, porque la enamoró a los trece años, no la hizo feliz y la abandonó para lanzarse a la aventura de las Indias. Se sentía responsable por ella ante Dios. Pero yo era libre, y aunque Pedro hubiese tenido media docena de esposas, igual lo habría amado, era inevitable. Él tenía casi cuarenta años y yo alrededor de treinta, ninguno de los dos podía perder tiempo, por eso me dispuse a conducir las cosas por el debido cauce.

¿Cómo llegamos a abrazarnos tan pronto? ¿Quién estiró la mano primero? ¿Quién buscó los labios del otro para el beso? Seguramente fui yo. Apenas pude sacar la voz para romper el silencio cargado de intenciones en que nos mirábamos, le anuncié sin preámbulos que lo estaba aguardando desde hacía mucho tiempo, porque lo había visto en sueños y en las cuentas y conchas de adivinar, que estaba dispuesta a amarlo para siempre y otras promesas, sin guardarme nada y sin pudor. Pedro retrocedió, rígido, pá-

sostengo que todos sean iguales, pero se parecen bastante, y con un mínimo de intuición cualquier mujer puede darles contento. A la inversa no es lo mismo; pocos hombres saben satisfacer a una mujer y aún menos son los que están interesados en hacerlo. Pedro tuvo la inteligencia de dejar su espada al otro lado de la puerta y rendirse ante mí. Los detalles de esa primera noche no importan demasiado, basta decir que ambos descubrimos el verdadero amor, porque hasta entonces no habíamos experimentado la fusión del cuerpo y del alma. Mi relación con Juan fue carnal, y la de él con Marina, espiritual; la nuestra llegó a ser completa.

Valdivia permaneció encerrado en mi casa durante dos días. En ese tiempo no se abrieron los postigos, nadie hizo empanadas, las indias anduvieron calladas y de puntillas, y Catalina se las arregló para alimentar a los mendigos con sopa de maíz. La fiel mujer nos traía vino y comida a la cama; también preparó una tinaja con agua caliente para que nos laváramos, costumbre peruana que ella me había enseñado. Como todo español de origen, Pedro creía que el baño es peligroso, produce debilitamiento de los pulmones y adelgaza la sangre, pero le aseguré que la gente del Perú se bañaba a diario y nadie tenía los pulmones blandos ni la sangre aguada. Ese par de días se nos fueron en un suspiro contándonos el pasado y amándonos en un quemante torbellino, una entrega que nunca alcanzaba a ser suficiente, un deseo demente de fundirnos en el otro, morir y morir, «¡Ay, Pedro!». «¡Ay, Inés!» Nos desplomábamos juntos, quedábamos enlazados de piernas y brazos, exhaustos, bañados en el mismo sudor, hablando en susurros. Luego renacía el deseo con más intensidad entre las sábanas mojadas; olor a hombre –hierro, vino y caballo–, olor a mujer –cocina, humo y mar–, fragancia de ambos, única e inolvidable, hálito de selva, caldo espeso. Aprendimos a elevarnos hacia el cielo y a gemir juntos, heridos por el mismo latigazo, que nos suspendía al borde de la muerte y por último nos sumergía en un letargo profundo. Una y otra vez despertábamos listos para inventar de nuevo el amor, hasta que llegó el alba del tercer día, con su alboroto de gallos y el aroma del pan. Entonces Pedro, transformado, pidió su ropa y su espada.

¡Ah! ¡Qué tenaz es la memoria! La mía no me deja en paz, me llena la mente de imágenes, palabras, dolor y amor. Siento que vuelvo a vivir una y otra vez lo ya vivido. El esfuerzo de escribir este relato no está en recordar, sino en el lento ejercicio de ponerlo en papel. Mi letra nunca fue buena, a pesar de los empeños de González de Marmolejo, pero ahora es casi ilegible. Tengo cierta urgencia, porque vuelan las semanas y todavía falta bastante por narrar. Me canso. La pluma rompe el papel y caen salpicaduras de tinta; en resumen, esta labor me queda grande. ¿Por qué insisto en ella? Quienes me conocieron a fondo están muertos, sólo tú, Isabel, tienes una idea de quién soy, pero esa idea está desvirtuada por tu cariño y la deuda que crees tener conmigo. No me debes nada, te lo he dicho a menudo; soy yo quien está en deuda contigo, porque viniste a satisfacer mi más profunda necesidad, la de ser madre. Eres mi amiga y confidente, la única persona que conoce mis secretos, incluso algunos que, por pudor, no compartí con tu padre. Nos llevamos bien tú y yo, tienes buen humor y nos reímos juntas, con esa risa de las mujeres, que nace de la complicidad. Te agradezco que te hayas instalado con tus hijos aquí, a pesar de que tu casa queda a un par de cuadras de distancia. Arguyes que necesitas compañía mientras tu marido anda en la guerra, como antes andaba el mío, pero no te creo. La verdad es que temes que me muera sola en este caserón de viuda, que será tuyo muy pronto, tal como ya lo son todos mis bienes terrenales. Me conforta la idea de verte convertida en una mujer muy rica; me puedo ir en paz al otro mundo, ya que he cumplido cabalmente la promesa de protegerte que le hice a tu padre cuando él te trajo a mi casa. Entonces yo era todavía la amante de Pedro de Valdivia, pero eso no me impidió recibirte con los brazos abiertos. En esa época la ciudad de Santiago ya se había repuesto del estropicio causado por el primer ataque de los indios, habíamos salido de la pobreza y nos dábamos ciertas ínfulas, aunque todavía no era realmente una ciudad, sino apenas un villorrio. Por sus méritos y su carácter intachable, Rodrigo de Quiroga se había convertido en el capitán favorito de Pedro y en mi mejor amigo. Yo sabía que estaba enamorado de mí, una mujer siempre lo sabe, aunque no se escape un gesto o una palabra que lo delate. Rodrigo no habría sido capaz de admitirlo ni en lo más secreto de su corazón, por lealtad a Valdivia, su jefe y amigo. Supongo que yo también lo quería –se puede amar a dos hombres al mismo tiempo–, pero me guardé ese sentimiento para no arriesgar el honor y la vida de Rodrigo. No es todavía el momento de referirme a esto, queda para más adelante.

Hay cosas que no he tenido ocasión de contarte, por estar demasiado ocupada en tareas cotidianas, y si no las escribo me las llevaré a la tumba. A pesar de mi afán de exactitud, he omitido bastante. He debido seleccionar sólo lo esencial, pero estoy segura de no haber traicionado la verdad. Ésta es mi historia y la de un hombre, don Pedro de Valdivia, cuyas heroicas proezas han sido anotadas con rigor por los cronistas y perdurarán en sus páginas hasta el fin de los tiempos; sin embargo, yo sé de él lo que la Historia jamás podrá averiguar: qué temía y cómo amó.

La relación con Pedro de Valdivia me trastornó. No podía vivir sin él, un solo día sin verlo me afiebraba, una noche sin estar en sus brazos era un tormento. Al principio, más que amor fue una pasión ciega, desatada, que por suerte él compartía, de otro modo yo hubiese perdido el juicio. Más tarde, cuando fuimos superando los obstáculos del destino, la pasión dio paso al amor. Lo admiraba tanto como lo deseaba, sucumbí por completo ante su energía, me sedujeron su valor y su idealismo. Valdivia ejercía su autoridad sin aspavientos, se hacía obedecer con su sola presencia, tenía una personalidad imponente, irresistible, pero en la intimidad se transformaba. En mi cama era mío, se me entregó sin reticencia, como un joven en su primer amor. Estaba acostumbrado a la rudeza de la guerra, era impaciente e inquieto, sin embargo podíamos pasar días completos de ocio, dedicados a conocernos, contándonos los detalles de nuestros respectivos destinos con verdadera urgencia, como si se nos fuera a acabar la vida en menos de una semana. Yo llevaba la cuenta de los días y las horas que pasábamos juntos, eran mi tesoro. Pedro llevaba la cuenta de nuestros abrazos y besos. Me sorprende que a ninguno de los dos nos asustara esa pasión que hoy, vista desde la distancia del desamor y la ancianidad, me parece opresiva.

Pedro pasaba sus noches en mi casa, salvo cuando debía viajar a la Ciudad de los Reyes o visitar sus propiedades en Porco y La Canela, y entonces me llevaba con él. Me gustaba verlo sobre su caballo –tenía un aire marcial– y ejercer su don de mando entre sus subalternos y camaradas de armas. Sabía muchas cosas que yo no sospechaba, me comentaba sus lecturas, compartía conmigo sus ideas. Era espléndido conmigo, me regalaba vestidos suntuosos, telas, joyas y monedas de oro. Al principio esa generosidad me molestaba, porque me parecía un intento de comprar mi cariño, pero después me acostumbré a ella. Empecé a ahorrar, con la idea de tener algo más o menos seguro en el futuro. «Nunca se sabe lo que puede pasar», decía siempre mi madre, quien me enseñó a esconder dinero. Además, comprobé que Pedro no era buen administrador y no se interesaba demasiado en sus bienes; como todo hidalgo español, se creía por encima del trabajo o del vil dinero, que podía gastar como un duque pero que no sabía ganar. Las mercedes de tierra y minas recibidas de Pizarro fueron un golpe de fortuna que recibió con la misma soltura con que estaba dispuesto a perderlas. Una vez me atreví a decírselo, porque, como he tenido que ganarme la vida desde que era niña, me horroriza el despilfarro, pero me hizo callar con un beso. «El oro es para gastarlo y, gracias a Dios, a mí me sobra», replicó. Eso no me tranquilizó, por el contrario.

Valdivia trataba a sus indios encomendados con más consideración que otros españoles, pero siempre con rigor. Había establecido turnos de trabajo, alimentaba bien a su gente y obligaba a los capataces a medirse en los castigos, mientras que en otras minas y haciendas hacían trabajar incluso a las mujeres y los niños.

–No es mi caso, Inés. Yo respeto las leyes de España hasta donde es posible –replicó, altanero, cuando se lo comenté.

–¿Quién decide hasta dónde es posible?

–La moral cristiana y el buen juicio. Tal como no conviene reventar a los caballos de fatiga, no se debe abusar de los indios. Sin ellos, las minas y las tierras nada valen. Quisiera convivir con ellos en armonía, pero no se puede someterlos sin emplear la fuerza.

–Dudo que someterlos los beneficie, Pedro.

—¿Dudas de los beneficios del cristianismo y la civilización? —me refutó.

—A veces las madres dejan morir de hambre a los recién nacidos para no encariñarse con ellos, pues saben que se los quitarán para esclavizarlos. ¿No estaban mejor antes de nuestra llegada?

—No, Inés. Bajo el dominio del Inca padecían más que ahora. Debemos mirar hacia el futuro. Ya estamos aquí y nos quedaremos. Un día habrá una nueva raza en esta tierra, mezcla de nosotros con indias, todos cristianos y unidos por nuestra lengua castellana y la ley. Entonces habrá paz y prosperidad.

Él así lo creía, pero se murió sin verlo, y también moriré yo antes de que ese sueño se cumpla, porque estamos a fines de 1580 y todavía los indios nos odian.

Pronto la gente del Cuzco se acostumbró a considerarnos una pareja, aunque imagino que a nuestras espaldas circulaban comentarios maliciosos. En España me habrían tratado como a una barragana, pero en el Perú nadie me faltaba el respeto, al menos nunca en mi cara, porque habría sido como faltárselo a Pedro de Valdivia. Se sabía que él tenía una esposa en Extremadura, pero eso no era novedad, la mitad de los españoles estaba en situación similar, sus esposas legítimas eran recuerdos borrosos; en el Nuevo Mundo necesitaban amor inmediato o un sustituto de ello. Además, también en España los hombres tenían mancebas; el imperio estaba sembrado de bastardos y muchos de los conquistadores lo eran. En un par de ocasiones Pedro me habló de sus remordimientos, no por haber dejado de amar a Marina, sino por estar impedido de casarse conmigo. Yo podía desposarme con cualquiera de los que antes me cortejaban y que ahora no se atrevían a mirarme, dijo. Sin embargo, esa posibilidad nunca me quitó el sueño. Tuve claro desde el principio que Pedro y yo jamás podríamos casarnos, salvo que muriera Marina, lo que ninguno de los dos deseaba, por eso me saqué la esperanza del corazón y me dispuse a celebrar el amor y la complicidad que compartíamos, sin pensar en el futuro, en chismes, vergüenza o pecado. Éramos amantes y amigos. Solíamos discutir a gritos, porque ninguno de los dos tenía temperamento manso, pero eso no lograba separarnos. «De ahora en adelante tienes las espaldas cubiertas por mí, Pedro, de modo que puedes concentrarte en dar tus batallas de frente», le anuncié en nuestra segunda noche de amor, y él lo tomó al pie de la letra y jamás lo olvidó. Por mi parte, aprendí a sobreponerme al mutismo terco que solía agobiarme cuando me enfurecía. La primera vez que decidí castigarlo con el silencio, Pedro me tomó la cara entre las manos, me clavó sus ojos azules y me obligó a confesar lo que me molestaba. «No soy adivino, Inés. Podemos acortar camino si me dices qué quieres de mí», insistió. Del mismo modo, yo le salía al encuentro cuando lo dominaba la impaciencia y la soberbia, o cuando una decisión suya me parecía poco acertada. Éramos similares, ambos fuertes, mandones y ambiciosos; él pretendía fundar un reino y yo pretendía acompañarlo. Lo que él sentía, lo sentía yo, así compartimos la misma ilusión.

Al principio me limitaba a escuchar en silencio cuando él mencionaba a Chile. No sabía de qué hablaba, pero disimulé mi ignorancia. Me informé por mis clientes, los soldados que me traían su ropa a lavar o venían a comprar empanadas, y así supe del fracasado intento de Diego de Almagro. Los hombres que sobrevivieron a esa aventura y a la batalla de Las Salinas no tenían un maravedí en la faltriquera, andaban con la ropa en hilachas y a menudo acudían sigilosos por la puerta del patio a buscar comida gratis, por eso les llamaban los «rotos chilenos». No se ponían en la cola de los mendigos indígenas, aunque eran tan pobres como ellos, porque había cierto orgullo en ser uno de esos rotos, palabra que designaba al hombre valiente, audaz, esforzado y altanero. Chile, según la descripción de esos hombres, era tierra maldita, pero imaginé que Pedro de Valdivia tenía muy buenas razones para ir allí. Al escucharlo, me fui entusiasmando con su idea.

–Aunque me cueste la vida, intentaré la conquista de Chile –me dijo.

–Y yo iré contigo.

–No es una empresa para mujeres. No puedo someterte a los peligros de esa aventura, Inés, pero tampoco deseo separarme de ti.

–¡Ni se te ocurra! Vamos juntos o no vas a ninguna parte –repliqué.

Nos trasladamos a la Ciudad de los Reyes, fundada sobre un cementerio inca, para que Pedro consiguiera la autorización de Francisco Pizarro para ir a Chile. No podíamos alojarnos en la misma casa –aunque pasábamos juntos cada noche–, para no provocar a las malas lenguas y a los frailes, que en todo se meten, aunque ellos mismos no son ejemplos de virtud. Rara vez vi salir el sol en la Ciudad de los Reyes, el cielo estaba siempre encapotado; tampoco llovía, pero el rocío del aire se pegaba en el cabello y cubría todo con una pátina verdosa. Según Catalina, que fue con nosotros, por la noche se paseaban en las calles las momias de los incas, enterradas bajo las casas, pero yo nunca las vi.

Mientras yo averiguaba qué se necesita para una empresa tan complicada como atravesar mil leguas, fundar ciudades y pacificar indios, Pedro perdía días enteros en el palacio del marqués gobernador, participando en tertulias sociales y conciliábulos políticos que le fastidiaban. Las efusivas muestras de respeto y amistad que Pizarro prodigaba a Valdivia provocaban dura envidia en otros militares y encomenderos. Ya entonces, en sus comienzos, la ciudad estaba envuelta en el tejido de enredos que hoy la caracteriza. La corte era un hervidero de intrigas y todo tenía un precio, hasta el honor. Los ambiciosos y halagüeños se desvivían por obtener los favores del marqués gobernador, el único que tenía poder para otorgar granjerías. Había incalculables tesoros en el Perú, pero no alcanzaban para tantos pedigüeños. Pizarro no entendía por qué, mientras los demás procuraban agarrar a manos llenas, Valdivia estaba dispuesto a devolverle su mina y su hacienda para repetir el error que tan caro le había costado a Diego de Almagro.

–¿Por qué os empecináis en esa aventura en Chile, esa tierra pelada, don Pedro? –le preguntó más de una vez.

–Para dejar fama y memoria de mí, excelencia –replicaba siempre Valdivia.

Y en verdad ésa era su única razón. El camino a Chile equivalía a atravesar el infierno, los indios eran indómitos y no había oro en abundancia, como en el Perú, pero estos inconvenientes eran ventajas para Valdivia. El desafío del viaje y de batallar contra fieros enemigos le atraía y, aunque no lo manifestó delante de Pizarro, le gustaba la pobreza de Chile, como me explicó a menudo. Estaba convencido de que el oro corrompe y envicia. El oro dividía a los españoles en el Perú, atizaba la maldad y la codicia, alimentaba las maquinaciones, ablandaba las costumbres y perdía las almas. En su imaginación, Chile era el lugar ideal, lejos de los cortesanos de la Ciudad de los Reyes, donde podría fundar una sociedad justa basada en el trabajo duro y la labranza de la tierra, sin la riqueza mal habida de las minas y la esclavitud. En Chile incluso la religión sería sencilla, porque él –que había leído a Erasmo– se ocuparía de atraer a sacerdotes bondadosos, verdaderos servidores de Dios, y no a una manga de frailes corruptos y odiosos. Los descendientes de los fundadores serían chilenos sobrios, honestos, esforzados, respetuosos de la ley. Entre ellos no habría aristócratas, a los que él detestaba, porque el único título válido no es aquel que se hereda, sino el ganado por los méritos de una existencia digna y un alma noble. Yo pasaba horas oyéndolo hablar así, con los ojos húmedos y el corazón azorado de emoción, imaginando esa nación utópica que fundaríamos juntos.

Al cabo de semanas de pasearse por los salones y corredores del palacio, Pedro empezó a perder la paciencia, convencido de que nunca obtendría la autorización, pero yo estaba segura de que Pizarro se la daría. La demora era habitual en el marqués, quien no era amigo de las cosas derechas; fingía preocupación por los peligros que «su amigo» debería enfrentar en Chile, pero en realidad le convenía que Valdivia se fuera lejos, donde no pudiera conspirar contra él ni hacerle sombra con su prestigio. Los gastos, riesgos y padecimientos corrían por cuenta de Valdivia, mientras que la tierra sometida dependería del gobernador del Perú; él nada podía perder con el osado proyecto, ya que no pensaba invertir un solo maravedí en ello.

–Chile está aún por conquistar y cristianizar, señor marqués gobernador, deber que nosotros, súbditos de su majestad imperial, no podemos descuidar –argumentó Valdivia.

–Dudo que encontréis hombres dispuestos a acompañaros, don Pedro.

–Nunca han faltado varones heroicos y de buen guerrear entre los españoles, excelencia. Cuando se corra la voz de esta expedición a Chile, sobrarán brazos armados.

Una vez que el asunto del financiamiento quedó claro, es decir, que los gastos corrían por parte de Valdivia, el marqués gobernador otorgó su autorización con aparente desgano y recuperó rápidamente la rica mina de plata y la hacienda que poco antes le había otorgado a su valeroso maestre de campo. A éste no le importó. Había asegurado el bienestar de Marina en España y no le interesaba su fortuna personal. Contaba con nueve mil pesos de oro y los documentos necesarios para la empresa.

–Falta un permiso –le recordé.

–¿Cuál?

–El mío. Sin él no puedo acompañarte.

Pedro expuso al marqués, en forma algo exagerada, mi experiencia en cuidar enfermos y heridos, así como mis conocimientos de costura y cocina, indispensables para un viaje como aquél, pero de nuevo se vio enredado en intrigas palaciegas y objeciones morales. Tanto insistí, que Pedro me consiguió una audiencia para hablar con Pizarro en persona. No quise que él me acompañara, porque hay cosas que una mujer puede hacer mejor sola.

Me presenté al palacio a la hora señalada, pero tuve que esperar horas en una sala llena de gente que acudía a pedir favores, como yo. El ambiente estaba recargado de adornos y profusamente iluminado por hileras de bujías en candelabros de plata; era un día más gris que otros y muy poca luz natural se colaba por los ventanales. Al saber que venía recomendada por Pedro de Valdivia, los lacayos me ofrecieron una silla, mientras los demás solicitantes debían permanecer de pie; algunos llevaban meses yendo a diario y ya tenían el aire ceniciento de la resignación. Aguardé tranquila, sin darme por aludida de las miradas torvas de algunas personas, que sin duda conocían mi relación con Valdivia y debían de preguntarse cómo una insignificante costurera, una mujer amancebada, se atrevía a pedir audiencia al marqués gobernador.

A eso del mediodía llegó un secretario y anunció que era mi turno. Le seguí a una habitación imponente, decorada con un lujo exagerado –cortinajes, escudos, pendones, oro y plata–, chocante para el sobrio temperamento español, en especial para los que venimos de Extremadura. Guardias empenachados protegían al marqués gobernador, más de una docena de escribanos, secretarios, leguleyos, bachilleres y frailes se afanaban con libracos y documentos, que él no podía leer, y varios sirvientes indígenas de librea, pero descalzos, servían vino, frutas y pasteles de las monjas. Francisco Pizarro, instalado en un sillón de felpa y plata sobre un estrado, me hizo el honor de reconocerme y mencionar que recordaba nuestra entrevista anterior. Yo me había hecho un vestido de viuda para la ocasión, iba de negro, con mantilla y una toca que ocultaba mis cabellos. Dudo que el astuto marqués se dejara engañar por mi apariencia; sabía muy bien por qué Valdivia pretendía llevarme con él.

–¿En qué puedo serviros, señora? –me preguntó con su voz destemplada.

–Soy yo quien desea serviros a vos y a España, excelencia –le contesté, con una humildad que estaba lejos de sentir, y procedí a mostrarle el mapa amarillento de Diego de Almagro, que Valdivia siempre llevaba junto al pecho. Le señalé la ruta del desierto, que habría de seguir la expedición, y le conté que yo había heredado de mi madre el don de encontrar agua.

Francisco Pizarro, perplejo, se quedó mirándome como si yo me hubiese burlado de él. Creo que nunca había oído hablar de algo semejante, a pesar de que es una facultad bastante común.

–¿Me estáis diciendo que podéis hallar agua en el desierto, señora?

–Sí, excelencia.

–¡Estamos hablando del desierto más árido del mundo!

–Según dicen algunos soldados que fueron en la expedición anterior, allí crecen algunos pastos y matorrales, excelencia. Eso significa que hay agua, aunque posiblemente está a cierta profundidad. Si la hay, yo puedo encontrarla.

Para entonces toda actividad había cesado en la sala de audiencias y los presentes, incluso los servidores indios, seguían nuestra conversación con la boca abierta.

–Permitidme que os demuestre lo que sostengo, señor marqués gobernador. Puedo ir con testigos al sitio más yermo que usted me asigne y con una varilla os mostraré que soy capaz de hallar agua.

–No será necesario, señora. Os creo –se pronunció Pizarro después de una larga pausa.

Procedió a impartir órdenes para que se me extendiera la autorización solicitada y, además, me ofreció una lujosa tienda de campaña, como prenda de amistad, «para aliviar los sacrificios del viaje», manifestó. En vez de seguir al secretario, que pretendía conducirme a la puerta, me planté junto a uno de los escritorios a esperar mi documento, porque de otro modo podía tardar meses. Media hora más tarde, Pizarro le puso su sello y me lo tendió con una sonrisa torcida. Sólo me faltaba el permiso de la Iglesia.

Pedro y yo regresamos al Cuzco a organizar la expedición, tarea nada fácil, porque, aparte de los gastos, había el problema de que muy pocos soldados quisieron sumarse a nosotros. Eso de que sobrarían brazos bien armados, como había anunciado tantas veces Valdivia, resultó una ironía. Quienes fueron años antes con Diego de Almagro habían regresado contando horrores de aquel lugar, que llamaban «sepultura de españoles» y que, según aseguraban, era muy mísero y no alcanzaba para alimentar ni a treinta encomenderos. Los «rotos chilenos» habían vuelto sin nada y vivían de la caridad, prueba sobrada de que Chile sólo ofrecía padecimientos. Eso desanimaba incluso a los más bravos, pero Valdivia podía ser muy elocuente cuando aseguraba que, una vez subsanados los obstáculos del camino, llegaríamos a una tierra fértil y benigna, de mucho contento, donde podríamos prosperar. «¿Y el oro?», preguntaban los hombres. Oro también habría, les aseguraba él, era cuestión de buscarlo. Los únicos voluntarios resultaron tan escasos de fondos, que debió prestarles dinero para que se aperaran con armas y caballos, tal como antes había hecho Almagro con los suyos, aun a sabiendas que nunca podría recuperar la inversión. Los nueve mil pesos se hicieron pocos para adquirir lo indispensable, entonces Valdivia consiguió financiamiento con un inescrupuloso comerciante, a quien consintió pagarle el cincuenta por ciento de lo que se recaudara en la empresa de la conquista.

Fui a confesarme con el obispo del Cuzco, a quien ablandé antes con manteles bordados para su sacristía, ya que necesitaba su permiso para el viaje. Teniendo en mi poder el documento de Pizarro, iba más o menos segura, pero nunca se sabe cómo reaccionarán los frailes y menos aún los obispos. En la confesión no tuve más remedio que exponer la verdad desnuda de mis amores.

–El adulterio es pecado mortal –me recordó el obispo.

–Soy viuda, eminencia. Me confieso de fornicación, que es un pecado horroroso, pero no de adulterio, que es peor.

–Sin arrepentimiento y sin el firme propósito de no volver a pecar, hija, ¿cómo pretendéis que os absuelva?

–Tal como lo hacéis con todos los castellanos del Perú, eminencia, que de otro modo irían a parar de cabeza al infierno.

Me dio la absolución y el permiso. A cambio le prometí que en Chile construiría una iglesia dedicada a Nuestra Señora del Socorro, pero él prefería a Nuestra Señora de las Mercedes, que viene a ser lo mismo con otro nombre, pero para qué iba a discutir con el obispo.

Entretanto, Pedro se ocupaba de reclutar a los soldados, conseguir los yanaconas o indios auxiliares necesarios, comprar armas, municiones, carpas y caballos. Yo me hice cargo de otras cosas de menor importancia que rara vez distraen la mente de los grandes hombres, como alimento, herramientas de labranza, utensilios de cocina, llamas, vacas, mulas, cerdos, gallinas, semillas, mantas, telas, lana y mucho más. Los gastos eran muchos y tuve que invertir mis monedas ahorradas y vender mis joyas, que de todos modos no usaba, las tenía guardadas para una emergencia y consideré que no había emergencia mayor que la conquista de Chile. Además, confieso que nunca me han gustado las alhajas y menos aún tan ostentosas como las que me había regalado Pedro. Las pocas veces que me las puse, me parecía ver a mi madre con el ceño fruncido recordándome que no conviene llamar la atención ni provocar envidia. El médico alemán me entregó un baulito con cuchillos, tenazas, otros instrumentos de cirugía y medicamentos: azogue, albayalde fino, mercurio dulce, jalapa en polvo, precipitado blanco, crémor tártaro, sal de saturno, basilicón, antimonio crudo, sangre de drago, piedra infernal, bolo armenio, tierra japónica y éter. Catalina le dio una mirada a los frascos y se encogió de hombros, despectiva. Ella llevaba sus bolsas con el herbolario indígena, que enriqueció por el camino con las plantas curativas de Chile. Además, insistió en llevar la batea de madera para el baño, porque nada le molestaba tanto como la hediondez de los viracochas y estaba convencida de que casi todas las enfermedades eran debidas a la mugre.

En eso estaba cuando llegó a golpear mi puerta un hombre maduro, simplón, con cara de niño, que se presentó como don Benito. Era uno de los hombres de Almagro, curtido por años de vida militar, el único que regresó enamorado de Chile, pero no se atrevía a decirlo en público para que no lo creyeran enajenado. Tan andrajoso como los otros «chilenos», tenía sin embargo una gran dignidad de soldado y no venía a pedir dinero prestado ni a poner condiciones, sino a acompañarnos y ofrecernos su ayuda. Compartía la idea de Valdivia de que en Chile se podía fundar un pueblo justo y sano.

–Esa tierra corre mil leguas de norte a sur y el mar la baña al oeste, mientras que al este hay una sierra tan majestuosa como no se ha visto en España, señora mía –me dijo.

Don Benito nos contó detalles del desastroso viaje de Diego de Almagro. Dijo que el adelantado permitió que sus hombres cometieran atrocidades indignas de un cristiano. Se llevaron del Cuzco a miles y miles de indios atados con cadenas y sogas al cuello, para evitar que escaparan. A los que morían, simplemente les cortaban la cabeza, para no darse el trabajo de desatar a la hilera de cautivos ni detener el avance de la fila, que se arrastraba por la sierra. Cuando les faltaban indios para servirles, se dejaban caer como demonios sobre pueblos indefensos, encadenaban a los hombres, violaban y raptaban a las mujeres, mataban o abandonaban a los niños y, después de robar el alimento y los animales domésticos, quemaban las casas y las siembras. Hacían que los indios cargaran más peso del humanamente posible, incluso que se echaran al hombro a los potrillos recién nacidos y las literas y hamacas en que ellos mismos se hacían transportar para no cansar a sus caballos. En el desierto, más de un viracocha llevaba amarrada a la montura a una india recién parida, para beberle la leche de los senos, a falta de otro líquido, mientras el niño quedaba tirado en las arenas hirvientes. Los negros azotaban hasta la muerte a quienes se doblaban de fatiga, y era tanta el hambre que pasaban los infelices indígenas, que llegaron a comerse los cadáveres de sus compañeros. Al español que era cruel y mataba a más indios, lo tenían por bueno, y al que no, por cobarde. Valdivia lamentó esos hechos, seguro de que él los habría evitado, pero comprendía que así es el desorden de la guerra, como le constaba después de haber presenciado el saqueo de Roma. Dolor y más dolor, sangre por el camino, sangre de las víctimas, sangre que envilece a los opresores.

Don Benito conocía las penurias del viaje porque las había vivido, y nos relató la travesía del desierto de Atacama, que ellos tomaron para volver al Perú. Ésa era la ruta escogida por nosotros para ir a Chile, a la inversa del recorrido de Almagro.

–No debemos contemplar sólo las necesidades de los soldados, señora. También el estado de los indios debe ocuparnos, requieren abrigo, alimento y agua. Sin ellos no llegaremos lejos –me recordó.

Yo lo tenía muy presente, pero proveer para mil yanaconas con el dinero disponible era tarea de mago.

Entre los escasos soldados que vendrían con nosotros a Chile se contaba Juan Gómez, un apuesto y valeroso joven oficial, sobrino del difunto Diego de Almagro. Un día se presentó en mi casa con su gorra de terciopelo en la mano, muy cohibido, y me confesó su relación con una princesa inca, bautizada con el nombre de Cecilia.

–Nos amamos mucho, doña Inés, no podemos separarnos. Cecilia quiere venir conmigo a Chile –me dijo.

—¡Pues que venga!

—No creo que don Pedro de Valdivia lo permita, porque Cecilia está preñada —balbuceó el joven.

Era un problema serio. Pedro había sido muy claro en su decisión de que en un viaje de tal magnitud no se podían llevar mujeres en esa condición, porque era muy engorroso, pero al comprobar la angustia de Juan Gómez me sentí obligada a darle una mano.

—¿De cuántos meses está la preñez? —le pregunté.

—Más o menos de tres o cuatro.

—Os dais cuenta del riesgo que esto supone para ella, ¿verdad?

—Cecilia es muy fuerte, dispondrá de las comodidades necesarias y yo la ayudaré, doña Inés.

—Una princesa mimada y su séquito serán un incordio tremendo.

—Cecilia no molestará, señora. Le aseguro que apenas la notarán en la caravana…

—Está bien, don Juan, no habléis de esto con nadie por el momento. Veré cómo y cuándo se lo anuncio al capitán general Valdivia. Preparaos para partir dentro de poco.

Agradecido, Juan Gómez me trajo de regalo un cachorro negro de pelaje áspero y duro, como el de un cerdo, que se convirtió en mi sombra. Le puse por nombre Baltasar, porque era 6 de enero, día de los Reyes Magos. Ese animal fue el primero de una serie de perros iguales, descendientes suyos, que me han acompañado durante más de cuarenta años. Dos días más tarde acudió a visitarme la princesa inca, que llegó en una litera llevada por cuatro hombres y seguida por otras cuatro criadas cargadas de regalos. Yo nunca había visto de cerca a un miembro de la corte del Inca; concluí que las princesas de España palidecerían de envidia ante Cecilia. Era muy joven y bella, con facciones delicadas, casi infantiles, de corta estatura y delgada, pero resultaba imponente, porque poseía la altivez natural de quien ha nacido en cuna de oro y está acostumbrada a ser servida. Vestía a la moda del incanato, con sencillez y elegancia. Llevaba la cabeza descubierta y el cabello suelto, como un manto negro, liso y reluciente, que le cubría la espalda hasta la cintura. Me anunció que su familia estaba dispuesta a contribuir con los pertrechos de los yanaconas, siempre que no los llevaran encadenados. Así lo había hecho Almagro con la disculpa de que mataba dos pájaros de un tiro: evitaba que los indios escaparan y transportaba hierro. Más infelices murieron por esas cadenas de pesadumbre que por los rigores del clima. Le expliqué que Valdivia no pensaba hacer eso, pero ella me recordó que los viracochas trataban a los indígenas peor que a las bestias. ¿Podía yo responder por Valdivia y por la conducta de los otros soldados?, preguntó. No, no podía, pero le prometí mantenerme vigilante y, de paso, la felicité por sus compasivos sentimientos, ya que los incas de la nobleza rara vez tenían consideraciones con su pueblo. Me miró extrañada.

–La muerte y los suplicios son normales, pero las cadenas no. Resultan humillantes –me aclaró en el buen castellano aprendido de su amante.

Cecilia llamaba la atención por su hermosura, sus ropas del más fino tejido peruano y su inconfundible porte de realeza, pero se las arregló para pasar casi desapercibida durante las primeras cincuenta leguas de viaje, hasta que encontré el momento adecuado para hablar con Pedro, quien al principio reaccionó con cólera, como cabía esperarse cuando una de sus órdenes era ignorada.

–Si yo estuviese en la situación de Cecilia, habría tenido que quedarme atrás… –suspiré.

–¿Acaso lo estás? –preguntó, esperanzado, porque siempre quiso tener un hijo.

–No, por desgracia, pero Cecilia sí, y no es la única. Tus soldados están preñando a las indias auxiliares cada noche, y ya tenemos a una docena con el vientre lleno.

Cecilia resistió la travesía del desierto, en parte montada en su mula y en parte cargada en una hamaca por sus servidores, y su hijo fue el primer niño nacido en Chile. Juan Gómez nos pagó con una lealtad incondicional que habría de sernos muy útil en los meses y años venideros.

Cuando ya estaba todo listo para emprender el camino con el puñado de soldados que quisieron acompañarnos, surgió un inconveniente inesperado. Un cortesano, antiguo secretario de Pizarro, llegó de España con una autorización del rey para conquistar los territorios al sur del Perú, desde Atacama hasta el estrecho de Magallanes. Este Sancho de la Hoz era pulcro de modales y amistoso de palabra, pero falso y vil de corazón. Eso sí, iba muy emperifollado, se vestía con chorreras de encajes y se rociaba con perfume. Los hombres se reían de él a sus espaldas, pero pronto empezaron a imitarlo. Llegó a ser más peligroso para la expedición que las inclemencias del desierto y el odio de los indios; no merece que su nombre quede en esta crónica, pero no puedo evitar mencionarlo, ya que vuelve a aparecer más adelante y, si hubiera logrado su propósito, Pedro de Valdivia y yo no habríamos cumplido nuestros destinos. Con su llegada, había dos hombres para la misma empresa, y por unas semanas pareció que ésta se trancaba sin remedio, pero al cabo de muchas discusiones y demoras el marqués gobernador Francisco Pizarro decidió que ambos acometieran la conquista de Chile en calidad de socios: Valdivia iría por tierra, De la Hoz por mar, y se encontrarían en

Atacama. «Tú te vas cuidando mucho de este Sancho, pues, mamitay», me advirtió Catalina cuando supo lo ocurrido. Nunca lo había visto, pero lo caló con sus conchas de adivinar.

Partimos por fin una cálida mañana de enero de 1540. Francisco Pizarro había llegado de la Ciudad de los Reyes, con varios de sus oficiales, a despedirse de Valdivia, llevando de regalo algunos caballos, su único aporte a la expedición. El eco de las campanas de las iglesias, que repicaron desde el amanecer, alborotó a los pájaros en el cielo y a los animales en la tierra. El obispo ofició una misa cantada, a la que todos asistimos, y nos endilgó un sermón sobre la fe y el deber de llevar la Cruz a los extremos de la Tierra; luego salió a la plaza a dar su bendición a los mil yanaconas que aguardaban junto a los bultos y animales. Cada grupo de indios recibía órdenes de un curaca, o jefe, que a su vez obedecía a los capataces negros y éstos a los barbudos viracochas. No creo que los indios apreciaran la bendición obispal, pero tal vez sintieron que el sol radiante de ese día era un buen augurio. Eran en su mayoría hombres jóvenes, además de algunas abnegadas esposas dispuestas a seguirlos aun sabiendo que no volverían a ver a sus hijos, que quedaban en el Cuzco. Por supuesto, iban también las mancebas de los soldados, cuyo número aumentó durante el viaje con las muchachas cautivas de las aldeas arrasadas.

Don Benito me comentó la diferencia entre la primera expedición y la segunda. Almagro partió a la cabeza de quinientos soldados en bruñidas armaduras, con flamantes banderas y pendones, cantando a pleno pulmón, y varios frailes con grandes cruces, además de los miles y miles de yanaconas cargados de pertrechos, y manadas de caballos y otros animales, avanzando todos al son de trompetas y timbales. Por comparación, nosotros éramos un grupo más bien patético, sólo once soldados, además de Pedro de

Valdivia y yo, que también estaba dispuesta a blandir una espada si llegaba el caso.

–Que seamos pocos no importa, señora mía, puesto que con coraje y buen ánimo hemos de compensarlo. Con el favor de Dios, por el camino habrán de sumarse otros valientes –me aseguró don Benito.

Pedro de Valdivia cabalgaba delante, seguido por Juan Gómez, nombrado alguacil, don Benito y otros soldados. Lucía espléndido en su armadura, con el yelmo empenachado y vistosas armas, montado en Sultán, su valioso corcel árabe. Más atrás íbamos Catalina y yo, también a caballo. Yo había colocado en el arzón de mi montura a Nuestra Señora del Socorro, y Catalina llevaba en brazos al cachorro Baltasar, porque queríamos que se acostumbrara al olor de los indios. Pensábamos entrenarlo para guardián, no para asesino. Cecilia iba acompañada por un séquito de indias de su servicio, disimuladas entre las mancebas de los soldados. Enseguida venía la fila interminable de animales y cargadores, muchos lloraban, porque iban obligados y se despedían de sus familias. Los capataces negros flanqueaban la larga serpiente de indios. Eran más temidos que los viracochas, por su crueldad, pero Valdivia había dado instrucciones de que sólo él podía autorizar los castigos mayores y el tormento; los capataces debían limitarse al látigo y emplearlo con prudencia. Esa orden se diluyó por el camino y pronto sólo yo habría de recordarla. Al sonido de las campanas, que seguían repicando en las iglesias, se sumaban los gritos de despedida, el piafar de los caballos, el tintineo de los arreos, el quejido largo de los yanaconas y el ruido sordo de sus pies desnudos golpeando la tierra.

Atrás quedó el Cuzco, coronado por la fortaleza sagrada de Sacsayhuamán, bajo un cielo azulino. Al salir de la ciudad, a plena vista del marqués gobernador, su séquito, el obispo y la población de la ciudad que nos despedía, Pedro me llamó a su lado con voz clara y desafiante.

–¡Aquí, conmigo, doña Inés Suárez! –exclamó, y cuando me adelanté a los soldados y oficiales para colocar mi caballo junto al suyo, agregó en voz baja–: Nos vamos para Chile, Inés del alma mía…

Capítulo tres
VIAJE A CHILE, 1540-1541

Nuestra animosa caravana emprendió el camino a Chile siguiendo la ruta del desierto, que Diego de Almagro había hecho para regresar, según el quebradizo papel con el dibujo del mapa, que éste le dio a Pedro de Valdivia. Mientras, como un lento gusano, nuestros escasos soldados y mil indios auxiliares subían y bajaban cerros, atravesaban valles y ríos en dirección al sur, la noticia de que llegábamos nos había precedido y las tribus chilenas nos esperaban con las armas prontas. Los incas utilizaban veloces mensajeros, los chasquis, que corrían por pasos ocultos de la sierra en sistema de postas de relevo, cubriendo el imperio desde el extremo norte hasta el río Bío-Bío, en Chile. Así se enteraron los indios chilenos de nuestra expedición tan pronto salimos del Cuzco, y cuando llegamos a su territorio, varios meses más tarde, ya estaban preparados para darnos guerra. Sabían que los viracochas controlaban el Perú desde hacía un tiempo, que el inca Atahualpa había sido ejecutado y que en su lugar reinaba, como un títere, su hermano, el inca Paullo. Este príncipe había entregado a su pueblo para servir a los extranjeros y pasaba la vida en la jaula dorada de su palacio, perdido en los placeres de la lujuria y la crueldad. También sabían que en el Perú se gestaba en la sombra una vasta insurrección indígena, dirigida por otro miembro de la familia real, el fugitivo inca Manco, quien había jurado expulsar a los extranjeros. Habían oído que los viracochas eran feroces, diligentes, tenaces, insaciables y, lo más inaudito, que no respetaban la palabra dada. ¿Cómo podían seguir viviendo con esa vergüenza? Era un misterio. Los indios chilenos nos llamaron *huincas*, que en su idioma, el *mapudungu*, quiere decir «gente mentirosa, ladrones de tierra». He tenido que aprender esta lengua porque se habla en Chile entero, de norte a sur. Los mapuche compensan la falta de escritura con una memoria indestructible; la historia de la Creación, sus leyes, sus tradiciones y el pasado de sus héroes están registrados en sus relatos en *mapudungu*, que pasan intactos de generación en generación, desde el comienzo de los tiempos. Algunos se los traduje al joven Alonso de Ercilla y Zúñiga, a quien me he referido antes, para que se inspirara cuando componía *La Araucana*. Parece que ese poema fue publicado y circula en la corte, pero yo sólo tengo los versos borroneados que me dejó Alonso después de que lo ayudé a copiarlos en limpio. Si mal no recuerdo, así describe en sus octavas reales a Chile y a los mapuche, o araucanos:

Chile, fértil provincia y señalada
en la región antártica famosa,
de remotas naciones respetada
por fuerte, principal y poderosa;
la gente que produce es tan granada,
tan soberbia, gallarda y belicosa,
que no ha sido por rey jamás regida
ni a extranjero dominio sometida.

Alonso exagera, por supuesto, pero los poetas tienen licencia para ello, de otro modo los versos carecerían del necesario vigor. Chile no es tan principal y poderoso, ni su gente es tan granada y gallarda, como él dice, pero estoy de acuerdo en que los mapuche son soberbios y belicosos, no han sido por rey jamás regidos ni a extranjero dominio sometidos. Desprecian el dolor; pueden sufrir terribles suplicios sin un quejido, pero no por ser menos sensibles al sufrimiento que nosotros, sino por valientes. No existen mejores guerreros, les honra dejar la vida en la batalla. Nunca lograrán vencernos, pero tampoco podremos someterlos, aunque mueran todos en el intento. Creo que la guerra contra los indios seguirá por siglos, ya que provee a los españoles de siervos. Esclavos es la palabra justa. No sólo los prisioneros de guerra terminan en la esclavitud, también los indios libres, que los españoles cazan con lazo y venden a doscientos pesos por mujer preñada y cien pesos por varón adulto y por niño sano. El comercio ilegal de estas gentes no se limita a Chile, llega hasta la Ciudad de los Reyes, y en él están involucrados desde los encomenderos y capataces de las minas, hasta los capitanes de los barcos. Así exterminaremos a los naturales de esta tierra, como temía Valdivia, porque prefieren morir libres que vivir esclavos. Si cualquiera de nosotros, españoles, tuviese que escoger, tampoco dudaría. A Valdivia le indignaba la estupidez de quienes abusan de este modo, despoblando el Nuevo Mundo. Sin indígenas, decía, esta tierra nada vale. Se murió sin ver el fin de la matanza, que ya dura cuarenta años. Siguen llegando españoles y nacen mestizos, pero los mapuche están desapareciendo, exterminados por la guerra, la esclavitud y las enfermedades de los españoles, las cuales no resisten. Temo a los mapuche por las vicisitudes que nos han hecho pasar; me enfada que hayan rechazado la palabra de Cristo y resistido nuestros intentos

masas silenciosas de indios amigos, que seguían a los españoles en sus empresas y guerras, la conquista del Nuevo Mundo habría sido imposible.

Entre el Cuzco y Tarapacá se nos habían sumado veintitantos soldados españoles y Pedro estaba seguro de que acudirían más cuando se corriera la voz de que la expedición ya estaba en marcha, pero habíamos perdido cinco, número muy alto si se considera cuán pocos éramos. Uno fue herido de gravedad por una flecha emponzoñada y, como no pude curarlo, Pedro lo mandó de vuelta al Cuzco, acompañado por su hermano, dos soldados y varios yanaconas. Días más tarde, el maestre de campo amaneció alborozado, porque había soñado con su esposa, que lo aguardaba en España, y por fin había cedido un dolor agudo que le atravesaba el pecho desde hacía más de una semana. Le serví un tazón de harina tostada con agua y miel, que comió con parsimonia, como si fuese un manjar exquisito. «Hoy estáis más bella que nunca, doña Inés», me dijo con su habitual galantería, y enseguida se le pusieron los ojos de vidrio y cayó muerto a mis pies. Después que le dimos cristiana sepultura, aconsejé a Pedro que nombrara a don Benito en su lugar, porque el viejo conocía la ruta y tenía experiencia en organizar campamentos y mantener la disciplina.

Teníamos algunos soldados menos, pero poco a poco iban llegando, como sombras andrajosas, otros que andaban vagando por campos y serranías, hombres de Almagro, derrotados, sin amigos en el imperio de Pizarro. Llevaban años viviendo de la caridad, poco podían perder en la aventura de Chile.

En Tarapacá acampamos por varias semanas para dar tiempo a indios y bestias a ganar peso antes de emprender la travesía del desierto, que, según don Benito, sería lo peor del viaje. Explicó que la primera parte era muy ardua, pero la segunda, llamada el

Despoblado, era mucho peor. Entretanto, Pedro de Valdivia recorría leguas a caballo oteando el horizonte a la espera de nuevos voluntarios. También Sancho de la Hoz debía juntarse con nosotros trayendo por mar los soldados y pertrechos prometidos, pero el empingorotado socio no daba señales de vida.

Mientras yo hacía tejer más mantas y preparaba carne seca, cereales y otros alimentos durables, don Benito tenía trabajando de sol a sol a los negros en las fraguas para abastecernos de municiones, herraduras y lanzas. También organizó partidas de soldados para descubrir los alimentos que enterraban los indios antes de abandonar sus rancheríos. Había instalado el campamento en el lugar más apropiado y seguro, donde había sombra, agua y cerros para colocar a sus vigías. La única tienda decente era la que Pizarro me había dado, espaciosa, de dos habitaciones, hecha con tela encerada y sostenida por un firme andamiaje de palos, tan cómoda como una casa. El resto de los soldados se las arreglaba como podía, con unas telas parcheadas que apenas los protegían del clima. Algunos ni eso poseían, dormían echados junto a sus caballos. El campamento de los indios auxiliares estaba separado y se hallaba permanentemente vigilado, para evitar que escaparan. Por las noches refulgían centenares de pequeñas fogatas, donde cocinaban sus alimentos, y la brisa nos traía el sonido lúgubre de sus instrumentos musicales, que tiene el poder de entristecer por igual a hombres y animales.

Estábamos instalados cerca de un par de aldeas abandonadas, donde no encontramos comida por mucho que buscamos. Allí descubrimos que los indios tienen la costumbre de convivir amablemente con sus parientes fallecidos, los vivos en una parte de la choza y los muertos en otra. En cada vivienda había un cuarto con momias muy bien preservadas, olorosas a musgo, oscuras; abuelos, mujeres, infantes, cada uno con sus objetos personales, pero sin joyas. En el Perú, en cambio, se habían hallado tumbas atiborradas de objetos preciosos, incluso estatuas de oro macizo. «Hasta los muertos son miserables en Chile, no hay una pizca de oro por ninguna parte», maldecían los soldados. Para desquitarse, ataron a las momias con sogas y las arrastraron al galope, hasta que se rompieron los envoltorios y quedó un desparrame de huesos. Celebraron su hazaña con largas risotadas, mientras en el campamento de los yanaconas cundía el espanto. Después de que se puso el sol empezó a circular entre ellos el rumor de que los huesos mancillados empezaban a juntarse y antes del amanecer los esqueletos caerían sobre nosotros como un ejército de ultratumba. Los negros, aterrados, repitieron el cuento, que llegó a oídos de los españoles. Entonces estos vándalos invencibles, que no conocen el miedo ni de nombre, se echaron a lloriquear como criaturas de pecho. A eso de la medianoche era tanta la sonajera de dientes entre los nuestros, que Pedro de Valdivia debió arengarlos para recordarles que eran soldados de España, los más vigorosos y mejor entrenados del mundo, y no un montón de lavanderas ignorantes. Yo no dormí durante varias noches, las pasé rezando, porque los esqueletos andaban rondando, y quien diga lo contrario es que no estuvo allí.

Los soldados, muy descontentos, se preguntaban qué diablos hacíamos acampados durante semanas en ese lugar maldito, por qué no continuábamos hacia Chile, como estaba planeado, o nos volvíamos al Cuzco, lo que sería más cuerdo. Cuando Valdivia ya perdía las esperanzas de que llegaran refuerzos, apareció de súbito un destacamento de ochenta hombres, entre los que venían algunos grandes capitanes, que yo no conocía pero de quienes Pedro me había hablado porque eran de mucha fama, como

Francisco de Villagra y Alonso de Monroy. El primero era rubio, colorado, robusto, con un rictus despectivo en la boca y modales abruptos. Siempre me pareció desagradable, porque trataba muy mal a los indios, era avaro y enemigo de los pobres, pero aprendí a respetarlo por su valor y lealtad. Monroy, nacido en Salamanca y descendiente de una familia noble, era todo lo contrario, fino, apuesto y generoso. Nos hicimos amigos de inmediato. Con ellos venía Jerónimo de Alderete, el antiguo camarada de armas de Valdivia, que años antes lo tentó de venir al Nuevo Mundo. Villagra los había convencido de que era mejor unirse a Valdivia: «Más vale servir a su majestad, que andar en tierras donde el demonio está suelto», les dijo, refiriéndose a Pizarro, a quien despreciaba. También llegó con ellos un capellán andaluz, hombre de unos cincuenta años, González de Marmolejo, que llegaría a ser mi mentor, como dije antes. Este religioso dio muestras de mucha bondad en su larga vida, pero creo que debió ser soldado y no fraile, porque era demasiado aficionado a la aventura, la riqueza y las mujeres.

Estos hombres habían estado durante meses en la terrible selva de los Chunchos, al oriente del Perú. La expedición partió con trescientos españoles, pero dos de cada tres perecieron, y los restantes quedaron convertidos en sombras famélicas y deshechas por pestes tropicales. De los dos mil indios, no quedó uno solo con vida. Entre los que dejaron allí los huesos estaba el desafortunado alférez Núñez, a quien Valdivia condenó a pudrirse en los Chunchos, como dijo que haría cuando éste intentó raptarme en el Cuzco. Nadie pudo darme noticia exacta de su fin, simplemente se esfumó en la espesura, sin dejar rastro. Espero que haya muerto como cristiano y no en boca de caníbales. Las penurias que soportaron años antes Pedro de Valdivia y Jerónimo de Alderete en las junglas venezolanas fueron cosas de niño comparadas con las que pasaron esos hombres en los Chunchos, bajo torrenciales lluvias calientes y nubes de mosquitos, empantanados, enfermos, hambreados y perseguidos por salvajes que incluso se devoraban entre ellos cuando no lograban cazar a un castellano.

Antes de continuar, debo presentar de forma especial a quien mandaba este destacamento. Era un hombre alto y muy guapo, de frente amplia, nariz aguileña y ojos castaños, grandes y líquidos, como los de un caballo. Tenía los párpados pesados y una mirada remota, un poco dormida, que le suavizaba el rostro. Esto lo pude apreciar al segundo día, después de que se quitó la costra de mugre y se cortó los pelos de la cabeza y la cara, que le daban un aire de náufrago. Aunque era más joven que los otros afamados militares, éstos lo habían escogido capitán de capitanes por su valor y su inteligencia. Su nombre era Rodrigo de Quiroga. Nueve años más tarde sería mi marido.

Me hice cargo de devolver fuerza y salud a los soldados de los Chunchos, ayudada por Catalina y varias indias de mi servicio a las que había entrenado en el oficio de curar. Como dijo don Benito, esas pobres almas acababan de salir del infierno húmedo y enmarañado de la selva y pronto tendrían que internarse en el infierno seco y pelado del desierto. Nada más que lavarlos, limpiarles las pústulas, quitarles los piojos, cortarles la pelambre y las uñas, fue tarea de días. Algunos estaban tan débiles, que las indias debían alimentarlos a cucharaditas con papilla de infante. Catalina me sopló al oído el remedio de los incas para casos extremos y, sin decirles qué era, para no asquearlos, se lo dimos a los más necesitados. Por las noches, sigilosamente, Catalina sangraba a las llamas con un corte en el cuello. Mezclábamos la sangre fresca con leche y un poco de orina y se la dábamos a beber a los enfermos; así se repusieron y al cabo de dos semanas estaban en condiciones de emprender el camino.

Los yanaconas se prepararon para el sufrimiento que los esperaba; no conocían el terreno, pero habían oído hablar del terrible desierto. Cada uno llevaba colgado al cuello un odre para agua hecho con la piel de una pata de animal –llama, guanaco o alpaca–, arrancaban la piel entera y le daban la vuelta como una media, dejando los pelos hacia adentro. Otros usaban vejigas o piel de lobo marino. Agregaban al agua unos granos de maíz tostado, para disimular el olor. Don Benito organizó el transporte de agua en mayor escala, utilizando los barriles que pudo fabricar y también odres de piel, como los indios. Suponíamos que no alcanzaría para tanta gente, pero no se podía cargar más a hombres y llamas. Para colmo, los indios chilenos de la región no sólo habían escondido el alimento, también habían envenenado los pozos, como supimos por un chasqui del inca Manco, a quien se le dio tormento. Don Benito lo descubrió disimulado entre nuestros indios auxiliares y pidió permiso a Valdivia para interrogarlo. Los negros lo quemaron a fuego lento. Yo no tengo estómago para presenciar suplicios y me retiré lo más lejos posible, pero los horrendos alaridos del infeliz, coreados por los aullidos de terror de los yanaconas, se oían en una legua a la redonda. Para librarse del tormento, el mensajero admitió que venía desde el Perú con instrucciones para los indígenas de Chile de impedir el avance de los viracochas. Por eso los indios se escondían en los cerros, con los animales que podían llevar, después de enterrar el alimento y quemar sus siembras. Agregó que él no era el único mensajero, cientos de chasquis trotaban hacia el sur, por senderos secretos, con las mismas instrucciones del inca Manco. Después que hubo confesado lo terminaron de asar en la hoguera, para dar escarmiento. Increpé a Valdivia por permitir tanta crueldad y él me hizo callar, indignado. «Don Benito sabe lo que hace. Te advertí antes de salir que esta empresa no es para gente remilgada. Ahora es tarde para retroceder», replicó.

¡Qué largo y arduo el camino del desierto! ¡Qué lento y fatigoso el paso! ¡Qué caliente la soledad! Transcurrían los días largos, iguales, en una sequedad infinita, un paisaje yermo de tierra áspera y piedra dura, oloroso a polvo quemado y ceniza de espino, pintado de colores encendidos por la mano de Dios. Según don Benito, esos colores eran minerales escondidos y, por lo mismo, resultaba una burla diabólica que ninguno fuese oro o plata. Pedro y yo avanzábamos a pie horas y horas, conduciendo a nuestros caballos por las bridas, para no cansarlos. Hablábamos poco, porque teníamos la garganta ardiente y los labios resecos, pero estábamos juntos y cada paso nos unía más, nos conducía tierra adentro, al sueño que habíamos soñado juntos y que tantos sacrificios costaba: Chile. Yo me protegía con un sombrero de ala ancha, un trapo sobre la cara, con dos huecos para los ojos, y otros trapos amarrados en las manos, porque no disponía de guantes y el sol me las desollaba. Los soldados no aguantaban las armaduras calientes, que llevaban a la rastra. La larga hilera de indios avanzaba despacio, en silencio, mal vigilada por los negros cabizbajos, tan desanimados que no alzaban los látigos. Para los cargadores el camino era mil veces peor que para nosotros; estaban acostumbrados a pasar trabajos y comer poco, a trotar cerro arriba y cerro abajo, impulsados por la energía misteriosa de las hojas de coca, pero no soportaban la sed. Nuestra desesperación aumentaba a medida que pasaban los días sin dar con un pozo sano, los únicos que encontramos habían sido contaminados con cadáveres de animales por los sigilosos indios chilenos. Algunos yanaconas bebieron el agua putrefacta y murieron retorciéndose, con las tripas al fuego.

Cuando creímos que habíamos alcanzado el límite de nuestras fuerzas, el color de las montañas y del suelo cambió. El aire se detuvo, el cielo se volvió blanco y desapareció toda forma de vida, desde los abrojos hasta las aves solitarias que antes solían verse: habíamos entrado al temible Despoblado. Apenas surgía la primera luz del alba nos poníamos en marcha, porque más tarde el sol no permitía avanzar. Pedro había decidido que cuanto más rápido fuese el viaje, menos vidas perderíamos, aunque el esfuerzo de dar cada paso era desmedido. Descansábamos en las horas más calientes, tirados sobre ese mar de arena calcinada, con un sol de plomo derretido sobre nosotros, en un ámbito muerto. Volvíamos a andar a eso de las cinco de la tarde, hasta que caía la noche y no se podía seguir en la densa oscuridad. Era un paisaje áspero, de inmensa crueldad. Carecíamos de ánimo para armar las tiendas y organizar los campamentos sólo por unas horas. No había peligro de ser atacados por enemigos, nadie vivía ni se aventuraba en esas soledades. En la noche, la temperatura cambiaba bruscamente, del calor insoportable del día pasábamos a un frío glacial. Cada uno se echaba donde podía, tiritando, sin hacer caso de las instrucciones de don Benito, el único que insistía en la disciplina. Pedro y yo, abrazados entre nuestros caballos, procurábamos infundirnos calor. Estábamos muy fatigados. No nos acordamos de hacer el amor en las semanas que duró esa parte del viaje. La abstinencia nos dio oportunidad de conocer a fondo nuestras flaquezas y cultivar una ternura que antes yacía sofocada por la pasión. Lo más admirable de ese hombre es que jamás dudó de su misión:

poblar Chile con castellanos y evangelizar a los indios. Nunca creyó que moriríamos asados en el desierto, como decían los demás; no le tembló la voluntad.

A pesar del severo racionamiento impuesto por don Benito, llegó un día en que el agua se terminó. Para entonces estábamos enfermos de sed, teníamos la garganta desollada por la arena, la lengua hinchada, los labios llagados. De pronto nos parecía escuchar el sonido de una cascada y ver una laguna cristalina rodeada de helechos. Los capitanes debían retener a la fuerza a los hombres para que no perecieran arrastrándose en la arena tras un espejismo. Algunos soldados bebían la propia orina y la de los caballos, que era muy poca y muy oscura; otros, enloquecidos, se abalanzaban sobre los yanaconas para arrebatarles las últimas gotas que les quedaban en sus odres de patas. Si Valdivia no impone orden con castigos ejemplares, creo que los hubieran matado para chuparles la sangre. Esa noche vino de nuevo a visitarme Juan de Málaga, alumbrado por la clara luna. Se lo señalé a Pedro, pero no pudo verlo y creyó que yo alucinaba. Mi marido lucía muy mal, sus andrajos estaban encostrados de sangre seca y polvo sideral, tenía una expresión desesperada, como si también sus pobres huesos padecieran de sed.

Al día siguiente, cuando ya nos dábamos por perdidos sin remedio, un extraño reptil pasó corriendo entre mis pies. En muchos días no habíamos visto otra forma de vida que la nuestra, ni siquiera los abrojos que abundaban en otros trechos del desierto. Tal vez se trataba de una salamandra, ese lagarto que vive en el fuego. Concluí que por muy diabólico que fuese el animalejo, de vez en cuando necesitaría un sorbo de agua. «Ahora nos toca a nosotras, Virgencita», le advertí entonces a Nuestra Señora del Socorro. Saqué la varilla de árbol que llevaba en mi equipaje y me puse a rezar. Era la hora del mediodía, cuando la multitud de gente y animales sedientos descansaba. Llamé a Catalina, para que me acompañara, y las dos echamos a andar despacio, protegidas por una sombrilla, yo con un avemaría en los labios y ella con sus invocaciones en quechua. Caminamos un buen rato, tal vez una hora, en círculos cada vez más grandes, cubriendo más y más terreno. Don Benito creyó que la sed me había hecho perder el juicio y, agotado como estaba, le pidió a uno más joven y fuerte, a Rodrigo de Quiroga, que fuera a buscarme.

–¡Por el amor de Dios, señora! –me suplicó el oficial con la poca voz que le quedaba–. Venid a descansar. Os haremos sombra con una tela...

–Capitán, id a decirle a don Benito que me mande gente con picos y palas –lo interrumpí.

–¿Picos y palas? –repitió, atónito.

–Y decidle, por favor, que me traiga también unas tinajas y varios soldados armados.

Rodrigo de Quiroga partió a avisar a don Benito de que yo estaba mucho peor de lo que suponían, pero Valdivia lo oyó y, lleno de esperanza, le ordenó al maestre de campo que me facilitara lo que pedía. Poco después había seis indios cavando un hoyo. Los indios resisten la sed menos que nosotros y estaban tan secos por dentro que apenas podían con las palas y los picos, pero el terreno era blando y lograron cavar un hueco de vara y media de profundidad. Al fondo la arena estaba oscura. De repente, uno de los indios profirió un grito ronco y vimos que empezaba a juntarse agua, primero sólo una leve humedad, como sudor de la tierra, pero al cabo de dos o tres minutos ya había una pequeña charca. Pedro, que no se había movido de mi lado, mandó a los soldados defender el hoyo con sus vidas, porque temió, y con razón, el fiero asalto de mil hombres desesperados por unas gotas del líquido. Le aseguré que habría para todos, siempre que bebiéramos en orden. Así fue. Don Benito pasó el resto del día distribuyendo una taza de agua por cabeza, luego Rodrigo de Quiroga pasó la noche con varios soldados dando de beber a los animales y llenando los barriles y los odres de los indios. El agua surgía con ímpetu; era turbia y tenía un sabor metálico, pero a nosotros nos pareció tan fresca como la de las fuentes de Sevilla. La gente lo atribuyó a un milagro y llamaron al pozo Manantial de la Virgen, en honor a Nuestra Señora del Socorro. Montamos el campamento y nos quedamos en ese lugar tres días, saciando la sed, y cuando continuamos la marcha todavía corría un tenue arroyo sobre la calcinada superficie del desierto.

–Este milagro no es de la Virgen, sino tuyo, Inés –me dijo Pedro, muy impresionado–. Gracias a ti atravesaremos este infierno sanos y salvos.

–Sólo puedo encontrar agua donde la hay, Pedro, no puedo hacerla brotar. No sé si habrá otra fuente más adelante, y, en cualquier caso, no será tan abundante.

Valdivia ordenó que me adelantara media jornada, para ir tanteando el terreno en busca de agua, protegida por un destacamento de soldados, con cuarenta indios auxiliares y veinte llamas para cargar las tinajas. El resto de la gente seguiría en grupos, separados por varias horas, para que no se abalanzaran en tropel a beber en caso de que ubicáramos pozos. Don Benito designó a Rodrigo de Quiroga jefe del grupo que me acompañaba, porque en poco tiempo el joven capitán se había ganado su absoluta confianza. Además, era quien tenía mejor vista; sus grandes ojos castaños podían ver hasta lo que no existía. Si hubiese habido peligro en el alucinante horizonte del desierto, él lo habría descubierto antes que nadie, pero no lo hubo. Hallé varias fuentes de agua, ninguna tan abundante como la primera, pero suficientes para sobrevivir durante la travesía del Despoblado. Un día cambió de nuevo el color del suelo y pasaron dos aves volando.

Cuando terminamos de atravesar el desierto saqué la cuenta de que habíamos viajado casi cinco meses desde la salida del Cuzco. Valdivia decidió acampar y esperar, porque tenía noticias de que su amigo del alma, Francisco de Aguirre, podría juntarse con él en esa región. Nos espiaban indios hostiles en la distancia, sin acercarse. Una vez más pude instalarme en la elegante tienda que nos dio Pizarro. Cubrí el suelo de mantas peruanas y cojines, saqué la vajilla de loza de los baúles, para no seguir comiendo en escudillas de madera, y mandé construir un horno de barro para cocinar como es debido, ya que llevábamos dos meses comiendo cereales y carne seca. En la habitación grande de la tienda, que Valdivia usaba de cuartel general y sala de audiencia y justicia, coloqué su sillón y unos taburetes de suela para los visitantes, que llegaban a horas imprevistas. Catalina pasaba el día recorriendo el campamento, como una sombra sigilosa, para traerme noticias. Nada sucedía entre españoles o yanaconas que yo no supiera. A menudo venían los capitanes a cenar y solían llevarse la desagradable sorpresa de que Valdivia me invitaba a sentarme con ellos a la mesa. Es posible que ninguno hubiese comido con una mujer en su vida, eso no se usa en España, pero aquí las costumbres son más relajadas. Nos alumbrábamos con bujías y lámparas de aceite y nos calentábamos con dos grandes braseros peruanos, porque hacía frío en las noches. González de Marmolejo, que además de fraile era bachiller, nos explicó por qué las estaciones están cambiadas y cuando es invierno en España es verano en Chile y a la inversa, pero nadie lo entendió y seguimos pensando que en el Nuevo Mundo las leyes de la Naturaleza están desquiciadas. En la otra pieza de la tienda Pedro y yo teníamos la cama, un escritorio, mi altar, nuestros baúles y la batea para el baño, que no se había usado en mucho tiempo. A Pedro le había disminuido el temor al baño y de vez en cuando aceptaba meterse en la batea y que yo lo enjabonara, pero siempre prefería lavarse a medias con un trapo mojado. Fueron días muy buenos, en los que volvimos a ser los enamorados que fuimos en el Cuzco. Antes de hacer el amor le gustaba leerme sus libros favoritos en voz alta. Él no sabía, porque yo deseaba darle una sorpresa, que el clérigo González de Marmolejo me estaba enseñando a leer y escribir.

Unos días después Pedro partió con algunos de sus hombres a recorrer la región en busca de Francisco de Aguirre y a ver si podía parlamentar con los indios. Era el único que creía posible entenderse con ellos. Aproveché su ausencia para darme un baño y lavarme el cabello con quillay, una corteza de árbol chileno que mata los piojos y mantiene el pelo sedoso y sin canas hasta la tumba. Conmigo no dio ese resultado, porque lo he usado siempre y tengo la cabeza blanca; bueno, por lo menos no estoy medio calva, como tantas otras personas de mi edad. De tanto caminar y cabalgar, me dolía la espalda, y una de mis indias me dio una friega con un bálsamo de peumo, preparado por Catalina. Me acosté muy aliviada, con Baltasar a los pies. El perro tenía diez meses y todavía era muy juguetón, pero había alcanzado buen tamaño y se podía adivinar su temple de guardián. Por una vez no me atormentó el insomnio y me dormí pronto.

Pasada la medianoche me despertaron los sordos gruñidos de Baltasar. Me senté en la cama, tanteando en la oscuridad con una mano en busca de un chal para cubrirme y sujetando con la otra al perro. Entonces sentí un ruido ahogado en la otra sala y no tuve duda de que había alguien allí. Primero pensé que Pedro había vuelto, porque los centinelas de la puerta no habrían dejado entrar a nadie más, pero la actitud del perro me puso sobre alerta. No había tiempo de encender una lámpara.

–¿Quién va? –grité, asustada.

Hubo una pausa tensa y enseguida alguien llamó en la oscuridad a Pedro de Valdivia.

–No se encuentra aquí. ¿Quién lo busca? –pregunté, ahora con voz airada.

–Disculpad, señora, soy Sancho de la Hoz, leal servidor del capitán general. Me ha tomado mucho tiempo llegar hasta aquí y deseo saludarlo.

–¿Sancho de la Hoz? ¿Cómo os atrevéis, caballero, a entrar en mi tienda en mitad de la noche? –exclamé.

Para entonces Baltasar ladraba a rabiar, lo que alertó a los guardias. En cosa de minutos acudieron don Benito, Quiroga, Juan Gómez y otros, con luces y sables desenvainados, para hallar en mi habitación no sólo al insolente De la Hoz, sino a otros cuatro hombres que lo acompañaban. La primera reacción de los míos fue arrestarlos de inmediato, pero los convencí de que se trataba de un malentendido. Les rogué que se retiraran y ordené a Catalina que improvisara algo de comer para los recién llegados, mientras me vestía deprisa. De mi propia mano les escancié vino y les serví la cena con la debida hospitalidad, muy atenta a lo que quisieron contarme de las penurias de su viaje.

Entre copa y copa me asomé afuera para decirle a don Benito que enviara de inmediato un mensajero en busca de Pedro de Valdivia. La situación era muy delicada, porque De la Hoz tenía varios partidarios entre la gente descontenta y floja de nuestra expedición. Algunos soldados acusaban a Valdivia de haber usurpado la conquista de Chile al enviado de la Corona, ya que las cédulas reales de Sancho de la Hoz tenían más autoridad que el permiso dado por Pizarro. Sin embargo, De la Hoz no contaba con ningún respaldo económico, había dilapidado en España la fortuna que le tocó como parte del rescate de Atahualpa, no había podido conseguir dinero, naves ni soldados para la empresa y su palabra valía tan poco que había estado preso en el Perú por deudas y estafas. Sospeché que pretendía deshacerse de Valdivia, apoderarse de la expedición y continuar la conquista de Chile solo.

Decidí tratar a los cinco inoportunos visitantes con las mayores consideraciones, para que entraran en confianza y bajaran la guardia hasta que volviera Pedro. Por lo pronto, los atiborré de comida y en la garrafa del vino puse suficiente adormidera para tumbar a un buey, porque no quería escándalo en el campamento; lo último que convenía era tener a la gente dividida en dos bandos, como podía ocurrir si De la Hoz establecía dudas sobre la legitimidad de Valdivia. Al verme tan amable, los cinco desalmados debieron de reírse a mis espaldas, satisfechos de haber engañado con su desparpajo a una estúpida mujer, pero antes de una hora estaban tan ebrios y drogados, que no opusieron la menor resistencia cuando llegaron don Benito y los guardias a llevárselos. Al registrarlos descubrieron que cada uno de ellos llevaba un puñal con empuñadura de plata labrada, todos iguales, y entonces no cupo duda de que se trataba de una teatral conspiración para asesinar a Valdivia. Los puñales idénticos sólo podían ser idea del cobarde De la Hoz, quien así distribuía en cinco partes la responsabilidad del crimen. Nuestros capitanes querían ajusticiarlos allí mismo, pero les hice ver que una decisión tan grave sólo podía ser

tenía una numerosa parentela, con conexiones en la corte, que podía acusar a Valdivia de sedición. Mi deber era evitar que mi amante terminara en el potro de tormento o el patíbulo.

–¿Qué se hace con un traidor como éste? –mascullo Pedro, paseándose como un gallo de pelea.

–Tú siempre has dicho que a los enemigos conviene tenerlos cerca, donde se los puede vigilar...

En vez de enjuiciar a los acusados de inmediato, Pedro Valdivia decidió darse tiempo para averiguar cómo estaban los ánimos entre sus soldados, recoger las pruebas de la conspiración y desenmascarar a los cómplices ocultos entre los nuestros. Sorpresivamente, dio orden a don Benito de levantar el campamento y continuar hacia el sur, llevando a sus prisioneros engrillados y muertos de miedo, todos menos el necio de Sancho de la Hoz, quien se creía por encima de la justicia y, a pesar de los hierros, seguía en su afán de ganar adeptos a su causa y de acicalarse. Exigió una india de servicio en la cárcel para almidonarle la gola, aplancharle las calzas, enrizarle el cabello, rociarle con perfume y pulirle las uñas. Los hombres recibieron mal la noticia de partir, porque estaban cómodos en ese lugar, era fresco, había agua y árboles. Don Benito les recordó a grito destemplado que las decisiones del jefe no se cuestionaban. Mal que mal, Valdivia los había conducido hasta allí con un mínimo de inconvenientes; el paso del desierto había sido un éxito, sólo habíamos perdido tres soldados, seis caballos, un perro y trece llamas. A los yanaconas que faltaban nadie los contó, pero según Catalina debían de ser unos treinta o cuarenta.

Al conocer a Francisco de Aguirre sentí de inmediato confianza en él, a pesar de su aspecto intimidante. Con el tiempo aprendí a temer su crueldad. Era un hombronazo exagerado, amigo del ruido, alto y fornido, con la carcajada siempre pronta. Bebía y comía por tres y, según me contó Pedro, era capaz de preñar a diez indias en una noche y otras diez en la noche siguiente. Han pasado muchos años y ahora Aguirre es un anciano sin escrúpulos de conciencia ni rencores, todavía lúcido y sano, a pesar de que pasó años en los pestilentes calabozos de la Inquisición y del rey. Vive bien gracias a una merced de tierra que le cedió mi difunto marido. Sería difícil hallar a dos personas más diferentes que mi Rodrigo, bondadoso y noble, y ese Francisco de Aguirre, tan desenfrenado, pero se querían como buenos soldados en la guerra y amigos en la paz. Rodrigo no podía permitir que su compañero de peripecias terminara como mendigo por la ingratitud de la Corona y la Iglesia, por eso lo protegió hasta que se lo llevó la muerte. Aguirre, quien no tiene un rincón del cuerpo sin cicatrices de batallas, pasa sus últimos días viendo crecer el maíz de su chacra, junto a su mujer, que vino de España por amor, sus hijos y sus nietos. A los ochenta años no está derrotado, sigue imaginando aventuras y cantando las canciones pícaras de su juventud. Además de sus cinco hijos legítimos, engendró más de cien bastardos conocidos, y debe de haber otros cientos que nadie ha contabilizado. Tenía la idea de que la mejor forma de servir a su majestad en las Indias era poblándola de mestizos; llegó a decir que la solución al problema indígena era matar a todos los varones mayores de doce años, secuestrar a los niños y violar a las mujeres con paciencia y método. Pedro creía que su amigo hablaba en broma, pero yo sé que lo decía en serio. A pesar de su desaforado afán de fornicación, el único amor de su vida fue su prima hermana, con quien se casó gracias a un permiso especial del Papa, como me parece que ya conté. Ten paciencia conmigo, Isabel: a los setenta años tiendo a repetirme.

Anduvimos varios días y alcanzamos el valle de Copiapó, donde comenzaba el territorio de gobernación que le correspondía a Pedro de Valdivia. Un grito de júbilo escapó de los pechos españoles: habíamos llegado. Pedro de Valdivia reunió a la gente, se rodeó de sus capitanes, me llamó a su lado y con gran solemnidad plantó el estandarte de España y tomó posesión. Le dio el nombre de Nueva Extremadura, porque de allí provenían él, Pizarro, la mayor parte de los hidalgos de la expedición y yo. Enseguida el capellán González de Marmolejo armó un altar con su crucifijo, su copón de oro –el único oro que habíamos vislumbrado en meses– y la pequeña estatua de Nuestra Señora del Socorro, convertida en nuestra patrona por la ayuda que nos prestó en el desierto. El clérigo ofició una emotiva misa de acción de gracias y todos comulgamos, con el alma henchida.

El valle estaba habitado por pueblos mezclados y sometidos al incanato, pero se hallaban tan lejos del Perú que la influencia del Inca no era opresiva. Salieron a recibirnos sus curacas con modestos regalos de comida y discursos de bienvenida, que los lenguas traducían, pero no estaban tranquilos con nuestra presencia. Las casas eran de barro y paja, más sólidas y mejor dispuestas que las chozas que habíamos visto antes. También entre estas gentes existía la costumbre de convivir con los antepasados muertos, pero esta vez los soldados se guardaron muy bien de mancillar a las momias. Descubrimos algunas aldeas recién abandonadas, pertenecientes a indios hostiles bajo las órdenes del cacique Michimalonko.

Don Benito hizo instalar el campamento en un sitio resguardado, porque temía que los nativos se tornaran más belicosos cuando comprendieran que no teníamos intención de regresar al Perú, como seis años antes hiciera la expedición de Almagro. A pesar de la necesidad que teníamos de alimentos, Valdivia prohibió saquear los ranchos habitados y molestar a los pobladores, por ver si así conseguíamos ganarlos como aliados. Don Benito había capturado a otros mensajeros que, al ser interrogados, repitieron lo que ya sabíamos: el Inca había ordenado a la población escapar con sus familias a los montes y ocultar o destruir los alimentos, cosa que hizo la mayoría de esos indígenas. Don Benito concluyó que los chilenos –como llamaba a los habitantes de Chile, sin distinción de tribu– seguro habían escondido la comida en la arena, donde era más fácil cavar. Mandó a todos los soldados, menos los de guardia, a recorrer la zona clavando espadas y lanzas en el suelo hasta hallar los entierros, y así consiguió maíz, papas, frijoles e incluso unas calabazas con chicha fermentada que yo confisqué porque serviría para ayudar a los heridos a soportar la brutalidad de las cauterizaciones.

Tan pronto el campamento estuvo listo, don Benito hizo levantar una horca y Pedro de Valdivia anunció que al día siguiente se juzgaría a Sancho de la Hoz y a los otros prisioneros. Los capitanes de probada fidelidad se reunieron en nuestra tienda en torno a la mesa, cada uno en su banqueta de suela y el jefe en su sillón. Ante el asombro general, Valdivia me hizo llamar y me señaló una silla a su lado. Me senté un poco cohibida por las miradas incrédulas de los capitanes, que jamás habían visto a una mujer en un consejo de guerra. «Ella nos salvó de la sed en el desierto y de la conspiración de los traidores, merece más que nadie participar en esta reunión», dijo Valdivia, y ninguno se atrevió a contradecirlo. Juan Gómez, al que se veía muy nervioso, porque Cecilia estaba dando a luz en ese mismo momento, colocó los cinco puñales idénticos sobre la mesa, explicó lo que había averiguado sobre el atentado y nombró a los soldados cuya lealtad estaba en duda, en especial un tal Ruiz, quien había facilitado la entrada de los conspiradores al campamento y distraído a los centinelas de nuestra tienda. Los capitanes discutieron largamente el riesgo de ejecutar a De la Hoz y al fin prevaleció la opinión de Rodrigo de Quiroga, que coincidía con la mía. Yo me guardé muy bien de abrir la boca, para que no me acusaran de ser un marimacho que dominaba a Valdivia. Vigilé que se sirviera vino en las copas, presté atención y asentí mansamente cuando habló Quiroga. Valdivia ya había tomado su decisión, pero estaba esperando que otro lo propusiera para no parecer acobardado por las cédulas reales de Sancho de la Hoz.

Tal como estaba anunciado, el juicio se llevó a cabo al día siguiente en la tienda de los prisioneros. Valdivia fue el único juez, auxiliado por Rodrigo de Quiroga y otro militar, quien actuó de secretario y ministro de fe. Esta vez yo no asistí, pero no me costó nada averiguar la versión completa de lo acontecido. Pusieron guardias armados en torno a la tienda, para contener a los curiosos, y colocaron una mesa, detrás de la cual se sentaron los tres capitanes, flanqueados por dos esclavos negros, expertos en aplicar suplicios y ajusticiar. El ministro de fe abrió sus libracos y preparó su pluma y su tintero, mientras Rodrigo de Quiroga alineaba los cinco puñales sobre la mesa. También habían llevado uno de mis braseros peruanos repleto de brasas al rojo, no tanto para entibiar el ambiente como para aterrorizar a los prisioneros, enterados de que el tormento es parte de cualquier juicio de este tipo; el fuego se usa más con indios que con hidalgos, pero nadie estaba seguro de lo que haría Valdivia. Los acusados, de pie ante la mesa y cargados de cadenas, escucharon durante más de una hora las acusaciones contra ellos. No les cupo la menor duda de que el «usurpador», como llamaban a Valdivia, conocía hasta el último detalle de la conspiración, incluyendo la lista completa de los partidarios de Sancho de la Hoz en la expedición. No había nada que alegar. Un silencio largo siguió a la perorata de Valdivia, mientras el secretario terminaba de anotar en su libro.

–¿Tenéis algo que decir? –preguntó al fin Rodrigo de Quiroga.

Entonces a Sancho de la Hoz se le desinfló el aplomo y cayó de rodillas, clamando que confesaba todo aquello de lo cual se le acusaba menos el propósito de asesinar al general, a quien los cinco respetaban y admiraban y darían sus vidas por servir. Lo de los puñales era una tontería, bastaba verlos para comprender que no eran armas serias. Los otros siguieron su ejemplo, suplicando que se les perdonara y jurando eterna fidelidad. Valdivia los hizo callar. Otro insoportable silencio siguió a sus palabras, y por último el jefe se puso de pie y dictó su sentencia, que a mí me pareció muy injusta, pero me guardé bien de comentarla con él más tarde porque supuse que tendría sus razones para hacer lo que hizo.

Tres de los conspiradores fueron condenados al destierro: tendrían que emprender el regreso a pie al Perú, con un puñado de indios auxiliares y una llama, a través del desierto. Otro fue puesto en libertad sin ninguna explicación. Sancho de la Hoz firmó una escritura –la primera de Chile– para disolver la sociedad con Valdivia y quedó engrillado y preso, sin sentencia por el momento, en el limbo de la incertidumbre. Lo más raro fue que esa noche Valdivia ordenó ejecutar a Ruiz, el soldado que había servido de cómplice pero que ni siquiera se contaba entre los cinco que entraron en nuestra tienda con los famosos puñales. Don Benito en persona vigiló a los negros que lo ahorcaron y luego lo descuartizaron. La cabeza y cada cuarto de su cuerpo, destazado a hachazos, fueron expuestos en ganchos de carnicero en varios puntos del campamento, para recordar a los indecisos cómo se pagaba la deslealtad a Valdivia. Al tercer día, era tan repugnante el olor y eran tantas las moscas, que debieron quemar los restos.

El parto de Cecilia, la princesa inca, fue largo y difícil, porque la criatura estaba volteada en el vientre. Si un niño sobrevive a ese tipo de nacimiento, dicen las comadres que será afortunado. A éste lo sacó Catalina a tirones y salió morado, pero sano y gritón. Fue muy buen augurio que el primer mestizo chileno naciera de pie.

Catalina estaba esperando a Juan Gómez en la puerta de nuestra tienda mientras los capitanes deliberaban sobre la suerte de los conspiradores. Ese hombre, que había pasado peores tribulaciones que cualquiera de los otros valientes, porque en el desierto cedía su ración de agua a su mujer, iba a pie para prestarle su caballo cuando a ella se le accidentó la mula y ponía el pecho para protegerla en los ataques de los indios, se puso a llorar cuando Catalina le colocó a su hijo en los brazos.

–Se llamará Pedro, en honor a nuestro gobernador –anunció Gómez entre sollozos.

Todos celebraron la decisión, menos Pedro de Valdivia.

–No soy gobernador, soy sólo teniente gobernador, representante del marqués Pizarro y de su majestad –nos recordó secamente.

–Ya estamos en el territorio que se os asignó para conquistar, capitán general, y éste es un valle de mucho contento. ¿Por qué no fundamos aquí la ciudad? –sugirió Gómez.

–Buena idea. Pedrito Gómez será el primer niño bautizado en la ciudad –lo apoyó Jerónimo de Alderete, quien aún no se reponía de las fiebres de la selva y estaba agobiado por la perspectiva de seguir andando.

Pero yo sabía que Pedro deseaba seguir hacia el sur, lo más al sur posible, para alejarse del Perú. Su idea era establecer la primera ciudad donde no alcanzaran los largos brazos del marqués gobernador, la Inquisición, los cagatinta y los comemierda, como llamaba en privado a los mezquinos empleados de la Corona que se las arreglaban para jorobar en el Nuevo Mundo.

–No, señores. Seguiremos hasta el valle del Mapocho. Ése es el sitio perfecto para nuestra colonia, según asegura don Benito, quien estuvo allí con el adelantado Diego de Almagro.

–¿A cuántas leguas queda eso? –insistió Alderete.

–Muchas, pero menos de las que ya hemos recorrido –explicó don Benito.

A Cecilia la tratamos primero con infusiones de hojas de huella hasta que expulsó los restos del parto, que estaban retenidos, y luego detuvimos la hemorragia con un licor preparado con raíces de oreja de zorro, receta chilena que Catalina acababa de aprender y que dio pronto resultado. Mientras nuestros soldados se enfrentaban con los indios en diversas escaramuzas, Catalina salía tranquilamente del campamento para juntarse con las indias chilenas e intercambiar remedios. No sé cómo se las arreglaba para pasar entre los centinelas sin ser vista y fraternizar con el enemigo sin que le reventaran el cráneo de un macanazo.

Lo malo fue que con tantas yerbas curativas a Cecilia se le cortó la leche, así es que el pequeño Pedro Gómez se crió con leche de llama. Si hubiera nacido unos meses más tarde, habría contado con varias nodrizas, porque había muchas indias preñadas. La leche de llama le dio una dulzura que habría de ser serio impedimento en su futuro, porque le tocó vivir y guerrear en Chile, que no es lugar para hombres de corazón demasiado tierno.

Y ahora debo referirme a otro episodio que no tiene trascendencia, salvo para un pobre joven de apellido Escobar, pero sirve para mostrar el carácter de Pedro de Valdivia. Mi amante era un hombre generoso, de ideas espléndidas, sólidos principios católicos y un valor a toda prueba –buenas razones para admirarlo–, pero también tenía defectos, algunos bastante graves. El peor fue seguramente su desmedida ambición de fama, que al final le costó la vida a él y a muchos otros; pero el más difícil de sobrellevar para mí fueron sus celos. Sabía que yo no era capaz de traicionarlo, porque no está en mi naturaleza y lo amaba demasiado, ¿por qué entonces dudaba de mí? O tal vez dudaba de sí mismo.

Los soldados disponían de cuantas indias quisieran, unas a la fuerza y otras complacientes, pero seguramente echaban de menos palabras de amor susurradas en castellano. Los hombres desean lo que no tienen. Yo era la única española de la expedición, la manceba del jefe, visible, presente, intocable y, por lo mismo, codiciada. Me he preguntado a veces si fui responsable de las acciones de Sebastián Romero, el alférez Núñez o ese muchacho, Escobar. No encuentro falta en mí, salvo ser mujer, pero eso parece ser crimen suficiente. A nosotras nos culpan de la lujuria de los hombres, pero ¿no es el pecado de quien lo comete? ¿Por qué he de pagar yo por los yerros de otro?

Comencé el viaje vestida como lo hacía en Plasencia –refajos, cotilla, camisa, sayas, toca, mantón, escarpines–, pero muy pronto hube de adaptarme a las circunstancias. No se puede cabalgar mil leguas de lado, a la mujeriega, sin partirse la espalda; tuve que montar a horcajadas. Me conseguí unas bragas de hombre y botas, me quité la cotilla con barbas de ballena, que no hay quien la aguante, y pronto me deshice de la toca y me trencé el cabello, como las indias, porque me pesaba mucho en la nuca, pero nunca anduve descotada ni me permití familiaridades con los soldados. En los encuentros con indios belicosos me ponía yelmo, una coraza liviana de cuero y protecciones en las piernas que Pedro ordenó hacer para mí, de otro modo habría muerto a flechazos en el primer tramo del camino. Si eso incendió el deseo de Escobar y otros de la expedición, no entiendo cómo funciona la mente masculina. Le oí repetir a Francisco de Aguirre que los machos sólo piensan en comer, fornicar y matar, una de sus frases favoritas, aunque en el caso de los humanos ésa no es la verdad completa, ya que también piensan en el poder. Me niego a dar la razón a Aguirre, a pesar de las muchas debilidades que he comprobado en los hombres. No todos son iguales.

Nuestros soldados hablaban mucho de mujeres, en especial cuando debíamos acampar por varios días y no tenían nada que hacer, sólo cumplir sus turnos de guardia y esperar. Intercambiaban impresiones sobre las indias, se jactaban de sus proezas –violaciones– y comentaban con envidia las del mítico Aguirre. Por desgracia, mi nombre aparecía con frecuencia en esas charlas, decían que yo era una hembra insaciable, que montaba como varón para excitarme con el caballo y que debajo de las sayas llevaba bragas. Esto último era cierto, no podía cabalgar a horcajadas con los muslos desnudos.

El soldadito más joven de la expedición, un chico llamado Escobar, de sólo dieciocho años, que había llegado al Perú como grumete cuando todavía era un niño, se escandalizaba con esos chismes. Todavía no lo había mancillado la violencia de la guerra y se había hecho una idea romántica de mí. Estaba en la edad en que uno se enamora del amor. Se le puso entre ceja y ceja que yo era un ángel arrastrado a la perversión por los apetitos de Valdivia, quien me forzaba a servirlo en la cama como una mujerzuela. Supe esto por las criadas indias, como me he enterado siempre de lo que ocurre a mi alrededor. No hay secretos para ellas, porque los hombres no se cuidan de lo que dicen delante de las mujeres, tal como no se cuidan delante de sus caballos o sus perros. Suponen que no entendemos lo que oímos. Observé con disimulo la conducta del muchacho y comprobé que me rondaba. Con la disculpa de enseñar trucos a Baltasar, que rara vez se despegaba de mi lado, o pedirme que le cambiara el vendaje en un brazo herido, o le enseñara a hacer mazamorra de maíz, porque sus dos indias eran inútiles, Escobar se las arreglaba para acercarse a mí.

Pedro de Valdivia consideraba a Escobar poco más que un mocoso y no creo que se preocupara por él antes de que los soldados empezaran a hacerle bromas. Apenas los demás se dieron cuenta de que su interés por mí era más romántico que sexual, no lo dejaron en paz, provocándolo hasta arrancarle lágrimas de humillación. Era inevitable que tarde o temprano las burlas llegaran a oídos de Valdivia, quien empezó a hacerme preguntas insidiosas y pasó a espiarme y a ponerme trampas. Enviaba a Escobar a ayudarme en labores que correspondían a las criadas, y éste, en vez de objetar la orden, como hubiera hecho otro soldado, corría a complacerlo. A menudo encontré a Escobar en mi tienda porque Pedro lo había mandado a buscar algo cuando sabía que yo estaba sola. Supongo que debí enfrentar desde un principio a Pedro, pero no me atreví, los celos lo convertían en un monstruo y podía imaginar que yo tenía ocultos motivos para proteger a Escobar.

–Me doy cuenta de que me buscáis, Escobar, y como esto puede resultar muy inconveniente para los dos, de ahora en adelante Catalina os hará las curaciones.

Y entonces, como si hubiera estado aguardando que alguien entreabriera la puerta de su corazón, Escobar me soltó una retahíla de confesiones mezcladas con declaraciones y promesas de amor. Traté de recordarle con quién se estaba propasando, pero no me dejó hablar. Me abrazó con fuerza y con tan mala suerte, que al echarme hacia atrás tropecé con Baltasar y me fui de espaldas al suelo con Escobar encima. A cualquier otro que me atacara así, el perro lo habría destrozado, pero conocía muy bien al joven, creyó que era un juego y, en vez de agredirlo, saltaba en torno a nosotros, ladrando gustoso. Soy fuerte y no tuve dudas de que podía defenderme, por eso no grité. Sólo una tela encerada nos separaba de la gente que había afuera, no podía hacer un escándalo. Con el brazo herido él me mantenía apretada contra su pecho, con la otra mano me sujetaba la nuca y sus besos, mojados de saliva y lágrimas, me caían por el cuello y la cara. Alcancé a invocar a Nuestra Señora del Socorro, preparándome para darle un rodillazo en la ingle, pero ya era tarde, porque en ese momento apareció Pedro con su espada en la mano. Había estado todo el tiempo espiándonos desde el otro cuarto de la carpa.

–¡Nooo! –grité horrorizada cuando lo vi dispuesto a traspasar con su acero al infeliz soldadito.

Con un impulso brutal logré voltearme para cubrir a Escobar, que quedó debajo de mí. Traté de protegerlo de la espada desnuda tanto como del perro, que para entonces había asumido su papel de guardián e intentaba morderlo.

No hubo juicio ni explicaciones. Pedro de Valdivia simplemente llamó a don Benito y le ordenó que ahorcase al soldado Escobar a la mañana del día siguiente, después de misa, delante del campamento formado. Don Benito se llevó al tembloroso muchacho de un brazo y lo dejó en una de las tiendas, vigilado pero sin cadenas. Escobar estaba hecho un guiñapo, pero no por el miedo a morir, sino por el dolor de su corazón destrozado. Pedro de Valdivia se fue a la tienda de Francisco de Aguirre, donde se quedó jugando a los naipes con otros capitanes, y no regresó hasta el amanecer. No me permitió hablar con él, y, creo que por una vez, si lo hubiese hecho, yo no habría encontrado la forma de hacerle cambiar de parecer. Estaba endemoniado de celos.

Entretanto, el capellán González de Marmolejo intentaba consolarme diciendo que lo ocurrido no era mi culpa, sino de Escobar, por desear a la mujer del prójimo, o alguna sandez por el estilo.

–Supongo que no os quedaréis de brazos cruzados, padre. Debéis convencer a Pedro de que está cometiendo una grave injusticia –le exigí.

–El capitán general debe mantener orden entre su propia gente, hija, no puede permitir este tipo de agravio.

–Pedro puede permitir que sus hombres violen y golpeen a las mujeres de otros hombres, pero ¡ay si le tocan a la suya!

–Ya no puede retractarse. Una orden es una orden.

–¡Claro que puede retractarse! La falta de ese joven no merece la horca, lo sabéis tan bien como yo. ¡Id a hablar con él!

–Iré, doña Inés, pero os adelanto que no cambiará de opinión.

–Podéis amenazarlo con la excomunión…

–¡Esa amenaza no puede hacerse a la ligera! –exclamó el fraile, horrorizado.

–En cambio, Pedro sí puede echarse un muerto en la conciencia a la ligera, ¿verdad? –repliqué.

–Doña Inés, os falta humildad. Esto no está en vuestras manos, está en manos de Dios.

González de Marmolejo se fue a hablar con Valdivia. Lo hizo ante los capitanes que jugaban a las cartas con él porque pensó que éstos lo ayudarían a convencerlo de que perdonara a Escobar. Se equivocó de medio a medio. Valdivia no podía dar su brazo a torcer frente a testigos, y además sus compinches le dieron la razón; ellos habrían hecho lo mismo en su lugar.

Entonces me fui a la tienda de Juan Gómez y Cecilia, con la excusa de ver al recién nacido. La princesa inca estaba más bella que nunca, echada sobre un mullido colchón, descansando, rodeada de sus siervas. Una india le sobaba los pies, otra le peinaba el cabello retinto, otra estrujaba leche de llama de un trapo en la boca del crío. Juan Gómez, embelesado, observaba la escena como si estuviera ante el pesebre del Niño Jesús. Sentí un retortijón de envidia: habría dado media vida por estar en el lugar de Cecilia. Después de felicitar a la joven madre y besar al chiquito, cogí de un brazo al padre y me lo llevé afuera. Le conté lo que había ocurrido y le pedí ayuda.

–Vos sois el alguacil, don Juan, haced algo, por favor –le rogué.

–No puedo contravenir una orden de don Pedro de Valdivia –me contestó, con los ojos desorbitados.

–Me da vergüenza recordároslo, don Juan, pero me debéis un favor…

–Señora, ¿me estáis pidiendo esto porque tenéis un interés particular en el soldado Escobar? –me preguntó.

–¿Cómo se os ocurre? Os lo pediría por cualquier hombre de este campamento. No puedo permitir que don Pedro cometa este pecado. Y no me digáis que se trata de una cuestión de disciplina militar, los dos sabemos que son puros celos.

–¿Qué proponéis?

–Esto está en manos de Dios, como dice el capellán. ¿Qué os parece si ayudamos un poco a la mano divina?

Al día siguiente, después de la misa, don Benito convocó a la gente en la plaza central del campamento, donde todavía se alzaba la horca que había servido para el desafortunado Ruiz, con la cuerda preparada. Yo asistí por primera vez, porque hasta entonces me las había arreglado para no presenciar suplicios ni ejecuciones; bastante tenía con la violencia de las batallas y el sufrimiento de los heridos y enfermos que me tocaba sanar. Llevé a Nuestra Señora del Socorro en los brazos, para que todos pudieran verla. Los capitanes se pusieron en primera fila formando un cuadrilátero, les seguían los soldados y, más atrás, los capataces y la multitud de yanaconas, indias de servicio y mancebas. El capellán había pasado la noche en vela rezando, después de haber fracasado en su gestión con Valdivia. Tenía la piel verdosa y ojeras moradas, como solía ocurrirle cuando se flagelaba, aunque sus azotes eran para la risa, según las indias, que sabían muy bien lo que es un látigo en serio.

Un pregonero y un redoble de tambores anunciaron la ejecución. Juan Gómez, en su calidad de alguacil, dijo que el soldado Escobar había cometido un grave acto de indisciplina, había penetrado en la tienda del capitán general con aviesos propósitos y atentado contra su honor. No se necesitaban más explicaciones, a nadie le cupo duda de que el muchacho pagaría con la vida su amor de cachorro. Los dos negros encargados de las ejecuciones escoltaron al reo hasta la plaza. Escobar iba sin cadenas, derecho como una lanza, tranquilo, la mirada fija adelante, como si marchara en sueños. Había pedido que le permitieran lavarse, afeitarse y ponerse ropa limpia. Se puso de rodillas y el capellán le dio la extremaunción, lo bendijo y le pasó la Santa Cruz para que la besara. Los negros lo condujeron al patíbulo, le ataron las manos a la espalda y le ligaron los tobillos, luego pasaron la cuerda en torno a su cuello. Escobar no permitió que le colocaran una capucha, creo que quería morir mirándome, para desafiar a Pedro de Valdivia. Le sostuve la mirada, tratando de darle consuelo.

Al segundo redoble de tambores, los negros quitaron el soporte bajo los pies del reo y éste quedó colgado en el aire. Un silencio de tumba reinaba en el campamento entre la gente, sólo se oían los tambores. Durante un tiempo que me pareció eterno, el cuerpo de Escobar se balanceó de la horca, mientras yo rezaba y rezaba, desesperada, apretando la estatua de la Virgen contra mi pecho. Y entonces sucedió el milagro: la cuerda se cortó de súbito y el muchacho cayó desplomado al suelo, donde quedó tendido, como muerto. Un largo grito de sorpresa escapó de muchas bocas. Pedro de Valdivia dio tres pasos adelante, pálido como un cirio, sin poder creer lo que había ocurrido. Antes de que alcanzara a dar una orden a los verdugos, el capellán se adelantó con la Santa Cruz en alto, tan perplejo como los demás.

–¡Es el juicio de Dios! ¡El juicio de Dios! –gritaba.

Como una ola sentí primero el murmullo y luego la frenética algarabía de los indios, una ola que se estrelló contra la rigidez de los soldados españoles, hasta que uno se persignó y puso una rodilla en tierra. De inmediato otro siguió su ejemplo, y otro más, hasta que todos, menos Pedro de Valdivia, estuvimos arrodillados. El juicio de Dios...

El alguacil Juan Gómez hizo a un lado a los verdugos y él mismo quitó el lazo del cuello a Escobar, le cortó las amarras de las muñecas y los tobillos y le ayudó a ponerse de pie. Sólo yo noté que entregó la cuerda del patíbulo a un indio y éste se la llevó de inmediato, antes de que a alguien se le ocurriera examinarla de cerca. Juan Gómez ya no me debía ningún favor.

Escobar no fue puesto en libertad. Su sentencia fue conmutada por el destierro, tendría que volver al Perú, deshonrado, con un yanacona por única compañía y a pie. En caso de que lograra evadir a los indios hostiles del valle, perecería de sed en el desierto, y su cuerpo, disecado como las momias, quedaría sin sepultura. Es decir, más misericordioso hubiese sido ahorcarlo. Una hora más tarde abandonó el campamento con la misma calmada dignidad con que caminó hacia el patíbulo. Los soldados que antes se burlaron de él hasta enloquecerlo, formaron dos filas respetuosas y él pasó por el medio, lentamente, despidiéndose con los ojos, sin una palabra. Muchos tenían lágrimas, arrepentidos y avergonzados. Uno le entregó su espada, otro un hacha corta, un tercero llegó halando una llama cargada con unos bultos y odres de agua. Yo observaba la escena desde lejos, luchando contra la animosidad que sentía contra Valdivia, tan fuerte que me ahogaba. Cuando el muchacho ya salía del campamento, le di alcance, desmonté y le entregué mi único tesoro, el caballo.

Nos quedamos siete semanas en el valle, donde se nos sumaron veinte españoles más, entre ellos dos frailes y un tal Chinchilla, sedicioso y vil, quien desde el comienzo conspiró con Sancho de la Hoz para asesinar a Valdivia. A De la Hoz le habían quitado los grillos y circulaba libre por el campamento, acicalado y fragante, dispuesto a vengarse del capitán general, pero bien vigilado por Juan Gómez. De los ciento cincuenta hombres que ahora formaban la expedición, todos menos nueve eran hidalgos, hijos de la nobleza rural o empobrecida, pero tan hidalgos como el mejor. Según Valdivia, eso nada significa, porque sobran hidalgos en España, pero yo creo que estos fundadores legaron sus ínfulas al Reino de Chile. A la sangre altiva de los españoles se sumó la sangre indómita de la raza mapuche, y de la mezcla ha resultado un pueblo de un orgullo demencial.

Después de la expulsión del muchacho Escobar, el campamento tardó unos días en recuperar la normalidad. La gente andaba enojada, se podía sentir la ira en el aire. A los ojos de los soldados, la culpa fue mía: yo tenté al inocente muchacho, lo seduje, lo saqué de quicio y lo llevé a la muerte. Yo, la impúdica concubina. Pedro de Valdivia sólo cumplió con el deber de defender su honor. Durante mucho tiempo sentí el rencor de esos hombres como una quemadura en la piel, tal como antes había sentido su lascivia. Catalina me aconsejó que permaneciera en mi tienda hasta que se calmaran los ánimos, pero había mucho trabajo con los preparativos del viaje y no me quedó otra alternativa que enfrentarme a la maledicencia.

Pedro estaba ocupado con la incorporación de los nuevos soldados y con los rumores de traición que circulaban, pero tuvo tiempo de saciar su ira en mí. Si comprendió que se había propasado en su afán de vengarse de Escobar, nunca lo admitió. La culpa y los celos le encendieron el deseo, quería poseerme a cada rato, incluso en la mitad del día. Interrumpía sus deberes o sus conferencias con otros capitanes para arrastrarme a la tienda, a ojos vista del campamento entero, de modo que no quedó nadie que no se diese cuenta de lo que estaba ocurriendo. A Valdivia no le importaba, lo hacía adrede para establecer su autoridad, humillarme y desafiar a los chismosos. Nunca habíamos hecho el amor con esa violencia, me dejaba magullada y pretendía que me gustara. Quiso que gimiera de dolor, en vista de que ya no gemía de placer. Ése fue mi castigo, sufrir la suerte de una ramera, tal como el de Escobar fue perecer en el desierto. Aguanté el maltrato hasta donde me fue posible, pensando que en algún momento a Pedro tendría que enfriársele la soberbia, pero a la semana se me acabó la paciencia y, en vez de obedecerle cuando quiso hacer conmigo como los perros, le di una sonora bofetada en la cara. No supe cómo sucedió, la mano se me fue sola. La sorpresa nos dejó a los dos paralizados por un largo momento y enseguida se rompió el maleficio en que estábamos atrapados. Pedro me estrechó, arrepentido, y yo me eché a temblar, tan contrita como él.

–¡Qué he hecho! ¿Adónde hemos llegado, amor? Perdóname, Inés, olvidemos esto, por favor… –murmuró.

Nos quedamos abrazados, con el alma en un hilo, mascullando explicaciones, perdonándonos, y al final nos dormimos agotados, sin holgar. A partir de ese momento empezamos a recuperar el amor perdido. Pedro volvió a cortejarme con la pasión y la ternura de los primeros tiempos. Dábamos cortos paseos, siempre con guardias, porque en cualquier momento podían caernos encima indios hostiles. Comíamos solos en la tienda, me leía por las noches, pasaba horas acariciándome para darme el placer que poco antes me había negado. Estaba tan ansioso por un hijo como yo, pero no quedé preñada, a pesar de los rosarios a la Virgen y los jarabes que preparaba Catalina. Soy estéril, no pude tener hijos con ninguno de los hombres a los que amé, Juan, Pedro y Rodrigo, ni con los que gocé de encuentros breves y secretos; pero creo que Pedro también lo era, porque no los tuvo con Marina ni con otras mujeres. «Dejar fama y memoria de mí», fue su razón para conquistar Chile. Tal vez así reemplazó a la dinastía que no pudo fundar. Dejó su apellido en la Historia, ya que no pudo legarlo a sus descendientes.

Pedro tuvo la precaución y la paciencia de enseñarme a usar la espada. También me regaló otro caballo, para reemplazar el que le di a Escobar, y asignó a su mejor jinete para entrenarlo. Un caballo de guerra debe obedecer por instinto al soldado, quien va ocupado con las armas. «Nunca se sabe qué puede pasar, Inés. Ya que has tenido el valor de acompañarme, debes estar preparada para defenderte como cualquiera de mis hombres», me advirtió. Fue una prudente medida. Si esperábamos recuperarnos de las fatigas en Copiapó, fuimos pronto desencantados, porque los indios nos atacaban cada vez que aflojábamos la vigilancia.

–Mandaremos emisarios a explicarles que venimos en son de paz –anunció Valdivia a sus principales capitanes.

–No es buena idea –opinó don Benito–, porque sin duda todavía recuerdan lo que pasó hace seis años.

–¿De qué habláis, maestre?

–Cuando vine con don Diego de Almagro, los indios chilenos nos dieron no sólo muestras de amistad, sino también el oro correspondiente al tributo del Inca, ya que estaban enterados de que éste había sido derrotado. Insatisfecho y sospechoso, el adelantado los convocó con amables promesas a una reunión y, apenas hubo ganado su confianza, nos dio orden de atacarles. Muchos murieron en la refriega, pero apresamos a treinta caciques, que atamos a unas estacas y quemamos vivos –explicó el maestre de campo.

–¿Por qué hicisteis eso? ¿No era preferible la paz? –preguntó Valdivia, indignado.

–Si no lo hace Almagro antes, lo habrían hecho los indios con los españoles después –interrumpió Francisco de Aguirre.

Lo más codiciado por los indígenas chilenos eran nuestros caballos, y lo más temido, los perros, por eso don Benito puso a los primeros en corrales, vigilados por los segundos. Las huestes chilenas estaban al mando de tres caciques, encabezados a su vez por el poderoso Michimalonko. Era un viejo astuto, sabía que no le alcanzaban las fuerzas para entrar a rompe y raja al campamento de los *huincas* y optó por cansarnos. Sus sigilosos guerreros se robaban llamas y caballos, destruían los víveres, raptaban a nuestras indias, atacaban a las partidas de soldados que salían a buscar alimento o agua. Así mataron a un soldado y a varios de nuestros yanaconas, que de necesidad habían aprendido a pelear, de lo contrario perecían.

La primavera asomó en el valle y en los cerros, que se cubrieron de flores, el aire se volvió tibio y empezaron a parir las indias, las yeguas y las llamas. No hay animal más adorable que una cría de llama. El ánimo del campamento mejoró con los recién nacidos, que trajeron una nota de alegría a los curtidos españoles y a los agobiados yanaconas. Los ríos, turbios en invierno, se volvieron cristalinos y más caudalosos con el deshielo de las nieves en las montañas. Había abundancia de pastos para los animales, caza, vegetales y fruta para los hombres. El aire de optimismo traído por la primavera relajó la vigilancia, y entonces, cuando menos lo esperábamos, desertaron doscientos yanaconas y luego cuatrocientos más. Simplemente se hicieron humo; por muchos azotes que aplicaron por orden del recio don Benito a los capataces, por descuidados, y a los indios, por cómplices, nadie supo decir cómo habían escapado ni adónde habían ido. Una cosa fue evidente: no podían llegar lejos sin ayuda de los indios chilenos que nos rodeaban, porque de otro modo éstos los habrían aniquilado. Don Benito hizo triplicar la guardia y mantuvo a los yanaconas amarrados de día y de noche. Los capataces rondaban sin descanso el campamento con sus látigos y sus perros.

Valdivia esperó a que a los potrillos y las llamitas se les afirmaran las patas y enseguida dio la orden de continuar rumbo al sur, hacia el lugar paradisíaco tan anunciado por don Benito, el valle del Mapocho. Sabíamos que Mapocho y mapuche significan casi lo mismo; tendríamos que enfrentarnos con los salvajes que hicieron retroceder a los quinientos soldados y por lo menos ocho mil indios auxiliares de Almagro. Nosotros contábamos con ciento cincuenta soldados y menos de cuatrocientos renuentes yanaconas.

Comprobamos que Chile tiene la forma delgada y larga de una espada. Se compone de un rosario de valles tendidos entre montañas y volcanes, y cruzados por copiosos ríos. Su costa es abrupta, de olas temibles y aguas frías; sus bosques son densos y aromáticos; sus cerros, infinitos. Con frecuencia oíamos un suspiro telúrico y sentíamos moverse el suelo, pero con el tiempo nos acostumbramos a los temblores. «Así imaginaba Chile, Inés», me confesó Pedro, con la voz quebrada de emoción ante la virginal belleza del paisaje.

No todo era contemplación de la naturaleza, había también mucho esfuerzo, porque los indios de Michimalonko nos siguieron sin tregua, azuzándonos. Lográbamos descansar apenas en turnos cortos, porque si nos descuidábamos nos caían encima. Las llamas son animales delicados, no soportan mucho peso sin que se les quiebre la espalda, por eso debíamos obligar a los yanaconas a llevar los bultos de quienes habían desertado. Aunque nos desprendimos de todo lo que no era indispensable –entre ello varios baúles con mis vestidos elegantes, que en Chile no servían de nada–, los indios iban doblados por la carga y, además, amarrados, para que no escaparan, lo que hacía nuestro avance muy penoso y lento. Los soldados perdieron la confianza en las indias de servicio, que habían demostrado ser menos sumisas y lerdas de lo que ellos suponían. Seguían holgando con ellas, pero no se atrevían a dormir en su presencia y algunos creían que los estaban envenenando de a poco. Sin embargo, no era veneno lo que les corroía el alma y les derrotaba los huesos, sino pura fatiga. Varios de los hombres se ensañaban con ellas para descargar su propia desazón; Valdivia amenazó entonces con quitárselas y cumplió su palabra en dos o tres ocasiones. Los soldados se rebelaron, porque no podían aceptar que nadie, ni siquiera el jefe, interviniera en algo tan privado como sus mancebas, pero Pedro se impuso, como siempre hacía. Se debe predicar con el ejemplo, dijo. No permitiría que los españoles se portaran peor que los bárbaros. A la larga la tropa obedeció de mala gana y a medias. Catalina me contó que seguían golpeando a las mujeres, pero no en la cara ni donde les quedaran marcas visibles.

A medida que los indios de Chile se volvían más atrevidos, nos preguntábamos qué sería del desafortunado Escobar. Suponíamos que habría muerto de alguna manera lenta y atroz, pero nadie se atrevía a mencionar al muchacho, para no conjurar a la mala suerte. Si olvidábamos su nombre y su rostro, tal vez se volvería transparente, como la brisa, y podría pasar entre sus enemigos sin ser visto.

Marchábamos a paso de tortuga porque los yanaconas no podían con el peso y había muchos potrillos y otros animales nuevos. Rodrigo de Quiroga iba siempre delante, debido a sus buenos ojos para ver lo más lejano y a su coraje, que nunca flaqueaba. Cuidando la retaguardia iban Villagra, a quien Pedro de Valdivia había nombrado su segundo, y Aguirre, siempre impaciente por enredarse en una escaramuza con los indios. Le gustaba la pelea tanto como las mujeres.

–¡Vienen los indios! –advirtió a gritos un día un mensajero enviado por Quiroga desde el frente.

Valdivia me instaló con las mujeres, los niños y los animales en un lugar más o menos protegido por rocas y árboles, y enseguida organizó a sus hombres para la batalla, no como los tercios de España, con tres infantes por cada jinete, porque aquí casi todos eran de caballería. Cuando digo que los nuestros iban montados, puede parecer que constituían un formidable escuadrón de ciento cincuenta caballeros capaces de vencer a diez mil atacantes, pero la verdad es que los animales estaban en los huesos por las fatigas del viaje y los jinetes tenían la ropa rotosa, las armaduras mal ajustadas, los yelmos abollados y las armas oxidadas. Eran valientes, pero desordenados y arrogantes; cada uno ansiaba ganar su propia gloria. «¿Por qué les cuesta tanto a los castellanos ser uno más del montón? ¡Todos quieren ser generales!», se lamentaba con frecuencia Valdivia. Además, el número de nuestros yanaconas había disminuido tanto y estaban tan agotados y rencorosos por el maltrato recibido, que no prestaban mucha ayuda, sólo luchaban porque la alternativa era morir.

A la cabeza iba Pedro de Valdivia, siempre el primero, a pesar de que sus capitanes le rogaban que se cuidara porque sin él los demás estábamos perdidos. Al grito de «¡Santiago y a ellos!», con el que los castellanos invocaron al apóstol durante siglos para combatir a los moros, se colocó delante, mientras sus arcabuceros, rodilla en tierra, con las armas preparadas, apuntaban al frente. Valdivia sabía que los chilenos se lanzan a la lucha a pecho descubierto, sin escudos ni otra protección, indiferentes a la muerte. No temen a los arcabuces, porque son más ruido que otra cosa, sólo se detienen ante los perros, que en el furor del combate se los comen vivos. Enfrentan en masa los aceros españoles, que causan estragos entre ellos, mientras que sus armas de piedra rebotan contra el metal de las armaduras. Desde lo alto de sus cabalgaduras los *huincas* son invencibles, pero si logran desmontarlos, los aniquilan.

No habíamos terminado de agruparnos cuando sentimos el chivateo insufrible que anuncia el ataque de los indios, una gritería espeluznante que los enardece hasta la demencia y paraliza de terror a sus enemigos, pero que en nuestro caso tiene el efecto contrario: nos vuela de rabia. El destacamento de Rodrigo de Quiroga logró reunirse con el de Valdivia momentos antes de que la oleada enemiga se desprendiera de los cerros. Eran miles y miles. Corrían casi desnudos, con arcos y flechas, picas y macanas, aullando, exultantes de feroz anticipación. La descarga de los arcabuces barrió con las primeras filas, pero no logró detenerlos ni aminorar su carrera. En cuestión de minutos ya podíamos verles las caras pintarrajeadas y comenzó la lucha cuerpo a cuerpo. Las lanzas de los nuestros atravesaban los cuerpos color arcilla, las espadas cercenaban cabezas y miembros, los cascos de los caballos destrozaban a los caídos. Si lograban acercarse, los indios aturdían de un mazazo al caballo y, apenas doblaba las patas, veinte manos cogían al jinete y lo revolcaban por el suelo. Los yelmos y corazas protegían a los soldados durante breves instantes y a veces eso bastaba para dar tiempo a un compañero a intervenir. Las flechas, inútiles contra las cotas de malla y armaduras, resultaban muy eficientes en las partes desprotegidas del cuerpo de los soldados. En el estruendo y el torbellino de la lucha, nuestros heridos seguían peleando sin sentir dolor ni darse cuenta de que se desangraban, y cuando al fin caían, alguien los rescataba y me los traía a la rastra.

Yo había organizado mi diminuto hospital rodeada de mis indias y protegida por algunos yanaconas leales, interesados en defender a las mujeres y los niños de su raza, y por esclavos negros, que si caían en manos de los indígenas enemigos temían ser desollados para averiguar si el color de la piel era pintado, como sabían que había ocurrido en otros lugares. Improvisábamos vendajes con los trapos disponibles, aplicábamos torniquetes para detener las hemorragias, cauterizábamos deprisa con carbones encendidos y, apenas los hombres podían ponerse de pie, les dábamos agua o un trago de vino, les devolvíamos sus armas y los enviábamos a seguir peleando. «Virgencita, protege a Pedro», mascullaba yo cuando la horrible tarea de los heridos me daba un respiro. La brisa nos traía el olor a pólvora y caballo, que se mezclaba con el de la sangre y la carne chamuscada. Los moribundos pedían confesarse, pero el capellán y los otros frailes estaban batallando, así es que yo les hacía la señal de la cruz en la frente y les daba la absolución, para que se fueran en paz. El capellán me había explicado que si falta un sacerdote, cualquier cristiano puede bautizar y dar la extremaunción en una emergencia, pero no estaba seguro de que una cristiana también pudiese hacerlo. A los gritos de muerte y dolor, al chivateo de los indios, los relinchos de los caballos y las explosiones de pólvora, se sumaba el llanto aterrorizado de las mujeres, muchas de ellas con infantes atados a la espalda. Cecilia, acostumbrada a ser servida por sus criadas como la princesa que era, por una vez descendió al mundo de los mortales y trabajaba codo a codo con Catalina y conmigo. Esa mujer, tan pequeña y graciosa, resultó ser mucho más fuerte de lo que parecía. Su túnica de fina lanilla estaba empapada de sangre ajena.

Hubo un momento en que varios enemigos lograron aproximarse al sitio donde curábamos a los heridos. De pronto sentí un griterío más intenso y cercano, levanté la vista de la flecha que estaba tratando de extraer de un muslo de don Benito, mientras otras mujeres lo sujetaban, y me encontré cara a cara con varios salvajes que se nos venían encima con las mazas y hachas en alto, haciendo retroceder a nuestra débil guardia de yanaconas y esclavos negros. Sin pensarlo, tomé a dos manos la espada, que Pedro me había enseñado a usar, y me dispuse a defender nuestro breve espacio. A la cabeza de los asaltantes venía un hombre mayor, pintarrajeado y adornado con plumas. Una antigua cicatriz le atravesaba una mejilla desde la sien hasta la boca. Alcancé a registrar estos detalles en menos de un instante, porque los hechos sucedieron muy rápido. Recuerdo que nos enfrentamos, él con una lanza corta y yo con la espada, que debía levantar con las dos manos, en idénticas posturas, gritando de furia con ese alarido terrible de la guerra y mirándonos con idéntica ferocidad. Entonces, súbitamente, el viejo hizo una señal y sus compañeros se detuvieron. No podría jurarlo, pero creo que hubo una leve sonrisa en su rostro color de tierra, dio media vuelta y se alejó con la agilidad de un muchacho, justo en el momento en que Rodrigo de Quiroga acudía corcoveando en su caballo y se lanzaba sobre nuestros agresores. El viejo era el cacique Michimalonko.

–¿Por qué no me atacó? –le pregunté mucho después a Quiroga.

–Porque no podía sufrir la vergüenza de batirse con una mujer –me explicó.

–¿Es eso lo que vos hubierais hecho, capitán?

—Por supuesto —replicó, sin vacilar.

La lucha duró un par de horas y éstas fueron de tal intensidad, que pasaron volando, porque no hubo tiempo para pensar. De pronto, cuando ya tenían el terreno casi ganado, los indígenas se dispersaron, perdiéndose en los mismos cerros por donde habían surgido; dejaron tirados a sus heridos y sus muertos, pero se llevaron los caballos que pudieron quitarnos. Nuestra Señora del Socorro nos había salvado una vez más. Quedó el campo cubierto de cuerpos y hubo que encadenar a los perros, ahítos de sangre, para que no devoraran también a nuestros heridos. Los negros circularon entre los caídos, rematando a los chilenos, y después me trajeron a los nuestros. Me preparé para lo que venía: durante horas el valle se estremecería con los alaridos de los hombres a quienes debíamos curar. Catalina y yo no daríamos abasto para arrancar flechas y cauterizar, tarea muy ingrata. Dicen que uno se acostumbra a todo, pero no es cierto, nunca me acostumbré a esos gritos espantosos. Incluso ahora, en mi vejez, después de haber fundado el primer hospital de Chile y de llevar toda una vida trabajando como enfermera, todavía oigo los lamentos de la guerra. Si las heridas pudieran coserse con aguja e hilo, como la rotura de una tela, las curaciones serían más soportables, pero sólo el fuego evita el desangramiento y la podredumbre.

Pedro de Valdivia tenía varias llagas leves y magulladuras, pero no quiso que lo curara. Reunió de inmediato a sus capitanes para sacar la cuenta de nuestras pérdidas.

—¿Cuántos muertos y heridos? —preguntó.

—Don Benito sufrió un flechazo muy feo. Tenemos un soldado muerto, trece heridos y uno de gravedad. Calculo que robaron más de veinte caballos y mataron a varios yanaconas —anunció Francisco de Aguirre, que no era bueno en aritmética.

–Hay cuatro negros y sesenta y tres yanaconas heridos, varios de gravedad –le corregí–. Murieron un negro y treinta y un indios. Creo que dos hombres no pasarán la noche. Habrá que transportar a los heridos a caballo, no podemos dejarlos atrás. Los más graves tendrán que ser llevados en hamacas.

–Montaremos el campamento por unos días. Capitán Quiroga, por el momento reemplazaréis a don Benito como maestre de campo –ordenó Valdivia–. Capitán Villagra, haced un cálculo de los salvajes que quedaron en el campo de batalla. Seréis responsable de la seguridad, supongo que el enemigo regresará más temprano que tarde. Capellán, haceos cargo de los entierros y las misas. Partiremos tan pronto doña Inés lo considere posible.

A pesar de las precauciones de Villagra, el campamento era muy vulnerable, porque estábamos en un valle desprotegido. Los indios chilenos ocupaban los cerros, pero no dieron señales de vida durante los dos días que permanecimos en el lugar. Don Benito explicó que después de cada batalla se emborrachaban hasta quedar sin sentido y no volvían a atacar hasta que se reponían, varios días más tarde. En buena hora. Espero que nunca les falte chicha.

Capítulo cuatro

SANTIAGO DE LA NUEVA EXTREMADURA, 1541-1543

Desde la improvisada angarilla en que lo acarreábamos, don Benito reconoció de lejos el cerro Huelén, donde él mismo había plantado una cruz en su viaje anterior con Diego de Almagro.

—¡Allí! ¡Ése es el Jardín del Edén que por años he anhelado! —gritaba el viejo, ardiendo de fiebre por el flechazo recibido, que ni las yerbas y hechicerías de Catalina ni las oraciones del capellán habían logrado sanar.

Habíamos descendido sobre un valle muy dulce, lleno de robles y otros árboles desconocidos en España, quillayes, peumos, maitenes, coigües, canelos. Era pleno verano, pero las altísimas montañas del horizonte estaban coronadas de nieve. Cerros y más cerros, dorados y suaves, rodeaban el valle. A Pedro le bastó una mirada para comprender que don Benito tenía razón: un cielo azul intenso, un aire luminoso, un bosque exuberante y en tierra fecunda, bañada por arroyos y por un río copioso, el Mapocho; ése era el sitio asignado por Dios para establecer nuestro primer poblado, porque, además de su belleza y bondad, se ajustaba a los sabios reglamentos dictados por el emperador Carlos V para fundar ciudades en las Indias: «No elijan sitios para poblar en lugares muy altos, por la molestia de los vientos y dificultades del servicio y acarreo, ni en lugares muy bajos, porque suelen ser enfermos; fúndense en los medianamente levantados que gocen descubiertos los vientos del norte y mediodía; y si hubiere de tener sierras o cuestas, sean por la parte de levante y poniente; y en caso de edificar en la ribera de un río, dispongan la población de forma que saliendo el sol dé primero al pueblo que en el agua». Por lo visto los naturales del lugar estaban de pleno acuerdo con Carlos V, porque había numerosa población, vimos varias aldeas, muchos plantíos, canales de riego, acequias y caminos. No éramos los primeros en descubrir las ventajas del valle.

Los capitanes Villagra y Aguirre se adelantaron con un destacamento para tantear la reacción de los indígenas, mientras los demás esperábamos a buen resguardo. Regresaron con la agradable noticia de que los indios, aunque desconfiados, no habían dado muestras de hostilidad. Averiguaron que también allí había llegado el imperio del Inca y que su representante, el curaca Vitacura, quien controlaba la zona, estaba dispuesto a cooperar con nosotros, según había asegurado, porque sabía que los barbudos viracochas mandaban en el Perú. «No confíen en ellos, son traidores y belicosos», insistió don Benito, pero ya estaba tomada la decisión de establecernos en el valle, aunque tuviésemos que someter a los naturales a la fuerza. El hecho de que ellos hubiesen instalado allí sus viviendas y sembradíos durante generaciones era un incentivo para los briosos conquistadores: significaba que la tierra y el clima eran muy placenteros. Villagra calculó al ojo que, sumando los rancheríos que podíamos ver o adivinar, debía de haber unos diez mil pobladores, la mayoría mujeres y niños. No era como para preocuparse, dijo, a menos que se presentaran de nuevo las huestes de Michimalonko. ¿Qué sentirían los habitantes cuando nos

y mantener una temperatura agradable. Podíamos comprobar que el verano era caliente, seco y saludable. Nos dijeron que el invierno sería frío y lluvioso. El tuerto Gamboa y sus ayudantes trazaron las calles, mientras otros dirigían a las cuadrillas de trabajadores para las construcciones. Las fraguas ardían sin cesar produciendo clavos, bisagras, cerraduras, remaches, escuadras; el ruido de los martillos y sierras sólo callaba por las noches y a la hora de misa. La fragancia de la madera recién cortada impregnaba el aire. Aguirre, Villagra, Alderete y Quiroga reorganizaron nuestro zarrapastroso destacamento militar, muy desmejorado por el largo viaje. Valdivia y el aguerrido capitán Monroy, que se jactaba de cierta habilidad diplomática, intentaron parlamentar con los naturales. A mí me tocó reponer la salud de los heridos y enfermos y hacer lo que más me gusta: fundar. No lo había hecho antes, pero apenas clavamos la primera estaca en la plaza descubrí mi vocación y no la he traicionado; desde entonces he creado hospitales, iglesias, conventos, ermitas, santuarios, pueblos enteros, y si me alcanzara la vida haría un orfanato, que mucha falta hace en Santiago, porque es una vergüenza el número de niños miserables que hay en las calles, como había en Extremadura. Esta tierra es fecunda y sus frutos debieran alcanzar para todos. Asumí con porfía el trabajo de fundar, que en el Nuevo Mundo corresponde a las mujeres. Los hombres sólo construyen pueblos provisorios para dejarnos allí con los hijos, mientras ellos continúan sin cesar la guerra contra los indígenas del lugar. Han debido transcurrir cuatro décadas de muertos, sacrificios, tesón y trabajo para que Santiago tenga la pujanza de la que hoy goza. No he olvidado los tiempos en que fue apenas un rancherío que defendíamos con diente y garra. Puse a las mujeres y a los cincuenta yanaconas que me cedió Rodrigo de Quiroga a producir mesas, sillas, camas, colchones, hornos, telares, vajillas de barro cocido, utensilios de cocina, corrales, gallineros, ropa, manteles, mantas y lo indispensable para una vida civilizada. Con el fin de ahorrar esfuerzo y víveres, establecí al principio un sistema para que nadie se quedara sin comer. Se cocinaba una vez al día y se servían las escudillas en mesones en la plaza mayor, que Pedro llamó plaza de Armas, aunque no teníamos un solo cañón para defenderla. Las mujeres hacíamos empanadas, frijoles, papas, guisos de maíz y cazuelas con las aves y liebres que los indios lograban cazar. A veces conseguíamos pescado y marisco traído de la costa por los indígenas del valle, pero olían mal. Cada uno contribuía a la mesa con lo que podía, tal como años antes hice en la nave del maestre Manuel Martín. Este sistema comunitario tuvo también la virtud de unir a la gente y callar a los descontentos, al menos por un tiempo. Dedicábamos gran cuidado a los animales domésticos; sólo en ocasiones especiales sacrificábamos un ave, ya que yo pretendía llenar los corrales en un año. Los cerdos, las gallinas, los gansos y las llamas eran tan importantes como los caballos y, ciertamente, mucho más que los perros. Los animales habían sufrido con el viaje tanto como los humanos y, por lo mismo, cada huevo y cada cría eran motivo de celebración. Hice almácigos para plantar en la primavera, en las chacras asignadas por el alarife Gamboa, trigo, vegetales, frutos y hasta flores, porque no se podía vivir sin flores; eran el único lujo de nuestra ruda existencia. Traté de imitar los sembradíos de los indios del valle y su método de irrigación, en vez de reproducir lo que había visto en los vergeles de Plasencia; sin duda ellos conocían mejor el terreno.

No he mencionado el maíz o trigo indiano, sin el cual no habríamos subsistido. Este cereal se sembraba sin limpiar ni arar el suelo, bastaba desprender las ramas de los árboles vecinos a fin de que el sol calentara libremente; se hacían ligeros rasguños en la tierra con una piedra filuda, en caso de no contar con azadón, se tiraban las semillas y éstas se cuidaban solas. Las mazorcas maduras podían quedar en las plantas durante semanas sin pudrirse, se desprendían del tallo sin romperlo, no había necesidad de trillar ni aventar. Era tan fácil cultivarlo y tan abundante la producción, que de maíz se alimentaban los indios –y también los castellanos– en todo el Nuevo Mundo.

Valdivia y Monroy regresaron exultantes con la noticia de que sus avances diplomáticos habían tenido éxito: Vitacura nos haría una visita. Don Benito advirtió que ese mismo curaca había traicionado a Almagro y convenía estar preparados para alguna barrabasada. Pero eso no amilanó el ánimo de la gente. Estábamos hartos de batallar. Los hombres sacaron brillo a yelmos y armaduras, decoramos la plaza con estandartes, distribuimos en círculo los caballos, que causaban mucha impresión entre los indios, y preparamos música con los instrumentos disponibles. Como precaución, Valdivia hizo cargar los arcabuces y puso a Quiroga con un grupo de tiradores ocultos y prontos a actuar en una emergencia. Vitacura se presentó con tres horas de retraso, de acuerdo con el protocolo de los incas, como nos explicó Cecilia. Iba adornado con plumas de muchos colores, portaba una pequeña hacha de plata en la mano, signo de su mando, e iba rodeado de su familia y de varios personajes de su corte, al estilo de los nobles del Perú. Venían sin armas. Dio un discurso eterno y muy enredado en quechua y Valdivia respondió con otra media hora de zalamerías en castellano, mientras los lenguas se hallaban en duros aprietos para traducir ambos idiomas. El curaca trajo de regalo unas pepitas de oro, que según él provenían del Perú, pequeños objetos de plata y unas mantas de lana de alpaca; ofreció también cierto número de hombres para que nos ayudaran a levantar la ciudad. A cambio, nuestro capitán general le dio unas baratijas traídas de España y sombreros, muy apreciados entre los quechuas. Hice servir una comida abundante y bien regada con chicha de tuna y *muday*, un licor fuerte de maíz fermentado.

–¿Hay oro en la región? –preguntó Alonso de Monroy, hablando en nombre del resto de los hombres, que no estaban interesados en otra cosa.

–Oro no hay, pero en los montes hay una mina de plata –replicó Vitacura.

La noticia entusiasmó mucho a los soldados, pero ensombreció el ánimo de Valdivia. Esa noche, mientras los demás hacían planes con la plata que aún no tenían, Pedro se lamentaba. Estábamos en nuestro solar, instalados en la tienda de Pizarro –aún no habíamos levantado los muros ni el techo de la casa–, remojándonos en la batea con agua fría para pasar el calor bochornoso del día.

–¡Qué lástima lo de la plata, Inés! Preferiría que Chile fuese tan mísero como decían. Vine a fundar un pueblo trabajador y de buenos principios. No quiero que se corrompa con riqueza fácil.

–Todavía está por verse si la mina existe, Pedro.

–Espero que no, pero en cualquier caso será imposible impedir que los hombres vayan tras ella.

Y así fue. Al día siguiente ya se habían organizado varias partidas de soldados para explorar la región en busca de la maldita mina. Eso era justamente lo más conveniente para nuestros enemigos: que nos separásemos en pequeños grupos.

El capitán general designó el primer cabildo, nombrando alcaldes a sus más fieles compañeros, y se dispuso a repartir sesenta mercedes de tierra, con los indios para trabajarlas, entre los hombres más valiosos de la expedición. Me pareció precipitado repartir tierra y encomiendas que no teníamos, sobre todo sin conocer la verdadera extensión y riqueza de Chile, pero así se hace siempre: se planta una bandera, se toma posesión con tinta y papel, y después viene el problema de convertir la letra en bienes, para lo cual hay que despojar a los indígenas, y además obligarlos a trabajar para los nuevos dueños. Sin embargo, me sentí muy honrada, porque Pedro me consideró como el principal de sus capitanes y me otorgó la mayor merced de tierra, con sus encomendados, arguyendo que yo había enfrentado tantos peligros como el más valiente de los soldados, había salvado a la expedición en repetidas ocasiones y que si arduos eran los trabajos para un hombre, mucho más lo eran para una frágil mujer. De frágil, nada, por supuesto, pero ninguno objetó su decisión en voz alta. Sin embargo, Sancho de la Hoz se valió de esto para atizar el fuego del rencor entre los sediciosos. Pensé que si algún día esas fantásticas haciendas se convertían en realidad, yo, una modesta extremeña, sería uno de los propietarios más ricos de Chile. ¡Cómo se alegraría mi madre con esa noticia!

En los meses siguientes la ciudad surgió del suelo como un milagro. A finales del verano ya había muchas casas de buen parecer, habíamos plantado hileras de árboles para tener sombra y pájaros en las calles, la gente estaba cosechando las primeras verduras de sus huertos, los animales parecían sanos, y habíamos almacenado provisiones para el invierno. Esta prosperidad irritaba a los indios del valle, que se daban cuenta cabal de que no estábamos allí de paso. Suponían, y con razón, que llegarían más *huincas* a arrebatarles sus tierras y convertirlos en siervos. Mientras nosotros nos preparábamos para quedarnos, ellos se preparaban para echarnos. Se mantenían invisibles, pero empezamos a oír el llamado lúgubre de la trutuca y de los *pilloi*, una flauta que hacen con huesos de las piernas de sus enemigos. Los guerreros se cuidaban de evitarnos; cerca de Santiago sólo rondaban viejos, mujeres y niños, pero de todos modos nos manteníamos alertas. Según don Benito, la visita de Vitacura tuvo por única finalidad averiguar nuestra capacidad militar, y seguramente el curaca no quedó impresionado, a pesar del despliegue teatral que hicimos en esa ocasión. Debió de irse muerto de risa al comparar nuestro escaso contingente con los millares de chilenos que espiaban en los bosques aledaños. Él era quechua del Perú, representante de los incas, no pensaba involucrarse en la pelotera entre *huincas* y *promaucaes* de Chile. Calculó que si estallaba la guerra, él podría salir ganando. A río revuelto, ganancia de pescadores, como dicen en Plasencia.

Catalina y yo, valiéndonos de señas y palabras en quechua, salíamos a comerciar por los alrededores. Así conseguimos aves y guanacos, unos animales parecidos a las llamas, que dan buena lana, a cambio de chucherías sacadas del fondo de mis baúles, o de nuestros servicios de sanadoras. Teníamos buena mano para componer huesos rotos, cauterizar heridas y atender partos; eso nos sirvió. En los rancheríos de los indígenas conocí a dos machis o curanderas que intercambiaron yerbas y encantamientos con Catalina y nos enseñaron las propiedades de las plantas chilenas, diferentes a las del Perú.

El resto de los «médicos» del valle eran hechiceros que extraían con gran escándalo sabandijas del vientre de los enfermos; ofrecían pequeños sacrificios y aterraban a la gente con sus pantomimas, método que a veces daba excelente resultado, como yo misma pude comprobar. Catalina, quien había trabajado en el

Cuzco con uno de estos *camascas*, «operó» a don Benito cuando todos los demás recursos nos fallaron. Con mucha discreción, ayudadas por un par de indias sigilosas del séquito de Cecilia, llevamos al viejo al bosque, donde Catalina condujo la ceremonia. Lo atontó con una poción de yerbas, lo sofocó con humo y procedió a masajear su herida en el muslo, que no había cicatrizado bien. Durante el resto de su vida don Benito habría de contar a quien quisiera oírle cómo él vio con sus propios ojos sacar de su herida lagartijas y culebras que le emponzoñaban la pierna, y cómo después de eso sanó completamente. Quedó cojo, es cierto, pero no se murió de podredumbre, como temíamos. No me pareció necesario explicarle que Catalina llevaba los reptiles muertos escondidos en las mangas. «Si con magia va curando, síganle dando», dijo Cecilia.

Por su parte, esta princesa, quien servía de puente entre la cultura quechua y la nuestra, estableció una red de información valiéndose de sus siervas. Incluso fue a visitar al curaca Vitacura, quien cayó de rodillas y golpeó el suelo con la frente cuando supo que ella era la hermana menor del inca Atahualpa. Cecilia averiguó que en el Perú las cosas estaban muy revueltas, incluso había rumores de que Pizarro había muerto. Me apresuré a contárselo a Pedro, dentro del mayor secreto.

–¿Cómo sabes si es verdad, Inés?

–Eso dicen los chasquis. No puedo asegurar que sea cierto, pero conviene tomar precauciones, ¿no te parece?

–Por suerte, estamos lejos del Perú.

–Sí, pero ¿qué pasa con tu título si muere Pizarro? Tú eres su teniente gobernador.

–Si Pizarro muere, estoy seguro de que Sancho de la Hoz y otros volverán a cuestionar mi legitimidad.

–Distinto sería si tú fueras gobernador, ¿verdad? –sugerí.

–No lo soy, Inés.

La idea quedó suspendida en el aire, ya que Pedro sabía muy bien que yo no me quedaría impávida. Aproveché mi amistad con Rodrigo de Quiroga y Juan Gómez para echar a correr la idea de que Valdivia debía ser nombrado gobernador. A los pocos días ya no se hablaba de otra cosa en Santiago, tal como yo calculaba. En eso se desataron las primeras lluvias del invierno, subió el cauce del Mapocho, se desbordaron sus aguas y la naciente ciudad quedó convertida en un barrizal, pero eso no impidió que se reuniera el cabildo, con gran solemnidad, en una de las chozas. El lodo llegaba a los tobillos de los capitanes que se juntaron para designar gobernador a Valdivia. Cuando vinieron a nuestra casa a anunciar la decisión, él pareció tan sorprendido que me asusté. Tal vez se me había pasado la mano en el afán de adivinarle el pensamiento.

–Me emociona la confianza que vuestras mercedes depositáis en mí, pero ésta es una resolución precipitada. No estamos seguros de la muerte del marqués Pizarro, a quien yo tanto debo. De ninguna manera puedo pasar sobre su autoridad. Lo lamento, mis buenos amigos, pero no puedo aceptar el alto honor que me hacéis.

Apenas los capitanes se fueron, Pedro me explicó que la suya era una astuta maniobra para protegerse, ya que en el futuro podían acusarlo de haber traicionado al marqués, pero estaba seguro de que sus amigos volverían a la carga. En efecto, los miembros del cabildo regresaron con una petición escrita y firmada por todos los vecinos de Santiago. Alegaron que estábamos muy lejos del Perú y mucho más lejos aún de España, sin comunicación, aislados en el fin del mundo, por eso le suplicaban a Valdivia que fuera nuestro gobernador. Muerto o no Pizarro, igual querían que él ocupara ese cargo. Tres veces debieron insistir, hasta que le soplé a Pedro que bastaba de hacerse de rogar, porque sus amigos podían fastidiarse y acabar nombrando a otro; había varios honorables capitanes que estarían felices de ser gobernadores, como me constaba por los chismes de las indias. Entonces se dignó aceptar: ya que todos lo pedían, él no podía oponerse, la voz del pueblo es la voz de Dios, acataba humildemente la voluntad general para servir mejor a su majestad, etcétera. Se extendió el documento pertinente, que lo ponía a salvo de cualquier acusación en el futuro, y así fue como se nombró al primer gobernador de Chile por decisión popular y no por cédula real. Valdivia designó a Monroy su teniente gobernador y yo pasé a ser la Gobernadora, así con mayúscula, porque es el cargo que la gente me ha dado durante cuarenta años. Para los efectos prácticos, más que un honor esto ha sido una grave responsabilidad. Me convertí en madre de nuestro pequeño poblado, debía velar por el bienestar de cada uno de sus habitantes, desde Pedro de Valdivia hasta la última gallina del corral. No había descanso para mí, vivía pendiente de los detalles cotidianos: comida, ropa, siembras, animales. Por suerte, nunca he necesitado más de tres o cuatro horas de sueño, de modo que disponía de más tiempo que otros para hacer mi trabajo. Me propuse conocer a cada soldado y yanacona por su nombre y les hice saber que mi puerta siempre estaba abierta para recibirles y escuchar sus cuitas. Me ocupé de que no hubiese castigos injustos ni desproporcionados, en especial a los indios; Pedro confiaba en mi buen criterio y por lo general me escuchaba antes de decidir una sentencia. Creo que para entonces la mayoría de los soldados me había perdonado el trágico episodio de Escobar y me tenía respeto, porque había curado a muchos de sus heridas y fiebres, les había alimentado en la mesa común y ayudado a acomodar sus viviendas.

La noticia de que Pizarro había muerto no resultó cierta, pero fue profética. En ese momento el Perú estaba en calma, pero un mes más tarde un pequeño grupo de «rotos chilenos», es decir, antiguos soldados de la expedición de Almagro, irrumpieron en el palacio del marqués gobernador y le dieron muerte a cuchilladas. Un par de criados salieron en su defensa, mientras sus cortesanos y centinelas escapaban por los balcones. La población de la Ciudad de los Reyes no lamentó lo ocurrido, estaba hasta la coronilla de los excesos de los hermanos Pizarro, y en menos de dos horas el marqués gobernador fue reemplazado por el hijo de Diego de Almagro, un mozo inexperto, quien el día anterior no tenía un maravedí para comer y de la noche a la mañana era dueño de un imperio fabuloso. Cuando la noticia se confirmó en Chile, meses más tarde, Valdivia ya tenía seguro su cargo de gobernador.

–En verdad eres bruja, Inés... –murmuró Pedro, asustado, cuando lo supo.

Durante el invierno fue evidente la hostilidad de los indios del valle. Pedro dio orden de que nadie abandonara la ciudad sin un motivo justificado y sin protección. Se terminaron mis visitas a las machis y a los mercados, pero creo que Catalina mantuvo contacto con las aldeas, porque continuaron sus sigilosas desapariciones nocturnas. Cecilia averiguó que Michimalonko estaba preparándose para atacarnos y que para incentivar a sus guerreros les había ofrecido los caballos y las mujeres de Santiago. Sus huestes se iban engrosando y ya había seis toquis con sus gentes acampados en uno de sus fuertes o pucara esperando el momento propicio para iniciar la guerra.

Valdivia escuchó de labios de Cecilia los detalles, conferenció con sus capitanes y decidió tomar la iniciativa. Dejó el grueso de sus soldados para proteger Santiago y partió con Alderete, Quiroga y un destacamento de sus mejores soldados a enfrentarse con Michimalonko en su propio terreno. La pucara era una construcción de barro, piedra y madera, rodeada de una empalizada de troncos, que daba la impresión de haber sido levantada a la rápida, como protección temporal. Además, estaba ubicada en un punto vulnerable y mal defendida, de modo que los soldados españoles no tuvieron gran dificultad en aproximarse de noche y prenderle fuego. Esperaron afuera a que los guerreros fueran saliendo, ahogados por el humo, y mataron a un número impresionante de ellos. La derrota de los indígenas fue rápida, y los nuestros capturaron a varios caciques, entre ellos a Michimalonko. Los vimos llegar a pie, atados a las monturas de los capitanes que los arrastraban; magullados y ofendidos, pero soberbios. Corrían al lado de los caballos sin dar muestras de temor ni cansancio. Eran hombres bajos de estatura pero bien formados, delicados de pies y manos, fornidos de espaldas y miembros, levantados de pecho. Llevaban el negro cabello largo y trenzado con tiras de colores y los rostros pintados de amarillo y azul. Supe que el toqui Michimalonko tenía más de setenta años, pero costaba creerlo, porque no le faltaban dientes y era alentado como un muchacho. Los mapuche que no mueren en accidentes o en la guerra pueden vivir en espléndidas condiciones hasta pasados los cien años. Son muy fuertes, valientes y atrevidos, resisten los fríos mortales, el hambre y los calores. El gobernador ordenó dejar a los toquis engrillados en la choza destinada a prisión; sus capitanes planeaban darles tormento para averiguar si había minas de oro en la región, por si el curaca Vitacura hubiese mentido.

–Dice Cecilia que es inútil suplicar a los mapuche, jamás po-

Con el mayor respeto y solemnidad, Valdivia manifestó su admiración por el valor de Michimalonko y sus guerreros. El toqui replicó con similares finezas, y así, de una zalamería en otra, Valdivia fue conduciéndolo por el camino de la negociación, mientras sus capitanes observaban la escena perplejos. El viejo estaba orgulloso de discutir mano a mano con ese poderoso enemigo, uno de los barbudos que habían derrotado nada menos que al imperio del Inca. Pronto empezó a jactarse de su posición, su linaje, sus tradiciones, el número de sus huestes y sus mujeres, que eran más de veinte, pero había espacio en su morada para varias más, incluso alguna *chiñura* española. Valdivia le contó que Atahualpa había llenado una pieza de oro hasta el techo para pagar su rescate; mientras más valioso el prisionero, más alto el rescate, agregó. Michimalonko se quedó pensando por un rato, sin que nadie lo interrumpiera, preguntándose, supongo, por qué a los *huincas* les gustaba tanto ese metal, que a ellos sólo les había traído problemas; por años tuvieron que dárselo al Inca como tributo. He aquí, sin embargo, que de pronto podía tener buen uso: pagar su propio rescate. Si Atahualpa llenó una pieza de oro, él no podía ser menos. Entonces se puso de pie, erguido como una torre, se golpeó el pecho con los puños y anunció con voz firme que a cambio de su libertad estaba dispuesto a entregar a los *huincas* la única mina de la región, unos lavaderos de oro llamados de Marga-Marga, y ofreció además mil quinientas personas para trabajar en ellos.

¡Oro! Hubo regocijo en la ciudad, por fin la aventura de conquistar Chile adquiría sentido para los hombres. Pedro de Valdivia partió con un destacamento bien armado, llevando a Michimalonko a su lado en un hermoso alazán, que le regaló. Llovía a cántaros, iban ensopados y tiritando, pero con muy buen ánimo. Mientras, en Santiago se escuchaban los alaridos de furia de los toquis traicionados por Michimalonko, que todavía estaban encadenados a sus postes. Las trutucas –flautas hechas con largas cañas– respondían desde el bosque a las maldiciones en *mapudungu* de los jefes.

El jactancioso Michimalonko guió a los *huincas* por los cerros hacia la desembocadura de un río cerca de la costa, a treinta leguas de Santiago, y de allí hacia un arroyo donde se hallaban los lavaderos que su gente había explotado por muchos años sin otro propósito que satisfacer la codicia del Inca. De acuerdo a lo negociado, puso mil quinientas almas a disposición de Valdivia, más de la mitad de las cuales resultaron ser mujeres, pero no hubo nada que alegar, porque entre los indígenas chilenos ellas realizan el trabajo, los hombres sólo hacen discursos y tareas que requieran músculos, como la guerra, nadar y jugar a la pelota. Los hombres asignados por Michimalonko eran flojísimos, porque no les pareció labor de guerreros pasar el día en el agua con un canastito lavando arena, pero Valdivia supuso que los negros los volverían más complacientes a latigazos. Llevo muchos años en Chile y sé que es inútil esclavizar a los mapuche, se mueren o se escapan. No son vasallos ni entienden la idea del trabajo, menos entienden las razones para lavar oro en el río y dárselo a los *huincas.* Viven de la pesca, la caza, algunos frutos, como el piñón, las siembras y los animales domésticos. Poseen sólo lo que pueden llevar consigo. ¿Qué razón tendrían para someterse al látigo de los capataces? ¿El temor? No lo conocen. Aprecian primero la valentía y segundo la reciprocidad: tú me das, yo te doy, con justicia. No tienen calabozos, alguaciles ni otras leyes más que las naturales; el castigo también es natural, quien hace algo malo corre el riesgo de que le llegue lo mismo. Así es en la Naturaleza, y no puede ser diferente entre los humanos. Llevan cuarenta años en guerra con nosotros, y aprendieron a torturar, robar, mentir y hacer trampas, pero me han dicho que entre ellos conviven en paz. Las mujeres mantienen una red de relaciones que une a los clanes, incluso aquellos separados por cientos de leguas. Antes de la guerra se visitaban a menudo y, como los viajes eran largos, cada encuentro duraba semanas y servía para fortalecer lazos y la lengua *mapudungu*, contar historias, bailar, beber, acordar nuevos matrimonios. Una vez al año las tribus se juntaban a campo abierto para un Nguillatún, invocación al Señor de la Gente, Ngenechén, y para honrar a la Tierra, diosa de la abundancia, fecunda y fiel, madre del pueblo mapuche. Consideran una falta de respeto molestar a Dios cada domingo, como nosotros; una vez al año es más que suficiente. Sus toquis poseen una autoridad relativa, porque no hay obligación de obedecerles, sus responsabilidades son más que sus privilegios. Así describe Alonso de Ercilla y Zúñiga la forma en que son elegidos:

Ni van por calidad, ni por herencia,
ni por hacienda y ser mejor nacidos;
mas la virtud del brazo y la excelencia,
ésta hace los hombres preferidos,
ésta ilustra, habilita, perfecciona,
y quilata el valor de la persona.

Al llegar a Chile nada sabíamos de los mapuche, pensábamos que sería fácil someterlos, como hicimos con pueblos mucho más civilizados, los aztecas y los incas. Nos demoramos muchos años en comprender cuán errados estábamos. A esta guerra no se le vislumbra fin, porque cuando supliciamos a un toqui, surge otro de inmediato, y cuando exterminamos una tribu completa, del bosque sale otra y toma su lugar. Nosotros queremos fundar ciudades y prosperar, vivir con decencia y molicie, mientras ellos sólo aspiran a la libertad.

Pedro estuvo ausente varias semanas porque además de organizar el trabajo de la mina, decidió iniciar la construcción de un bergantín para establecer comunicación con el Perú; no podíamos seguir aislados en el culo del mundo y sin otra compañía que salvajes en cueros, como decía Francisco de Aguirre con su habitual franqueza. Encontró una bahía muy propicia, llamada Concón, con una amplia playa de arenas claras, rodeada de bosque de madera sana y resistente al agua. Allí instaló al único de sus hombres que tenía vagas nociones marítimas, secundado por un puñado de soldados, varios capataces, indios auxiliares y otros que facilitó Michimalonko.

–¿Tenéis un plano para el barco, señor gobernador? –preguntó el supuesto experto.

–¡No pretenderéis decirme que necesitáis un plano para algo tan simple! –lo desafió Valdivia.

–Nunca he construido un barco, excelencia.

–Rezad para que no se os hunda, amigo mío, porque iréis en el primer viaje –se despidió el gobernador, muy contento con su proyecto.

Por primera vez la idea del oro le entusiasmaba, podía imaginar las caras de la gente en el Perú cuando supieran que Chile no era tan mísero como se decía. Mandaría una muestra del oro en su propio barco, causaría sensación, eso atraería a más colonos y Santiago sería la primera de muchas ciudades prósperas y bien pobladas. Como había prometido, dejó a Michimalonko en libertad y se despidió de él con las mayores muestras de respeto. El indio se fue al galope en su nuevo caballo, disimulando la risa.

En una de sus excursiones evangelizadoras, que hasta ese momento no habían dado ni el menor fruto, porque los naturales del valle manifestaron pasmosa indiferencia ante las ventajas del cristianismo, el capellán González de Marmolejo regresó con un muchacho. Lo había encontrado vagando en la ribera del Mapocho, flaco, cubierto de mugre y costras de sangre. En vez de escapar corriendo, como hacían los indios cada vez que él aparecía con su sotana pringosa y su cruz en alto, el niño empezó a seguirlo como un perro, sin decir palabra, con ojos ardientes, atentos a cada movimiento del fraile. «¡Vete, chico! ¡Chus!», lo echaba el capellán, amenazando con darle un coscorrón con la cruz. Pero no hubo caso, se le pegó hasta Santiago. A falta de otra solución, lo trajo a mi casa.

–¿Qué queréis que haga con él, padre? No tengo tiempo para criar chiquillos –le dije, porque lo último que me convenía era encariñarme con un niño del enemigo.

–Tu casa es la mejor de la ciudad, Inés. Aquí estará muy bien este pobrecillo.

–¡Pero...!

–¿Qué dicen los Mandamientos de la Ley de Dios? Hay que alimentar al hambriento y vestir al desnudo –me interrumpió.

–No me acuerdo de ese mandamiento, pero si vos lo decís...

–Ponedlo a trabajar con los cerdos y las gallinas, es muy dócil.

Pensé que bien podía criarlo él, para eso tenía casa y manceba, podía convertirlo en sacristán, pero no pude negarme porque debía muchos favores a ese capellán; mal que mal, me estaba instruyendo. Ya podía leer sin ayuda uno de los tres libros de Pedro, *Amadís*, de amores y aventuras. Con los otros dos todavía no me atrevía, *El cantar del Mío Cid*, sólo batallas, y *Enchiridion Militis Christiani*, de Erasmo, un manual para soldados que no me interesaba para nada. El capellán tenía otros varios libros que seguro también estaban prohibidos por la Inquisición y que un día yo esperaba leer. De modo que el mocoso se quedó con nosotros. Catalina lo lavó y vimos que no era sangre seca lo que tenía, sino barro y arcilla; aparte de unos rasguños y magullones, estaba indemne. Tenía unos once o doce años, era flaco, con las costillas visibles, pero fuerte, estaba coronado por una mata de pelo negro, tieso de mugre. Llegó casi desnudo. Nos atacó a mordiscos cuando intentamos quitarle un amuleto que traía colgado al cuello de una tira de piel. Pronto me olvidé de él, porque estaba muy atareada con las labores de fundar el pueblo, pero dos días después Catalina me lo recordó. Dijo que no se había movido del corral donde lo dejamos y tampoco había comido.

–¿Qué vamos a estar haciendo con él, mamitay?

–Que se vaya con los suyos, es lo mejor.

Fui a verlo y lo hallé sentado en el patio, inmóvil, tallado en madera, con sus ojos negros fijos en los cerros. Había tirado lejos la manta que le dimos, parecía gustarle el frío y la llovizna del invierno. Le expliqué por señas que se podía ir, pero no se movió.

–No está queriendo irse, pues. Quedarse está queriendo, no más –suspiró Catalina.

–Que se quede entonces.

–¿Y quién va a estar vigilando al salvaje, pues, señoray? Ladrones y flojos están siendo estos mapuche.

–Es sólo un niño, Catalina. Ya se irá, nada tiene que hacer aquí.

Ofrecí al chico una tortilla de maíz y no reaccionó, pero cuando le acerqué una calabaza con agua, la cogió a dos manos y se bebió el contenido a sorbos sonoros, como un lobo. Contrario a mis predicciones, se quedó con nosotros. Lo vestimos con un poncho y calzas de adulto recogidas en la cintura mientras le cosíamos algo de su tamaño, le cortamos el pelo y le quitamos los piojos. Al día siguiente comió con un apetito voraz, y pronto salió del corral y empezó a vagar por la casa y luego por la ciudad, como un alma perdida. Le interesaban más los animales que la gente, y aquéllos le respondían bien; los caballos comían de su mano, y hasta los perros más bravos, entrenados para atacar a los indios, le movían la cola. Al principio lo echaban de todas partes, ningún vecino quería un indiecito tan raro bajo su techo, ni siquiera el buen capellán, que tanto me predicaba los deberes cristianos, pero pronto se acostumbraron a su presencia y el chico se volvió invisible, entraba y salía de las casas, siempre silencioso y atento. Las indias del servicio le daban golosinas y hasta Catalina terminó por aceptarlo, aunque a regañadientes.

En eso volvió Pedro, cansado y adolorido por la larga cabalgata, pero muy satisfecho, porque traía las primeras muestras de oro, pepitas de buen tamaño sacadas del río. Antes de reunirse con sus oficiales, me cogió por la cintura y me llevó a la cama. «En verdad eres el alma mía, Inés», suspiró, besándome. Olía a caballo y sudor, nunca me había parecido tan guapo, tan fuerte, tan mío. Confesó que me había echado de menos, que cada vez le costaba más alejarse de mí, aunque fuese sólo por unos días, que cuando estábamos separados tenía malos sueños, premoniciones, miedo de no volver a verme. Lo desnudé como a un niño, lo lavé con un trapo mojado, besé una a una sus cicatrices, desde la gruesa herradura de la cadera y los cientos de rayas de guerra que le cruzaban brazos y piernas, hasta la pequeña estrella de la sien, producto de una caída de muchacho. Hicimos el amor con una ternura lenta y nueva, como un par de abuelos. Pedro estaba tan molido por esas semanas de esfuerzo, que se dejó hacer por mí con una mansedumbre de virgen. Montada sobre él, amándolo lentamente, para que gozara de a poco, admiré su noble rostro a la luz de la bujía, su frente amplia, su prominente nariz, sus labios de mujer. Tenía los ojos cerrados y una sonrisa plácida, estaba entregado, parecía joven y vulnerable, diferente al hombre aguerrido y ambicioso que semanas antes había partido a la cabeza de sus soldados. En un momento, durante la noche, me pareció vislumbrar en un rincón la silueta del chico mapuche, pero pudo haber sido sólo un juego de sombras.

Al otro día, cuando volvió de su reunión con el cabildo, Pedro me preguntó quién era el pequeño salvaje. Le expliqué que me lo había endosado el capellán, que suponíamos que era huérfano. Pedro lo llamó, lo examinó de pies a cabeza y le gustó, tal vez le recordaba cómo era él mismo a esa edad, igual de intenso y altivo. Se dio cuenta de que el niño no hablaba castellano y mandó a buscar a un lengua.

–Dile que puede quedarse con nosotros siempre que se haga cristiano. Se llamará Felipe. Me gusta ese nombre, si tuviera un hijo, así lo llamaría. ¿De acuerdo? –anunció Valdivia.

El chico asintió. Pedro agregó que si era sorprendido robando lo haría azotar primero y lo echaría de la ciudad enseguida; podía darse por afortunado, porque otro vecino le cortaría la mano derecha de un hachazo. ¿Entendido? Asintió de nuevo, mudo, con una expresión más irónica que asustada. Le pedí al lengua que le propusiera un trato: si él me enseñaba su idioma, yo le enseñaría castellano. A Felipe no le interesó para nada. Entonces Pedro mejoró la oferta: si me enseñaba *mapudungu* tendría permiso para cuidar los caballos. De inmediato se iluminó la cara del mocoso y desde ese instante demostró adoración por Pedro, a quien llamaba Taita. A mí me decía formalmente *chiñura*, por señora, supongo. En eso quedamos. Felipe resultó buen maestro, y yo, una alumna aventajada; así es como gracias a él me convertí en la única *huinca* capaz de entenderse directamente con los mapuche, pero eso habría de tomar casi un año. Dije «entenderse con los mapuche», pero eso es una fantasía, nunca nos entenderemos, hay demasiados rencores acumulados.

Estábamos todavía en la mitad del invierno cuando llegaron a galope desenfrenado dos de los soldados que Pedro había dejado en Marga-Marga. Venían extenuados, malheridos, chorreados de lluvia y sangre, con las cabalgaduras a punto de reventar, a comunicarnos que en la mina se habían alzado los indios de Michimalonko y habían asesinado a muchos yanaconas, a los negros y a casi todos los soldados españoles; sólo ellos habían logrado escapar con vida. Del oro recogido no quedaba una sola pepita. En la playa de Concón también habían matado a nuestra gente; los cuerpos hechos pedazos yacían desparramados sobre la arena, y el barco en construcción estaba reducido a un montón de palos quemados. En total habíamos perdido a veintitrés soldados y a un número indeterminado de yanaconas.

–¡Maldito Michimalonko, indio de mierda! ¡Cuando lo agarre lo haré empalar vivo! –rugió Pedro de Valdivia.

No había alcanzado a absorber el impacto de la noticia cuando llegaron Villagra y Aguirre a confirmar lo que las espías de Cecilia habían advertido semanas antes: miles de indígenas iban llegando al valle. Venían en grupos pequeños, hombres armados y pintados para la guerra. Se escondían en los bosques, en los cerros, bajo la tierra y en las mismísimas nubes. Pedro decidió, como siempre, que la mejor defensa era el ataque; seleccionó a cuarenta soldados de probado valor y partió a matacaballo al amanecer del día siguiente a dar un escarmiento en Marga-Marga y Concón.

En Santiago quedamos con una sensación de absoluto desamparo. Las palabras de Francisco de Aguirre definían nuestra situación: estábamos en el culo del mundo y rodeados de salvajes en cueros. No había oro ni barco, el desastre era total. El capellán González de Marmolejo nos reunió en misa y nos dio una exaltada arenga sobre la fe y el coraje, pero no logró levantar los ánimos de la población asustada. Sancho de la Hoz aprovechó la revoltura para culpar a Valdivia de nuestros padecimientos y así consiguió aumentar a cinco el número de sus adeptos, entre ellos el infeliz Chinchilla, uno de los veinte que se sumaron a la expedición en Copiapó. Nunca me gustó ese hombre, por simulador y cobarde, pero no imaginé que además fuera tonto de capirote. La idea no era original –asesinar a Valdivia–, aunque esta vez los conspiradores no contaban con los cinco puñales idénticos, que se hallaban bien guardados en el fondo de uno de mis baúles. Tan seguro estaba Chinchilla de la genialidad del plan, que se tomó unos tragos de más, se vistió de payaso, con campanitas y cascabeles, y salió a la plaza a hacer cabriolas imitando al gobernador. Por supuesto que Juan Gómez lo arrestó de inmediato, y apenas le mostró unos torniquetes y le explicó en qué parte del cuerpo se los aplicaría, Chinchilla se orinó de miedo y delató a sus compinches.

Pedro de Valdivia regresó más apurado de lo que salió, porque sus cuarenta bravos no alcanzaban ni remotamente para enfrentarse al inesperado número de guerreros que habían ido llegando al valle. Logró rescatar a los pobres yanaconas que habían sobrevivido a la matanza de Marga-Marga y Concón y estaban ocultos en la vegetación, desfallecientes de hambre, frío y terror. Se enfrentó con grupos enemigos, que pudo dispersar, y gracias a la suerte, que hasta entonces no le había fallado, cogió prisioneros a tres caciques y los trajo a Santiago. Con ellos teníamos siete rehenes.

Para que un pueblo sea pueblo se requieren nacimientos y muertes, pero por lo visto en los pueblos españoles se precisan también ejecuciones. Tuvimos las primeras de Santiago esa misma semana, después de un breve juicio –esta vez con tormento– en el que se condenó a los conspiradores a muerte inmediata. Chinchilla y otros dos fueron ahorcados y sus cuerpos quedaron expuestos al viento y a los enormes buitres chilenos durante varios días, en la cumbre del cerro Santa Lucía. A un cuarto lo decapitaron en la prisión, porque hizo valer sus títulos de nobleza para no morir por soga, como un villano. Ante la sorpresa general, Valdivia perdonó de nuevo a Sancho de la Hoz, el principal instigador de la revuelta. En esta ocasión me opuse en privado a su decisión, porque ya no existían las cédulas reales, De la Hoz había firmado un documento renunciando a la conquista y Pedro era el legítimo gobernador de Chile. Ese fanfarrón ya nos había dado demasiadas molestias. Nunca sabré por qué salvó la cabeza una vez más. Pedro se negó a darme explicaciones, y para entonces yo había aprendido que ante un hombre como él es mejor no insistir. Ese año de vicisitudes le agrió el carácter y perdía el control con facilidad. Tuve que cerrar la boca.

En la naturaleza más espléndida del mundo, en lo profundo de la selva fría del sur de Chile, en el silencio de raíces, cortezas y ramajes fragantes, ante la presencia altiva de los volcanes y las cumbres de la cordillera, junto a lagos color esmeralda y espumosos ríos de nieve derretida, se reunieron las tribus mapuche en una ceremonia especial, un cónclave de ancianos, cabezas de linaje, toquis, loncos, machis, guerreros, mujeres y niños.

Las tribus fueron llegando de a poco al claro del bosque, inmenso anfiteatro en lo alto de una colina que los hombres ya habían delimitado con ramas de araucaria y canelo, árboles sagrados. Algunas familias habían viajado durante semanas bajo la lluvia para acudir a la cita. Los grupos que llegaron con anticipación levantaron sus rucas o chozas mimetizadas de tal modo con la naturaleza, que a pocas varas de distancia no se veían. Los que llegaron más tarde improvisaron ramadas, techos de hojas, y tendieron sus mantas de lana. En la noche prepararon comida para intercambiar con otros, bebieron chicha y *muday*, pero con moderación, para no cansarse. Se visitaron para ponerse al día de las noticias con largas narraciones en tono poético y solemne, repitiendo las historias de sus clanes memorizadas de generación en generación. Hablar y hablar, eso era lo más importante. Frente a cada vivienda mantenían una fogata encendida y el humo se diluía en la neblina que se desprendía de la tierra al amanecer. Las pequeñas fogatas ardían en la niebla, iluminando el paisaje lechoso del alba. Los jóvenes volvieron del río, donde habían nadado en aguas heladas, y se pintaron las caras y los cuerpos con los colores rituales, amarillo y azul. Los caciques se colocaron sus mantos de lana bordada, celestes, negros, blancos, se colgaron al pecho las *toquicuras*, hachas de piedra, signo de su poder, se coronaron de plumas de garza, ñandú y cóndor, mientras las machis quemaban yerbas aromáticas y preparaban el *rewe*, escalera espiritual para hablar con Ngenechén.

–Te ofrecemos un chorrito de *muday*, es la costumbre, para alimentar al espíritu de la Tierra, que nos anda siguiendo. Ngenechén hizo el *muday*, hizo la Tierra, hizo el canelo, hizo el cabrito y el cóndor.

Las mujeres se trenzaron el cabello con lanas de colores, celeste las solteras, rojo las casadas, se adornaron con sus mantos más finos y sus joyas de plata, mientras los niños, también vestidos de fiesta, callados, serios, se sentaron en semicírculo. Los hombres se formaron como un solo cuerpo de madera, soberbios, puro músculo; las cabelleras negras sujetas por cintillos tejidos, las armas en las manos.

Con los primeros rayos del sol comenzó la ceremonia. Los guerreros corrieron por el anfiteatro dando alaridos y blandiendo sus armas, mientras sonaban los instrumentos musicales para espantar a las fuerzas del mal. Las machis sacrificaron varios guanacos, después de pedirles permiso para ofrecer sus vidas al Señor Dios. Vertieron un poco de sangre en el suelo, arrancaron los corazones, los ahumaron con tabaco, luego los partieron en trocitos y los repartieron entre los toquis y loncos; así comulgaron entre ellos y con la Tierra.

–Señor Ngenechén, ésta es la pura sangre de los animales, sangre tuya, sangre que nos das para que tengamos vida y podamos movernos, Padre Dios, por eso con esta sangre estamos rogándote que nos bendigas.

Las mujeres comenzaron un canto melancólico y profundo, mientras los hombres salieron al centro del anfiteatro y danzaron, lento y pesado, golpeando el suelo con los pies desnudos al son de cultrunes y trutucas.

–Y a ti, Madre de la Gente, te saludamos. La Tierra y la gente son inseparables. Todo lo que le ocurre a la Tierra le ocurre también a la gente. Madre, te rogamos que nos des el piñón que nos sustenta, te rogamos que no nos mandes mucha lluvia, porque se pudren las semillas y la lana, y que por favor no hagas temblar el suelo ni escupir a los volcanes, porque se pasma el ganado y se asustan los niños.

Las mujeres salieron también al ruedo y bailaron con los hombres, agitando los brazos, las cabezas, las mantas, como grandes pájaros. Pronto la gente sintió el efecto hipnótico de cultrunes, trutucas y flautas, del golpe rítmico de los pies sobre la tierra húmeda, de la energía poderosa de la danza, y uno a uno comenzaron a aullar con alaridos viscerales que luego se transformaron en un largo grito –«Oooooooooom. Ooooooooom»– que rebotó en los montes, moviendo el espíritu. Nadie pudo escapar al embrujo de ese «Ooooooooooom».

–Te estamos pidiendo, Señor Dios, en esta tierra nuestra, que si te place nos ayudes en todo momento y en este caso que estamos pasando te pedimos derechamente que nos oigas. Te estamos pidiendo, Señor Dios, que no nos dejes solos, que no nos permitas andar tanteando en la oscuridad, que des mucha fuerza a nuestros brazos para defender la tierra de nuestros abuelos.

Se detuvo la música y la danza. Los rayos del sol matinal se filtraron entre las nubes, tiñendo la niebla con polvo de oro. El más antiguo toqui, con una piel de puma sobre los hombros, se adelantó para hablar primero. Había viajado durante una luna entera para estar allí, en representación de su tribu. No había prisa. Empezó por lo más remoto, la historia de la Creación, de cómo la culebra Cai-Cai alborotaba el mar y las olas amenazaban con tragarse a los mapuche, pero entonces la culebra Treng-Treng los salvó, llevándolos a la cima de los cerros más altos, que hizo crecer y crecer. Y caía lluvia en tal abundancia, que quienes no alcanzaron a subir a los cerros perecieron en el diluvio. Y después bajaron las aguas, y los hombres y las mujeres ocuparon los valles y bosques, sin olvidar que los árboles y las plantas y los animales son sus hermanos y deben cuidarlos, y cada vez que se cortan ramas para hacer un techo, se agradecen, y cuando se mata un animal para comer, se le pide perdón, y nunca se mata por matar. Y los mapuche vivieron libres en la santa tierra, y cuando llegaron los incas del Perú se juntaron para defenderse y los vencieron, no los dejaron cruzar el Bío-Bío, que es la madre de todos los ríos, pero sus aguas se tiñeron de sangre y la luna asomó roja en el cielo. Y pasó un tiempo y llegaron los *huincas* por los mismos caminos de los incas. Eran muchos y muy hediondos, se olían a dos días de distancia, y muy ladrones, no tenían patria ni tierra, tomaban lo que no era suyo, las mujeres también, y pretendían que los mapuche y otras tribus fueran sus esclavos. Y los guerreros tuvieron que echarlos, pero murieron muchos, porque sus flechas y lanzas no atravesaban los vestidos de metal de los *huincas* y en cambio ellos podían matar de lejos con puro ruido o con sus perros. De todos modos, los echaron. Los *huincas* se fueron solos, por cobardes que eran. Y pasaron varios veranos y varios inviernos y otros *huincas* vinieron, y éstos, dijo el antiguo toqui, quieren quedarse, están cortando los árboles, levantando sus rucas, sembrando su maíz y preñando a nuestras mujeres, por eso nacen niños que no son *huincas* ni gente de la tierra.

—Y por lo que nos cuenta nuestro espía, pretenden adueñarse de la tierra entera, de los volcanes hasta el mar, del desierto hasta donde termina el mundo, y quieren fundar muchos pueblos. Son crueles y su toqui, Valdivia, muy astuto. Y yo digo que nunca los mapuche tuvieron enemigos tan poderosos como los barbudos llegados de lejos. Ahora son sólo una tribu pequeña, pero vendrán

que para poner a lo largo de las calles. Esos meses fueron arduos no sólo por el hostigamiento de los indios y las conspiraciones de Sancho de la Hoz, también por la sensación de soledad que a menudo nos agobiaba. Nos preguntábamos qué estaría sucediendo en el resto del mundo, si habría conquistas españolas en otros territorios, nuevos inventos, qué sería de nuestro sacro emperador, que según las últimas noticias que habían llegado al Perú, un par de años antes, estaba medio chiflado. La demencia corría en las venas de su familia, bastaba recordar a su desdichada madre, la loca de Tordesillas. De mayo a finales de agosto los días habían sido cortos, oscurecía alrededor de las cinco y las noches se hacían eternas. Aprovechábamos hasta el último rayo de luz natural para trabajar, después debíamos recogernos en una pieza de la casa –amos, indios, perros y hasta las aves de corral– con una o dos bujías y un brasero. Cada uno buscaba en qué entretenerse para pasar las horas de la tarde. El capellán inició un coro entre los yanaconas, para reforzarles la fe a punta de cánticos. Aguirre nos divertía con sus disparatadas ocurrencias de mujeriego y sus atrevidas coplas de soldado. A Rodrigo de Quiroga, quien al principio parecía callado y más bien tímido, se le soltó el ánimo y se reveló como inspirado cuentista. Disponíamos de muy pocos libros y los conocíamos de memoria, pero Quiroga tomaba los personajes de una historia, los introducía en otra y el resultado era una infinita variedad de argumentos. Todos los libros de la colonia, menos dos, estaban en la lista negra de la Inquisición, y como las versiones de Quiroga eran bastante más audaces que el libro original, ése era un placer pecaminoso y, por lo mismo, muy solicitado. También jugábamos a las cartas, vicio del que padecían todos los españoles, en especial nuestro gobernador, a quien además acompañaba la suerte. No apostábamos dinero, para evitar disputas, no dar mal ejemplo a la servidumbre y ocultar cuán pobres éramos. Se tocaba la vihuela, se recitaba poesía, se conversaba con mucho ánimo. Los hombres recordaban sus batallas y aventuras, celebradas por la concurrencia. A Pedro le pedían una y otra vez que relatara las proezas del marqués de Pescara; soldados y criados no se cansaban de alabar la astucia del marqués cuando cubrió a sus tropas con sábanas blancas para disimularlas en la nieve.

Los capitanes se reunían –también en nuestra casa– para discutir las leyes de la colonia, asunto fundamental para el gobernador. Pedro deseaba que la sociedad chilena se sostuviese sobre la legalidad y el espíritu de servicio de sus dirigentes; insistía en que nadie debía recibir pago por ocupar un cargo público, y menos él mismo, puesto que servir constituía una obligación y un honor. Rodrigo de Quiroga compartía plenamente esta idea, pero eran los únicos imbuidos de tan altos ideales. Con las tierras y encomiendas que se repartieron entre los más esforzados soldados de la conquista, habría más que suficiente en el futuro para vivir muy bien, decía Valdivia, aunque por el momento fuesen sólo sueños, y quien más bienes poseyera, más deberes con su pueblo tendría.

Los soldados se aburrían, porque, aparte de practicar con sus armas, holgar con sus mancebas y pelear cuando les tocaba, eran pocas las ocupaciones. El trabajo de construir la ciudad, sembrar y cuidar los animales lo hacíamos las mujeres y los yanaconas. A mí me faltaban horas para cumplir con todo: labores de la casa y de la colonia, atender enfermos, plantíos y corrales, aprender a leer con el fraile González de Marmolejo y *mapudungu* con Felipe.

La brisa fragante de la primavera nos trajo una oleada de optimismo; atrás quedaron los terrores que desataron poco antes las huestes de Michimalonko. Nos sentíamos más fuertes, a pesar de que nuestro número se había reducido a ciento veinte soldados después de las matanzas de Marga-Marga y Concón y del ajusticiamiento de los cuatro traidores. Santiago salió casi intacto del lodo y la ventolera de los meses invernales, cuando debimos sacar el agua con baldes; las casas resistieron el diluvio y la gente estaba sana. Incluso nuestros indios, que se morían con un resfrío común, pasaron los temporales sin graves problemas. Aramos las chacras y plantamos los almácigos, que yo tanto había cuidado de las heladas. Los animales ya se habían emparejado y preparamos los corrales para los cochinillos, los potrillos y las llamas que habrían de nacer. Decidimos que apenas se secara el lodo haríamos las acequias necesarias, y hasta planeábamos construir un puente sobre el río Mapocho para unir la ciudad con las haciendas que un día habría en los alrededores, pero antes sería necesario terminar la iglesia. La casa de Francisco de Aguirre ya tenía dos pisos y seguía creciendo; nos burlábamos de él, porque tenía más indias y más ínfulas que todos los demás hombres juntos y, por lo visto, pretendía que su residencia superara en altura a la iglesia. «El vasco se cree por encima de Dios», se burlaban los soldados. Las mujeres de mi casa habían pasado el invierno cosiendo y enseñándoles a otras los oficios domésticos. A los castellanos, siempre muy vanidosos, les subió la moral cuando vieron sus camisas nuevas, sus calzas remendadas, sus jubones zurcidos. Hasta Sancho de la Hoz dejó, por una vez, de conspirar desde su celda. El gobernador anunció que pronto reanudaríamos la construcción del bergantín, volveríamos a los lavaderos de oro y buscaríamos la mina de plata anunciada por el curaca Vitacura y que había resultado de lo más escurridiza.

El optimismo primaveral no nos duró mucho, porque en los primeros días de septiembre el chico indio, Felipe, llegó con la noticia de que seguían llegando guerreros enemigos al valle y se estaba juntado un ejército. Cecilia mandó a sus siervas a averiguar, y éstas confirmaron lo que Felipe parecía saber por pura clarividencia, y agregó que había unos quinientos acampados a unas quince o veinte leguas de Santiago. Valdivia reunió a sus más fieles capitanes y decidió una vez más dar escarmiento al enemigo, antes de que éste se organizara.

–No vayas, Pedro. Tengo un mal presentimiento –le rogué.

–Siempre tienes malos presentimientos en estos casos, Inés –replicó en ese tono de padre complaciente que yo detestaba–. Estamos acostumbrados a combatir contra un número cien veces superior, quinientos salvajes es cosa de risa.

–Puede haber más escondidos en otros sitios.

–Con el favor de Dios, podremos con ellos, no te preocupes.

Me parecía imprudente dividir nuestras fuerzas, que ya eran bastante exiguas, pero ¿quién era yo para objetar la estrategia de un soldado avezado como él? Cada vez que intentaba disuadirlo de una decisión militar, porque el sentido común me lo mandaba, se ponía furioso y terminábamos enojados. No estuve de acuerdo con él en esa ocasión, tal como no lo estuve después, cuando le dio la fiebre de fundar ciudades, que no podíamos poblar ni defender. Esa testarudez lo condujo a la muerte. «Las mujeres no pueden pensar en grande, no imaginan el futuro, carecen del sentido de la Historia, sólo se ocupan de lo doméstico y lo inmediato», me dijo una vez, a propósito de esto, pero debió retractarse cuando le recité la lista de todo lo que yo y otras mujeres habíamos contribuido en la tarea de conquistar y fundar.

Pedro dejó la ciudad protegida por cincuenta soldados y cien yanaconas al mando de sus mejores capitanes, Monroy, Villagra, Aguirre y Quiroga. El destacamento, de poco más de sesenta soldados y el resto de nuestros indios, salió de Santiago al amanecer, con trompetas, estandartes, disparos de arcabuces y el máximo de bulla para dar la impresión de que eran más. Desde la azotea de la casa de Aguirre, convertida en torre de vigía, los vimos alejarse. Era un día despejado y las montañas nevadas que rodean el valle parecían inmensas y muy cercanas. A mi lado estaba Rodrigo de Quiroga, tratando de disimular su inquietud, que era tanta como la mía.

–No debieron ir, don Rodrigo. Santiago queda indefenso.

–El gobernador sabe lo que hace, doña Inés –replicó él, no muy convencido–. Es preferible salir al encuentro del enemigo, así entiende que no le tememos.

Este joven capitán era, a mi parecer, el mejor hombre de nuestra pequeña colonia, después de Pedro, por supuesto, era valiente como ninguno, experimentado en la guerra, callado en el sufrimiento, leal y desinteresado; además, tenía la rara virtud de inspirar confianza en todo el mundo. Estaba construyendo su casa en un solar cercano al nuestro, pero había estado tan ocupado luchando en continuas escaramuzas contra los indios chilenos, que su vivienda consistía sólo en pilares, un par de paredes, unas lonas y un techo de paja. Tan poco acogedor era su hogar, que pasaba mucho tiempo en el nuestro, ya que la casa del gobernador, siendo la más amplia y cómoda de la ciudad, se había convertido en centro de reunión. Supongo que contribuía a nuestro éxito social mi afán para que no faltaran comida y bebida. Rodrigo era el único de los soldados que no disponía de un harén de concubinas y no andaba cazando a las indias ajenas para preñarlas. Su compañera era Eulalia, una de las siervas de Cecilia, una hermosa joven quechua, nacida en el palacio de Atahualpa, que tenía la misma apostura y dignidad de su ama, la princesa inca. Eulalia se enamoró de Rodrigo desde el primer momento en que éste se juntó con la expedición. Lo vio llegar tan inmundo, enfermo, peludo y andrajoso como los demás fantasmas sobrevivientes de los Chunchos, pero fue capaz de apreciarlo con una sola mirada, aun antes de que le cortaran la pelambre y lo bañaran. No se quedó tranquila. Con infinita astucia y paciencia sedujo a Rodrigo y enseguida vino a hablar conmigo para contarme sus cuitas. Intercedí ante Cecilia para que permitiera a Eulalia servir a Rodrigo, con el argumento de que ella misma tenía suficientes criadas y en cambio el pobre hombre estaba en los huesos y solo, podía morirse si no lo atendían. Cecilia era demasiado lista para dejarse embaucar por tales razonamientos, pero se conmovió ante la idea del amor, dejó ir a su sierva y así Eulalia terminó viviendo con Quiroga. Tenían una relación delicada; él la trataba con una cortesía paternal y respetuosa, inusitada entre los soldados y sus mancebas, y ella atendía sus menores deseos con prontitud y discreción. Parecía sumisa, pero yo sabía, por Catalina, que era apasionada y celosa. Mientras observábamos juntos desde esa azotea a más de la mitad de nuestras fuerzas, que se alejaban de la ciudad, me pregunté cómo sería Rodrigo de Quiroga en la intimidad, si acaso le daría contento a Eulalia. Conocía su cuerpo porque me había tocado curarlo cuando llegó enfermo de los Chunchos y cuando había sido herido en encuentros con los indios; era delgado, pero muy fuerte. No lo había visto completamente desnudo, pero según Catalina: «Tendrías que estar viendo su piripicho, pues, señoray». Las mujeres del servicio, a quienes nada escapa, aseguraban que estaba muy bien dotado; en cambio Aguirre, con toda su concupiscencia... bueno, qué importa. Recuerdo que el corazón me dio una patada al pensar en lo que había oído de Rodrigo y me sonrojé tan violentamente que él lo notó.

—¿Os sucede algo, doña Inés? —me preguntó.

Me despedí deprisa, turbada, y bajé a comenzar mis tareas del día, mientras él iba a las suyas.

Dos días más tarde, la noche del 11 de septiembre de 1541, fecha que nunca he olvidado, las huestes de Michimalonko y sus aliados atacaron Santiago. Como siempre me ocurría cuando Pedro estaba ausente, no podía dormir. No hice el intento de acostarme, con frecuencia pasaba la noche en vela, y me quedé cosiendo hasta tarde, después de mandar al resto de la gente a la cama. Como yo, Felipe era insomne. A menudo encontraba al muchacho indígena en mis paseos nocturnos por las habitaciones de la casa; estaba en algún sitio inesperado, inmóvil y callado, con los ojos abiertos en la oscuridad. Había sido inútil asignarle un jergón o lugar fijo para dormir, se echaba en cualquier parte, sin siquiera una manta para taparse. En esa hora incierta poco antes del amanecer, sentí redoblarse la inquietud que me tenía con un nudo en el estómago desde que Pedro se fue. Había pasado buena parte de la noche rezando, no por exceso de fe sino de miedo. Hablar mano a mano con la Virgen siempre me trae tranquilidad, pero en esa larga noche ella no logró apaciguar las nefastas premoniciones que me atormentaban. Me puse un chal sobre los hombros e hice mi recorrido habitual acompañada por Baltasar, que tenía el hábito de seguirme como una sombra, pegado a mis tobillos. La casa estaba en calma. No encontré a Felipe, pero no me preocupé, solía dormir con los caballos. Me asomé a la plaza y noté la tenue luz de una antorcha en el techo de la casa de Aguirre, donde habían puesto a un soldado de vigía. Pensando que el pobre hombre debía de estar cayéndose de cansancio después de muchas horas de solitaria guardia, calenté un tazón de caldo y se lo llevé.

–Gracias, doña Inés. ¿No descansáis?

–Soy de mal dormir. ¿Hay novedad?

–No. Ha sido una noche tranquila. Como veis, la luna alumbra un poco.

–¿Qué son esas manchas oscuras, allá, cerca del río?

–Sombras. Hace rato que las he notado.

Me quedé observando por un momento y concluí que era una visión extraña, como si una gran ola oscura saliese del río para juntarse con otra proveniente del valle.

–Esas supuestas sombras no son normales, joven. Creo que debemos avisar al capitán Quiroga, que tiene muy buena vista...

–No puedo dejar mi puesto, señora.

–Yo iré.

Descendí a saltos, seguida por el perro, y corrí a la casa de Rodrigo de Quiroga, en el otro extremo de la plaza. Desperté al indio de guardia, que dormía atravesado en el umbral de lo que un día sería la puerta, y le ordené que convocara al capitán de inmediato. Dos minutos después apareció Rodrigo a medio vestir, pero con las botas puestas y la espada en la mano. Me acompañó deprisa a través de la plaza y subió conmigo a la azotea de Aguirre.

–No hay duda, doña Inés, esas sombras son masas de gente que avanzan hacia acá. Juraría que son indios cubiertos con mantas negras.

–¿Qué decís? –exclamé, incrédula, pensando en el marqués de Pescara y sus sábanas blancas.

Rodrigo de Quiroga dio la señal de alarma y en menos de veinte minutos los cincuenta soldados, que en esos días estaban siempre preparados, se juntaron en la plaza, cada uno con su armadura y yelmo puestos, las armas prontas. Monroy organizó la caballería –teníamos sólo treinta y dos caballos– y la dividió en dos pequeños destacamentos, uno bajo su mando y el otro al mando de Aguirre, ambos decididos a enfrentar al enemigo afuera, antes que penetrara en la ciudad. Villagra y Quiroga, con los arcabuceros y varios indios, quedaron a cargo de la defensa interna, mientras el capellán, las mujeres y yo debíamos abastecer a los defensores y curarlos. Por sugerencia mía, Juan Gómez llevó a Cecilia, las dos mejores nodrizas indias y los niños de pecho de la colonia a la bodega de nuestra casa, que habíamos cavado bajo tierra con la idea de almacenar víveres y vino. Le entregó a su mujer la estatuilla de Nuestra Señora del Socorro, se despidió de ella con un beso largo en la boca, bendijo a su hijo, cerró la cueva con unas tablas y disimuló la entrada con paletadas de tierra. No encontró otra forma de protegerlos que sepultándolos en vida.

Amanecía el día 11 de septiembre. El cielo estaba despejado y el tímido sol de la primavera iluminaba el contorno de la ciudad en el momento en que comenzó el chivateo monstruoso y la gritería de miles de indígenas que se lanzaban en tropel sobre nosotros. Comprendimos que habíamos caído en una trampa, los salvajes eran mucho más astutos de lo que pensábamos. La partida de quinientos enemigos, que supuestamente formaban el contingente que amenazaba Santiago, era sólo un señuelo para atraer a Valdivia y gran parte de nuestras fuerzas, mientras miles y miles, ocultos en los bosques, aprovecharon las sombras de la noche para acercarse cubiertos con mantas oscuras.

Sancho de la Hoz, quien llevaba meses pudriéndose en una celda, empezó a clamar para que lo soltaran y le dieran una espada. Monroy calculó que se necesitaban desesperadamente todos los brazos, incluso los de un traidor, y mandó que le quitaran los grillos. Debo dejar constancia de que ese día el cortesano se batió con la misma fiereza que los demás heroicos capitanes.

—¿Cuántos indios calculas que vienen, Francisco? —preguntó Monroy a Aguirre.

—¡Nada que nos asuste, Alonso! Unos ocho mil o diez mil...

Los dos grupos de caballería salieron al galope a enfrentarse a los primeros atacantes, centauros furiosos, rebanando cabezas y miembros a sablazos, reventando pechos a patadas de caballo. En menos de una hora, sin embargo, debieron replegarse. Entretanto, miles de otros indios corrían ya por las calles de Santiago profiriendo alaridos. Algunos yanaconas y varias mujeres, entrenados con meses de anticipación por Rodrigo de Quiroga, cargaban los arcabuces para que los soldados pudieran disparar, pero el proceso era largo y engorroso; teníamos al enemigo encima. Las madres de las criaturas que Cecilia tenía en la cueva resultaron más valientes que los experimentados soldados, porque peleaban por las vidas de sus niños. Una lluvia de flechas incendiarias cayó sobre los techos de las casas, y la paja, a pesar de que estaba húmeda por las lluvias de agosto, comenzó a arder. Comprendí que debíamos dejar a los hombres con sus arcabuces mientras las mujeres tratábamos de apagar el incendio. Hicimos filas para pasarnos los baldes de agua, pero pronto vimos que era una labor inútil, seguían cayendo flechas y no podíamos gastar el agua disponible en el incendio, ya que pronto los soldados la necesitarían desesperadamente. Abandonamos las casas de la periferia y fuimos agrupándonos en la plaza de Armas.

Para entonces empezaban a llegar los primeros heridos, algunos soldados y varios yanaconas. Catalina, mis mujeres y yo habíamos alcanzado a organizarnos con lo habitual, trapos, carbones, agua y aceite hirviendo, vino para desinfectar y *muday* para ayudar a soportar el dolor. Otras mujeres estaban preparando ollas de sopa, calabazas con agua y tortillas de maíz, porque la batalla iba para largo. El humo de la paja ardiente cubrió la ciudad, apenas podíamos respirar, nos ardían los ojos. Llegaban los hombres sangrando y les atendíamos las heridas visibles –no había tiempo de quitarles las armaduras–, les dábamos un tazón de agua o caldo y apenas podían sostenerse en pie partían de nuevo a pelear. No sé cuántas veces la caballería se enfrentó a los atacantes, pero llegó un momento en que Monroy decidió que no se podía defender la ciudad entera, que ardía por los cuatro costados, mientras los indios ya ocupaban casi todo Santiago. Conferenció brevemente con Aguirre y acordaron replegarse con sus jinetes y disponer de todas nuestras fuerzas en la plaza, donde se había instalado el viejo don Benito en un taburete. Su herida había cicatrizado gracias a las hechicerías de Catalina, pero estaba débil y no podía sostenerse de pie por mucho tiempo. Disponía de dos arcabuces y un yanacona que lo ayudaba a cargarlos, y durante ese largo día causó estragos entre los enemigos desde su asiento de inválido. Tanto disparó, que se le quemaron las palmas de las manos con las armas ardientes.

Mientras yo me afanaba con los heridos dentro de la casa, un grupo de asaltantes logró trepar el muro de adobe de mi patio. Catalina dio la voz de alarma chillando como berraco y fui a ver qué pasaba, pero no llegué lejos, porque los enemigos estaban tan cerca, que podría haber contado los dientes en esos rostros pintarrajeados y feroces. Rodrigo de Quiroga y el cura González de Marmolejo, que se había puesto un peto y enarbolaba una espada, acudieron prestos a rechazarlos, ya que era fundamental defender mi casa, donde teníamos a los heridos y los niños, refugiados con Cecilia en la bodega. Unos indios enfrentaron a Quiroga y Marmolejo, mientras otros quemaban las siembras y mataban a mis animales domésticos. Eso fue lo que terminó de sacarme de quicio, había

en número alarmante al improvisado hospital de mi casa. Eulalia llegó sosteniendo a un infante cubierto de sangre de pies a cabeza. Dios mío, éste no tiene caso, pensé, pero al quitarle el yelmo vimos que tenía un corte profundo en la frente pero el hueso no estaba roto, sólo un poco hundido. Entre Catalina y otras mujeres le cauterizaron la herida, le lavaron la cara y le dieron a beber agua, pero no lograron que descansara ni un momento. Aturdido y medio ciego, porque se le hincharon los párpados monstruosamente, salió a trastabillones a la plaza. Entretanto, yo intentaba quitarle una flecha del cuello a otro soldado, uno de apellido López, que siempre me había tratado con desdén apenas disimulado, en especial después de la tragedia de Escobar. El infeliz estaba lívido y la flecha se le había incrustado tanto, que yo no podía sacarla sin agrandar la herida. Me hallaba calculando si podría correr ese riesgo, cuando el pobre hombre se estremeció con brutales estertores. Me di cuenta de que nada podía hacer por él y llamé al capellán, quien acudió apurado a darle los últimos sacramentos. Tirados en el suelo de la sala había muchos heridos que no estaban en condiciones de regresar a la plaza; debían de ser por lo menos veinte, la mayoría yanaconas. Se terminaron los trapos y Catalina rasgó las sábanas que con tanto primor habíamos bordado durante las noches ociosas del invierno, luego debimos cortar las sayas en tiras y por último mi único vestido elegante. En eso entró Sancho de la Hoz cargando a otro soldado desmayado, que dejó a mis pies. El traidor y yo alcanzamos a intercambiar una mirada y creo que en ella nos perdonamos los agravios del pasado. Al coro de alaridos de los hombres cauterizados con hierros y carbones al rojo, se sumaban los relinchos de los caballos, porque allí mismo el herrero remendaba como podía a las bestias heridas. En el suelo de tierra apisonada se mezclaba la sangre de los cristianos y la de los animales.

Aguirre se asomó a la puerta sin desmontar de su corcel, ensangrentado de la cabeza a los estribos, anunciando que había ordenado el desalojo de todas las casas, menos aquellas en torno a la plaza, donde nos aprontaríamos para defendernos hasta el último suspiro.

–¡Bajad, capitán, para que os cure las heridas! –alcancé a rogarle.

–¡No tengo ni un rasguño, doña Inés! ¡Llevadles agua a los hombres de la plaza! –me gritó con feroz regocijo y se fue corcoveando en su caballo, que también sangraba de un costado.

Les ordené a varias mujeres que llevaran agua y tortillas a los soldados, que luchaban sin tregua desde el amanecer, mientras Catalina y yo despojábamos el cadáver de López de su armadura, y tal como estaban, empapadas en sangre, me coloqué la cota de malla y la coraza. Tomé la espada de López, porque no pude encontrar la mía, y salí a la plaza. El sol había pasado su cenit hacía rato, debían de ser más o menos las tres o cuatro de la tarde; calculé que llevábamos más de diez horas batallando. Eché una mirada alrededor y me di cuenta de que Santiago ardía sin remedio, el trabajo de meses estaba perdido, era el fin de nuestro sueño de colonizar el valle. Entretanto, Monroy y Villagra se habían replegado con los soldados sobrevivientes y luchaban a caballo dentro de la plaza, defendida hombro a hombro por nuestra gente y atacada por las cuatro calles. Quedaban en pie una parte de la iglesia y la casa de Aguirre, donde manteníamos a los siete caciques cautivos. Don Benito, negro de pólvora y hollín, disparaba desde su taburete con método, apuntando con cuidado antes de apretar el gatillo, como si cazara codornices. El yanacona que antes le cargaba el arma yacía inmóvil a sus plantas y en su lugar se había colocado Eulalia. Comprendí que la joven había estado en la plaza todo el tiempo para no perder de vista a su amado Rodrigo.

Por encima de la batahola de pólvora, relinchos, ladridos y chivateo de la batalla, escuché claramente las voces de los siete caciques azuzando a sus gentes a grito destemplado. No sé lo que me pasó entonces. A menudo he pensado en ese fatídico 11 de septiembre y he tratado de entender los sucesos, pero creo que nadie puede describir con exactitud cómo fueron, cada uno de los participantes tiene una versión diferente, según lo que le tocó vivir. Era densa la humareda, tremenda la confusión, ensordecedor el ruido. Estábamos trastornados, luchando por nuestras vidas, locos de sangre y violencia. No puedo recordar en detalle mis acciones de ese día, de necesidad debo fiarme en lo que otros han contado. Recuerdo, eso sí, que en ningún momento tuve miedo, porque la ira me ocupaba por completo.

Dirigí la vista hacia la celda, de donde provenían los alaridos de los cautivos, y a pesar del humo de los incendios distinguí con absoluta claridad a mi marido, Juan de Málaga, que me venía penando desde el Cuzco, apoyado en la puerta, mirándome con sus lastimeros ojos de espíritu errante. Me hizo un gesto con la mano, como llamándome. Me abrí paso entre soldados y caballos, evaluando el desastre con una parte de la mente y obedeciendo con otra la orden muda de mi difunto marido. La celda no era más que una habitación improvisada en el primer piso de la casa de Aguirre y la puerta consistía en unas cuantas tablas con una tranca por fuera, vigilada por dos jóvenes centinelas con instrucciones de defender a los cautivos con sus vidas, puesto que representaban nuestra única carta de negociación con el enemigo. No me detuve a pedirles permiso, simplemente los hice a un lado de un empujón y levanté la pesada tranca con una sola mano, ayudada por Juan de Málaga. Los guardias me siguieron adentro, sin ánimo de hacerme frente y sin imaginar mis intenciones. La luz y el humo entraban por las rendijas, sofocando el aire, y un polvo rojizo se levantaba del suelo, de modo que la escena era borrosa, pero pude ver a los siete prisioneros encadenados a gruesos postes, debatiéndose como demonios hasta donde permitían los hierros y aullando a pleno pulmón para llamar a los suyos. Cuando me vieron entrar con el fantasma ensangrentado de Juan de Málaga, se callaron.

–¡Matadlos a todos! –ordené a los guardias en un tono imposible de reconocer como mi voz.

Tanto los presos como los centinelas quedaron pasmados.

–¿Que los matemos, señora? ¡Son los rehenes del gobernador!

–¡Matadlos, he dicho!

–¿Cómo queréis que lo hagamos? –preguntó uno de los soldados, espantado.

–¡Así!

Y entonces enarbolé la pesada espada a dos manos y la descargué con la fuerza del odio sobre el cacique que tenía más cerca, cercenándole el cuello de un solo tajo. El impulso del golpe me lanzó de rodillas al suelo, donde un chorro de sangre me saltó a la cara, mientras la cabeza rodaba a mis pies. El resto no lo recuerdo bien. Uno de los guardias aseguró después que decapité de igual forma a los otros seis prisioneros, pero el segundo dijo que no fue así, que ellos terminaron la tarea. No importa. El hecho es que en cuestión de minutos había siete cabezas por tierra. Que Dios me perdone. Cogí una por los pelos, salí a la plaza a trancos de gigante, me subí en los sacos de arena de la barricada y lancé mi horrendo trofeo por los aires con una fuerza descomunal, y un pavoroso grito de triunfo, que subió desde el fondo de la tierra, me atravesó entera y escapó vibrando como un trueno de mi pecho. La cabeza voló, dio varias vueltas y aterrizó en medio de la indiada. No me detuve a ver el efecto, regresé a la celda, cogí otras dos y las lancé en el costado opuesto de la plaza. Me parece que los guardias me trajeron las cuatro restantes, pero tampoco de eso estoy segura, tal vez yo misma fui a buscarlas. Sólo sé que no me fallaron los brazos para enviar las cabezas por los aires. Antes de que hubiese lanzado la última, una extraña quietud cayó sobre la plaza, el tiempo se detuvo, el humo se despejó y vimos que los indios, mudos, despavoridos, empezaban a retroceder, uno, dos, tres pasos, luego empujándose, salían a la carrera y se alejaban por las mismas calles que ya tenían tomadas.

Transcurrió un tiempo infinito, o tal vez sólo un instante. El agobio me vino de golpe y los huesos se me deshicieron en espuma, entonces desperté de la pesadilla y pude darme cuenta del horror cometido. Me vi como me veía la gente a mi alrededor: un demonio desgreñado, cubierto de sangre, ya sin voz de tanto gritar. Se me doblaron las rodillas, sentí un brazo en la cintura y Rodrigo de Quiroga me levantó en vilo, me apretó contra la dureza de su armadura y me condujo a través de la plaza en medio del más profundo estupor.

Santiago de la Nueva Extremadura se salvó, aunque ya no era más que palos quemados y estropicio. De la iglesia sólo quedaban unos pilares; de mi casa, cuatro paredes renegridas; la de Aguirre estaba más o menos en pie y el resto era sólo ceniza. Habíamos perdido a cuatro soldados, los demás estaban heridos, varios de gravedad. La mitad de los yanaconas murieron en el combate y cinco más perecieron en los días siguientes de infección y desangramiento. Las mujeres y los niños salieron indemnes porque los atacantes no descubrieron la cueva de Cecilia. No conté los caballos ni los perros, pero de los animales domésticos sólo quedaron el gallo, dos gallinas y la pareja de cerdos que salvamos con Catalina. Semillas casi no quedaron, sólo teníamos cuatro puñados de trigo.

Rodrigo de Quiroga, como los demás, creyó que yo había enloquecido sin vuelta durante la batalla. Me llevó en brazos hasta las ruinas de mi casa, donde todavía funcionaba la improvisada enfermería, y me dejó con cuidado en el suelo. Tenía una expresión de tristeza e infinita fatiga cuando se despidió de mí con un beso ligero en la frente y volvió a la plaza. Catalina y otra mujer me quitaron la coraza, la cota de malla y el vestido ensopado en sangre buscando las heridas que yo no tenía. Me lavaron como pudieron con agua y un puñado de crines de caballo a modo de esponja, porque ya no quedaban trapos, y me obligaron a beber media taza de licor. Vomité un líquido rojizo, como si también hubiera tragado sangre ajena.

El estruendo de las muchas horas de batalla fue reemplazado por un silencio espectral. Los hombres no podían moverse, cayeron donde estaban y allí se quedaron, ensangrentados, cubiertos de hollín, polvo y ceniza, hasta que las mujeres salieron a darles agua, quitarles las armaduras, ayudarlos a levantarse. El capellán recorrió la plaza para hacer la señal de la cruz sobre la frente de los muertos y cerrarles los ojos, luego se echó al hombro a los heridos uno a uno y los llevó a la enfermería. El noble caballo de Francisco de Aguirre, herido fatalmente, se mantuvo en sus temblorosas patas por pura voluntad, hasta que entre varias mujeres pudieron bajar al jinete; entonces agachó la cerviz y murió antes de caer al suelo. Aguirre tenía varias heridas superficiales y estaba tan rígido y acalambrado que no pudieron quitarle la armadura ni las armas, hubo que dejarlo en un rincón durante más de media hora, hasta que pudo recuperar el movimiento. Después el herrero cortó con una sierra la lanza por ambos extremos para quitársela de la mano agarrotada y entre varias mujeres lo desvestimos, tarea difícil, porque era enorme y seguía tieso como una estatua de bronce. Monroy y Villagra, en mejores condiciones que otros capitanes y enardecidos por la contienda, tuvieron la peregrina idea de perseguir con algunos soldados a los indígenas que huían en desorden, pero no hallaron un solo caballo que pudiera dar un paso y ni un solo hombre que no estuviese herido.

Juan Gómez había luchado como un león pensando durante todo el día en Cecilia y su hijo, sepultados en mi solar, y apenas terminó la batahola corrió a abrir la cueva. Desesperado, quitó la tierra a mano, porque no pudo hallar una pala, los atacantes se habían llevado cuanto había. Arrancó las tablas a tirones, abrió la tumba y se asomó a un hoyo negro y silencioso.

–¡Cecilia, Cecilia! –gritó, aterrado.

Y entonces la voz clara de su mujer le respondió desde el fondo.

–Por fin vienes, Juan, ya empezaba a aburrirme.

Las tres mujeres y los niños habían sobrevivido más de doce horas bajo tierra, en total oscuridad, con muy poco aire, sin agua y sin saber qué sucedía afuera. Cecilia asignó a las nodrizas la tarea de ponerse los críos al pezón por turnos durante el día entero, mientras ella, hacha en mano, se dispuso a defenderlas. La caverna no se llenó de humo por obra y gracia de Nuestra Señora del Socorro, o tal vez porque fue sellada por las paletadas de tierra con que Juan Gómez intentó disimular la entrada.

Monroy y Villagra decidieron mandar esa misma noche un mensajero a dar cuenta del desastre a Pedro de Valdivia, pero Cecilia, quien había emergido del subterráneo tan digna y hermosa como siempre, opinó que ningún mensajero saldría con vida de semejante misión, el valle era un hormiguero de indios hostiles. Los capitanes, poco acostumbrados a prestar oído a voces femeninas, hicieron caso omiso.

–Ruego a vuestras mercedes que escuchéis a mi mujer. Su red de información nos ha sido siempre útil –intervino Juan Gómez.

–¿Qué proponéis, doña Cecilia? –preguntó Rodrigo de Quiroga, a quien le habíamos cauterizado dos heridas y estaba demacrado por el cansancio y la pérdida de sangre.

–Un hombre no puede cruzar las líneas enemigas…

–¿Sugerís que mandemos una paloma mensajera? –interrumpió Villagra, burlón.

–Mujeres. No una sola, sino varias. Conozco a muchas mujeres quechuas en el valle, ellas llevarán la noticia de boca en boca al gobernador, más rápido que cien palomas volando –aseguró la princesa inca.

Como no había tiempo para largas discusiones, decidieron enviar el mensaje por dos vías, la que ofrecía Cecilia y un yanacona, ágil como liebre, quien intentaría cruzar el valle de noche y alcanzar a Valdivia. Lamento decir que ese fiel servidor fue sorprendido al amanecer y muerto de un mazazo. Mejor no pensar en su suerte si hubiese caído vivo en manos de Michimalonko. El cacique debía de estar enfurecido por el fracaso de sus huestes; no tendría cómo explicar a los indómitos mapuche del sur que un puñado de barbudos había atajado a ocho mil de sus guerreros. Mucho menos podía mencionar a una bruja que lanzaba cabezas de caciques por los aires como si fuesen melones. Le llamarían cobarde, lo peor que puede decirse de un guerrero, y su nombre no formaría parte de la épica tradición oral de las tribus, sino de burlas maliciosas. El sistema de Cecilia, sin embargo, sirvió para hacer llegar el mensaje al gobernador en el plazo de veintiséis horas. La noticia voló de un caserío a otro a lo largo y ancho del valle, atravesó bosques y montes y alcanzó a Valdivia, quien andaba de un lado a otro con sus hombres buscando en vano a Michimalonko, sin comprender aún que había sido engañado.

Después de que Rodrigo de Quiroga recorrió las ruinas de Santiago y le entregó a Monroy el cálculo de las pérdidas, vino a verme. En vez del basilisco demente que había depositado en la enfermería poco antes, me encontró más o menos limpia y tan cuerda como siempre, atendiendo a los muchos heridos.

–Doña Inés... gracias al Altísimo... –murmuró a punto de echarse a llorar de extenuación.

–Quitaos la armadura, don Rodrigo, para que os curemos –repliqué.

–Pensé que... ¡Dios mío! Vos salvasteis la ciudad, doña Inés. Vos pusisteis en fuga a los salvajes...

–No digáis eso, porque es injusto con estos hombres, que combatieron como valientes, y con las mujeres que los secundaron.

–Las cabezas... dicen que las cabezas cayeron todas mirando hacia los indios y éstos creyeron que era un mal augurio, por eso retrocedieron.

–No sé de qué cabezas me habláis, don Rodrigo. Estáis muy confundido. ¡Catalina! ¡Ayúdalo a quitarse la armadura, mujer!

Durante esas horas pude pesar mis acciones. Trabajé sin pausa ni respiro durante la primera noche y la mañana siguiente atendiendo a los heridos y tratando de salvar lo posible de las casas quemadas, pero una parte de mi mente sostenía un constante diálogo con la Virgen, para pedirle que intercediera en mi favor por el crimen cometido, y con Pedro. Prefería no imaginar su reacción al ver la destrucción de Santiago y saber que ya no contaba con sus siete rehenes, estábamos a merced de los salvajes sin nada para negociar con ellos. ¿Cómo explicarle lo que había hecho, si yo misma no lo entendía? Decirle que había enloquecido y ni siquiera recordaba bien lo ocurrido era una excusa absurda; además, estaba avergonzada del espectáculo grotesco que di frente a sus capitanes y soldados. Por fin, a eso de las dos de la tarde del 12 de septiembre, me venció la fatiga y pude dormir unas horas tirada en el suelo junto a Baltasar, que había vuelto arrastrándose al amanecer, con las fauces ensangrentadas y una pata quebrada. Los tres días siguientes se me fueron en un soplo, trabajando con los demás para despejar escombros, apagar incendios y fortalecer la plaza, único sitio donde podríamos defendernos de otro ataque, que suponíamos inminente. Además, Catalina y yo escarbábamos los surcos quemados y las cenizas de los solares en busca de cualquier comestible para echar a la sopa. Una vez que dimos cuenta del caballo de Aguirre, nos quedó muy poco alimento; habíamos vuelto a los tiempos de la olla común, sólo que entonces ésta consistía en agua con yerbas y los tubérculos que pudiésemos desenterrar.

Al cuarto día Pedro de Valdivia llegó con un destacamento de catorce soldados de caballería, mientras los infantes lo seguían lo más deprisa posible. Montado en Sultán, el gobernador entró a la ruina que antes llamábamos ciudad y calculó de un solo vistazo la magnitud del descalabro. Pasó por las calles, donde todavía se elevaban débiles columnas de humo señalando las antiguas casas, entró a la plaza y encontró a la escasa población en andrajos, hambrienta, asustada, los heridos tirados por el suelo con vendajes sucios, y sus capitanes, tan desarrapados como el último de los yanaconas, socorriendo a la gente. Un centinela tocó la corneta y, con un esfuerzo brutal, los que podían ponerse de pie se formaron para saludar al capitán general. Yo me quedé atrás, medio oculta por unas lonas; desde allí vi a Pedro y el alma me dio un brinco de amor y tristeza y fatiga. Desmontó en el centro de la plaza y, antes de abrazar a sus amigos, recorrió la devastación con una mirada, pálido, buscándome. Di un paso al frente, para mostrarle que seguía viva; nuestras miradas se encontraron y entonces le cambió la expresión y el color. Con esa voz de razón y autoridad que nadie resistía, se dirigió a los soldados para honrar el valor de cada uno, sobre todo de los que murieron combatiendo, y dar gracias al apóstol Santiago por haber salvado al resto de la gente. La ciudad nada importaba, porque había brazos y corazones fuertes para reconstruirla de las cenizas. Debíamos comenzar de nuevo, dijo, pero eso no podía ser motivo de desaliento, sino de entusiasmo para los vigorosos españoles, que jamás se daban por vencidos, y los leales yanaconas. «¡Santiago y cierra España!», exclamó, levantando la espada. «¡Santiago y cierra España!», respondieron en una sola voz disciplinada sus hombres, pero en el tono había profundo desaliento.

Esa noche, recostados sobre la dura tierra, sin más abrigo que una manta inmunda, con un pedazo de luna asomando encima de nuestras cabezas, me eché a llorar de fatiga en los brazos de Pedro. Él ya había escuchado variados relatos de la batalla y de mi papel en ella; pero, contrario a lo que yo temía, se mostró orgulloso de mí, tal como lo estaba, según me dijo, hasta el último soldado de Santiago, que sin mí habría perecido. Las versiones que le habían dado eran exageradas, no me cabe duda, y así fue estableciéndose la leyenda de que yo salvé la ciudad. «¿Es cierto que tú misma decapitaste a los siete caciques?», me había preguntado Pedro apenas nos encontramos solos. «No lo sé», le contesté honestamente. Pedro nunca me había visto llorar, no soy mujer de lágrima fácil, pero en esa primera ocasión no intentó consolarme, sólo me acarició con esa ternura distraída que algunas veces empleaba conmigo. Su perfil parecía de piedra, la boca dura, la mirada fija en el cielo.

–Tengo mucho miedo, Pedro –sollocé.

–¿De morir?

–De todo menos de morir, porque me faltan años para la vejez.

Se rió secamente del chiste que compartíamos: que yo enterraría a varios maridos y sería siempre una viuda apetecible.

–Los hombres quieren regresar al Perú, estoy seguro, aunque todavía ninguno se atreve a decirlo, para no parecer cobarde. Se sienten derrotados.

–Y tú ¿qué quieres, Pedro?

–Fundar Chile contigo –respondió sin pensarlo dos veces.

–Entonces eso haremos.

–Eso haremos, Inés del alma mía…

Mi memoria del pasado remoto es muy vívida y podría relatar paso a paso lo ocurrido en los primeros veinte o treinta años de nuestra colonia en Chile, pero no hay tiempo, porque la Muerte, esa buena madre, me llama y quiero seguirla, para descansar por fin en brazos de Rodrigo. Los fantasmas del pasado me rodean. Juan de Málaga, Pedro de Valdivia, Catalina, Sebastián Romero, mi madre y mi abuela, enterradas en Plasencia, y muchos otros, adquieren contornos cada vez más firmes y oigo sus voces susurrando en los corredores de mi casa. Los siete caciques degollados deben estar bien instalados en el cielo o en el infierno, porque nunca han venido a penarme. No estoy demente, como suelen ponerse los ancianos, todavía soy fuerte y tengo la cabeza bien plantada sobre los hombros, pero estoy con un pie al otro lado de la vida y por eso observo y escucho lo que para otros pasa inadvertido. Te inquietas, Isabel, cuando hablo así; me aconsejas que rece, eso calma el alma, dices. Mi alma está en calma, no tengo miedo a morir, no lo tuve entonces, cuando lo razonable era tenerlo, y menos ahora, cuando he vivido de sobra. Tú eres lo único que me retiene en este mundo; te confieso que no tengo curiosidad alguna por ver a mis nietos crecer y sufrir, prefiero llevarme el recuerdo de sus risas infantiles. Rezo por costumbre, no como remedio para la angustia. La fe no me ha fallado, pero mi relación con Dios ha ido cambiando con los años. A veces, sin pensarlo, lo llamo Ngenechén, y a la Virgen del Socorro la confundo con la Santa Madre Tierra de los mapuche, pero no soy menos católica que antes –¡Dios me libre!–, es sólo que el cristianismo se me ha ensanchado un poco, como sucede con la ropa de lana al cabo de mucho uso. Me quedan pocas semanas de vida, lo sé porque a ratos a mi corazón se le olvida latir, me mareo, me caigo y ya no tengo apetito. No es verdad que pretendo matarme de hambre nada más que por jorobarte, como me acusas, hija, sino que la comida tiene sabor de arena y no puedo tragarla, por eso me alimento de sorbos de leche. He adelgazado, parezco un esqueleto cubierto de pellejo, como en los tiempos del hambre, sólo que entonces era joven. Una vieja flaca es patética, se me han puesto las orejas enormes y hasta una brisa puede tirarme de bruces. En cualquier momento saldré volando. Debo abreviar este relato, de otro modo se me quedarán muchos muertos en el tintero. Muertos, casi todos mis amores están muertos, ése es el precio de vivir tanto como he vivido.

Capítulo cinco

LOS AÑOS TRÁGICOS, 1543-1549

nar y atraer colonos a Chile, fue enviado por el desierto al Perú con cinco soldados y los únicos seis caballos que no estaban heridos o en los huesos. El capellán González de Marmolejo les dio la bendición, los escoltamos por un tramo y luego los despedimos con pesar, porque no sabíamos si volveríamos a verlos.

Comenzaron para nosotros dos años de gravísimas miserias, de los que quisiera no acordarme, tal como quisiera olvidar la muerte de Pedro de Valdivia, pero no se puede mandar en la memoria ni en las pesadillas. Un tercio de los soldados se turnaba para vigilar de día y de noche, mientras los demás, convertidos en labriegos y albañiles, sembraban la tierra, reconstruían las casas y levantaban el muro para proteger la ciudad. Las mujeres trabajábamos codo a codo con los soldados y los yanaconas. Teníamos muy poca ropa, porque la mayor parte había sido destruida en el incendio; los hombres andaban con un taparrabo, como los salvajes, y las mujeres, olvidado el pudor, en camisa. Esos inviernos fueron muy crudos y todos se enfermaron, menos Catalina y yo, que teníamos cuero de mula, como decía González de Marmolejo, admirado. Tampoco había alimento, salvo unos pastos naturales del valle, piñones, frutos amargos y raíces, que comían por igual humanos, caballos y animales de corral. Los puñados de semilla que había salvado de la quemazón se usaron para plantar y al año siguiente obtuvimos varias fanegas de trigo, que se plantaron a su vez, de modo que no probamos una hogaza de pan hasta el tercer año. Pan, el alimento del alma, ¡qué falta nos hacía! Cuando ya nada teníamos que interesara al curaca Vitacura para hacer trueque, nos volvió la espalda y se nos terminaron las bolsas de maíz y frijoles, que antes conseguíamos por las buenas. Los soldados debían hacer incursiones a las aldeas para robar granos, aves, mantas, lo que pudieran hallar, como bandidos. Supongo que a los quechuas de Vitacura no les faltaba lo esencial, pero los indios chilenos destruyeron sus propios sembradíos, decididos a morir de inanición si así acababan con nosotros. Acuciados por la hambruna, los habitantes de las aldeas se dispersaron hacia el sur. El valle, antes efervescente de actividad, se despobló de familias, pero no de guerreros. Michimalonko y sus huestes nunca dejaron de molestarnos, siempre listos para atacar con la rapidez del relámpago y enseguida desaparecer en los bosques. Nos quemaban los sembradíos, nos mataban los animales, nos asaltaban si andábamos sin protección armada, de manera que estábamos presos dentro de los muros de Santiago. No sé cómo Michimalonko alimentaba a sus hombres, porque los indios ya no sembraban. «Comen muy poco, pueden pasar meses con unos granos y piñones», me informó Felipe, el chico mapuche, y agregó que los guerreros llevaban una bolsita al cuello con un puñado de granos tostados, con eso podían vivir una semana.

Con su habitual tenacidad y optimismo, que nunca aflojaron, el gobernador obligaba a la gente, agotada y enferma, a labrar la tierra, hacer adobes, construir el muro fortificado y el foso en torno a la ciudad, entrenarse para la guerra y mil otras ocupaciones, porque sostenía que el ocio desmoraliza más que el hambre. Era cierto. Nadie habría sobrevivido al desaliento si hubiera tenido tiempo de pensar en su suerte, pero no lo había, ya que desde el amanecer hasta bien entrada la noche se trabajaba. Y si sobraban horas, rezábamos, que nunca está de más. Adobe a adobe creció un murallón de la altura de dos hombres en torno a Santiago; tabla a tabla surgieron la iglesia y las casas. Puntada a puntada las mujeres y yo zurcíamos los andrajos, que no se lavaban para que no se deshicieran en hilachas en el agua. Sólo usábamos ropa más o menos decente para ocasiones muy especiales, que también las había, no todo era lamento; celebrábamos las fiestas religiosas, las bodas, a veces un bautizo. Daba pena ver los rostros demacrados de la población, las cuencas hundidas, las manos convertidas en garras, el desaliento. Me adelgacé tanto, que cuando me tendía de espaldas en el lecho se me salían los huesos de las caderas, las costillas, las clavículas, podía palparme los órganos internos, apenas cubiertos por la piel. Me endurecí por fuera, el cuerpo se me secó, pero se me ablandó el corazón. Sentía un amor de madre por esa desventurada gente, soñaba que tenía los pechos llenos de leche para alimentarlos a todos. Llegó un día en que se me olvidó la hambruna, me acostumbré a esa sensación de vacío y liviandad que a veces me hacía alucinar. No se me aparecían cerdos asados con una manzana en la boca y una zanahoria en el culo, como les ocurría a ciertos soldados, que no hablaban de otra cosa, sino paisajes borrados por la niebla, donde paseaban los muertos. Se me ocurrió disimular la miseria esmerándome en la limpieza, en vista de que agua había en abundancia. Inicié una lucha contra piojos, pulgas y mugre, pero dio por resultado que empezaron a desaparecer ratones, cucarachas y otros bichos que servían para la sopa; entonces dejamos de enjabonar y fregar.

El hambre es cosa rara, acaba con la energía, nos hace lentos y tristes, pero despeja la mente y azuza la lujuria. Los hombres, patéticos esqueletos casi desnudos, seguían persiguiendo a las mujeres, y ellas, famélicas, quedaban preñadas. En medio de la hambruna nacieron algunos infantes en la colonia, aunque la mayoría no sobrevivió. De los que teníamos al principio, murieron varios en esos dos inviernos y los demás tenían los huesos al aire, vientres hinchados y ojos de anciano. Preparar la magra sopa común para españoles e indios llegó a ser un desafío mucho mayor que el de los sorpresivos ataques de Michimalonko. En grandes calderos hervíamos agua con las yerbas disponibles en el valle –romero, laurel, boldo, maitén– y luego agregábamos lo que hubiese: unos puñados de maíz o frijoles de nuestras reservas, que disminuían muy rápido, papas o tubérculos del bosque, pasto de cualquier clase, raíces, ratones, lagartijas, grillos, gusanos. Por orden de Juan Gómez, alguacil de nuestra diminuta ciudad, yo disponía de dos soldados armados de día y de noche para evitar que robaran lo poco que teníamos en la bodega y la cocina, pero igual desaparecían puñados de maíz o unas papas. Me quedaba muda ante esas raterías de lástima, porque Gómez habría tenido que azotar a los criados en castigo y eso sólo habría empeorado nuestra situación. Había bastante sufrimiento, no podíamos agregar más. Engañábamos el estómago con tisanas de menta, tilo y matico. Si morían animales domésticos, se utilizaba el cadáver completo: con la piel nos cubríamos, la grasa se empleaba en bujías, hacíamos charqui con la carne, las vísceras se destinaban al guiso y las pezuñas a herramientas. Los huesos servían para dar sabor a la sopa y se hervían una y otra vez, hasta que se disolvían en el caldo, como ceniza. Hervíamos pedazos de cuero seco para que los chuparan los niños, engañando así el hambre. Los cachorros que nacieron ese año fueron a dar a la olla apenas se destetaron, porque no podíamos alimentar más perros, pero hicimos lo posible por mantener vivos a los demás, ya que eran la primera línea de ataque contra los indígenas, por eso se salvó mi fiel Baltasar.

Felipe tenía una puntería natural, donde ponía el ojo ponía la flecha, y siempre estaba dispuesto a salir de caza. El herrero le hizo flechas con puntas de hierro, más efectivas que sus piedras afiladas, y el chico regresaba de sus excursiones con liebres y pájaros, a veces incluso con un gato de montaña. Era el único que se atrevía a salir solo por los alrededores, mimetizado con el bosque, invisible para el enemigo; los soldados andaban en grupos y así no podían cazar ni un elefante, en caso de que los hubiera en el Nuevo Mundo. De igual forma, desafiando el peligro, traía brazadas de pasto para los animales y gracias a él los caballos se mantenían de pie, aunque flacos.

Me avergüenza contarlo, pero sospecho que en ocasiones hubo canibalismo entre los yanaconas y también entre algunos de nuestros hombres desesperados, tal como trece años más tarde lo hubo entre los mapuche, cuando el hambre se extendió por el resto del territorio chileno. Los españoles se sirvieron de eso para justificar la necesidad de someterlos, civilizarlos y cristianizarlos, ya que no existía mayor prueba de barbarie que el canibalismo; pero los mapuche nunca habían caído en eso antes de nuestra llegada. En ciertos casos, muy raros, devoraban el corazón de un enemigo para adquirir su poder, pero era rito y no costumbre. La guerra de la Araucanía causó hambruna. Nadie podía cultivar el suelo, porque lo primero que hacían tanto indios como españoles era quemar las siembras y matar el ganado del otro bando, después vino una sequía y el *chivalongo* o tifus, que causó terrible mortandad. Para mayor castigo, cayó una plaga de ranas que infestaron el suelo con una baba pestilente. En esa época terrible, los españoles, que eran pocos, se alimentaban de lo que arrebataban a los mapuche, pero éstos, que eran miles y miles, vagaban desfallecientes por los campos yermos. La falta de alimento les indujo a comer la carne de sus semejantes. Dios ha de tener en cuenta que esa desdichada gente no lo hizo por pecar, sino por necesidad. Un cronista, que hizo las campañas del sur en 1555, escribió que los indios acudían a comprar cuartos de hombre como quien compra cuartos de llama. El hambre… quien no la ha sufrido no tiene derecho a pasar juicio. Me contó Rodrigo de Quiroga que en el infierno de la selva caliente de los Chunchos los indios devoraban a sus propios compañeros. Si la necesidad forzó a los españoles a participar en ese pecado, se abstuvo de mencionarlo. Catalina, sin embargo, me aseguró que los viracochas no son diferentes de cualquier otro mortal, algunos desenterraban a los muertos para asar los muslos y salían a cazar indios en el valle con el mismo fin. Cuando se lo dije a Pedro me hizo callar, temblando de indignación, pues le parecía imposible que un cristiano cometiera semejante infamia; entonces debí recordarle que, gracias a mí, él comía un poco mejor que los demás en la colonia, y por lo mismo debía callarse. Bastaba ver la alegría demente de quien lograba cazar una rata en la ribera del Mapocho para comprender que incluso el canibalismo podía suceder.

Felipe, o Felipillo, como llamaban al joven mapuche, se convirtió en la sombra de Pedro y llegó a ser una figura familiar en la ciudad, mascota de los soldados, a quienes divertía la forma en que imitaba los modales y la voz del gobernador, sin ánimo de burla, sino por admiración. Pedro fingía no darse cuenta, pero sé que le halagaba la callada atención del muchacho y su prontitud para servirlo: bruñía su armadura con arena, afilaba su espada, ensebaba sus correas si conseguía un poco de grasa, y, sobre todo, cuidaba a Sultán como si fuese su hermano. Pedro lo trataba con esa jovial indiferencia con que se convive con un perro fiel; no necesitaba hablarle, Felipe adivinaba los deseos del Taita. Pedro ordenó a un soldado que enseñara al chico a usar un arcabuz «para que defienda a las mujeres de la casa en mi ausencia», manifestó, lo cual me ofendió, porque siempre era yo quien defendía no sólo a las mujeres, también a los varones. Felipe era un muchacho contemplativo y silencioso, capaz de pasar horas inmóvil, como un monje anciano. «Es flojo, como todos los de su raza», decían de él. Con el pretexto de las clases de *mapudungu* –una imposición casi intolerable para él, porque me despreciaba por ser mujer–, averigüé buena parte de lo que sé sobre los mapuche. Para ellos la Santa Tierra provee, la gente toma lo necesario y agradece, no toma más y no acumula; el trabajo es incomprensible, puesto que no hay futuro. ¿Para qué sirve el oro? La tierra no es de nadie, el mar no es de nadie; la sola idea de poseerlos o dividirlos producía ataques de risa al habitualmente sombrío Felipe. Las personas tampoco pertenecen a otros. ¿Cómo pueden los *huincas* comprar y vender gente si no es suya? A veces el muchacho pasaba dos o tres días mudo, huraño, sin comer, y al preguntarle qué le sucedía, la respuesta era siempre la misma: «Hay días contentos y días tristes. Cada uno es dueño de su silencio». Se llevaba mal con Catalina, quien desconfiaba de él, pero se contaban los sueños, porque para ambos la puerta estaba siempre abierta entre las dos mitades de la vida, nocturna y diurna, y a través de los sueños la divinidad se comunicaba con ellos. No hacer caso de los sueños causa grandes desgracias, aseguraban. Felipe nunca permitió que Catalina le echara la suerte con sus cuentas y conchas de adivinar, por las que sentía un terror supersticioso, tal como se negaba a probar sus yerbas medicinales.

Los criados tenían prohibido montar los caballos, bajo pena de azotes, pero con Felipe se hizo una excepción, ya que él los alimentaba y era capaz de domarlos sin violencia, hablándoles al oído en *mapudungu*. Aprendió a cabalgar como un gitano y sus proezas causaban sensación en esa aldea triste. Se pegaba sobre la bestia hasta ser parte de ella, iba con su ritmo, sin forzarla jamás. No usaba montura ni espuelas, guiaba con una leve presión de las rodillas y llevaba las riendas en la boca, así las dos manos le quedaban libres para el arco y las flechas. Podía subirse cuando el caballo iba a la carrera, dar vuelta sobre el lomo y quedar mirando hacia la cola o colgarse con brazos y piernas, de modo que galopaba con el pecho contra el vientre del animal. Los hombres le hacían ruedo y, por mucho que lo intentaron, ninguno pudo imitarlo. A veces se perdía por varios días en sus excursiones de caza y, justo cuando ya lo dábamos por muerto en manos de Michimalonko, retornaba sano y salvo con una rastra de pájaros al hombro para enriquecer nuestra desabrida sopa. Valdivia se inquietaba cuando desaparecía; en más de una ocasión lo amenazó con el látigo si volvía a salir sin permiso, pero nunca cumplió, porque dependíamos del producto de sus cacerías. Al centro de la plaza estaba el tronco ensangrentado donde se aplicaban las penas de azote, pero a Felipe no parecía causarle ningún temor. Para entonces se había convertido en un adolescente delgado, alto para alguien de su raza, puro hueso y músculo, de expresión inteligente y ojos sagaces. Era capaz de echarse a las espaldas más peso que cualquier hombre adulto y cultivaba un desprecio absoluto por el dolor y la muerte. Los soldados admiraban su estoicismo y algunos, para entretenerse, lo ponían a prueba. Tuve que prohibirles que lo desafiaran a coger un carbón encendido con la mano o clavarse espinas untadas en ají picante. Invierno y verano se bañaba por horas en las aguas siempre frías del Mapocho. Nos explicó que el agua helada fortalece el corazón, por eso las madres mapuche sumergen a los niños en agua apenas nacen. Los españoles, que huyen del baño como del fuego, se instalaban en lo alto del muro a observarlo nadar y cruzar apuestas sobre su resistencia. A veces se sumergía en las aguas tormentosas del río durante varios padrenuestros y, cuando ya los mirones empezaban a pagar las apuestas a los ganadores, Felipe aparecía ileso.

Lo peor de esos años fue el desamparo y la soledad. Esperábamos socorro sin saber si habría de llegar, todo dependía de la gestión del capitán Monroy. Ni siquiera la infalible red de espías de Cecilia pudo dar razón de él y los otros cinco bravos, pero no nos hacíamos ilusiones. Habría sido un milagro si ese puñado de hombres hubiese pasado entre los indios hostiles, cruzado el desierto y llegado a su destino. Pedro me decía, en la intimidad de nuestras conversaciones en la cama, que el verdadero milagro sería que Monroy consiguiese ayuda en el Perú, donde nadie quería invertir dinero en la conquista de Chile. Los arreos de oro de su caballo lograrían impresionar a los curiosos, pero no a los políticos y comerciantes. El mundo se nos redujo a unas cuantas cuadras dentro de un murallón de adobe, a las mismas caras estragadas, a los días sin noticias, a la eterna rutina, a las esporádicas salidas de la caballería en busca de comida o a repeler a un grupo de indios atrevidos, a rosarios, procesiones y entierros. Hasta las misas se redujeron a un mínimo, porque nos quedaba sólo media botella de vino para consagrar y habría sido un sacrilegio usar chicha. Eso sí, no faltó agua, porque cuando los indios nos impedían ir al río o atascaban con piedras los canales de riego de los incas, hicimos pozos. No se necesitaba mi talento para ubicar agua, porque donde cavábamos la había en abundancia. Como carecíamos de papel para anotar las actas del cabildo y las sentencias judiciales, se usaban tiras de cuero, pero en un descuido se las comieron los perros hambrientos, de manera que hay pocos registros oficiales de las penurias pasadas en esos años.

Esperar y esperar, en eso se nos iban los días. Esperábamos a los indios con las armas en la mano, esperábamos que cayera un ratón en las trampas, esperábamos noticias de Monroy. Estábamos cautivos dentro de la ciudad, rodeados de enemigos, medio muertos de hambre, pero había cierto orgullo en la desgracia y la pobreza. Para las festividades, los soldados se colocaban la armadura completa sobre el cuerpo desnudo o protegido por pedazos de piel de conejo o de rata, porque no disponían de ropa para llevar debajo, pero las mantenían brillantes como plata. La única sotana de González de Marmolejo estaba tiesa de zurcidos y de mugre, pero para la misa se ponía encima un pedazo de mantel de encaje que se había salvado del incendio. Al igual que Cecilia y otras mujeres de los capitanes, carecía de sayas decentes, pero pasábamos horas peinándonos y nos teñíamos los labios de rosa con el fruto amargo de un arbusto que, según Catalina, era venenoso. Ninguna se murió de eso, pero es cierto que nos producía una cagantina muy fea. Nos referíamos a nuestras miserias siempre en tono de chanza, porque quejarse en serio habría sido de pusilánimes. Los yanaconas no entendían esa forma de humor, tan española, y andaban como perros apaleados soñando con volver al Perú. Algunas mujeres indígenas escaparon para entregarse a los mapuche, con quienes al menos no pasarían hambre, y ninguna regresó. Para evitar que las imitaran, echamos a correr el rumor de que se las habían comido, aunque Felipe sostenía que los mapuche siempre están dispuestos a agregar otra esposa a sus familias.

—¿Qué pasa con ellas cuando muere el marido? —le pregunté en *mapudungu*, pensando en la mortandad de guerreros que dejaban las batallas.

—Se hace lo que se debe: el hijo mayor las hereda a todas menos a su madre —me contestó.

—Y tú, mocoso, ¿no quieres casarte todavía? —le sugerí en broma.

—No es el momento de robar una mujer —replicó, muy serio.

En la tradición mapuche el novio roba, con ayuda de sus hermanos y amigos, a la muchacha que desea, según me contó. A veces la partida de mozalbetes entra con violencia en la casa de la chica, amarra a los padres y se la lleva pataleando, pero después se arregla el entuerto, siempre que la novia esté de acuerdo, cuando el pretendiente paga la suma correspondiente en animales y otros bienes a sus futuros suegros. Así formalizan la unión. El hombre puede tener varias esposas, pero debe dar lo mismo a cada una y tratarlas igual. A menudo se casa con dos o más hermanas, para no separarlas. González de Marmolejo, quien solía asistir a mis lecciones de *mapudungu*, explicó a Felipe que esta desenfrenada lascivia era prueba sobrada de la presencia del demonio entre los mapuche, quienes sin el agua sagrada del bautismo terminarían asándose en las brasas del infierno. El muchacho le preguntó si también el demonio estaba entre los españoles, que tomaban una docena de indias sin retribuir con llamas y guanacos a los padres, como se debe, y además les pegaban, no les daban a todas igual trato y cuando se les antojaba las cambiaban por otras. Tal vez españoles y mapuche se encontrarían en el infierno, donde seguirían matándose unos a otros por toda la eternidad, sugirió. Yo debí salir deprisa y a tropezones de la habitación para no reírme en las venerables barbas del clérigo.

Pedro y yo estábamos hechos para el esfuerzo, no para la molicie. El desafío de sobrevivir un día más y mantener en alto la moral de la colonia nos llenaba de energía. Sólo cuando estábamos solos nos permitíamos el desaliento, pero no duraba mucho, pronto nos burlábamos de nosotros mismos. «Prefiero estar mascando ratones aquí contigo, que vestida de brocado en la corte», le decía yo. «Digamos, mejor, que prefieres ser la Gobernadora aquí, que hacer bolillo en Plasencia», me respondía. Y caíamos abrazados sobre la cama, riendo como chiquillos. Nunca estuvimos más unidos, nunca hicimos el amor con tanta pasión y sabiduría como en esa época. Cuando pienso en Pedro, son ésos los momentos que atesoro; así quiero recordarlo, como era a los cuarenta y tantos años, estragado por el hambre, pero de ánimo fuerte y decidido, lleno de ilusión. Agregaría que deseo recordarlo enamorado, pero sería redundante, porque siempre lo estuvo, incluso cuando nos separamos. Sé que murió pensando en mí. En el año de su muerte, 1553, yo me hallaba en Santiago y él guerreando en Tucapel, a muchas leguas de distancia, pero supe tan claramente que agonizaba y moría, que cuando me trajeron la noticia, varias semanas más tarde, no derramé lágrimas. Ya se me había agotado el llanto.

A mediados de diciembre, dos años después de que partiera el capitán Monroy en su riesgosa misión, cuando nos hallábamos preparando una modesta celebración de Navidad con cánticos y un improvisado pesebre, llegó a las puertas de Santiago un hombre agotado y cubierto de polvo, a quien casi dejan afuera, porque al principio los centinelas no lo reconocieron. Era uno de nuestros yanaconas; llevaba dos días corriendo y se las había arreglado para llegar a la ciudad deslizándose sin ser visto por los bosques plagados de indígenas enemigos. Pertenecía a un pequeño grupo que Pedro había dejado en una playa de la costa con la esperanza de que llegaran socorros del Perú. Sobre un promontorio mantenían dispuestas varias hogueras, listas para encenderlas si aparecía una nave. Por fin los vigías, que oteaban el horizonte desde hacía una eternidad, vieron una vela en el mar y, eufóricos, hicieron las debidas señales. El barco, capitaneado por un antiguo amigo de Pedro de Valdivia, traía la ayuda tan esperada.

—Que estés llevando gente y caballos para estar trayendo la carga, pues, tatay. Eso no más te está mandando decir el viracocha del barco —jadeó el indio, extenuado.

Pedro de Valdivia salió al galope con varios capitanes rumbo a la playa. Es difícil describir el alborozo que se apoderó de la ciudad. Era tanto el alivio, que esos endurecidos soldados lloraban, y tanta la anticipación, que nadie hizo caso al cura cuando llamó a una misa de acción de gracias. La población entera estaba asomada sobre el muro oteando el camino, aunque sabíamos que a los visitantes les tomaría unos días llegar a Santiago.

Una expresión de horror se pintó en los rostros de los del barco cuando vieron aparecer a Valdivia y sus soldados en la playa y, después, cuando llegaron a la ciudad y salimos a recibirlos. Eso nos dio una idea aproximada de la magnitud de nuestra miseria. Nos habíamos acostumbrado a nuestro aspecto de esqueletos, los harapos y la mugre, pero al comprender que inspirábamos lástima, sentimos profunda vergüenza. A pesar de que nos habíamos acicalado lo mejor posible y Santiago nos parecía espléndido en la luz radiante del verano, los huéspedes se llevaron la más lamentable impresión, incluso pretendieron regalarle ropa a Valdivia y otros capitanes, pero no hay peor ofensa para un español que recibir caridad. Lo que no pudimos pagar, quedó anotado como deuda, y Valdivia avaló a los demás, porque no teníamos oro. Los comerciantes que habían contratado el barco en el Perú quedaron satisfechos, porque triplicaron lo invertido y estaban seguros de que cobrarían la deuda; la palabra de Valdivia les parecía garantía más que suficiente. Entre ellos se hallaba el mismo comerciante que le prestó dinero a Pedro en el Cuzco, con interés usurero, para financiar la expedición. Venía a cobrar lo suyo multiplicado, pero debió llegar a un acuerdo justo, porque al ver el estado de nuestra colonia comprendió que de otro modo no recuperaría nada. Del cargamento de la nave, Pedro me compró tres camisas de lino y una de fina batista, sayas de diario y otras de seda, botas de trabajo y calzado femenino, jabón, crema de azahar para la cara y un frasco de perfume, lujos que creí que jamás volvería a ver.

La nave había sido enviada por el capitán Monroy. Mientras nosotros soportábamos tribulaciones en Santiago, él y sus cinco compañeros alcanzaron a llegar hasta Copiapó, donde cayeron en manos de los indios. Cuatro soldados fueron aniquilados en el acto, pero Monroy, montado en su alazán de oro, y otro hombre sobrevivieron por un insólito golpe de fortuna; los salvó un soldado español, fugado de la justicia del Perú, que vivía en Chile desde hacía años. El hombre había perdido las dos orejas por ladrón y, avergonzado, huyó de todo contacto con los de su raza y se refugió entre los indígenas. El castigo por robo es la amputación de una mano, costumbre que quedó en España desde los tiempos de los moros, pero en el caso de un soldado se prefiere cortar la nariz o las orejas, así el acusado no queda inútil para luchar. El desorejado alcanzó a intervenir para que los indios no mataran al capitán, a quien supuso muy rico, a juzgar por el oro que llevaba encima, y a su acompañante. Monroy era un hombre simpático y tenía el don de la palabra fácil; cayó tan bien a los indios, que no lo trataron como prisionero, sino como amigo. Al cabo de tres meses de agradable cautiverio, el capitán y el otro español lograron escapar a caballo, pero sin los arreos imperiales, por supuesto. Dicen que en esos meses Monroy enamoró a la hija del cacique y la dejó preñada, pero esto puede ser jactancia del mismo capitán o mito popular, de esos que nunca faltan entre nosotros. El caso es que Monroy llegó al Perú y consiguió refuerzos, entusiasmó a varios comerciantes, mandó la nave a Chile y él se vino por tierra con setenta soldados, que llegaron meses más tarde. Este Alonso de Monroy, galante, leal y de gran coraje, murió en el Perú un par de años más tarde en circunstancias misteriosas. Unos dicen que lo envenenaron, otros que se despachó de pestilencia o de picadura de araña, y no faltan quienes creen que aún está vivo en España, adonde regresó calladamente, cansado de guerras.

La nave nos trajo soldados, alimento, vino, armas, municiones, vestidos, enseres y animales domésticos, es decir, los tesoros con los que soñábamos. Lo más importante fue el contacto con el mundo civilizado; ya no estábamos solos en el último rincón del planeta. También llegaron a aumentar nuestra colonia cinco mujeres españolas, esposas o parientes de soldados. Por primera vez desde que salí del Cuzco pude compararme con otras mujeres de mi raza y comprobar cuánto había cambiado. Decidí dejar las botas y las ropas de hombre, eliminar las trenzas y hacerme un peinado más elegante, untarme la cara con la crema que me regaló Pedro y, en fin, cultivar las gracias femeninas que hacía años había descartado. Volvió el optimismo a henchir los corazones de nuestra gente, nos sentíamos capaces de enfrentar a Michimalonko y al mismo Diablo, si se presentaban en Santiago. Seguramente así lo percibió de lejos el taimado cacique, porque no volvió a atacar la ciudad, aunque fue necesario combatirlo a menudo en los alrededores y perseguirlo hasta sus pucaras. En cada uno de esos encuentros quedaba tal mortandad de indios, que cabía preguntarse de dónde salían más.

Valdivia hizo valer las encomiendas que me había asignado a mí y a algunos de sus capitanes. Mandó emisarios a rogar a los indígenas pacíficos que volvieran al valle, donde siempre habían vivido antes de nuestra llegada, y les prometió seguridad, tierra y comida a cambio de ayudarnos, ya que las haciendas sin almas eran tierra inútil. Muchos de esos indios, que escaparon por miedo a la guerra y al saqueo de los barbudos, volvieron. Gracias a eso empezamos a prosperar. El gobernador también convenció al curaca Vitacura que nos cediera indios quechuas, más eficaces para el trabajo pesado que los chilenos, y con nuevos yanaconas pudo explotar la mina de Marga-Marga y otras de que tuvo noticia. No había labor más sacrificada que la de las minas. Me tocó ver en ellas a centenares de hombres e igual número de mujeres, algunas preñadas, otras con críos atados a la espalda, sumergidos en agua fría hasta la cintura, lavando arena para sacar oro, desde el amanecer hasta la puesta de sol, expuestos a las enfermedades, el látigo de los capataces y los abusos de los soldados.

Hoy, al salir de la cama, me fallaron las fuerzas por primera vez en mi larga vida. Es extraño sentir que el cuerpo se acaba mientras la mente sigue inventando proyectos. Con ayuda de las criadas me vestí para ir a misa, como hago cada día, ya que me gusta saludar a Nuestra Señora del Socorro, ahora dueña de su propia iglesia y de una corona de oro con esmeraldas; hemos sido amigas por mucho tiempo. Procuro ir a la primera misa de la mañana, la de los pobres y de los soldados, porque a esa hora la luz en la iglesia parece venir directa del cielo. Entra el sol de la mañana por las altas ventanas y sus rayos resplandecientes cruzan la nave como lanzas, iluminando a los santos en sus nichos y a veces también a los espíritus que me rondan, ocultos tras los pilares. Es una hora quieta, propicia a la oración. Nada hay tan misterioso como el momento en que el pan y el vino se convierten en el cuerpo y la sangre de Jesucristo. He asistido a ese milagro miles de veces durante mi vida, pero todavía me sorprende y conmueve como el día de mi Primera Comunión. No puedo evitarlo, siempre lloro al recibir la hostia. Mientras pueda moverme, seguiré yendo a la iglesia y no dejaré mis obligaciones: el hospital, los pobres, el convento de las agustinas, la construcción de las ermitas, la administración de mis encomiendas y esta crónica, que tal vez se alarga más de lo conveniente.

Todavía no me siento derrotada por la edad, aunque admito que me he puesto torpe y olvidadiza, ya no soy capaz de hacer bien lo que antes hacía sin pensarlo dos veces; las horas no me rinden. Sin embargo, no he abandonado la vieja disciplina de lavarme y vestirme con esmero; pretendo mantenerme vanidosa hasta el final, para que Rodrigo me encuentre limpia y elegante cuando nos reunamos al otro lado. Setenta años no me parece demasiada edad... Si mi corazón aguantara, podría vivir diez más, y en ese caso me desposaría de nuevo, porque se necesita amor para seguir viviendo. Estoy segura de que Rodrigo lo entendería, tal como haría yo a la inversa. Si él estuviese conmigo, gozaríamos juntos hasta el final de nuestra existencia, despacio y sin bulla. Rodrigo temía el momento en que ya no pudiéramos hacer el amor. Creo que temía más que nada hacer el ridículo, los hombres ponen mucho orgullo en ese asunto; pero hay muchas maneras de amarse, y yo habría inventado alguna para que, incluso ancianos, siguiéramos retozando como en los mejores tiempos. Echo de menos sus manos, su olor, sus anchas espaldas, su cabello suave en la nuca, el roce de su barba, el soplo de su aliento en mis orejas cuando estábamos juntos en la oscuridad. Es tanta la necesidad de estrecharlo, de yacer con él, que a veces no puedo contener un grito ahogado. ¿Dónde estás, Rodrigo? ¡Qué falta me haces!

Esta mañana me vestí y salí a la calle, a pesar de que sentía fatiga en los huesos y el corazón, porque es martes y me toca ir donde Marina Ortiz de Gaete. Me llevan los criados en silla de manos porque vive cerca y no vale la pena sacar el coche; la ostentación es muy mal vista en este reino, y me temo que el coche que me regaló Rodrigo peca de vistoso. Marina tiene algunos años menos que yo, pero comparada con ella me siento un pimpollo; se ha convertido en una beata escrupulosa y fea, y que Dios me perdone la mala lengua. «Poned un centinela en vuestros labios, madre», me aconsejas, Isabel, riéndote, cuando me oyes hablar así, aunque sospecho que te divierten mis disparates; además, hija, me he ganado el derecho a decir lo que otros no se atreven. Las arrugas y melindres de Marina me producen cierta satisfacción, pero lucho contra este cicatero sentimiento porque no deseo pasar más días de los necesarios en el purgatorio. Nunca me ha gustado la gente achacosa y débil de carácter, como Marina. Me da lástima, porque hasta los parientes que trajo consigo de España, y ahora son prósperos vecinos de Santiago, la olvidaron. No los culpo demasiado, porque esta buena señora es muy aburrida. Por lo menos no vive en la pobreza, tiene una viudez digna, aunque eso no compensa su mala suerte de esposa abandonada. Cómo estará de sola esa desventurada mujer, que espera mis visitas con ansiedad y si me atraso la encuentro lloriqueando. Bebemos tazas de chocolate mientras disimulo los bostezos y hablamos de lo único que tenemos en común: Pedro de Valdivia.

Marina vive en Chile desde hace veinticinco años. Llegó alrededor de 1554, dispuesta a asumir su papel de esposa del gobernador, con una corte de familiares y aduladores decididos a disfrutar de la riqueza y el poder de Pedro de Valdivia, a quien el rey había otorgado el título de marqués y la Orden de Santiago. Pero Marina se encontró con la sorpresa de que era viuda. Unos meses antes su marido había muerto en manos de los mapuche, sin siquiera haberse enterado de los honores recibidos del rey. Para colmo, el tesoro de Valdivia, que tantas habladurías provocara, resultó ser puro humo. Habían acusado al gobernador de enriquecerse en demasía, de quedarse con las más extensas y fértiles tierras, de explotar a un tercio de los indios para su propio peculio, pero a fin de cuentas demostró ser más pobre que cualquiera de sus capitanes, incluso debió vender su casa en la plaza de Armas para pagar sus deudas. El cabildo no tuvo la decencia de asignar una pensión a Marina Ortiz de Gaete, esposa legítima del conquistador de Chile, ingratitud tan frecuente por estos lados que incluso tiene nombre: «el pago de Chile». Tuve que comprarle una casa y correr con sus gastos, para evitar que el fantasma de Pedro me halase las orejas. Menos mal que puedo darme ciertos gustos, como fundar instituciones, asegurarme un nicho en la iglesia para ser sepultada, mantener a una multitud de allegados, dejar a mi hija bien colocada y tender una mano a la esposa de mi antiguo amante. ¿Qué importa ahora si alguna vez fuimos rivales?

Acabo de darme cuenta de que llevo muchas cuartillas escritas y todavía no he explicado por qué este apartado territorio es el único reino de América. El sacro emperador Carlos V pretendía casar a su hijo Felipe con María Tudor, reina de Inglaterra. ¿Qué año sería eso? Por allí por la misma época en que murió Pedro, me parece. El joven necesitaba título de rey para realizar el enlace y como su padre no pensaba dejarle el trono todavía, decidieron que Chile sería un reino y Felipe su soberano, lo que no mejoró nuestra suerte, pero nos dio categoría.

En la misma nave en la que llegó Marina –quien entonces tenía cuarenta y dos años y era corta de luces pero hermosa, con esa belleza deslavada de las rubias maduras– venían Daniel Belalcázar y mi sobrina Constanza, de quienes me había despedido en

Cartagena en 1538. Pensé que no volvería a ver a esa sobrina, quien en vez de hacerse monja, como habíamos quedado, se casó apurada a los quince años con el cronista que la sedujo en el barco. La sorpresa que nos llevamos fue mayúscula, porque yo suponía que habían perecido tragados por la selva y ellos jamás imaginaron que yo terminaría fundando un reino. Se quedaron casi dos años en Chile estudiando el pasado y las costumbres de los mapuche, de lejos, eso sí, porque no era cosa de ir a meterse entre ellos, la guerra estaba en su apogeo. Belalcázar decía que los mapuche se parecen a algunos asiáticos que había visto en sus viajes. Los consideraba grandes guerreros y no disimulaba su admiración por ellos, tal como después le sucedió al poeta ese que escribió una epopeya sobre la Araucanía. ¿Lo he mencionado antes? Tal vez no, pero ya es un poco tarde para ocuparme de él. Ercilla se llamaba. Al comprender que nunca podrían acercarse a los mapuche para dibujarlos y hacerles preguntas personales, los esposos Belalcázar continuaron su peregrinaje por el mundo. Eran socios perfectos para las empresas científicas, ambos padecían de la misma insaciable curiosidad y el mismo desprecio olímpico por los peligros de sus descabelladas empresas.

Daniel Belalcázar me plantó en la cabeza la idea de fundar un establecimiento de enseñanza, pues consideró el colmo que en Chile nos diéramos ínfulas de ser una colonia civilizada y que se contaran con los dedos de una mano los que sabían leer. Se lo propuse a González de Marmolejo y ambos luchamos por años para crear escuelas, pero nadie se interesó en el proyecto. ¡Qué gente tan bruta! Temen que si el pueblo aprende a leer, caerá en el vicio de pensar, y de allí a rebelarse contra la Corona no hay sino un suspiro.

Como decía, hoy no ha sido un buen día para mí. En vez de

atenerme al relato de mi vida, me he puesto a divagar. Cada día me cuesta más centrarme en los hechos, porque me distraigo; en esta casa hay mucho bochinche, aunque tú asegures que es la más tranquila de Santiago.

–Son ideas vuestras, madre. Aquí no hay ningún bochinche, por el contrario, penan las ánimas –me dijiste anoche.

–Exactamente, Isabel, a eso me refiero.

Eres como tu padre, práctica y razonable, por eso no percibes a la multitud que se pasea sin permiso por mis habitaciones. Con la edad se adelgaza el velo que separa este mundo del otro, y empiezo a ver lo invisible. Supongo que cuando yo me muera renovarás este ambiente, regalarás mis viejos muebles y pintarás las paredes con otra mano de cal, pero recuerda que me has prometido que guardarás estas páginas, escritas para ti y también para tus descendientes. Si prefieres, puedes entregárselas a los curas mercedarios o dominicos, que me deben algunos favores. Acuérdate también de que dejaré un fondo de dinero para mantener a Marina Ortiz de Gaete hasta el último día de su vida y para dar de comer a los pobres, que están acostumbrados a recibir su plato diario en la puerta de esta casa. Creo que ya te he dicho todo esto, perdona si me repito. Estoy segura de que cumplirás mis disposiciones, Isabel, porque también en eso saliste a tu padre: eres recta de corazón y tu palabra es sagrada.

La suerte de nuestra colonia dio un vuelco una vez que establecimos contacto con el Perú y empezaron a llegar provisiones y gente dispuesta a poblar. Gracias a los galeones que iban y venían pudimos encargar lo indispensable para prosperar. Valdivia compró hierro, pertrechos y cañones, yo encargué árboles y semillas de

España, que se dan muy bien en este clima chileno, ovejas, cabras y ganado. Por error, me trajeron ocho vacas y doce toros; con uno habría bastado. Aguirre quiso aprovechar el malentendido para inaugurar la primera plaza de toros, pero los animales venían ensimismados por el viaje marítimo y no servían para dar cornadas. No se perdieron, ya que diez fueron convertidos en bueyes y se usaron para labranza y transporte. Los otros dos sirvieron de buen talante a las vacas y ahora hay abundante ganadería desde los pastizales de Copiapó hasta el valle del Mapocho. Construimos un molino y hornos públicos, teníamos una cantera y aserraderos, establecimos sitios para hacer tejas y adobes, formamos talleres de curtiembre, alfarería, mimbre, velas, arreos y muebles. Había dos sastres, cuatro escribanos, un médico –que por desgracia no servía de mucho– y un estupendo veterinario. Al paso acelerado en que crecía la ciudad, pronto el valle quedaría despojado de árboles, tanta era la pujanza de nuestras construcciones. No puedo decir que la vida fuese holgada, pero no volvió a faltar alimento y hasta los yanaconas engordaron y se pusieron flojos. No tuvimos problemas graves, salvo la plaga de ratas que provocaron las machis de los indios con sus falsas artes para molestar a los cristianos. No podíamos defender las sementeras, las casas ni las ropas, las ratas se comían todo menos el metal. Cecilia ofreció la solución que usaban en el Perú: tinajas llenas con agua hasta la mitad. En la noche poníamos varias en cada casa y amanecían hasta quinientos ratones ahogados, pero la plaga no acabó hasta que Cecilia consiguió un hechicero quechua capaz de deshacer el encantamiento de las machis chilenas.

Valdivia rogaba a sus soldados que hicieran traer a sus esposas de España, como ordenaba el rey, y algunos lo hicieron, pero la mayoría prefería vivir amancebado con varias indias jóvenes que con una española madura. En nuestra colonia había cada vez más niños mestizos, que ignoraban quién era su padre. Las españolas que vinieron a reunirse con sus maridos debieron hacer la vista gorda y aceptar esa situación, que en el fondo no era muy diferente a la de España; en Chile sigue existiendo la costumbre de mantener la casa grande, donde viven la esposa y los hijos legítimos, y otras casas «chicas» para las mancebas y los bastardos. Debo de ser la única que nunca toleró eso de su marido, aunque a mis espaldas pueden haber sucedido hechos que desconozco.

Santiago fue declarada capital del reino. Había más población y más seguridad; los indios de Michimalonko se mantenían a la distancia. Eso nos permitía, entre otras ventajas, organizar paseos, almuerzos campestres y partidas de caza en las riberas del Mapocho, que antes eran tierra vedada. Designamos días de fiesta para honrar a los santos y otros para divertirnos con música, y en ellos participaban por igual españoles, indios, negros y mestizos. Había peleas de gallos, corridas de perros, juegos de bocha y pelota. Pedro de Valdivia, jugador entusiasta, siguió con la costumbre de organizar partidas de cartas en nuestra casa, sólo que entonces se apostaban ilusiones. Nadie tenía un maravedí, pero las deudas se anotaban en un libro con meticulosidad de usurero, aun a sabiendas que jamás se cobrarían.

Una vez que se estableció el correo con el Perú y España, pudimos mandar y recibir cartas, que demoraban sólo uno o dos años en llegar a destino. Pedro comenzó a escribir largas misivas al emperador Carlos V contándole de Chile, de las necesidades que pasábamos, de sus gastos y deudas, de su forma de hacer justicia, de cómo, muy a su pesar, morían muchos indios y faltaban almas para el trabajo de las minas y la tierra. De paso le pedía prebendas, ya que a los soberanos cabe otorgarlas, pero sus justas demandas quedaban sin respuesta. Quería soldados, gente, barcos, confirmación de su autoridad, reconocimiento de sus trabajos. Me leía las cartas con vozarrón de mando, paseándose por la sala, inflado el pecho de vanidad, y yo nada decía; cómo iba a opinar sobre su correspondencia con el monarca más poderoso de la Tierra, el sacratísimo e invictísimo césar, como Valdivia lo llamaba. Pero empecé a darme cuenta de que mi amante había cambiado, el poder se le subía a la cabeza, se había puesto muy soberbio. En las cartas se refería a fabulosas minas de oro, más fantasía que realidad. Eran el señuelo para tentar a los españoles a que vinieran a poblar, porque sólo él y Rodrigo de Quiroga comprendían que la verdadera riqueza de Chile no es el oro y la plata, sino su clima benigno y su tierra fecunda, que invita a quedarse; los demás colonos todavía acariciaban la idea de enriquecerse apurados y volver a España.

Para asegurar el tránsito expedito al Perú, Valdivia mandó fundar una ciudad al norte, La Serena, y un puerto cerca de Santiago, Valparaíso, y luego volvió los ojos hacia el río Bío-Bío con ánimo de domar a los mapuche. Felipe me explicó que ese río es sagrado, porque ordena el flujo natural de las aguas, tranquiliza con su frescura la ira de los volcanes y a su paso crecen desde los más fornidos árboles hasta los más secretos hongos, invisibles, transparentes. De acuerdo con los documentos que Pizarro le diera a Valdivia, su gobernación lindaba con el estrecho de Magallanes, pero nadie sabía con certeza a qué distancia quedaba el famoso canal que unía el océano de oriente con el de occidente. En esos días llegó un barco enviado del Perú al mando de un joven capitán italiano de apellido Pastene, a quien Valdivia dio el rumboso título de almirante y mandó a explorar el sur. Bordeando la costa, Pastene vislumbró maravillosos paisajes de bosque profundo, archipiélagos y glaciares, pero no encontró el estrecho, que por lo visto queda mucho más al sur de lo supuesto. Entretanto, llegaban muy malas noticias del Perú, donde la situación política se había tornado desastrosa; salían de una guerra civil para caer en otra. Gonzalo Pizarro, uno de los hermanos del fallecido marqués, se había tomado el poder en abierta rebelión contra nuestro rey, y eran tales la corrupción, las traiciones y los perjuicios en el virreinato, que finalmente el emperador Carlos V mandó a La Gasca, un fraile empecinado, a poner orden. No gastaré tinta tratando de explicar los líos en la Ciudad de los Reyes por aquel entonces, porque ni yo misma los entiendo, pero menciono a La Gasca porque ese clérigo con la cara picada de viruela tomó una decisión que habría de cambiar mi destino.

Pedro hervía de impaciencia no sólo por conquistar más del territorio chileno, que los mapuche defendían a muerte, sino por participar en los acontecimientos del Perú y ponerse en contacto con la civilización. Llevaba ocho años alejado de los centros de poder y secretamente deseaba viajar al norte para reencontrarse con otros militares, hacer negocios, comprar, lucirse con la conquista de Chile y poner su espada al servicio del rey contra el insubordinado Gonzalo Pizarro. ¿Estaba cansado de mí? Tal vez, pero entonces no lo sospeché, me sentía segura de su amor, que para mí era tan natural como el agua de la lluvia. Si lo percibí inquieto, supuse que se fastidiaba un poco con la vida sedentaria, ya que la excitación de los primeros tiempos en Santiago, que nos mantenía con la espada en la mano de día y de noche, había dado paso a una existencia más ociosa y cómoda.

–Necesitamos soldados para la guerra en el sur y familias para poblar el resto del territorio, pero el Perú ignora a mis emisarios –me comentó Pedro una noche, ocultando sus verdaderas razones.

El día señalado, los viajeros subieron al barco y acomodaron sus baúles cerrados a machote en las cabinas que les asignaron, con el oro adentro, a buen resguardo. En eso aparecieron en la playa Valdivia y otros capitanes, acompañados por numerosos criados, a ofrecerles una comida de despedida, deliciosos pescados y mariscos recién sacados del mar, regados con vinos de la bodega personal del gobernador. Pusieron toldos de lona sobre la arena, almorzaron como príncipes y lloriquearon un poco con los emotivos discursos, sobre todo la dama del piripicho, que era muy sentimental y remilgada. Valdivia insistió en que los colonos dejaran constancia del oro que llevaban, para evitar problemas posteriores, sabia medida que contó con la aprobación general. Mientras el secretario anotaba cuidadosamente en su libro las cifras que los viajeros le daban, Valdivia se trepó al único bote disponible y cinco vigorosos marineros lo condujeron al barco, donde lo esperaban varios de sus más leales capitanes, con quienes pensaba ponerse al servicio de la causa del rey en el Perú. Al darse cuenta de la burla, los incautos vecinos quedaron aullando de ira y algunos se lanzaron a nado en persecución del bote, pero el único que lo alcanzó recibió un golpe de remo que casi lo desnuca. Puedo imaginar la desolación de los esquilmados al ver la nave inflar las velas y enfilar hacia el norte, llevándose sus posesiones terrenales.

Al recio capitán Villagra, quien no se andaba con contemplaciones, le tocó reemplazar a Valdivia en calidad de teniente gobernador y enfrentarse con los furibundos colonos en la playa. Su aspecto robusto, su cara colorada plantada entre los hombros, su gesto adusto y su mano en la empuñadura de la espada, impusieron orden. Les explicó que Valdivia partía al Perú a defender al rey, su señor, y a buscar refuerzos para la colonia en Chile, por eso se había visto obligado a hacer lo que hizo, pero prometía devolverles hasta el último doblón con su parte correspondiente de la mina de Marga-Marga. «Al que le guste, bueno, y al que no, se las verá conmigo», concluyó. Eso a nadie tranquilizó.

Puedo comprender las razones de Pedro, que vio en ese engaño, tan impropio de su recto carácter, la única solución al problema de Chile. Puso en la balanza el daño que hacía a esos dieciséis inocentes y la necesidad de impulsar la conquista, beneficiando a miles de personas, y pesó más lo segundo. Si lo hubiese consultado conmigo, seguramente yo habría aprobado su decisión, aunque la habría llevado a cabo de modo más elegante –y además lo habría acompañado–, pero sólo compartió su secreto con tres capitanes. ¿Pensó que yo arruinaría el plan con habladurías? No, porque en los años que llevábamos juntos yo había demostrado discreción y fiereza para defender su vida y sus intereses. Creo, más bien, que temió que yo intentara retenerlo. Se fue llevándose lo mínimo indispensable, pues si hubiese empacado como correspondía, yo habría adivinado sus propósitos. Partió sin despedirse de mí, tal como muchos años antes se fuera de mi lado Juan de Málaga.

La trampa de Valdivia, porque no fue otra cosa, por muy encumbrada que fuese la causa, resultó ser un regalo del cielo para Sancho de la Hoz, quien entonces podía culparlo de un crimen concreto: había estafado a la gente, robado el fruto de años de trabajo y penurias a sus propios soldados. Merecía la muerte.

Cuando supe que Pedro se había ido, me sentí mucho más traicionada que los colonos embaucados. Perdí el control de mis nervios por primera y última vez en mi vida. Durante un día completo destrocé lo que estaba a mi alcance y chillé de rabia, que ya veréis quién soy yo, Inés Suárez, que a mí nadie me deja tirada como un trapo, que para eso soy la verdadera gobernadora de Chile y todos saben cuánto me deben, que qué sería de esta ciudad de mierda sin mí, que he cavado acequias con mis propias manos, he curado a cuanto apestado y herido hemos tenido, he sembrado, cosechado y cocinado para que no perezcan de hambre y, como si fuera poco, he blandido las armas como el mejor de los soldados, que Pedro me debe la vida, lo he amado y servido y dado contento, que nadie lo conoce mejor que yo, ni le aguantará sus manías como yo, y dale y dale a la cantaleta, hasta que Catalina y otras mujeres me ataron a la cama y fueron a pedir socorro. Quedé debatiéndome en mis ligaduras, poseída por el demonio, con Juan de Málaga instalado a los pies de mi cama, burlándose de mí. Al poco rato acudió González de Marmolejo, muy deprimido, porque era el más anciano de los engañados y daba por descontado que nunca se repondría de la pérdida. De hecho, no sólo recuperó sus bienes con intereses, sino que al morir, varios años más tarde, era el hombre más rico de Chile. ¿Cómo lo hizo? Misterio. Supongo que en parte yo le ayudé, porque nos asociamos en la crianza de caballos, idea que me rondaba desde el inicio del viaje a Chile. El clérigo llegó a mi casa dispuesto a intentar un exorcismo, pero cuando comprendió que mi mal era sólo indignación de amante despechada se conformó con salpicarme agua bendita y rezar unas avemarías, tratamiento que me devolvió la cordura.

Al otro día vino a verme Cecilia, quien ya tenía varios niños, pero ni la maternidad ni los años habían logrado dejar huella en su porte real y su rostro liso de princesa inca. Gracias a su talento para el espionaje y su condición de esposa del alguacil Juan Gómez, conocía todo lo que sucedía puertas adentro en la colonia, incluso mi reciente pataleta. Me encontró en cama, todavía agotada por los exabruptos del día anterior.

—¡Pedro me las pagará, Cecilia! —anuncié a modo de saludo.

—Te traigo buenas nuevas, Inés. No tendrás que vengarte de él, otros lo harán por ti —me anunció.

—¿Qué dices?

—Los descontentos, que son muchos en Santiago, planean acusar a Valdivia ante la Real Audiencia en el Perú. Si no pierde la cabeza en el patíbulo, al menos pasará el resto de su vida en un calabozo. ¡Mira qué buena suerte tienes, Inés!

—¡Esto es idea de Sancho de la Hoz! —exclamé, saltando fuera de la cama para vestirme deprisa.

—¿Cómo ibas a imaginar que ese necio te haría tan grande favor? De la Hoz ha hecho circular una carta pidiendo que Valdivia sea destituido y muchos vecinos ya la han firmado. La mayoría de la gente quiere deshacerse de Valdivia y nombrarlo gobernador a él —me comunicó Cecilia.

—¡Ese fantoche no se da por vencido! —mascullé, atándome los botines.

Unos meses antes el malvado cortesano había intentado asesinar a Valdivia. Como todos los planes que se le ocurrían, ése también era bastante pintoresco: se fingió muy enfermo, se metió en la cama, anunció que agonizaba y quería despedirse de sus amigos y enemigos por igual, incluso del gobernador. Instaló a uno de sus secuaces detrás de una cortina, armado de una daga, para acuchillar a Valdivia por la espalda cuando éste se inclinara sobre la cama a oír los susurros del supuesto moribundo. Estos detalles ridículos y el hecho de jactarse de ellos perdían a De la Hoz, porque yo me enteraba de sus tramoyas sin ningún esfuerzo de mi parte. En esa ocasión advertí nuevamente del peligro a Pedro, quien al principio se rió a carcajadas y se negó a creerme, pero después aceptó investigar a fondo el asunto. El resultado dio por culpable a Sancho de la Hoz, quien fue condenado a la horca por segunda o tercera vez, ya perdí la cuenta. Sin embargo, a última hora Pedro lo perdonó, para mantener la costumbre.

Terminé de vestirme, despedí a Cecilia con una disculpa y corrí a hablar con el capitán Villagra para repetirle las palabras de la princesa y asegurarle que si De la Hoz tenía éxito, los primeros en perder la cabeza serían él mismo y otros hombres leales a Pedro.

—¿Tenéis pruebas, doña Inés? —quiso saber Villagra, rojo de ira.

—No, sólo rumores, don Francisco.

—Con eso me basta.

Y sin más arrestó al intrigante y lo hizo decapitar de un hachazo esa misma tarde, sin darle tiempo ni de confesarse. Después ordenó pasear la cabeza por la ciudad, cogida por los pelos, antes de clavarla en una picota para escarmiento de los dudosos, como es usual en estos casos. ¿Cuántas cabezas he visto expuestas así en mi vida? Imposible contarlas. Villagra se abstuvo de arremeter contra al resto de los conspiradores, escondidos como ratas en sus casas, porque habría tenido que arrestar a la población entera, tanto era el malestar contra Valdivia que reinaba en Santiago. Así este capitán eliminó en una sola noche el germen de una guerra civil y así nos libramos de la sabandija que era Sancho de la Hoz. Ya era tiempo.

Pedro de Valdivia demoró un mes en llegar al Callao porque se detuvo en varios lugares del norte a esperar noticias de Santiago; necesitaba estar seguro de que Villagra había manejado hábilmente la situación y le cubría las espaldas. Sabía de la rebelión de

Sancho de la Hoz porque lo había alcanzado un mensajero con la mala nueva, pero no quería ser responsable directo de su fin, ya que ello podía acarrearle problemas con la justicia. Le complacía sobremanera que su fiel lugarteniente resolviera la conspiración a su manera, aunque aparentó sorpresa y desagrado ante los hechos, pues no olvidaba que su enemigo contaba con buenos contactos en la corte de Carlos V.

Para hacerse perdonar por mí, Pedro me mandó con un veloz jinete, desde La Serena, una carta de amor y una extravagante sortija de oro. Hice pedazos la carta y regalé el anillo a Catalina con la condición de que lo hiciera desaparecer de mi vista, porque me hacía hervir la sangre.

En el camino al norte el gobernador reunió a un grupo de diez selectos capitanes, a quienes aperó con armaduras, armas y caballos, valiéndose del oro de los esquilmados vecinos de Santiago, y partió con ellos a ponerse bajo las banderas del clérigo La Gasca, legítimo representante del rey en el Perú. Para encontrarse con el ejército de La Gasca, los hidalgos debieron trepar las cumbres heladas de los Andes forzando a los caballos, que caían vencidos por la falta de aire, mientras a ellos el mal de altura les reventaba los oídos y les hacía sangrar por varios orificios del cuerpo. Sabían que La Gasca, quien carecía por completo de experiencia militar, aunque era un hombre de ejemplar temple y voluntad, debería enfrentarse con un ejército formidable y con un general avezado y valiente. A Gonzalo Pizarro se le podía acusar de cualquier cosa menos de pusilánime. Las tropas de La Gasca, que estaban enfermas por el esfuerzo del viaje en la cordillera, paralizadas de frío y aterradas ante la superioridad del enemigo, recibieron a Valdivia y sus diez capitanes como ángeles vengadores. Para La Gasca esos hidalgos, llegados por milagro a socorrerle, resultaron decisivos. Los abrazó, agradecido, y entregó el mando a Pedro de Valdivia, el mítico conquistador de Chile, nombrado maestre de campo. La tropa recuperó de inmediato la confianza, porque con ese general a la cabeza sentía la victoria segura. Valdivia comenzó por asegurar el buen ánimo de los soldados con las palabras justas, producto de muchos años de tratos con sus subordinados, y luego procedió a evaluar sus fuerzas y pertrechos. Al comprender que tenía por delante una tarea ímproba, se sintió rejuvenecer; sus capitanes no lo habían visto tan entusiasmado desde los tiempos de la fundación de Santiago.

Para acercarse al Cuzco, donde debería enfrentarse al ejército del rebelde Gonzalo Pizarro, Valdivia utilizó los angostos senderos de los incas, tallados al borde de los precipicios. Avanzaba con sus tropas como una fila de insectos en la maciza presencia de las montañas moradas: roca, hielo, cumbres perdidas en las nubes, viento y cóndores. Raíces petrificadas surgían a veces de las grietas y de ellas se aferraban los hombres para descansar un momento en el terrible ascenso. Las patas de las bestias resbalaban en los riscos, y los soldados, unidos por cuerdas, debían sujetarlas por las crines para evitar que rodaran a los profundos abismos. El paisaje era de una belleza abrumadora y amenazante, aquél era un mundo de luz refulgente y sombras siderales. El viento y el granizo habían tallado demonios en los contrafuertes; el hielo atrapado en las hendiduras de las rocas brillaba con los colores de la aurora. Por la mañana el sol surgía distante y frío, pintando las cimas con trazos de naranja y rojo; por la tarde la luz desaparecía tan súbitamente como había amanecido, sumiendo la cordillera en la negrura. Las noches resultaban eternas, nadie podía moverse en la oscuridad, hombres y animales se recogían, tiritando, colgados en los bordes de las quebradas.

Para aliviar el mal de altura y dar energía a la gente agotada, Valdivia los puso a masticar hojas de coca, como hacían los quechuas desde tiempos inmemoriales. Cuando supo que Gonzalo Pizarro había hecho cortar los puentes para evitar que cruzaran los ríos y precipicios, mandó a los yanaconas a tejer cuerdas con las fibras vegetales de la región, tarea que realizaban con prodigiosa rapidez. Se adelantó sin ser visto con un grupo de valientes, aprovechando la neblina de la sierra, hasta uno de los pasos cortados por Pizarro, donde ordenó a los indios trenzar las cuerdas de seis en seis, al modo tradicional de los quechuas, y hacer puentes de criznejas con ellas. Un día después llegó La Gasca con el grueso del ejército y encontró el problema resuelto. Pudieron transportar al otro lado a casi mil soldados, cincuenta caballeros, innumerables yanaconas y armamento pesado, balanceándose en las cuerdas sobre el pavoroso precipicio, entre los aullidos del viento. Después Valdivia debió obligar a los fatigados soldados a trepar dos leguas de abrupta montaña, con los pertrechos a las espaldas y halando los cañones, hasta el sitio que había escogido para desafiar a Gonzalo Pizarro. Una vez que apostó el armamento en los puntos estratégicos de los cerros, decidió dar a los hombres un par de días para reponer fuerzas, mientras él, imitando a su maestro, el marqués de Pescara, revisaba personalmente el emplazamiento de la artillería y los arcabuces, hablaba con cada soldado para darle instrucciones y preparaba el plan de batalla. Me parece verlo sobre su caballo, con su nueva armadura, enérgico, impaciente, calculando por adelantado los movimientos del enemigo, disponiendo la ofensiva, como el buen jugador de ajedrez que era. Ya no era joven, tenía cuarenta y ocho años, había engordado un poco y la antigua herida de la cadera le molestaba, pero todavía podía mantenerse a caballo dos días con sus noches, sin descanso,

ñera en la guerra tanto como en la paz. ¿Se avergonzaba de mí? Manceba, barragana, concubina. En Chile yo era doña Inés Suárez, la Gobernadora, y nadie se acordaba de que no éramos esposos legítimos. Yo misma solía olvidarlo. Las mujeres deben haber acosado a Pedro en el Cuzco y luego en la Ciudad de los Reyes, era el héroe absoluto de la guerra civil, amo y señor de Chile, supuestamente rico y todavía atractivo; a cualquiera le honraría ir de su brazo. Además, ya andaba circulando la intriga de asesinar a La Gasca, hombre de una rigidez fanática, y nombrar a Pedro de Valdivia en su lugar, pero nadie se atrevía a decírselo a la cara al interesado, porque para él habría sido un insulto. La espada de los Valdivia había servido siempre con lealtad al rey, jamás se volvería en su contra, y La Gasca representaba al rey.

No vale la pena, a mi edad, hacer conjeturas sobre las mujeres que tuvo Pedro en el Perú, sobre todo porque no tengo la conciencia demasiado limpia: en esa época comenzó mi amistad amorosa con Rodrigo de Quiroga. Debo aclarar, sin embargo, que él no tomó ninguna iniciativa ni dio muestras de adivinar mis vagos deseos. Yo sabía que él jamás traicionaría a su amigo Pedro de Valdivia, por lo mismo me cuidé de esa mutua simpatía tanto como se cuidó él. ¿Me volví hacia Quiroga por despecho? ¿Para vengarme por el abandono de Pedro? No lo sé, el caso es que Rodrigo y yo nos amamos como novios castos, con un sentimiento profundo y desesperanzado, que nunca pusimos en palabras, sólo en miradas y gestos. Por mi parte, no era una pasión ardiente, como la que sentí por Juan de Málaga o Pedro de Valdivia, sino un deseo discreto de estar cerca de Rodrigo, de compartir su vida, de cuidarlo. Santiago era una ciudad pequeña, donde resultaba imposible mantener algo en secreto, pero el prestigio de Rodrigo era intachable y nadie propaló chismes de nosotros, a pesar de que nos encontrábamos a diario cuando él no andaba guerreando. Pretextos no faltaban, porque él me ayudaba en mis proyectos de construir la iglesia, las ermitas, el cementerio y el hospital, y yo me había hecho cargo de su hija.

No puedes acordarte, Isabel, porque sólo tenías tres años. Eulalia, tu madre, quien mucho te quiso a ti y a Rodrigo, falleció ese año durante la epidemia de tifus. Tu padre te condujo de la mano a mi casa y me dijo: «Cuidádmela por unos días, os lo ruego, doña Inés, mirad que debo ir a dar cuenta de unos salvajes, pero pronto estaré de regreso». Eras una chiquilla callada e intensa, tenías cara de llama, los mismos dulces ojos de pestañas largas, la misma expresión de curiosidad y el cabello cogido en dos moños parados, como las orejas de ese animal. De tu madre quechua heredaste la piel de caramelo, y de tu padre, las facciones aristocráticas; buena mezcla. Te adoré desde el momento en que cruzaste mi umbral, abrazada a un caballito de madera tallado por Rodrigo. Nunca te devolví a tu padre, con diferentes excusas te mantuve a mi lado hasta que Rodrigo y yo nos casamos, entonces fuiste legalmente mía. Me criticaban porque te mimaba y te daba trato de adulto, decían que estaba criando a un monstruo; imagínate el chasco que se han llevado las malas lenguas al ver el resultado.

En esos nueve años de la colonia en Chile habíamos sostenido varias batallas campales e innumerables escaramuzas con los indios chilenos, pero no sólo logramos establecernos, sino también fundar nuevas ciudades. Nos creíamos seguros, pero en realidad los indígenas chilenos no aceptaron jamás nuestra presencia en su tierra, como comprobaríamos en los años siguientes. Los indios de

Michimalonko, en el norte, se preparaban desde hacía años para un levantamiento masivo, pero no se atrevían a atacar Santiago, como hicieron en 1541; en cambio, concentraron su esfuerzo en los pequeños villorrios del norte, donde los colonos españoles se hallaban casi indefensos.

En el verano de 1549 murió don Benito de mal de barriga, por comer ostras malas. Era muy querido por todos nosotros, lo considerábamos el patriarca de la ciudad. Habíamos llegado hasta el valle del Mapocho impulsados por la ilusión de ese viejo soldado, quien comparaba Chile con el Jardín del Edén. Conmigo siempre fue de una lealtad y galantería ejemplares, por lo mismo me desesperé al no poder ayudarlo en su agonía. Murió en mis brazos, retorciéndose de dolor, envenenado hasta los tuétanos. Estábamos en medio del funeral, al que asistieron todos los vecinos, cuando aparecieron en Santiago dos soldados en harapos, cayéndose de fatiga y uno de ellos malherido. Venían de La Serena, viajando de noche y ocultándose de día para evitar a los indios. Contaron que una noche el único vigía de la pequeña ciudad de La Serena, recién fundada, alcanzó apenas a dar la alarma antes de que masas de indios ensoberbecidos se abalanzaran sobre el pueblo. Los españoles no pudieron defenderse y en pocas horas nada quedó de La Serena. Los asaltantes torturaron a muerte a hombres y mujeres, destrozaron a los niños estrellándolos contra las rocas y redujeron a ceniza las casas. En la consiguiente confusión, los dos soldados lograron escabullirse y, con infinitas penurias, trajeron a Santiago la horrenda noticia. Nos aseguraron que se trataba de una sublevación general, las tribus estaban en pie de guerra, listas para destruir todos los emplazamientos españoles.

El terror se apoderó de la población de Santiago; nos parecía ver a las hordas de salvajes saltando el foso, trepando la muralla y cayendo sobre nosotros como la ira del diablo. De nuevo nos encontrábamos con las fuerzas divididas, porque parte de los soldados había sido asignada a los villorrios del norte, Pedro de Valdivia se hallaba ausente con varios capitanes, y los refuerzos prometidos no habían llegado. Era imposible proteger las minas y las haciendas, que fueron abandonadas, mientras la gente se refugió en Santiago. Las mujeres, desesperadas, se instalaron en la iglesia a rezar de día y de noche, mientras los hombres, incluso los ancianos y los enfermos, se dispusieron a defender la ciudad.

El cabildo, reunido en pleno, decidió que Villagra fuera con sesenta hombres a enfrentarse con los indios en el norte, antes de que éstos se organizaran para llegar a Santiago. Aguirre quedó a cargo de la defensa de la capital y Juan Gómez fue conminado a emplear cualquier medio para conseguir información sobre la guerra, lo que en pocas palabras significaba dar suplicio a los sospechosos. Los alaridos de dolor de los indios torturados contribuían a ponernos los nervios de punta. Fueron inútiles mis súplicas de compasión y el argumento de que mediante suplicio jamás se obtenía la verdad, porque la víctima confesaba lo que su verdugo deseaba escuchar. Eran tanto el odio, el miedo y el deseo de venganza, que al saberse de las excursiones punitivas de Villagra, cuyo ensañamiento igualaba al de los bárbaros, la gente celebraba. Con sus fieros métodos logró sofocar la insurrección, descalabrar las huestes indígenas en menos de tres meses y evitar que Santiago fuese atacado. Impuso un acuerdo de paz a los caciques, pero nadie esperaba que la tregua fuese durable; nuestra única esperanza consistía en que el gobernador regresara pronto con sus capitanes, trayendo más soldados del Perú.

Meses después de la campaña militar de Villagra, el cabildo envió al norte a Francisco de Aguirre con la misión de reconstruir

siguiendo la ruta conocida del desierto de Atacama. Cuando ya había viajado durante semanas, un mensajero de La Gasca le dio alcance a galope tendido y lo conminó a regresar a la Ciudad de los Reyes, donde había un voluminoso legajo de acusaciones contra él. Valdivia debió dejar la tropa al mando de sus capitanes y dar media vuelta para enfrentar a la justicia. De nada le sirvió la ayuda prestada al rey y a La Gasca para derrotar a Gonzalo Pizarro y devolver la paz al Perú, ya que de todos modos fue enjuiciado.

Además de los enemigos envidiosos que Valdivia se granjeó en el Perú, había otros detractores que viajaron desde Chile con el fin de destruirlo. Los cargos en su contra eran más de cincuenta, pero sólo recuerdo los más importantes y los que me conciernen. Lo acusaron de nombrarse gobernador sin autorización de Francisco Pizarro, quien sólo le dio el título de teniente gobernador; de ordenar la muerte de Sancho de la Hoz y de otros españoles inocentes, como el joven Escobar, condenado por celos; aseguraron que había robado el dinero de los colonos, pero no aclararon que Pedro ya había pagado casi toda esa deuda con el producto de la mina de Marga-Marga, como había prometido; dijeron que se había apoderado de las mejores tierras y de miles de indios, sin mencionar que corría con diversos gastos de la colonia, financiaba a los soldados, prestaba dinero sin interés y, en buenas cuentas, actuaba como tesorero de Chile con el dinero de su propio bolsillo, ya que nunca fue avaro o codicioso; agregaron que había dado riqueza en demasía a una tal Inés Suárez, con quien convivía en concubinato escandaloso. Lo que más indignación me produjo después, cuando me enteré de los pormenores, fue que esos villanos sostuviesen que yo manejaba a Pedro como me daba la gana y que para obtener algo del gobernador era necesario pagarle comisión a su barragana. Pasé muchas penurias en la conquista de

Pedro estuvo ausente un año y medio y regresó del Perú con doscientos soldados, de los cuales ochenta llegaron con él en barco y el resto por tierra. Cuando supe que venía me entró una fiebre de actividad que casi enloquece a la servidumbre. Puse a todos a pintar, lavar cortinas, plantar flores en los maceteros, preparar las golosinas que a él le gustaban, tejer mantas y coser sábanas nuevas. Era verano y ya producíamos en las huertas de los alrededores de Santiago las frutas y verduras de España, sólo que más sabrosas. Con Catalina nos dedicamos a preparar conservas y los postres favoritos de Pedro. Por primera vez en años me preocupé de mi aspecto, incluso me hice primorosas camisas y sayas para recibirlo como una novia. Tenía alrededor de cuarenta años, pero me sentía joven y atractiva, tal vez porque el cuerpo no me había cambiado, como es el caso de las mujeres sin hijos, y porque me veía reflejada en los ojos tímidos de Rodrigo de Quiroga, pero temía que Pedro notara las finas arrugas de los ojos, las venas en las piernas, las manos callosas por el trabajo. Decidí abstenerme de hacerle reproches: lo hecho, hecho estaba; deseaba reconciliarme con él, volver a los tiempos en que fuimos amantes de leyenda. Teníamos mucha historia juntos, diez años de lucha y pasión, que no podían perderse. Me saqué de la imaginación a Rodrigo de Quiroga, una fantasía inútil y peligrosa, y fui a visitar a Cecilia para averiguar sus secretos de belleza, que tantas habladurías provocaban en Santiago, porque era una verdadera maravilla cómo esa mujer, al revés del resto del mundo, rejuvenecía con los años. La casa de Juan y Cecilia era mucho más pequeña y modesta que la nuestra, pero ella la había decorado de manera espléndida con muebles y adornos del Perú, algunos incluso del antiguo palacio de Atahualpa. Los suelos estaban cubiertos con varias capas de alfombras de lana de diversos colores en diseños incaicos; al pisar se hundían los pies. El interior olía a canela y chocolate, que ella conseguía mientras los demás nos conformábamos con mate y yerbas locales. Durante su infancia en el palacio de Atahualpa se acostumbró tanto a esa bebida, que en los tiempos del estropicio en Santiago, cuando padecíamos de hambre, ella no lloraba por necesidad de un trozo de pan, sino por deseo de beber chocolate. Antes de que los españoles llegáramos al Nuevo Mundo, el chocolate estaba reservado a la realeza, los sacerdotes y los militares de alto rango, pero nosotros lo adoptamos con rapidez. Nos sentamos en almohadones y sus silenciosas criadas nos sirvieron el fragante brebaje en pocillos de plata labrada por artífices quechuas. Cecilia, quien en público siempre se vestía como española, puertas adentro usaba la moda de la corte del Inca, más cómoda: falda recta hasta los tobillos y túnica bordada, sujeta en la cintura con una faja tejida de brillantes colores. Iba descalza y no pude menos que comparar sus pies perfectos de princesa con los míos, de tosca campesina. Llevaba el cabello suelto y su único adorno eran unos pesados pendientes de oro, herencia de su familia, traídos a Chile por los mismos misteriosos conductos que los muebles.

–Si Pedro se fija en tus arrugas, es que ya no te quiere y nada que hagas cambiará sus sentimientos –me advirtió cuando le manifesté mis dudas.

No sé si sus palabras resultaron proféticas o si ella, que conocía hasta los secretos mejor guardados, ya estaba al tanto de lo que yo ignoraba. Para darme gusto, compartió conmigo sus cremas, lociones y perfumes, que me apliqué durante varios días esperando impaciente la llegada de mi amante. Sin embargo, pasó una semana y luego otra y otra más sin que Valdivia apareciera por Santiago. Estaba instalado en el barco anclado frente a la rada de Concón y gobernaba mediante emisarios, pero ninguno de sus mensajes fue para mí. Me resultaba imposible entender lo que pasaba, me debatía en la incertidumbre, la ira y la esperanza, aterrada ante la idea de que hubiese dejado de quererme y pendiente de los menores signos positivos. Le pedí a Catalina que me viera la suerte, pero por una vez ella nada descubrió en las conchas, o tal vez no se atrevió a decirme lo que vio. Pasaban los días y las semanas sin noticias de Pedro; dejé de comer y casi no dormía. Durante el día trabajaba hasta agotarme y en las noches paseaba como toro bravo por las galerías y salones de la casa, sacando chispas del suelo con mi taconeo impaciente. No lloraba, porque en realidad no sentía tristeza, sino furia, y no rezaba, porque me pareció que Nuestra Señora del Socorro no entendería el problema. Mil veces tuve la tentación de ir a visitar a Pedro en el barco para averiguar de una vez por todas qué pretendía –eran sólo dos jornadas a caballo–, pero no me atreví, porque el instinto me advirtió que en esas circunstancias no debía desafiarlo. Supongo que presentí mi desgracia, pero no la formulé en palabras por orgullo. No quise que nadie me viese humillada, y menos que todos, Rodrigo de Quiroga, quien por fortuna no me hizo preguntas.

Por fin, una tarde de mucho calor se presentó en mi casa el clérigo González de Marmolejo con aire extenuado; había ido y vuelto a Valparaíso en cinco días y tenía las posaderas molidas por la cabalgata. Lo recibí con una botella de mi mejor vino, ansiosa, porque sabía que me traía noticias. ¿Venía Pedro en camino? ¿Me llamaba a su lado? Marmolejo no me permitió seguir preguntando, me entregó una carta cerrada y se fue cabizbajo a beber su vino bajo la buganvilia de la galería, mientras yo la leía. En pocas palabras y muy precisas, Pedro me comunicó la decisión de La Gasca, me reiteró su respeto y admiración, sin mencionar el amor, y me rogó escuchar atentamente a González de Marmolejo. El héroe de las campañas de Flandes e Italia, de las revueltas del Perú y la conquista de Chile, el militar más valiente y famoso del Nuevo Mundo, no se atrevía a enfrentarme y por eso llevaba dos meses escondido en una nave. ¿Qué le sucedió? Me resultaba imposible imaginar las razones que tuvo para salir huyendo de mí. Tal vez yo me había convertido en una bruja dominante, un marimacho; tal vez confié demasiado en la firmeza de nuestro amor, ya que nunca me pregunté si Pedro me amaba como yo a él, lo asumí como una verdad incuestionable. No, decidí por fin. La culpa no me correspondía. No era yo quien había cambiado, sino él. Al sentir que envejecía se asustó y quiso volver a ser el militar heroico y el amante juvenil que fuera años antes. Yo lo conocía demasiado, junto a mí no podía reinventarse o comenzar de nuevo con frescas vestiduras. Ante mí le sería imposible ocultar sus debilidades o su edad y, como no podía engañarme, me hizo a un lado.

–Leed esto, por favor, padre, y decidme qué significa –dije, y tendí la carta al clérigo.

–Conozco su contenido, hija. El gobernador me hizo el honor de confiar en mí y pedirme consejo.

–Entonces, ¿esta maldad es idea vuestra?

–No, doña Inés, son órdenes de La Gasca, máxima autoridad del rey y de la Iglesia en esta parte del mundo. Aquí tengo los papeles, puedes verlos por ti misma. Tu adulterio con Pedro es motivo de escándalo.

–Ahora, cuando ya no me necesitan, mi amor por Pedro es un escándalo, pero cuando encontré agua en el desierto, curé a enfermos, enterré muertos y salvé Santiago de los indios, entonces yo era una santa.

–Sé lo que sientes, hija mía…

–No, padre, no sospecháis cómo me siento. Es de una ironía satánica que sólo la concubina sea culpable, siendo ella libre y siendo él casado. No me sorprende la bajeza de La Gasca, fraile, mal que mal, pero sí la cobardía de Pedro.

–No tuvo alternativa, Inés.

–Para un hombre bien nacido, siempre hay alternativa cuando se trata de defender el honor. Os advierto, padre, que no me iré de Chile, porque yo lo conquisté y lo fundé.

–¡Cuídate de la soberbia, Inés! Supongo que no quieres que venga la Inquisición a resolver esto a su manera.

–¿Me amenazáis? –le pregunté con el estremecimiento que siempre me produce el nombre de la Inquisición.

–Nada más lejos de mi ánimo que amenazarte, hija. Traigo el encargo del gobernador de proponerte una solución para que puedas permanecer en Chile.

–¿Cuál?

–Podrías casarte… –logró decir el religioso entre carraspeos, retorciéndose en su silla–. Es la única forma de que puedas permanecer en Chile. No faltarán hombres dichosos de desposar a una mujer con tus méritos y con una dote como la tuya. Al inscribir tus bienes a nombre de tu marido, no podrán quitártelos.

Durante un buen rato no me salió la voz. Me costó creer que me estaba ofreciendo esa torcida solución, la última que se me habría ocurrido.

–El gobernador quiere ayudarte, aunque eso signifique renunciar a ti. ¿No ves que el suyo es un acto desinteresado, una prueba de amor y gratitud? –agregó el clérigo.

Se abanicaba, nervioso, espantando a las moscas del verano, mientras yo me paseaba a grandes zancadas por la galería, procurando calmarme. La idea no era fruto de una súbita inspiración, ya había sido sugerida por Pedro de Valdivia a La Gasca en el Perú, y éste la había aprobado, es decir, mi suerte fue decidida a mis espaldas. La traición de Pedro me pareció gravísima y una oleada de odio me bañó como agua sucia de pies a cabeza, llenándome la boca de bilis. En ese instante deseaba matar al fraile con las manos desnudas, y debí hacer un esfuerzo enorme para comprender que él era sólo el mensajero; quien merecía mi venganza era Pedro, y no ese pobre anciano que sudaba de susto en su sotana. De pronto me golpeó algo así como un puñetazo en el pecho que me cortó el aliento y me hizo tambalear. El corazón se me disparó en un corcoveo de caballo chúcaro, como nunca antes había sentido. Me subió toda la sangre a las sienes, me flaquearon las piernas y se me fue la luz. Alcancé a desplomarme en una silla, de otro modo habría rodado por el suelo. El desvanecimiento me duró sólo unos instantes, pronto recuperé los sentidos y me encontré con la cabeza apoyada en las rodillas. En esa postura esperé hasta que se regularizaron los latidos en mi pecho y recobré el ritmo de la respiración. Culpé del breve desvanecimiento a la ira y el calor, sin sospechar que se me había roto el corazón y tendría que vivir treinta años más con esa partidura.

–Supongo que Pedro, quien tanto desea ayudarme, se dio también la molestia de escoger un esposo para mí, ¿verdad? –pregunté a Marmolejo, cuando pude hablar.

–El gobernador tiene un par de nombres en mente…

–Decidle a Pedro que acepto el trato y que yo misma escogeré a mi futuro esposo, porque pretendo casarme por amor y ser muy feliz.

–Inés, vuelvo a advertirte que la soberbia es un pecado mortal.

–Decidme una cosa, padre. ¿Es cierto el rumor de que Pedro trajo a dos mancebas con él?

González de Marmolejo no respondió, confirmando con su silencio los chismes que me habían llegado. Pedro había reemplazado a una mujer de cuarenta por dos de veinte. Eran un par de españolas, María de Encio y su misteriosa sirvienta, Juana Jiménez, quien también compartía el lecho de Pedro y, según decían, controlaba a ambos con sus artes de hechicería. ¿Hechicería? Lo mismo dijeron de mí. A veces basta secar el sudor de la frente de un hombre cansado para que coma de la mano que lo acaricia. No se necesita ser nigromante para eso. Ser leal y alegre, escuchar –o al menos fingir que una lo hace–, cocinar sabroso, vigilarlo sin que se dé cuenta para evitar que cometa tonterías, gozar y hacerlo gozar en cada abrazo, y otras cosas muy sencillas son la receta. Podría resumirlo en dos frases: mano de hierro, guante de seda.

Recuerdo que cuando Pedro me habló de la camisa de dormir con un ojal en forma de cruz que usaba su esposa Marina, me hice la secreta promesa de no ocultar mi cuerpo al hombre que compartiese mi lecho. Mantuve esa decisión y lo hice con tal desvergüenza hasta el último día que estuve junto a Rodrigo, que él nunca notó que se me habían aflojado las carnes, como a cualquier anciana. Los hombres que me han tocado han sido simples: actué como si fuese bella y ellos lo creyeron. Ahora estoy sola y no tengo a quién hacer feliz en el amor, pero puedo asegurar que Pedro lo fue mientras estuvo conmigo y Rodrigo también, incluso cuando su enfermedad le impedía tomar la iniciativa. Disculpa, Isabel, sé que leerás estas líneas algo turbada, pero es conveniente que aprendas. No les hagas caso a los curas, que de esto nada saben.

Santiago ya era una ciudad de quinientos vecinos, pero las habladurías circulaban tan deprisa como en una aldea, por eso decidí no perder tiempo en remilgos. Mi corazón siguió dando brincos durante varios días después de la conversación con el clérigo. Catalina me preparó agua de cochayuyo, unas algas secas del mar, que puso a remojar por la noche. Hace treinta años que bebo ese líquido viscoso al despertar, ya me acostumbré a su repugnante sabor, y gracias a eso estoy viva. Ese domingo me vestí con mis mejores galas, te tomé de la mano, Isabel, porque vivías conmigo desde hacía meses, y crucé la plaza rumbo al solar de Rodrigo de Quiroga a la hora en que la gente salía de misa, para que no quedara nadie sin verme. Iban con nosotras Catalina, tapada con su manto negro y mascullando encantamientos en quechua, más efectivos que los rezos cristianos en estos casos, y Baltasar, con su trotecito de perro viejo. Un indio me abrió la puerta y me condujo a la sala, mientras mis acompañantes se quedaban en el polvoriento patio cagado por las gallinas. Eché una mirada alrededor y comprendí que había mucho trabajo por delante para convertir ese galpón militar, desnudo y feo, en un lugar habitable. Supuse que Rodrigo ni siquiera contaba con una cama decente y dormía en un camastro de soldado; con razón tú te habías adaptado tan rápido a las comodidades de mi casa. Sería necesario reemplazar esos toscos muebles de palo y suela, pintar, comprar lo necesario para vestir las paredes y el suelo, construir galerías de sombra y de sol, plantar árboles y flores, poner fuentes en el patio, reemplazar la paja del techo con tejas, en fin, tendría entretención para años. Me gustan los proyectos. Momentos después entró Rodrigo, sorprendido, porque yo nunca lo había visitado en su casa. Se había quitado el jubón dominical y vestía calzas y una camisa blanca de mangas anchas, abierta en el pecho. Me pareció muy joven y tuve la tentación de salir huyendo por donde había llegado. ¿Cuántos años menor que yo era ese hombre?

–Buen día, doña Inés. ¿Sucede algo? ¿Cómo está Isabel?

–Vengo a proponeros matrimonio, don Rodrigo. ¿Qué os parece? –le solté de un tirón, porque no era posible andar con rodeos en semejantes circunstancias.

Debo decir, en honor a Quiroga, que tomó mi propuesta con una ligereza de comedia. Se le iluminó la cara, levantó los brazos al cielo y lanzó un largo grito de indio, inesperado en un hombre de su compostura. Por supuesto que ya le había llegado el rumor de lo ocurrido en el Perú con La Gasca y de la extraña solución que se le ocurrió al gobernador; todos los capitanes lo comentaban, en especial los solteros. Tal vez él sospechaba que sería mi elegido, pero era demasiado modesto para darlo por seguro. Quise explicarle los términos del acuerdo, pero no me dejó hablar, me tomó en sus brazos con tanta urgencia, que me levantó del suelo y, sin más, me tapó la boca con la suya. Entonces me di cuenta de que yo también había esperado ese momento desde hacía casi un año. Me aferré a su camisa a dos manos y le devolví el beso con una pasión que llevaba mucho tiempo dormida o engañada, una pasión que tenía reservada para Pedro de Valdivia y que clamaba por ser vivida antes de que se me fuera la juventud. Sentí la certeza de su deseo, sus manos en mi cintura, en la nuca, en el cabello, sus labios en mi cara y cuello, su olor de hombre joven, su voz murmurando mi nombre, y me sentí plenamente dichosa. ¿Cómo pude pasar en un minuto del dolor por haber sido abandonada a la felicidad de sentirme querida? En aquellos tiempos yo debía de ser muy veleta... Me juré en ese instante que sería fiel hasta la muerte a Rodrigo, y no sólo he cumplido ese juramento al pie de la letra, además lo he amado durante treinta años, cada día más. Resultó muy fácil quererlo. Rodrigo siempre fue admirable, en eso estaba todo el mundo de acuerdo, pero los mejores hombres suelen tener graves defectos que sólo se manifiestan en la intimidad. No era el caso de ese noble hidalgo, soldado, amigo y marido. Nunca pretendió que olvidara a Pedro de Valdivia, a quien respetaba y quería, incluso me ayudó a preservar su memoria para que Chile, tan ingrato, lo honre como merece, pero se propuso enamorarme y lo consiguió.

Cuando por fin pudimos desprendernos del abrazo y recuperar el aliento, salí a dar una orden a Catalina, mientras Rodrigo saludaba a su hija. Media hora más tarde una fila de indios transportó mis baúles, mi reclinatorio y la estatua de Nuestra Señora del Socorro a la casa de Rodrigo de Quiroga, mientras los vecinos de Santiago, que se habían quedado esperando en la plaza de Armas después de la misa, aplaudían. Necesité dos semanas para preparar la boda, porque no quería casarme con disimulo, sino con pompa y ceremonia. Era imposible decorar la casa de Rodrigo en tan poco tiempo, pero nos concentramos en transplantar árboles y arbustos a su patio, preparar arcos de flores y poner toldos y largos mesones para la comida. El padre González de Marmolejo nos casó en lo que hoy es la catedral, pero entonces era la iglesia en construcción, con asistencia de mucha gente, blancos, negros, indios y mestizos. Arreglamos para mí un virginal vestido blanco de Cecilia, ya que no hubo tiempo de encargar la tela para otro. «Cásate de blanco, Inés, porque don Rodrigo merece ser tu primer amor», opinó Cecilia, y tenía razón. La boda fue con misa cantada y después ofrecimos una merienda con platos de mi especialidad, empanadas, cazuela de ave, pastel de maíz, papas rellenas, frijoles con ají, cordero y cabrito asado, verduras de mi chacra y los variados postres que pensaba preparar para la llegada de Pedro de Valdivia. El ágape fue debidamente regado con los vinos que saqué sin cargo de conciencia de la bodega del gobernador, que también era mía. Las puertas de la casa de Rodrigo se mantuvieron abiertas el día entero y quien quiso comer y celebrar con nosotros fue bienvenido. Entre la multitud corrían docenas de niños mestizos e indios y, sentados en sillas dispuestas en semicírculo, estaban los ancianos de la colonia. Catalina calculó que desfilaron trescientas personas por esa casa, pero nunca fue buena para sumar, podrían haber sido más. Al otro día, Rodrigo y yo partimos contigo, Isabel, y un séquito de yanaconas a pasar unas semanas de amor en mi chacra. También nos acompañaron varios soldados para protegernos de los indios chilenos, que solían atacar a los viajeros incautos. Catalina y mis fieles criadas traídas del Cuzco quedaron a cargo de acomodar lo mejor posible la vivienda de Rodrigo; el resto de la numerosa servidumbre permaneció donde siempre. Recién entonces Valdivia se atrevió a desembarcar con sus dos mancebas y volver a su casa en Santiago, que encontró limpia, ordenada y bien abastecida, sin rastro mío.

Capítulo seis
LA GUERRA DE CHILE, 1549-1553

Se nota que mi letra ha cambiado en la última parte de este relato. Durante los primeros meses escribí de mi puño, pero ahora me canso a las pocas líneas y prefiero dictarte; mi caligrafía parece un enredo de moscas, pero la tuya, Isabel, es fina y elegante. Te gusta la tinta color óxido, una novedad llegada de España que me cuesta mucho leer, pero, ya que haces el favor de ayudarme, no puedo imponerte mi tintero negro. Avanzaríamos más rápido si no me acosaras con tantas preguntas, hija. Me divierte oírte. Hablas el castellano cantadito y escurridizo de Chile; Rodrigo y yo no logramos inculcarte las duras jotas y zetas castizas. Así hablaba el obispo González de Marmolejo, que era sevillano. Se murió hace mucho, ¿te acuerdas de él? Te quería como un abuelo, el pobre viejo. En esa época admitía tener setenta y siete años, aunque parecía un patriarca bíblico de cien, con su barba blanca y esa tendencia a anunciar el Apocalipsis que le vino al final de sus días. La fijación con el fin del mundo no le impidió ocuparse de asuntos materiales, recibía inspiración divina para hacer dinero. Entre sus espléndidos negocios estaba el criadero de caballos que teníamos en sociedad. Experimentamos mezclando razas y obtuvimos animales fuertes, elegantes y dóciles, los famosos potros chilenos, que ahora se conocen en todo el continente porque son tan nobles como los corceles árabes y más resistentes. El obispo falleció el mismo año que mi buena Catalina; él padeció el mal de los pulmones, que ninguna planta medicinal pudo curar, y a ella la despachó una teja que cayó del cielo en un temblor y le dio en la nuca. Fue un golpe certero, no alcanzó a darse cuenta de que estaba temblando. También en esa época murió Villagra, tan asustado de sus pecados, que se vestía con el hábito de san Francisco. Fue gobernador de Chile por un tiempo y será recordado entre los más pujantes y arrojados militares, pero nadie lo apreciaba, porque era tacaño. La avaricia es un defecto que a los españoles, siempre dadivosos, nos repugna.

No hay tiempo para detalles, hija, porque si nos demoramos esto puede quedar inconcluso y a nadie le gusta leer cientos de cuartillas y encontrarse con que la historia no tiene un final claro. ¿Cuál es el final de ésta? Mi muerte, supongo, porque mientras me quede un soplo de vida tendré recuerdos para llenar páginas; hay mucho que contar en una vida como la mía. Debí empezar estas memorias hace tiempo, pero estaba ocupada; erigir y dar prosperidad a una ciudad es bastante trabajo. No me puse a escribir hasta que murió Rodrigo y la tristeza me quitó las ganas de hacer otras cosas que antes me parecían urgentes. Sin él, mis noches transcurren casi enteras en blanco, y el insomnio es muy conveniente para la escritura. Me pregunto dónde está mi marido, si acaso me espera en alguna parte o está aquí mismo, en esta casa, atisbando en las sombras, cuidándome con discreción, como siempre hizo en vida. ¿Cómo será morir? ¿Qué hay al otro lado? ¿Es sólo noche y silencio? Se me ocurre que morir es partir como una flecha en la oscuridad hacia el firmamento, un espacio infinito, donde deberé buscar a mis seres amados uno por uno. Me asombra que ahora, cuando pienso tanto en la muerte, aún tenga deseos de realizar

zón lleno de amargura, me advirtió la Virgen. Según Catalina, el encono pone la piel amarilla y produce mal olor, por eso me daba a beber tisanas de limpieza. Con rezos y tisanas me curé del rencor contra Pedro en un plazo de dos meses. Una noche soñé que me crecían garras de cóndor, que me abalanzaba sobre él y le arrancaba los ojos. Fue un sueño estupendo, muy vívido, y desperté vengada. Al alba salí de la cama y comprobé que ya no sentía ese dolor en los hombros y el cuello que me había atormentado durante semanas; había desaparecido el peso inútil del odio. Escuché los ruidos del despertar: los gallos, los perros, la escoba de ramas del jardinero en la terraza, las voces de las criadas. Era una mañana tibia y clara. Salí al patio descalza y la brisa me acarició la piel bajo la camisa. Pensé en Rodrigo, y la necesidad de hacer el amor con él me hizo estremecer, como en mi juventud, cuando escapaba a los vergeles de Plasencia para yacer con Juan de Málaga. Bostecé a todo pulmón, me estiré como un gato, cara al sol, y enseguida ordené preparar los caballos para regresar contigo a Santiago ese mismo día, sin más equipaje que la ropa puesta y las armas. Rodrigo no nos permitía movernos de la casa sin protección, por temor a las bandas de indios que rondaban el valle, pero igual partimos. Tuvimos suerte y pudimos llegar a Santiago al anochecer, sin inconvenientes. Los centinelas de la ciudad dieron la alarma desde sus atalayas cuando vieron la polvareda de los caballos. Rodrigo salió a recibirme asustado, temiendo una desgracia, pero le salté al cuello, lo besé en la boca y lo llevé de la mano a la cama. Esa noche comenzó verdaderamente nuestro amor, lo anterior fue entrenamiento. En los meses siguientes aprendimos a conocernos y darnos gusto. Mi amor por él era distinto al deseo que sentí por Juan de Málaga y a la pasión por Pedro de Valdivia, era un sentimiento maduro y alegre, sin conflicto, que se volvió más intenso con el transcurso del tiempo, hasta que no pude vivir sin él. Terminaron mis viajes solitarios al campo, sólo nos separábamos cuando la urgencia de la guerra llamaba a Rodrigo. Ese hombre, tan serio frente al mundo, era tierno y chacotero en privado; nos mimaba, éramos sus dos reinas, ¿te acuerdas? Así se cumplió la profecía de las conchas mágicas de Catalina de que yo sería reina. En los treinta años que habríamos de vivir juntos, Rodrigo nunca perdió el buen humor en nuestro hogar, por muy graves que fuesen las presiones externas. Compartía conmigo los asuntos de la guerra, el gobierno y la política, sus temores y pesares, sin que nada afectara nuestra relación. Tenía confianza en mi criterio, pedía mi opinión, escuchaba mis consejos. Con él no era necesario andar con rodeos para evitar ofenderlo, como sucedía con Valdivia y sucede en general con los hombres, que suelen ser quisquillosos en lo que se refiere a su autoridad.

Supongo que no deseas que hable de esto, Isabel, pero no puedo omitirlo, porque es un aspecto de tu padre que debes conocer. Antes de estar conmigo, Rodrigo creía que la juventud y el vigor bastaban a la hora de hacer el amor, error muy común. Me llevé una sorpresa cuando estuvimos la primera vez en la cama, pues se comportaba apurado como un chico de quince años. Lo atribuí al hecho de que me había esperado mucho tiempo, amándome en silencio y sin esperanzas durante nueve años, como me confesó, pero su torpeza no dio señales de disminuir en las noches siguientes. Por lo visto, Eulalia, tu madre, que lo amaba celosamente, nada le enseñó; la tarea de educarlo recayó sobre mí, y, una vez libre del rencor por Valdivia, la asumí muy gustosa, como puedes imaginar. Lo mismo había hecho con Pedro de Valdivia años antes, cuando nos conocimos en el Cuzco. Mi experiencia en capitanes españoles es limitada, pero puedo decirte que los que me tocaron fueron muy poco sabidos en materia amorosa, aunque bien dispuestos a la hora de aprender. No te rías, hija, es cierto. Te cuento estas cosas por si acaso. No sé cómo son tus relaciones íntimas con tu marido, pero si tienes quejas, te aconsejo que hablemos del tema, porque después de mi muerte no tendrás con quién hacerlo. Los hombres, como los perros y caballos, deben ser domesticados, pero pocas mujeres son capaces de hacerlo, ya que ellas mismas nada saben, no han tenido un maestro como Juan de Málaga. Además, la mayoría se enreda en escrúpulos, acuérdate del célebre camisón con el ojal de Marina Ortiz de Gaete. Así se multiplica la ignorancia, que suele acabar con los amores mejor intencionados.

Apenas había regresado a Santiago y empezaba a cultivar el placer y el bendito amor con Rodrigo, cuando un día la ciudad despertó con la corneta de alarma de un centinela. Habían encontrado una cabeza de caballo ensartada en la misma pica donde tantas cabezas humanas fueron expuestas a lo largo de los años. Al examinarla de cerca, se vio que pertenecía a Sultán, el corcel favorito del gobernador. Un grito de horror quedó atascado en todos los pechos. Se había impuesto el toque de queda en Santiago para evitar robos; ningún indio, negro o mestizo podía circular de noche, so pena de cien azotes a carne desnuda en el rollo de la plaza, la misma pena que se les aplicaba si hacían fiestas sin permiso, se emborrachaban o apostaban en el juego, vicios reservados a sus amos. El toque de queda descartaba a toda la población mestiza e indígena de la ciudad, pero nadie imaginaba que un español fuese culpable de semejante aberración. Valdivia ordenó a Juan Gómez aplicar tormento a quien fuese necesario para descubrir al autor del ultraje.

Aunque me había sanado del odio por Pedro de Valdivia, prefería verlo lo menos posible. De todos modos, nos encontrábamos con frecuencia, ya que el centro de Santiago es pequeño y vivíamos cerca, pero no participábamos en los mismos eventos sociales. Los amigos se cuidaban de invitarnos juntos. Cuando nos topábamos en la calle o en la iglesia, nos saludábamos con una discreta inclinación de cabeza, nada más. Sin embargo, la relación de él con Rodrigo no cambió; Pedro siguió prodigándole su confianza y éste respondió con lealtad y afecto. Por supuesto que yo era el blanco de comentarios maliciosos.

–¿Por qué será la gente tan mezquina y chismosa, Inés? –me comentó Cecilia.

–Les molesta que en vez de asumir el papel de amante abandonada me haya convertido en esposa feliz. Se regocijan al ver humilladas a las mujeres fuertes, como tú y yo. No nos perdonan que triunfemos cuando tantos otros fracasan –le expliqué.

–No merezco que me compares contigo, Inés, no tengo tu temple –se rió Cecilia.

–Temple es una virtud apreciada en el varón, pero se considera defecto en nuestro sexo. Las mujeres con temple ponen en peligro el desequilibrio del mundo, que favorece a los hombres, por eso se ensañan en vejarlas y destruirlas. Pero son como las cucarachas: aplastan a una y salen más por los rincones –le dije.

Respecto a María de Encio, recuerdo que ninguno de los vecinos principales la recibía, a pesar de ser española y manceba del gobernador. Se limitaban a tratarla como a su ama de llaves. En cuanto a la otra, Juana Jiménez, se burlaban a sus espaldas diciendo que su señora la había entrenado para realizar en la cama las piruetas que ella misma no tenía estómago para hacer. Si eso era cierto, me pregunto en qué vicios enredaron a Pedro, que era hombre de sensualidad sana y directa, nunca le interesaron las curiosidades de los libritos franceses que hacía circular Francisco de Aguirre, excepto en la época del pobre muchacho Escobar, cuando quiso aturdir su culpa rebajándome a la condición de ramera. Y a propósito, que no me falte decir en estas páginas que Escobar no llegó al Perú, pero tampoco murió de sed en el desierto, como se suponía. Muchos años más tarde me enteré de que el joven yanacona que lo acompañaba lo condujo por derroteros secretos a la aldea de sus padres, escondida entre los picos de la sierra, donde ambos viven hasta hoy. Antes de partir al destierro, Escobar le prometió a González de Marmolejo que si llegaba con vida al Perú se haría sacerdote, porque sin duda Dios lo había señalado con el dedo al salvarlo de la horca primero y del desierto después. No cumplió la promesa, en cambio tuvo varias esposas quechuas e hijos mestizos, propagando así la santa fe a su manera. Volviendo a las mancebas que trajo Valdivia del Cuzco, supe por Catalina que le preparaban cocimientos de yerba del clavo. Tal vez Pedro temía perder su potencia viril, que para él era tan importante como su valor de soldado, y por eso bebía pociones y empleaba a dos mujeres para estimularlo. Aún no estaba en edad de que disminuyera su vigor, pero le fallaba la salud y le dolían sus antiguas heridas. La suerte de esas dos mujeres fue aventurera. Después de la muerte de Valdivia, Juana Jiménez desapareció, dicen que la raptaron los mapuche en una redada en el sur. María de Encio se volvió de mala índole y se dedicó a torturar a sus indias; cuentan que los huesos de las desdichadas están enterrados en la casa, que ahora pertenece al cabildo de la ciudad, y que por las noches se oyen sus gemidos, pero ésa también es otra historia que no alcanzo a contar.

Mantuve a María y Juana a la distancia. No pensaba dirigirles nunca la palabra, pero Pedro se cayó del caballo y se fracturó una pierna, entonces me llamaron, porque nadie sabía más que yo de esas dolencias. Entré por primera vez a la casa que fuera mía, levantada con mis propias manos, y no la reconocí, a pesar de que los mismos muebles estaban en los mismos sitios. Juana, una gallega de corta estatura, pero proporcionada y de agradables facciones, me saludó con una reverencia de criada y me condujo a la habitación que antes yo compartía con Pedro. Allí estaba María, lloriqueando y poniéndole paños mojados en la frente al herido, que yacía más muerto que vivo. María se me echó encima para besarme las manos, sollozando de agradecimiento y susto –si Pedro moría, la suerte de ella era bastante turbia–, pero la aparté con delicadeza, para no ofenderla, y me acerqué a la cama. Al quitar la sábana y ver la pierna rota en dos partes, pensé que lo más apropiado sería amputarla por encima de la rodilla, antes de que se pudriera, pero esa operación siempre me ha espantado y no me sentí capaz de practicarla en aquel cuerpo que antes amé.

Me encomendé a la Virgen y me dispuse a remediar el daño lo mejor posible, ayudada por el veterinario y el herrero, ya que el médico había probado ser un ebrio inútil. Era una de esas desventuradas quebraduras, difíciles de tratar. Debí colocar cada hueso en su sitio tanteando a ciegas, y sólo por milagro quedó más o menos bien. Catalina aturdía al paciente con sus polvos mágicos disueltos en licor, pero incluso dormido bramaba; se requerían varios hombres para sujetarlo en cada curación. Hice el trabajo sin malicia ni rencor, procurando ahorrarle sufrimiento, aunque eso resultó imposible. A decir verdad, de su ingratitud, ni me acordé. Tantas veces Pedro sintió que moriría de dolor, que dictó su testamento a González de Marmolejo, lo selló y lo mandó guardar bajo tres candados en la oficina del cabildo. Cuando lo abrieron, después de su muerte, estipulaba entre otras cosas que Rodrigo de Quiroga debía reemplazarlo como gobernador. Reconozco que las dos mancebas españolas atendieron a Pedro con esmero, y en parte debido a esos cuidados pudo volver a caminar, aunque habría de cojear para el resto de su vida.

No fue necesario que Juan Gómez supliciara a nadie para descubrir al culpable del crimen de Sultán; a la media hora se supo que había sido Felipe. Al comienzo no pude creerlo, porque el joven mapuche adoraba al animal. En una ocasión en que Sultán fue herido por los indios en Marga-Marga, Felipe lo atendió durante semanas, dormía con él, le daba de comer de su mano, lo limpiaba y le hacía las curaciones, hasta que se repuso. Era tanto el afecto entre el muchacho y el caballo, que Pedro solía ponerse celoso, pero como nadie cuidaba a Sultán mejor que Felipe, prefería no intervenir. La habilidad del joven mapuche con los caballos había llegado a ser legendaria, y Valdivia lo tenía en mente para nombrarlo yegüerizo cuando tuviese edad suficiente, oficio muy respetado en la colonia, donde la crianza de caballos era fundamental. Felipe mató a su noble amigo cercenándole la vena gruesa del cuello, para que no sufriera, y luego lo decapitó con un machete. Desafiando el toque de queda y aprovechando la oscuridad, plantó la cabeza en la plaza y escapó de la ciudad. Dejó su ropa y sus escasos bienes en un atado en la caballeriza ensangrentada. Partió desnudo, con el mismo amuleto al cuello con que llegara años antes. Lo imagino corriendo descalzo sobre la tierra blanda, aspirando a pleno pulmón las fragancias secretas del bosque, laurel, quillay, romero, vadeando charcos y arroyos cristalinos, cruzando a nado las aguas heladas de los ríos, con el cielo infinito sobre su cabeza, libre al fin. ¿Por qué cometió ese acto bárbaro con el animal que tanto quería? La sibilina explicación de Catalina, quien nunca le tuvo simpatía, resultó exacta: «¿No ves que el mapuche se está yendo no más con los suyos, pues, mamitay?».

Supongo que Pedro de Valdivia reventó de ira ante lo sucedido, jurando el más horrible castigo contra su caballerizo favorito, pero luego debió postergar la venganza porque tenía asuntos más graves entre manos. Acababa de obtener una alianza con su principal enemigo, el cacique Michimalonko, y estaba organizando una gran campaña al sur del país para someter a los mapuche. El viejo cacique, a quien los años no dejaban huella, había comprendido la conveniencia de aliarse con los *huincas*, en vista de que había sido incapaz de derrotarlos. El escarmiento de Aguirre lo dejó prácticamente desprovisto de hombres para sus huestes; en el norte quedaban sólo mujeres y niños, la mitad de los cuales eran mestizos. Entre perecer o pelear contra los mapuche del sur, con quienes había tenido problemas en los últimos tiempos porque no pudo cumplir la promesa hecha de destruir a los españoles, optó por lo segundo, así al menos salvaba su dignidad y no tenía que poner a sus guerreros a labrar la tierra y sacar oro para los *huincas*.

Yo, sin embargo, no pude quitarme a Felipe de la mente. La muerte de Sultán me pareció un acto simbólico: con esos golpes de machete asesinó al gobernador, después de eso ya no había vuelta atrás, rompía con nosotros para siempre y se llevaba la información que había adquirido en años de inteligente disimulo. Recordé el primer ataque indígena a la naciente ciudad de Santiago, en la primavera de 1541, y me pareció dar con la clave del papel que desempeñó Felipe en nuestras vidas. En esa ocasión los indios se cubrieron con mantos oscuros para avanzar de noche sin ser vistos por los centinelas, tal como hicieran en Europa las tropas del marqués de Pescara con sábanas blancas sobre la nieve. Felipe escuchó a Pedro contar esa historia en más de una ocasión y transmitió la idea a los toquis. Sus frecuentes desapariciones no eran casuales, correspondían a una feroz determinación, casi imposible de imaginar en el niño que era entonces. Podía salir de la ciudad a cazar, sin ser molestado por las huestes hostiles que nos mantenían sitiados, porque era uno de ellos. Sus excursiones de cacería servían de pretexto para reunirse con los suyos y contarles de nosotros. Fue él quien llegó con la noticia de que la gente de Michimalonko estaba concentrada cerca de Santiago, él quien ayudó a preparar la emboscada para alejar a Valdivia y la mitad de nuestra gente, él quien avisó a los indios del momento propicio para atacarnos. ¿Dónde estaba ese chiquillo durante el asalto a Santiago? En el bochinche de ese día terrible nos olvidamos de él. Se escondió o ayudó a nuestros enemigos, tal vez contribuyó a avivar el incendio; no lo sé. Durante años Felipe se dedicó a estudiar los caballos, domarlos y criarlos; escuchaba con atención los relatos de los soldados y aprendía sobre estrategia militar; sabía usar nuestras armas, desde una espada hasta un arcabuz y un cañón; conocía nuestras fuerzas y flaquezas. Creíamos que admiraba a Valdivia, su Taita, a quien servía mejor que nadie, pero en realidad lo espiaba, mientras en su interior cultivaba el rencor contra los invasores de su tierra. Tiempo después supimos que era hijo de un toqui, el último de una larga línea de jefes, tan orgulloso de su linaje de guerreros como Valdivia lo estaba del suyo. Imagino el odio terrible que oscurecía el corazón de Felipe. Y ahora este mapuche de dieciocho años, fuerte y delgado como un junco, corría desnudo y veloz hacia los bosques húmedos del sur, donde le esperaban las tribus.

Su nombre verdadero era Lautaro y llegó a ser el más famoso toqui de la Araucanía, temido demonio para los españoles, héroe para los mapuche, príncipe de la epopeya guerrera. Bajo su mando, las huestes desordenadas de los indios se organizaron como los mejores ejércitos de Europa, en escuadrones, infantería y caballería. Para derribar a los caballos sin matarlos –eran tan valiosos para ellos como para nosotros–, utilizó las boleadoras, dos piedras atadas a los extremos de una cuerda, que se enredaban en las patas y tumbaban al animal, o en el cuello del jinete para desmontarlo. Mandó a los suyos a robar caballos y se dedicó a criarlos y domarlos; lo mismo hizo con los perros. Entrenó a sus hombres para convertirlos en los mejores jinetes del mundo, como lo era él mismo, de manera que la caballería mapuche llegó a ser invencible. Cambió los antiguos garrotes, pesados y torpes, por macanas cortas, mucho más eficaces. En cada batalla se apoderaba de las armas del enemigo para usarlas y copiarlas. Estableció un sistema de comunicación tan eficiente, que hasta el último de sus guerreros recibía las órdenes de su toqui en un instante, e impuso una disciplina férrea, sólo comparable a la de los célebres tercios españoles. Convirtió a las mujeres en guerreras feroces y puso a los niños a acarrear víveres, pertrechos y mensajes. Conocía el terreno y prefería el bosque para ocultar a sus ejércitos, pero cuando fue necesario levantó pucaras en sitios inaccesibles, donde preparaba a su gente, mientras sus espías le informaban de cada paso del enemigo, para adelantársele. Sin embargo, no pudo cambiar la mala costumbre de sus guerreros de embriagarse con chicha y *muday* hasta quedar aturdidos después de cada victoria. De haberlo logrado, los mapuche habrían exterminado a nuestro ejército en el sur. Treinta años más tarde, el espíritu de Lautaro todavía anda a la cabeza de sus huestes y su nombre resonará por los siglos, nunca podremos vencerle.

cen. Corre por la ribera del Mapocho, oculto en la vegetación de cañas y helechos. No usa el puente de cuerdas de los *huincas*, se lanza a las aguas negras y nada con un grito de felicidad sofocado en el pecho. El agua fría lo lava por dentro y por fuera, dejándolo limpio del olor de los *huincas.* A grandes brazadas, cruza el río y emerge al otro lado recién nacido. «*Inche Lautaro!* ¡Soy Lautaro!», grita. Espera inmóvil en la orilla, mientras el aire tibio evapora la humedad de su cuerpo. Oye el graznido de un *chon-chón*, espíritu con cuerpo de pájaro y rostro de hombre, y responde con un llamado similar; entonces siente muy cerca la presencia de su guía, Guacolda. Debe hacer un esfuerzo para verla, aunque sus ojos ya se han acostumbrado a la oscuridad, porque ella tiene el don del viento, es invisible, puede pasar entre las filas enemigas, los hombres no la advierten, los perros no la huelen. Guacolda, cinco años mayor que él, su prometida. La conoce desde la infancia y sabe que él le pertenece, tal como ella le pertenece a él. La ha visto en cada ocasión en que escapaba de la ciudad de los *huincas* para entregar información a las tribus. Ella era el enlace, la rápida mensajera. Fue ella quien lo condujo a la ciudad de los invasores, cuando él era un chiquillo de once años, con instrucciones claras de disimular y vigilar; ella quien lo observó a corta distancia cuando se pegó al fraile vestido de negro y lo siguió. En el último encuentro, Guacolda le indicó que escapara durante la siguiente noche sin luna, porque su tiempo con el enemigo había terminado, ya sabía todo lo necesario y su gente lo esperaba. Al verlo llegar esa noche sin ropa de *huinca*, desnudo, Guacolda lo saluda, «*Mari mari*», luego lo besa por primera vez en la boca, le lame la cara, lo toca como una mujer para establecer su derecho sobre él. «*Mari mari*», responde Lautaro, quien ya sabe que ha llegado su hora para el amor, pronto podrá robarse a Guacolda en su ruca, echársela a la espalda y huir

uno a uno. Sólo los más fuertes y resistentes, los de más temple y voluntad, pueden aspirar al título de toqui de guerra. Uno de los más fornidos salta al ruedo. «*Inche Caupolicán!*», se presenta. Está desnudo, salvo por un breve delantal que le cubre el sexo, pero lleva las cintas de su rango atadas en torno a los brazos y la frente. Dos mocetones se acercan al tronco de pellín que han preparado, y lo levantan con esfuerzo, uno de cada extremo. Lo muestran, para que la concurrencia lo aprecie y calcule su peso, luego lo colocan con cuidado en las firmes espaldas de Caupolicán. Se doblan la cintura y las rodillas del hombre al recibir la tremenda carga y por un momento parece que caerá aplastado, pero de inmediato se endereza. Los músculos del cuerpo se tensan, la piel brilla de sudor, se hinchan las venas del cuello, a punto de reventar. Una exclamación ahogada escapa del círculo de espectadores cuando lentamente Caupolicán comienza a andar a pasos cortos, midiendo sus fuerzas para que le alcancen durante las horas necesarias. Debe vencer a otros tan fuertes como él. Su única ventaja es la feroz determinación de morir en la prueba antes de ceder el primer puesto. Pretende dirigir a su gente al combate, desea que su nombre sea recordado, quiere tener hijos con Fresia, la joven que ha elegido, y que éstos lleven su sangre con orgullo. Acomoda el tronco apoyado en la nuca, sostenido por los hombros y los brazos. La corteza áspera le rompe la piel y unos hilos finos de sangre descienden por sus anchas espaldas. Aspira a fondo el aroma intenso del bosque, siente el alivio de la brisa y el rocío. Los ojos negros de Fresia, que será su mujer si sale vencedor de la prueba, se clavan en los suyos, sin asomo de compasión, pero enamorados. En esa mirada le exige que triunfe: lo desea, pero sólo se casará con el mejor. En el cabello luce un copihue, la flor roja de los bosques, que crece en el aire, gota de sangre de la Madre Tierra, regalo de Caupolicán, quien trepó al árbol más alto para traérsela.

El guerrero camina en círculos, con el peso del mundo en los hombros y dice: «Nosotros somos el sueño de la Tierra, ella nos sueña a nosotros. También en las estrellas hay seres que son soñados y tienen sus propias maravillas. Somos sueños dentro de otros sueños. Estamos casados con la Naturaleza. Saludamos a la Santa Tierra, madre nuestra, a quien cantamos en la lengua de las araucarias y los canelos, de las cerezas y los cóndores. Que vengan los vientos floridos a traer la voz de los antepasados para que se endurezca nuestra mirada. Que el valor de los toquis antiguos navegue por nuestra sangre. Dicen los ancianos que es la hora del hacha. Los abuelos de los abuelos nos vigilan y sostienen nuestro brazo. Es la hora del combate. Hemos de morir. La vida y la muerte son la misma cosa...». La voz pausada del guerrero habla y habla durante horas en una incansable rogativa, mientras el tronco se balancea en sus hombros. Invoca a los espíritus de la Naturaleza para que defiendan su tierra, sus grandes aguas, sus auroras. Invoca a los antepasados para que conviertan en lanza los brazos de los hombres. Invoca a los pumas del monte para que presten su fortaleza y valentía a las mujeres. Los espectadores se cansan, se mojan con la llovizna tenue de la noche, algunos encienden pequeñas hogueras para alumbrarse, mascan granos de maíz tostado, otros se duermen o se van, pero después vuelven, admirados. La vieja machi salpica a Caupolicán con una ramita de canelo untada en sangre del sacrificio, para darle entereza. Tiene miedo, la mujer, porque la noche anterior se le aparecieron en sueños la culebra-zorro, *ñeru-filú*, y la serpiente-gallo, *piwichén*, a decirle que la sangre de la guerra será tan copiosa, que teñirá de rojo el Bío-Bío hasta el fin de los tiempos. Fresia acerca a los labios resecos de Caupolicán una calabaza con agua. Él ve las manos duras de la amada en su pecho, palpándole los músculos de piedra, pero no las siente, tal como ya no siente dolor ni cansancio. Sigue hablando en trance, sigue marchando dormido. Así pasan las horas, la noche entera, así amanece el día, colándose la luz entre las hojas de los altos árboles. El guerrero flota en la niebla fría que se desprende del suelo, los primeros rayos de oro bañan su cuerpo y él sigue dando pasitos de bailarín, la espalda roja de sangre, el discurso fluido. «Estamos en *hualán*, el tiempo sagrado de los frutos, cuando la Madre Santa nos da el alimento, el tiempo del piñón y las crías de los animales y las mujeres, hijos e hijas de Ngenechén. Antes del tiempo del descanso, el tiempo del frío y del sueño de la Madre Tierra, vendrán los *huincas*.»

Se ha corrido la voz por los montes y van llegando los guerreros de otras tribus y el claro del bosque se llena de gente. El círculo donde camina Caupolicán se hace más pequeño. Ahora lo avivan, de nuevo la machi lo rocía con sangre fresca, Fresia y otras mujeres le lavan el cuerpo con pieles de conejo mojadas, le dan agua, le introducen un poco de comida masticada en la boca, para que trague sin interrumpir su poético discurso. Los viejos toquis se inclinan ante el guerrero con respeto, nunca han visto nada igual. El sol calienta la tierra y despeja la niebla, se llena el aire de mariposas transparentes. Encima de las copas de los árboles se recorta contra el cielo la figura imponente del volcán con su eterna columna de humo. «Más agua para el guerrero», ordena la machi. Caupolicán, quien ya ha ganado la contienda hace rato, pero no suelta el tronco, sigue caminando y hablando. El sol llega a su cenit y empieza a descender hasta que desaparece entre los árboles, sin que él se detenga. Miles de mapuche han ido llegando en esas horas y la multitud ocupa el claro y el bosque entero, vienen otros por los cerros, suenan trutucas y cultrunes anunciando la hazaña a los cuatro vientos. Los ojos de Fresia ya no se desprenden de los de Caupolicán, lo sostienen, lo guían.

Por fin, cuando ya es de noche, el guerrero toma impulso y levanta el tronco sobre su cabeza, lo mantiene allí unos instantes y lo lanza lejos. Lautaro ya tiene su lugarteniente. «¡Ooooooooooom! ¡Ooooooooooooom!» El grito inmenso recorre el bosque, resuena entre los montes, viaja por toda la Araucanía y llega a los oídos de los *huincas*, a muchas leguas de distancia. «¡Ooooooooooom!»

Valdivia demoró casi un mes en alcanzar el territorio mapuche, y en ese tiempo logró reponerse lo suficiente como para montar a ratos, con gran dificultad. Apenas instalaron el campamento empezaron los ataques diarios del enemigo. Los mapuche atravesaban a nado los mismos ríos que bloqueaban el paso de los españoles, incapaces de cruzarlos sin embarcaciones por el peso de sus armaduras y pertrechos. Mientras algunos se enfrentaban a pecho desnudo con los perros, sabiendo que serían devorados vivos, pero dispuestos a cumplir la misión de detenerlos, los demás se abalanzaban contra los españoles. Dejaban docenas de muertos, se llevaban a los heridos que pudieran tenerse en pie y desaparecían en el bosque antes de que los soldados alcanzaran a organizarse para seguirlos. Valdivia dio orden de que la mitad de su reducido ejército montara guardia, mientras la otra mitad descansaba, en turnos de seis horas. A pesar del hostigamiento, el gobernador siguió adelante, venciendo en cada escaramuza. Entró más y más en la Araucanía sin encontrar partidas numerosas de indígenas, sólo grupos dispersos, cuyos ataques sorpresivos y fulminantes cansaban a sus soldados pero no los detenían, estaban acostumbrados a enfrentarse a enemigos cien veces más numerosos. El único intranquilo era

Michimalonko, pues sabía muy bien con quiénes tendría que habérselas pronto.

Y así fue. El primer enfrentamiento serio con los mapuche se produjo en enero de 1550, cuando los *huincas* habían alcanzado la ribera del Bío-Bío, línea que demarcaba el territorio inviolable de los mapuche. Los españoles acamparon junto a una laguna, en un sitio bien resguardado, de modo que las espaldas estaban protegidas por las aguas heladas y cristalinas. No contaron con que los enemigos llegarían por el agua, rápidos y silenciosos lobos de mar. Los centinelas nada vieron, la noche parecía tranquila, hasta que de pronto oyeron un barullo de chivateo, alaridos, flautas y tambores, y la tierra se remeció con el golpe de los pies desnudos de miles y miles de guerreros, los hombres de Lautaro. La caballería española, que se mantenía siempre preparada, les salió al encuentro, pero los indígenas no se amedrentaron, como antes sucedía ante el ímpetu de los animales, sino que se plantaron al frente con una muralla de lanzas en ristre. Los caballos se encabritaron y los jinetes debieron replegarse, mientras los arcabuceros lanzaban su primera andanada. Lautaro había advertido a sus hombres que cargar las armas de fuego demoraba unos minutos, durante los cuales el soldado estaba indefenso; eso les daba tiempo de atacar. Desconcertado ante la absoluta falta de temor de los mapuche, que combatían cuerpo a cuerpo contra soldados en armadura, Valdivia organizó su tropa como lo había hecho en Italia, escuadrones compactos protegidos por corazas, erizados de lanzas y espadas, mientras por detrás cargaba Michimalonko con sus huestes. El feroz combate duró hasta la noche, cuando terminó con la retirada del ejército de Lautaro, que no se desbandó en una huida precipitada, sino que se replegó ordenadamente a una señal de los cultrunes.

—En el Nuevo Mundo no se ha visto nada igual a estos guerreros —opinó Jerónimo de Alderete, extenuado.

—Nunca en mi vida tuve enemigos tan feroces. Hace más de treinta años que sirvo a su majestad y he luchado contra muchas naciones, pero nunca había visto tal tesón como el de esta gente en pelear —agregó Valdivia.

—¿Qué hacemos ahora?

—Fundar una ciudad en este punto. Tiene todas las ventajas: una bahía sana, un río ancho, madera, pesquería.

—Y miles de salvajes también —apuntó Alderete.

—Primero construiremos un fuerte. Pondremos a todos, menos los heridos y centinelas, a cortar árboles y construir barracones y una muralla con foso, como es debido. Veremos si estos bárbaros se atreven con nosotros.

Se atrevieron, por supuesto. Apenas los españoles terminaron de construir la muralla, Lautaro se presentó con un ejército tan enorme, que los aterrados centinelas calcularon en cien mil hombres. «No son ni la mitad y podemos con ellos. ¡Santiago y cierra España!», arengó Valdivia a su gente; estaba impresionado ante la audacia y la actitud del enemigo, más que por su número. Los mapuche marchaban con perfecta disciplina, en cuatro divisiones al mando de sus toquis de guerra. El chivateo terrible con que asustaban al enemigo estaba ahora reforzado por flautas hechas con los huesos de los españoles caídos en la batalla anterior.

—No podrán atravesar el foso y la muralla. Vamos a detenerlos con los arcabuceros —sugirió Alderete.

—Si nos encerráramos en el fuerte, podrían sitiarnos hasta matarnos de hambre —explicó Valdivia.

—¿Sitiarnos? No creo que se les ocurra, no es una táctica que conozcan los salvajes.

–Me temo que han aprendido mucho de nosotros. Debemos ir a su encuentro.

–Son demasiado numerosos, no podremos con ellos.

–Podremos con el favor de Dios –replicó Valdivia.

Ordenó que Jerónimo de Alderete saliera con cincuenta jinetes para enfrentar al primer escuadrón mapuche, que avanzaba a paso firme hacia la puerta, a pesar de la primera descarga de pólvora, que dejó a muchos tendidos. El capitán y sus soldados se dispusieron a obedecerle sin chistar, aunque estaban convencidos de que iban a una muerte segura. Valdivia se despidió de su amigo con un abrazo emocionado. Se conocían desde hacía muchos años y juntos habían sobrevivido a incontables peligros.

Existen los milagros, sin duda. Ese día ocurrió un milagro, no hay otra explicación, así lo repetirán por los siglos de los siglos los descendientes de los españoles que presenciaron el hecho, y seguramente también los mapuche en las generaciones venideras.

Jerónimo de Alderete se puso a la cabeza de sus cincuenta jinetes formados y a una señal suya abrieron las puertas de par en par. El monstruoso chivateo de los indígenas recibió a la caballería, que salió al galope. En pocos minutos una masa inmensa de guerreros rodeó a los españoles y Alderete comprendió al instante que continuar sería un acto suicida. Dio orden a sus hombres de reagruparse, pero las boleadoras impuestas por Lautaro se enredaban en las patas de los animales y les impedían maniobrar. Desde la muralla, los arcabuceros mandaron la segunda andanada de tiros, que no logró desanimar el avance de los asaltantes. Valdivia se dispuso a salir para reforzar a la caballería, aunque eso significaba dejar el fuerte indefenso frente a las otras tres divisiones indígenas que lo

llamarada que trazó un amplio arco en el firmamento y explotó con estruendo, dejando en el aire una cola de estrellas. En los años posteriores los bachilleres han ofrecido otras versiones, dicen que fue un bólido celestial, algo así como una enorme roca desprendida del Sol y que cayó sobre la Tierra. Nunca he visto uno de esos bólidos, pero me maravilla que tengan forma de apóstol o de Virgen y que ése cayera justo a la hora y en el lugar apropiado para favorecer a los españoles. Milagro o bólido, no lo sé, pero el hecho concreto es que los indios huyeron despavoridos y los cristianos quedaron dueños del campo, celebrando una inmerecida victoria.

Según las noticias que llegaron a Santiago, Valdivia tomó alrededor de trescientos prisioneros –aunque él, ante el rey, admitió sólo doscientos– y mandó darles castigo: les cortaron la mano derecha de un hachazo y la nariz a cuchillo. Mientras unos soldados forzaban a los prisioneros a colocar el brazo sobre un tronco, para que los verdugos negros descargaran el filo del hacha, otros cauterizaban los muñones sumergiéndolos en sebo hirviente, así las víctimas no se desangraban y podían llevar el escarmiento a su tribu. Más allá, unos terceros mutilaban las caras de los infelices mapuche. Se llenaron canastos de manos y narices y la sangre empapaba la tierra. En su carta al rey, dijo Valdivia que, una vez se había hecho justicia, juntó a los cautivos y les habló, porque había entre ellos algunos caciques e indios principales. Declaró que «hacía aquello porque les había enviado a llamar muchas veces con requerimientos de paz y ellos no cumplieron». De modo que los torturados debieron soportar además una arenga en castellano. Los que aún eran capaces de tenerse en pie se alejaron trastabillando hacia el bosque para ir a enseñar sus muñones a sus compañeros. Muchos amputados caían desmayados, pero luego volvían a levantarse y se iban también, llenos de odio, sin dar a sus victimarios el placer de verlos suplicar o gemir de dolor. Cuando los verdugos ya no pudieron levantar las hachas y los cuchillos de cansancio y náusea, los soldados debieron reemplazarlos. Tiraron al río los canastos de manos y narices, que se fueron flotando hacia el mar, llevados por la corriente ensangrentada.

Cuando supe de lo ocurrido le pregunté a Rodrigo cuál había sido el propósito de aquella carnicería, que a mi juicio traería horribles consecuencias, porque después de un hecho así no podíamos esperar misericordia de los mapuche, sino la peor venganza. Rodrigo me explicó que a veces estas acciones son necesarias para atemorizar al enemigo.

–¿También tú habrías hecho algo semejante? –quise saber.

–Creo que no, Inés, pero yo no estaba allí y no puedo juzgar las decisiones del capitán general.

–Estuve con Pedro en las buenas y en las malas durante diez años, Rodrigo, y esto no calza con la persona que conozco. Pedro ha cambiado mucho y, déjame decirte, me alegro de que ya no esté en mi vida.

–La guerra es la guerra. Ruego a Dios que termine pronto y podamos fundar esta nación en paz.

–Si la guerra es la guerra, también podemos justificar las matanzas de Francisco de Aguirre en el norte –le dije.

Después del salvaje escarmiento, Valdivia hizo recoger la comida y los animales que pudo confiscar de los indios y los llevó al fuerte. Envió mensajeros a las ciudades anunciando que en menos de cuatro meses, con ayuda del apóstol Santiago y Nuestra Señora, se había dado maña para imponer paz en esa tierra. Me pareció que se apresuraba en cantar victoria.

En los tres años que le quedaban de vida, vi a Pedro de Valdivia muy poco, sólo tuve noticias suyas por terceros. Mientras Rodrigo y yo prosperábamos casi sin darnos cuenta, porque donde poníamos el ojo crecía el ganado, se multiplicaban las siembras y surgía oro de las piedras, el gobernador se dedicó a construir fuertes y fundar ciudades en el sur. Primero plantaban la cruz y el estandarte, si había cura oficiaban misa, luego erguía el árbol de justicia, o patíbulo, y empezaban a cortar árboles para construir la muralla de defensa y las viviendas. Lo más arduo era conseguir pobladores, pero poco a poco iban llegando soldados y familias. Así surgieron, entre otras, Concepción, La Imperial y Villarrica, esta última cerca de las minas de oro que se descubrieron en un afluente del Bío-Bío. Tanto produjeron esas minas, que no corría en el comercio sino oro en polvo para adquirir pan, carne, frutas, hortalizas y lo demás; no había otra moneda sino oro. Mercaderes, taberneros y vendedores andaban cargados de pesas y balanzas para vender y comprar. Así se cumplió el sueño de los conquistadores y ya nadie se atrevió a llamar a Chile «país de rotosos» ni «sepultura de españoles». También se fundó la ciudad de Valdivia, llamada así por insistencia de los capitanes, no por vanidad del gobernador. Su escudo la describe: «Un río y una ciudad de plata». Los soldados contaban que en los vericuetos de la cordillera existía la afamada Ciudad de los Césares, entera de oro y piedras preciosas, defendida por bellas amazonas, es decir, el mismo mito de El Dorado, pero Pedro de Valdivia, hombre práctico, no perdió tiempo ni gente buscándola.

En Chile se recibían numerosos refuerzos militares por tierra y por mar, pero siempre eran insuficientes para ocupar ese vasto territorio de costa, bosque y montaña. Para congraciarse con sus soldados, el gobernador distribuía tierras e indios con su habitual generosidad, pero eran regalos de palabra, intenciones poéticas, ya que las tierras eran vírgenes y los nativos indómitos. Sólo mediante la fuerza bruta se podía obligar a los mapuche a trabajar. Su pierna había sanado, aunque siempre le dolía, pero ya podía montar a caballo. Recorría sin descanso la inmensidad del sur con su pequeño ejército, adentrándose en los bosques húmedos y sombríos, bajo la alta cúpula verde tejida por los árboles más nobles y coronada por la soberbia araucaria, que se perfilaba contra el cielo con su dura geometría. Las patas de los caballos pisaban un colchón fragante de humus, mientras los jinetes se abrían camino con las espadas en la espesura, a ratos impenetrable, de los helechos. Cruzaban arroyos de aguas frías, donde los pájaros solían quedar congelados en las orillas, las mismas aguas donde las madres mapuche sumergían a los recién nacidos. Los lagos eran prístinos espejos del azul intenso del cielo, tan quietos, podían contarse las piedrecillas en el fondo. Las arañas tejían sus encajes, perlados de rocío, entre las ramas de robles, arrayanes y avellanos. Las aves del bosque cantaban reunidas, diuca, chincol, jilguero, torcaza, tordo, zorzal, y hasta el pájaro carpintero, marcando el ritmo con su infatigable tac-tac-tac. Al paso de los caballeros se levantaban nubes de mariposas y los venados, curiosos, se acercaban a saludar. La luz se filtraba entre las hojas y dibujaba sombras en el paisaje; la niebla subía del suelo tibio y envolvía el mundo en un hálito de misterio. Lluvia y más lluvia, ríos, lagos, cascadas de aguas blancas y espumosas, un universo líquido. Y al fondo, siempre, las montañas nevadas, los volcanes humeantes, las nubes viajeras. En otoño el paisaje era de oro y sangre, enjoyado, magnífico. A Pedro de Valdivia se le escapaba el alma y se le quedaba enredada entre los esbeltos troncos vestidos de musgo, fino terciopelo. El Jardín del Edén, la tierra prometida, el paraíso. Mudo, mojado de lágrimas, el con-

Valdivia se dio cuenta muy pronto de que estaba ante un general tan diestro como él mismo, alguien que conocía las flaquezas de los españoles, pero no se preocupó demasiado. Estaba seguro del triunfo. Los mapuche, por aguerridos y ladinos que fuesen, no podían compararse con el poderío militar de sus experimentados capitanes y soldados. Todo era cuestión de tiempo, decía, la Araucanía sería suya. No tardó en averiguar el nombre que andaba de boca en boca, Lautaro, el toqui que se atrevía a desafiar a los españoles. Lautaro. Jamás se le ocurrió que podía ser Felipe, su antiguo caballerizo, eso lo descubriría el día de su muerte. Valdivia se detenía en los aislados caseríos de los colonos y los arengaba con su optimismo invencible. Lo acompañaba Juana Jiménez, como antes lo hice yo, mientras María de Encio masticaba su despecho en Santiago. El gobernador escribía cartas al rey para reiterarle que los salvajes habían comprendido la necesidad de acatar los designios de su majestad y las bondades del cristianismo y que él había domado esa tierra bellísima, fértil y apacible, donde lo único que hacía falta eran españoles y caballos. Entre párrafo y párrafo le solicitaba nuevas prebendas, que el emperador desatendía.

Pastene, almirante de una flota compuesta de dos viejos barcos, seguía explorando la costa de norte a sur y a la inversa, luchando con corrientes invisibles, aterradoras olas negras, vientos orgullosos que desgarraban las velas, en vana búsqueda del paso entre los dos océanos. Sería otro capitán quien daría con el estrecho de Magallanes en 1554. Pedro de Valdivia murió sin saberlo y sin cumplir su sueño de extender la conquista hasta ese punto del mapa. En su peregrinaje, Pastene descubrió lugares idílicos, que describía con elocuencia italiana, omitiendo los atropellos que sus hombres cometían. Sin embargo, las noticias de esos delitos llegaron a saberse, como a la larga siempre ocurre. Un cronista que viajaba con Pastene contó que en una rada remota los marineros fueron recibidos con comida y regalos por amables indígenas, a quienes retribuyeron violando a las mujeres, asesinando a muchos hombres y capturando a otros. Después condujeron a los prisioneros encadenados a Concepción, donde los exhibieron como animales de feria. Valdivia consideró que este incidente, como tantos en que la soldadesca quedaba mal parada, no merecía tinta y papel. No se lo mencionó al rey.

Otros capitanes, como Villagra y Alderete, iban y venían, galopaban por los valles, subían la cordillera, se sumergían en los bosques, navegaban los lagos y así plantaban su recia presencia en esa región encantada. Solían tener breves reyertas con bandas de indios, pero Lautaro se cuidaba de no mostrar su verdadera fuerza, mientras se preparaba con infinita cautela en lo más profundo de la Araucanía. Michimalonko había muerto en un encuentro con Lautaro y algunos de sus guerreros se aliaron con sus hermanos de raza, los mapuche, pero Valdivia logró mantener a buen número de ellos. El gobernador insistía en continuar la conquista hacia el sur, pero cuanto más territorio ocupaba, menos podía controlar. Debía dejar soldados en cada ciudad para proteger a los colonos, y destinar otros a explorar, castigar a los indígenas y robar ganado y alimento. El ejército estaba dividido en pequeños grupos que solían permanecer incomunicados durante meses.

En el crudo invierno, los conquistadores se refugiaban en los villorrios de los colonos, que llamaban ciudades, porque resultaba muy arduo movilizarse con sus pesados bastimentos en el suelo empantanado, bajo la lluvia inclemente y la escarcha del amanecer, soportando el viento de las nieves, que partía los huesos. De mayo a septiembre la tierra entraba en reposo, todo callaba, sólo el agua torrentosa de los ríos, el golpeteo de la lluvia y las tormentas

cha bajo mi dirección y quedó convertida en una mansión digna del teniente gobernador. Como me sobró impulso, hice construir otra residencia unas cuadras más lejos, con la idea de regalártela, Isabel, cuando te casaras. Además, teníamos casas muy cómodas en las chacras del campo; me gustan amplias, de techos altos, con galerías y huertas de árboles frutales, plantas medicinales y flores. En el tercer patio pongo a los animales domésticos a buen resguardo, para que no los roben. Procuro que los criados dispongan de cuartos decentes; me enoja ver cómo otros colonos hospedan mejor a sus caballos que a la gente. Como no he olvidado que soy de origen humilde, me entiendo sin problemas con la servidumbre, que siempre me ha sido muy leal. Ellos son mi familia. En aquellos años Catalina, todavía fuerte y sana, manejaba los asuntos domésticos, pero yo mantenía los ojos muy abiertos para que no se cometieran abusos con los criados. Me faltaban horas para cumplir con mis tareas. Me dedicaba a diversos negocios, construir y ayudar a Rodrigo en los asuntos de gobierno, además de la caridad, que nunca es suficiente. La fila de indios pobres que comían a diario en nuestra cocina daba vueltas a la plaza de Armas, y era tanto lo que se quejaba Catalina del gentío y la mugre, que decidí inaugurar un comedero en otra calle. En un barco de Panamá vino a Chile doña Flor, una negra senegalesa, magnífica cocinera, que se hizo cargo de ese proyecto. Ya sabes a quién me refiero, Isabel, es la misma mujer que conoces. Llegó a Chile descalza y hoy se viste de brocado y vive en una mansión que envidian las damas más conspicuas de Santiago. Sus platos eran tan buenos que los señorones empezaron a quejarse, porque los indigentes comían mejor que ellos; entonces a doña Flor se le ocurrió que podíamos financiar la olla de los pobres vendiendo comida fina a los pudientes y ganar dinero de paso. Así se hizo rica, en buena hora para ella, pero no resolvimos mi problema, porque apenas se le llenaron de oro las faltriqueras se olvidó de los mendigos, que volvieron a esperar ante la puerta de mi casa. Y así es hasta ahora.

Al saberse que Valdivia venía camino a Santiago, noté a Rodrigo preocupado, no sabía cómo manejar la situación sin ofender a alguien; estaba dividido entre su cargo oficial, su lealtad hacia el amigo y el deseo de protegerme. Llevábamos más de dos años sin ver a mi antiguo amante, y su ausencia nos resultaba muy cómoda. Con su llegada, yo dejaba de ser la gobernadora, y me pregunté, divertida, si María de Encio estaría a la altura de las circunstancias. Me costaba imaginarla en mi lugar.

–Sé lo que estás pensando, Rodrigo. Tranquilízate, no habrá problemas con Pedro –le dije.

–Tal vez sería conveniente que te fueras al campo con Isabel...

–No pienso salir escapando, Rodrigo. Ésta también es mi ciudad. Me abstendré de participar en los asuntos del gobierno mientras él esté aquí, pero el resto de mi vida seguirá igual. Estoy segura de que podré ver a Pedro sin que me fallen las rodillas –me reí.

–Será inevitable que te encuentres con él a menudo, Inés.

–No sólo eso, Rodrigo. Tendremos que ofrecerle un banquete.

–¿Banquete, dices?

–Por supuesto, somos la segunda autoridad de Chile, nos corresponde agasajarlo. Lo invitaremos con su María de Encio y, si quiere, también con la otra. ¿Cómo es que se llama la gallega?

Rodrigo se quedó mirándome con esa expresión de duda que solían provocarle mis iniciativas, pero le planté un beso breve en la frente y le aseguré que no habría escándalo de ninguna clase. En realidad, ya había puesto a varias mujeres a coser manteles, mientras doña Flor, contratada para la ocasión, iba juntando los ingredientes de la comida, sobre todo para los postres favoritos del gobernador. Los barcos traían melaza y azúcar, que, si eran caras en Europa, en Chile resultaban a precios exorbitantes, pero no todos los postres pueden hacerse con miel, así es que me resigné a pagar lo que me pedían. Pretendía impresionar a los invitados con un despliegue de platos nunca visto en nuestra capital. «Pero más te vale ir pensando en lo que te estarás poniendo, pues, señoray», me recordó Catalina. La puse a aplanchar un elegante vestido de seda tornasolada de un tono cobrizo, recién llegado de España, que acentuaba el color de mis cabellos... Bueno, Isabel, no necesito confesarte que mantenía el color con alheña, como las moras y las gitanas, porque ya lo sabes. El vestido me quedaba un poco apretado, es cierto, ya que la vida placentera y el amor de Rodrigo me habían envanecido el alma y el cuerpo, pero de todos modos luciría mejor que María de Encio, quien se vestía como una buscona, o su pizpireta criada, que no podía competir conmigo. No te rías, hija. Sé que este comentario parece mezquindad de mi parte, pero es verdad: esas mujeronas eran muy ordinarias.

Pedro de Valdivia hizo su entrada triunfal en Santiago bajo arcos de ramas y flores, ovacionado por el cabildo y la población en masa. Rodrigo de Quiroga, sus capitanes y soldados, con armaduras bruñidas y yelmos empenachados, formaron en la plaza de Armas. María de Encio, en la puerta de la casa que antes fuera mía, aguardaba a su amo retorciéndose en risitas coquetas y remilgos. ¡Qué mujer tan odiosa! Yo me abstuve de aparecer, observé el espectáculo de lejos, atisbando por una ventana. Me pareció que a Pedro le habían caído de súbito los años encima, estaba más pesado y se movía con solemnidad, no sé si por arrogancia, gordura o fatiga del viaje.

Esa noche el gobernador descansó en brazos de sus dos mancebas, supongo, y al día siguiente se puso a trabajar con el ahínco que le era propio. Recibió el informe completo y detallado del estado de la colonia y la ciudad por parte de Rodrigo, revisó las cuentas del tesorero, escuchó los reclamos del cabildo, atendió uno por uno a los vecinos que llegaron con peticiones o en busca de justicia. Se había transformado en un hombre pomposo, impaciente, altanero y tiránico, no soportaba la menor contradicción sin estallar en amenazas. Ya no pedía consejo ni compartía sus decisiones, actuaba como un soberano. Llevaba demasiado tiempo en guerra, se había acostumbrado a ser obedecido sin chistar por la tropa. Parece que así trataba también a sus capitanes y amigos, pero fue amable con Rodrigo de Quiroga; seguramente adivinó que éste no soportaría una falta de respeto. Según Cecilia, a quien nada escapaba, sus concubinas y la servidumbre le tenían terror, porque en ellas descargaba Valdivia sus frustraciones, desde el dolor de huesos hasta el silencio obstinado del rey, quien no respondía a sus cartas.

El banquete en honor al gobernador fue uno de los más espectaculares que me ha tocado ofrecer en mi larga vida. Nada más que hacer la lista de comensales fue una tarea, porque no podíamos incluir a los quinientos vecinos de la capital con sus familias. Muchas personas principales se quedaron esperando la esquela de invitación. Santiago hervía de comentarios, todos querían acudir a la fiesta, me llegaban regalos inesperados y profusos mensajes de amistad de personas que el día anterior apenas me miraban, pero debimos limitar la lista a los antiguos capitanes que llegaron con nosotros a Chile en 1540, los funcionarios reales y del cabildo. Trajimos indios auxiliares de las chacras y los vestimos con impecables uniformes, pero no pudimos ponerles calzado porque no lo soportaban. Alumbramos con centenares de bujías, lámparas de sebo y antorchas con resina de pino, que perfumaban el aire. La casa lucía espléndida, llena de flores, grandes fuentes con frutas de la estación y jaulas de pájaros. Servimos vino peruano de buena cepa y un vino chileno, que Rodrigo y yo empezábamos a producir. Sentamos a treinta invitados en la mesa principal y a cien más en otras salas y en los patios. Decidí que esa noche las mujeres se sentarían a la mesa con los hombres, como había oído que se hace en Francia, en vez de que lo hicieran en cojines en el suelo, como en España. Sacrificamos cochinillos y corderos, para ofrecer una variedad de platos, además de aves rellenas y pescados de la costa, que trajimos vivos en agua de mar. Había una mesa sólo para los postres, tortas, hojaldres, merengues, yemas quemadas, dulce de leche, fruta. La brisa paseaba por la ciudad los olores del banquete, ajo, carne asada, caramelo. Los invitados acudieron con sus mejores galas, rara vez había ocasión de sacar los trapos de lujo del fondo de los baúles. La mujer más bella de la fiesta fue Cecilia, por supuesto, con un vestido azulino ceñido por un cinturón de oro y adornada con sus joyas de princesa inca. Trajo a un negrito, que se instaló detrás de su silla a abanicarla con un plumero, finísimo detalle que nos dejó a todos los demás, gente ruda, atónitos. Valdivia apareció con María de Encio, quien no se veía mal, debo reconocerlo, pero no trajo a la otra porque presentarse con dos concubinas habría sido un bofetón a la cara de nuestra pequeña pero orgullosa sociedad. Me besó la mano y me halagó con las galanterías propias de estos casos. Me pareció percibir en su mirada una mezcla de tristeza y celos, pero pueden ser ideas mías. Cuando nos sentamos a la mesa, levantó su copa para brindar por Rodrigo y por mí, sus anfitriones, e hizo un sentido discurso comparando la dura época de la hambruna en Santiago, sólo diez años antes, con la abundancia actual.

–En este banquete imperial, bella doña Inés, sólo falta una cosa... –concluyó, con la copa en alto y los ojos húmedos.

–No me diga más, vuestra merced –contesté.

En ese momento entraste tú, Isabel, vestida de organdí y coronada de cintas y flores, con una fuente de plata, cubierta por una servilleta de lino blanco, que contenía una empanada para el gobernador. Un aplauso cerrado celebró la ocurrencia, porque todos recordaban los tiempos de las vacas flacas, cuando hacíamos empanadas de lo que hubiese a mano, incluso de lagartijas.

Después de la cena hubo baile, pero Valdivia, quien fuera un ágil bailarín, con buen oído y gracia natural, no participó, pretextando dolor de huesos. Una vez que los invitados se fueron y los criados terminaron de repartir los restos del banquete entre los pobres, que acudieron a oír la fiesta desde la plaza de Armas, cerrar la casa y apagar las bujías, Rodrigo y yo caímos extenuados a la cama. Apoyé la cabeza en su pecho, como siempre, y me dormí sin sueños durante seis horas, que para mí, siempre insomne, es una eternidad.

El gobernador se quedó en Santiago tres meses. En ese tiempo tomó una decisión que seguramente había pensado mucho: mandó a Jerónimo de Alderete a España a entregar sesenta mil pesos de oro al rey, el quinto correspondiente a la Corona, suma ridícula si se compara con los galeones cargados de ese metal que salían del Perú. Llevaba cartas para el monarca con varias peticiones, entre otras, que le otorgara un marquesado y la Orden de Santiago. También en eso Valdivia había cambiado, ya no era el hombre que se jactaba de despreciar títulos y honores. Además, él, a quien antes repugnaba la esclavitud, solicitaba permiso para encargar dos mil esclavos negros sin pagar impuesto. La segunda parte de la misión de Alderete consistía en visitar a Marina Ortiz de Gaete, quien todavía vivía en el modesto solar de Castuera, darle dinero e invitarla a venir a Chile a ocupar el rango de gobernadora junto a su marido, a quien no había visto durante diecisiete años. Me encantaría saber cómo recibieron esta noticia María y Juana. Lamento que Jerónimo de Alderete no pudiese traer la respuesta positiva del rey. Su ausencia duró casi tres años, según recuerdo, debido a las demoras de navegar por el océano y porque el emperador no era hombre de andar con prisas. A su regreso, cuando cruzaba el istmo de Panamá, el capitán agarró una pestilencia tropical que lo despachó a mejor vida. Era muy buen soldado y leal amigo este Jerónimo de Alderete, espero que la Historia le reserve el sitial que merece. Entretanto, Pedro de Valdivia murió sin enterarse de que por fin había obtenido las prebendas solicitadas.

Al recibir la invitación de su marido para viajar a ese reino, que ella imaginaba como Venecia, vaya una a saber por qué, y los siete mil quinientos pesos de oro para sus gastos, Marina Ortiz de Gaete se compró un trono dorado, un ajuar imperial y se hizo acompañar por un impresionante séquito que incluía a varios miembros de su familia. La pobre mujer llegó a Chile convertida en viuda; aquí descubrió que Pedro la había dejado arruinada y, para colmo de males, antes de seis meses todos sus sobrinos, a quienes adoraba, murieron en la guerra con los indios. No puedo menos que compadecerla.

Durante el tiempo que Pedro de Valdivia estuvo en Santiago nos vimos poco y sólo en reuniones sociales, rodeados de otras personas que nos observaban con malicia, esperando sorprendernos en un gesto de intimidad o tratando de adivinar nuestros sentimientos. En esta ciudad no se podía dar un paso sin ser atisbada por las ventanas y criticada. ¿Por qué hablo en pasado? Estamos en

1580 y la gente sigue siendo igual de chismosa. Después de haber compartido con Pedro los años más intensos de mi juventud, sentía un raro despego en su presencia, me parecía que el hombre que yo había amado con una pasión desesperada era otro. Poco antes de que él anunciara su regreso al sur, donde pensaba visitar las nuevas ciudades y seguir buscando el escurridizo estrecho de Magallanes, vino a verme González de Marmolejo.

—Quería contarte, hija, que el gobernador ha solicitado al rey que me nombre obispo de Chile —me dijo.

—Eso ya lo sabe todo Santiago, padre. Decidme a qué habéis venido en realidad.

—¡Qué atrevida eres, Inés! —se rió el clérigo.

—Vamos, desembuchad, padre.

—El gobernador desea hablarte en privado, hija, y como es lógico no puede ser en tu casa, en la de él ni en un lugar público. Se deben guardar las apariencias. Le ofrecí que se encontrara contigo en mi residencia...

—¿Sabe Rodrigo de esto?

—El gobernador no cree necesario molestar a tu marido con esta nimiedad, Inés.

Me resultaron sospechosos el mensajero, el recado y el secreto, así es que se lo comuniqué a Rodrigo ese mismo día, para evitar problemas, y entonces me enteré de que éste ya lo sabía, porque Valdivia le había pedido permiso para citarse conmigo a solas. ¿Por qué, entonces, pretendía que yo se lo ocultara a mi marido? ¿Y por qué Rodrigo no me lo mencionó? Supongo que el primero quiso ponerme a prueba, pero no creo que ésa fuese la intención del segundo; Rodrigo era incapaz de tales manejos.

—¿Sabes para qué quiere hablar conmigo Pedro? —le pregunté a mi marido.

–Desea explicarte por qué actuó como lo hizo, Inés.

–¡Han pasado más de tres años! ¿Y ahora viene con explicaciones? Muy raro me parece.

–Si no quieres hablar con él, se lo diré derechamente.

–¿No te molesta que me encuentre a solas con él?

–Tengo plena confianza en ti, Inés. Jamás te ofendería con celos.

–Tú no pareces español, Rodrigo. Debes de tener sangre de holandés en las venas.

Al día siguiente acudí a la casa de González de Marmolejo, la más grande y lujosa de Chile después de la mía. La fortuna del clérigo sin duda era de origen milagroso. Me recibió su ama de llaves quechua, una mujer muy sabia, conocedora de plantas medicinales y tan buena amiga mía que no necesitaba disimular que hacía vida marital con el futuro obispo desde hacía años. Cruzamos varios salones, comunicados por puertas dobles talladas por un artesano, que el clérigo hizo traer del Perú, y llegamos a una habitación pequeña, donde tenía su escritorio y la mayor parte de sus libros. El gobernador, vestido con esmero en jubón rojo oscuro de mangas acuchilladas, calzas verdosas y gorra de seda negra con una pluma coqueta, se adelantó para saludarme. El ama de llaves se retiró con discreción y cerró la puerta. Entonces, al verme a solas con Pedro, sentí que me latían las sienes y se me desbocaba el corazón, pensé que no sería capaz de sostener la mirada de esos ojos azules, cuyos párpados había besado a menudo cuando él dormía. Por mucho que Pedro hubiese cambiado, en algún momento fue el amante a quien seguí al fin del mundo. Pedro me puso las manos en los hombros y me dio vuelta hacia la ventana, para observarme a la luz.

–¡Eres tan hermosa, Inés! ¿Cómo puede ser que para ti no pase el tiempo? –suspiró, conmovido.

–Necesitas vidrios para ver –le dije, dando un paso atrás para desprenderme de sus manos.

–Dime que eres feliz. Es muy importante para mí que lo seas.

–¿Por qué? ¿Mala conciencia, acaso?

Sonreí, él se rió también y ambos respiramos aliviados, se había roto el hielo. Me contó en detalle el juicio que enfrentó en el Perú y la condena de La Gasca; la idea de casarme con otro se le ocurrió a él como única forma de salvarme del destierro y la pobreza.

–Al proponerle esa solución a La Gasca me clavé una daga en el pecho, Inés, y todavía sangro. Siempre te he amado, eres la única mujer de mi vida, las demás no cuentan. Saberte casada con otro me causa un dolor atroz.

–Siempre fuiste celoso.

–No te burles, Inés. Sufro mucho por no tenerte conmigo, pero celebro que seas rica y te hayas desposado con el mejor hidalgo de este reino.

–En aquella ocasión, cuando mandaste a González de Marmolejo a darme la noticia, él insinuó que tú habías elegido a alguien para mí. ¿Era Rodrigo?

–Te conozco demasiado bien como para tratar de imponerte algo, Inés, y menos un marido –me contestó, evasivo.

–Entonces, para tu tranquilidad, te diré que la solución que se te ocurrió fue excelente. Soy feliz y amo mucho a Rodrigo.

–¿Más que a mí?

–A ti ya no te amo con esa clase de amor, Pedro.

–¿Estás segura de eso, Inés del alma mía?

Volvió a sujetarme por los hombros y me atrajo, buscándome los labios. Sentí el cosquilleo de su barba rubia y el calor de su aliento, volví la cara y lo empujé suavemente.

–Lo que más apreciabas de mí, Pedro, era la lealtad. Todavía la tengo, pero ahora se la debo a Rodrigo –le dije con tristeza, porque presentí que en ese momento nos despedíamos para siempre.

Pedro de Valdivia partió de nuevo a continuar la conquista y reforzar las siete ciudades y los fuertes recién fundados. Se descubrieron varias minas de ricas vetas, que atrajeron a nuevos colonos, incluso a vecinos de Santiago que optaron por dejar sus fértiles haciendas en el valle del Mapocho y partir con sus familias a los bosques misteriosos del sur, encandilados por la posibilidad del oro y la plata. Tenían a veinte mil indios trabajando en las minas y la producción era casi tan buena como la del Perú. Entre los colonos que se fueron iba el alguacil Juan Gómez, pero Cecilia y sus hijos no lo acompañaron. «Yo me quedo en Santiago. Si quieres ir a hundirte en esos pantanos, allá tú», le dijo Cecilia, sin imaginar que sus palabras serían ominosas.

Al despedirse de Valdivia, Rodrigo de Quiroga le aconsejó que no abarcase más de lo que podía controlar. Algunos fuertes disponían apenas de un puñado de soldados, y varias ciudades estaban desprotegidas.

–No hay peligro, Rodrigo, los indios nos han dado muy pocos problemas. El territorio está sometido.

–Me parece raro que los mapuche, cuya fama de indomables nos había llegado al Perú antes de iniciar la conquista de Chile, no nos hayan combatido como esperábamos.

–Comprendieron que somos un enemigo demasiado poderoso para ellos y se han dispersado –le explicó Valdivia.

–Si es así, en buena hora, pero no te descuides.

Se estrecharon efusivamente y Valdivia partió sin preocuparse por las advertencias de Quiroga. Durante varios meses no tuvimos noticias directas de él, pero nos llegaron rumores de que hacía vida de turco, echado entre almohadones y engordando en su casa de Concepción, que él llamaba su «palacio de invierno». Decían que Juana Jiménez escondía el oro de las minas, que llegaba en grandes bateas, para no tener que compartirlo ni declararlo a los oficiales del rey. Agregaban, envidiosos, que era tanto el oro acumulado y el que todavía quedaba en las minas de Quilacoya, que Valdivia era más rico que Carlos V. Así es de apresurada la gente para juzgar al prójimo. Te recuerdo, Isabel, que a su muerte Valdivia no dejó ni un maravedí. A menos que Juana Jiménez, en vez de ser raptada por los indios, como se cree, haya logrado robarse esa fortuna y escapar a alguna parte, el tesoro de Valdivia nunca existió.

Tucapel se llamaba uno de los fuertes destinados a desalentar a los indígenas y proteger las minas de oro y plata, aunque sólo contaba con una docena de soldados, que pasaban sus días vigilando la espesura, aburridos. El capitán que estaba a cargo del fuerte sospechaba que los mapuche tramaban algo, a pesar de que su relación con ellos había sido pacífica. Una o dos veces por semana los indios llevaban provisiones al fuerte; eran siempre los mismos, y los soldados, que ya los conocían, solían intercambiar señales amistosas con ellos. Sin embargo, había algo en la actitud de los indios que indujo al capitán a capturar a varios de ellos y, mediante suplicio, averiguó que se estaba gestando una gran sublevación de las tribus. Yo podría jurar que los indios confesaron sólo aquello que Lautaro deseaba que los *huincas* supieran, porque los mapuche nunca se han doblegado ante el tormento. El capitán mandó pedir refuerzos, pero tan poca importancia dio Pedro de Valdivia a esta información, que por toda ayuda mandó cinco soldados a caballo al fuerte de Tucapel.

Corría la primavera de 1553 en los bosques aromáticos de la Araucanía. El aire era tibio y al paso de los cinco soldados se levantaban nubes de insectos translúcidos y aves ruidosas. De pronto, un infernal chivateo rompió la paz idílica del paisaje y de inmediato los españoles se vieron rodeados por una masa de asaltantes. Tres de ellos cayeron atravesados por lanzas, pero dos alcanzaron a dar media vuelta y galoparon a matacaballo hacia el fuerte más próximo a pedir socorro.

Entretanto se presentaron en Tucapel los mismos indígenas que siempre llevaban las vituallas, saludando con el aire más sumiso del mundo, como si no estuviesen enterados del suplicio que habían sufrido sus compañeros. Los soldados abrieron las puertas del fuerte y los dejaron entrar con sus bultos. Una vez en el patio, los mapuche abrieron sus sacos, extrajeron las armas que llevaban ocultas y se abalanzaron sobre los soldados. Éstos lograron reponerse de la sorpresa y volar en busca de sus espadas y corazas para defenderse. En los minutos siguientes se llevó a cabo una matanza de mapuche y muchos fueron hechos prisioneros, pero la estratagema dio resultado, porque mientras los españoles estaban ocupados con los de adentro, miles de otros indígenas rodearon el fuerte. El capitán salió con ocho de sus hombres a caballo para enfrentarlos, decisión muy valiente pero inútil, porque el enemigo era demasiado numeroso. Al cabo de una lucha heroica, los soldados que aún estaban con vida retrocedieron al fuerte, donde la desigual batalla continuó durante el resto del día, hasta que, finalmente, al caer la oscuridad, los atacantes se replegaron. En el fuerte de Tucapel quedaron seis soldados, únicos españoles sobrevivientes, muchos yanaconas y los indios prisioneros. El capitán tomó una medida desesperada para espantar a los mapuche que aguardaban el amanecer para atacar de nuevo. Había oído la leyenda de que yo salvé la ciudad de Santiago lanzando las cabezas de los caciques a las huestes indígenas y decidió copiar la idea. Hizo degollar a los cautivos, luego lanzó las cabezas por encima de la muralla. Un rugido largo, como una terrible ola de mar tormentoso, acogió el gesto.

Durante las horas siguientes, el cerco mapuche que rodeaba el fuerte se fue engrosando, hasta que los seis españoles comprendieron que su única posibilidad de salvación era tratar de cruzar a caballo las filas enemigas al amparo de la noche y llegar al fuerte más cercano, en Purén. Eso significaba abandonar a su suerte a los yanacona, que no tenían caballos. No sé cómo los españoles lograron su audaz cometido, porque el bosque estaba infestado de indígenas, que habían acudido de lejos, llamados por Lautaro, para la gran insurrección. Tal vez los dejaron pasar con algún avieso propósito. En todo caso, con la primera luz del alba los indios, que habían esperado la noche entera en las cercanías, irrumpieron en el fuerte abandonado de Tucapel y se encontraron con los restos de sus compañeros en el patio ensangrentado. Los infelices yanaconas que aún permanecían en el fuerte fueron aniquilados.

La noticia del primer ataque victorioso alcanzó a Lautaro muy pronto gracias al sistema de comunicación que él mismo había ideado. El joven *ñidoltoqui* acababa de formalizar su unión con Guacolda, después de pagar la dote correspondiente. No participó en la borrachera de la celebración porque no era amigo del alcohol y estaba muy ocupado planeando el segundo paso de la campaña. Su objetivo era Pedro de Valdivia.

Juan Gómez, quien había llegado al sur una semana antes, no alcanzó a pensar en las minas de oro que le habían inducido a separarse de su familia, pues recibió el clamor de socorro del fuerte de Purén, donde los seis soldados sobrevivientes de Tucapel se unieron a los once que allí había. Como todo encomendero, tenía la obligación de acudir a la guerra cuando era llamado, y no vaciló en hacerlo. Gómez galopó hasta Purén y se colocó a la cabeza del pequeño destacamento. Después de escuchar los detalles de lo ocurrido en Tucapel, tuvo la certeza de que no se trataba de una escaramuza, como tantas del pasado, sino de un levantamiento masivo de las tribus del sur. Se preparó lo mejor posible para resistir, pero no era mucho lo que podía hacer en Purén con los escasos medios a su alcance.

Unos días más tarde, al amanecer, oyeron el habitual chivateo, y los centinelas vieron al pie de la colina un escuadrón mapuche que amenazaba con gritos pero aguardaba inmóvil. Juan Gómez calculó que había unos quinientos enemigos por cada uno de sus hombres, pero él llevaba la ventaja de las armas, los caballos y la disciplina, que tanta fama diera a los soldados españoles. Tenía mucha experiencia en luchar contra los indios y sabía que era mejor combatirlos a campo abierto, donde la caballería podía maniobrar y los arcabuceros podían lucirse. Decidió salir a enfrentar al enemigo con lo que disponía: diecisiete soldados montados, cuatro arcabuceros y unos doscientos yanaconas.

Se abrieron las puertas del fuerte y salió el destacamento con Juan Gómez delante. A una señal suya se lanzaron cerro abajo a galope desatado, blandiendo sus temibles espadas, pero se llevaron la sorpresa de que esa vez no se produjo una desbandada de indígenas, sino que éstos esperaron formados. Ya no iban desnudos, llevaban el torso protegido por un peto y la cabeza con una capucha de cuero de foca, tan duro como las armaduras españolas. Empuñaban lanzas de tres varas de largo, que apuntaban al pecho de los animales, y pesadas macanas de mango corto, más manua-

El choque de los hierros y las macanas duró menos de media hora, los mapuche parecían desanimados, se batían sin la ferocidad de la mañana y antes de lo esperado se retiraron a la llamada de sus cultrunes. Gómez esperó que acudiera la segunda oleada de relevo, como en la mañana, pero no ocurrió y, confundido, ordenó el regreso al fuerte. No había perdido a ninguno de sus hombres. Durante esa noche y el día siguiente, los españoles aguardaron el ataque del enemigo sin dormir, metidos en las armaduras y empuñando sus armas sin que éste diese señales de vida, hasta que por fin se convencieron de que no volverían y, de rodillas en el patio, dieron gracias al apóstol por tan extraña victoria. Los habían derrotado sin saber cómo. Juan Gómez calculó que no podían permanecer incomunicados dentro del fuerte esperando en ascuas el horrible chivateo que anunciaba el regreso de los mapuche. La mejor alternativa era aprovechar la noche, durante la cual los indígenas rara vez actuaban, por temor a los espíritus malignos, para enviar un par de veloces emisarios a Pedro de Valdivia anunciando el inexplicable triunfo pero advirtiéndole de que estaban ante una rebelión total de las tribus y que, si no la aplastaban de inmediato, podrían perder todo el territorio al sur del Bío-Bío. Los emisarios galoparon lo más deprisa que permitían la espesura y la oscuridad, temerosos de que los indios les cayeran encima en cualquier recodo, pero eso no ocurrió; pudieron viajar sin inconvenientes y llegar a su destino al amanecer. Les pareció que durante el trayecto los mapuche les vigilaban escondidos entre los helechos, pero, como no los atacaron, lo atribuyeron a sus propios nervios exaltados. No podían imaginar que Lautaro deseaba que Valdivia recibiera el mensaje y que por eso los dejó pasar, tal como hizo con los mensajeros que llevaban la carta de respuesta del gobernador, en la que indicaba a Gómez que se reuniera con él en las ruinas del fuerte Tucapel el día de Navidad. Así lo había planeado cuidadosamente el *ñidoltoqui*, quien se enteró, por los espías que tenía en todas partes, del contenido de la carta y sonrió complacido; ya tenía a Valdivia donde quería. Mandó a un escuadrón a sitiar el fuerte de Purén, para encerrar a Juan Gómez e impedir que cumpliera las instrucciones recibidas, mientras él terminaba de cerrar la trampa para el Taita en Tucapel.

Valdivia había pasado los perezosos meses de invierno en Concepción, viendo llover y entretenido con juegos de cartas, bien cuidado por Juana Jiménez. Tenía cincuenta y tres años, pero la cojera y el exceso de peso lo habían envejecido antes de tiempo. Era hábil con los naipes y le acompañaba la suerte en el juego, ganaba casi siempre. Los envidiosos aseguraban que al oro de las minas se sumaba el que arrebataba a otros jugadores y el conjunto iba a dar a esos baúles misteriosos de Juana, que no se han encontrado hasta hoy. La primavera ya había estallado en brotes y pájaros, cuando llegaron las confusas noticias de una sublevación indígena que a él le pareció una exageración. Más por cumplir con su deber que por convencimiento, juntó unos cincuenta soldados y partió de mala gana a reunirse con Juan Gómez en Tucapel, dispuesto a aplastar a los atrevidos mapuche, como había hecho antes.

Hizo el viaje de quince leguas, con su medio centenar de jinetes y mil quinientos yanaconas, a paso lento, pues debía adaptarse al de los cargadores. A poco andar se le espantó la pereza con que había iniciado la marcha, porque su instinto de soldado le advirtió del peligro. Se sentía observado por ojos ocultos en la espesura. Llevaba más de un año pensando en su propia muerte y tuvo el presentimiento de que podría ocurrirle pronto, pero no quiso inquietar a sus hombres con la sospecha de que eran espiados. Por precaución mandó adelantarse a un grupo de cinco soldados para que tantearan la ruta y siguió cabalgando al paso, mientras procuraba calmar los nervios con la brisa tibia y el intenso aroma de los pinos. Como al cabo de un par de horas los cinco enviados no regresaron, su premonición se agudizó. Una legua más adelante un jinete señaló con una exclamación de horror algo que colgaba de una rama. Era un brazo, todavía dentro de la manga del jubón. Valdivia ordenó proseguir con las armas prontas. Unas varas más lejos vieron una pierna con la bota puesta, también suspendida de un árbol, y más allá otros trofeos, piernas, brazos y cabezas, sangrientos frutos del bosque. «¡A vengarlos!», gritaban los furiosos soldados, dispuestos a lanzarse al galope en busca de los asesinos, pero Valdivia los obligó a mascar el freno. Lo peor que podían hacer era separarse, debían permanecer juntos hasta Tucapel, decidió.

El fuerte quedaba en la cima de una colina despejada, porque los españoles habían cortado los árboles para construirlo, pero la base del cerro estaba rodeada de vegetación. Desde arriba se podía ver un río copioso. La caballería ascendió por la colina y llegó antes a las ruinas envueltas en humo, seguida por las lentas filas de yanaconas con los pertrechos. De acuerdo con las instrucciones recibidas de Lautaro, los mapuche aguardaron hasta que el último hombre llegó arriba para anunciarse con el sonido escalofriante de las flautas de huesos humanos.

El gobernador, quien apenas tuvo tiempo de descender del caballo, se asomó entre los troncos quemados de la muralla y vio a los guerreros formados en escuadrones compactos, protegidos por escudos y con las lanzas en tierra. Los toquis de guerra estaban al frente, protegidos por una guardia formada por los mejores hombres. Asombrado, pensó que los bárbaros habían descubierto por instinto la forma de luchar de los antiguos ejércitos romanos, la misma que empleaban los tercios españoles. El cabecilla no podía ser otro que ese toqui del cual tanto había oído durante el invierno: Lautaro. Sintió que lo sacudía una oleada de ira y se dio cuenta de que tenía el cuerpo bañado de sudor. «¡Le daré la muerte más atroz a ese maldito!», exclamó.

Una muerte atroz. Hay tantas de ésas en nuestro reino, que nos pesarán para siempre en la conciencia. Debo hacer una pausa para explicar que Valdivia no pudo cumplir su amenaza contra Lautaro, quien murió luchando junto a Guacolda unos años más tarde. En corto tiempo este genio militar sembró el pánico en las ciudades españolas del sur, que debieron ser evacuadas, y logró llegar con sus huestes a las cercanías de Santiago. Para entonces la población mapuche estaba diezmada por el hambre y la peste, pero Lautaro seguía luchando con un pequeño ejército, muy disciplinado, que incluía a mujeres y niños. Dirigió la guerra con magistral astucia y soberbio coraje durante muy pocos años, pero suficientes para inflamar la insurrección mapuche que dura hasta ahora. Según me decía Rodrigo de Quiroga, muy pocos generales de la historia universal pueden compararse a este joven, que convirtió a un montón de tribus desnudas en el ejército más temible de América. Después de su muerte lo reemplazó el toqui Caupolicán, tan valiente como él pero menos sagaz, quien fue hecho prisionero y condenado a morir empalado. Aseguran que cuando su mujer, Fresia, lo vio arrastrado en cadenas, le lanzó a los pies a su hijo de pocos meses y exclamó que no quería amamantar al vástago de un vencido. Pero esta historia parece otra leyenda de la guerra, como la de la Virgen que se apareció en el cielo durante una batalla. Caupolicán soportó sin un quejido el espantoso suplicio del palo afilado atravesándole lentamente las entrañas, como lo relata en sus versos el joven Zurita, ¿o era Zúñiga? Por Dios, se me van los nombres, quién sabe cuántos errores hay en este relato. Menos mal que yo no estaba presente cuando dieron tormento a Caupolicán, tal como no me ha tocado ver el frecuente castigo de «desgobernación», en que cercenan de un machetazo medio pie derecho de los indígenas rebeldes. Eso no logra desalentarlos; cojos, siguen luchando. Y cuando a otro cacique, Galvarino, le cortaron las dos manos, se hizo amarrar las armas a los brazos para volver a la batalla. Después de tales horrores, no podemos esperar clemencia de los indígenas. La crueldad engendra más crueldad en un ciclo eterno.

Valdivia dividió a su gente en grupos, encabezados por los soldados a caballo y seguidos por los yanaconas, y les mandó descender la colina. No pudo lanzar la caballería al galope, como era lo usual, porque comprendió que ésta se ensartaría en las lanzas de los mapuche, que por lo visto habían aprendido tácticas europeas. Antes debía desarmar a los lanceros. En el primer encontronazo, los españoles y los yanaconas llevaron ventaja, y al cabo de un rato de lucha intensa y despiadada, pero breve, los mapuche se replegaron en dirección al río. Un alarido de triunfo celebró su retirada y Valdivia ordenó volver al fuerte. Sus soldados se creían seguros de la victoria, pero él quedó muy inquieto, porque los mapuche habían actuado en perfecto orden. Desde la cima de la colina los vio bebiendo y lavándose las heridas en el río, alivio que sus hombres no tenían. En ese momento se escuchó el chivateo y del bosque emergieron nuevas tropas indígenas, frescas y disciplinadas, tal como había ocurrido en Purén contra la gente de Juan Gómez, cosa que Valdivia ignoraba. Por primera vez el capitán general tomó el peso de la situación; hasta ese momento se había creído el amo de la Araucanía.

Durante el resto del día la batalla continuó de la misma manera. Los españoles, heridos, sedientos y agotados, enfrentaban en cada ronda una hueste mapuche descansada y bien comida, mientras los que se habían replegado se refrescaban en el río. Pasaban las horas, los españoles y yanaconas iban cayendo, y los ansiados refuerzos de Juan Gómez no llegaban.

Nadie en Chile desconoce los hechos de aquella trágica Navidad de 1553, pero hay varias versiones y yo voy a contarlos tal como los oí de labios de Cecilia. Mientras Valdivia y su reducida tropa se defendían a duras penas en Tucapel, Juan Gómez estaba detenido en Purén, donde los mapuche lo mantuvieron sitiado hasta el tercer día, en que no dieron señales de vida. Transcurrió la mañana y parte de la tarde en una espera ansiosa, hasta que por fin Gómez no soportó más y salió con una partida a revisar el bosque. Nada. Ni un solo indio a la vista. Entonces sospechó que el sitio del fuerte había sido una estratagema para distraerlos e impedirles reunirse con Pedro de Valdivia, como éste había ordenado. Así, mientras ellos estaban ociosos en Purén, el gobernador los aguardaba en Tucapel, y si había sido atacado, como era de temer, su situación debía de ser desesperada. Sin vacilar, Juan Gómez ordenó que los catorce hombres sanos que le quedaban montaran en los mejores caballos y lo siguieran de inmediato hacia Tucapel.

Cabalgaron la noche entera, y a la mañana del día siguiente se encontraron en las cercanías del fuerte. Pudieron ver la colina, el humo del incendio y grupos dispersos de mapuche, ebrios de guerra y *muday*, blandiendo cabezas y miembros humanos; los restos de los españoles y yanaconas derrotados el día anterior. Horrorizados, los catorce hombres comprendieron que estaban rodeados y correrían la misma suerte que los de Valdivia, pero los intoxicados indígenas estaban celebrando la victoria y no los enfrentaron. Los españoles espolearon sus fatigadas cabalgaduras y subieron por la colina, abriéndose paso a mandobles entre los escasos borrachos que se les pusieron por delante. El fuerte estaba reducido a un montón de leños humeantes. Buscaron a Pedro de Valdivia entre los cadáveres y trozos de cuerpos descuartizados, pero no lo hallaron. Una tinaja con agua sucia les permitió saciar la sed propia y de los caballos, pero no hubo tiempo de nada más, porque en ese momento comenzaban a ascender por la ladera miles y miles de indígenas. No eran los ebrios que vieran antes, éstos habían salido de los árboles sobrios y en orden.

Los españoles, que no podían defenderse en el fuerte en ruinas, donde habrían quedado atrapados, volvieron a montar en las sufridas bestias y se lanzaron cerro abajo, dispuestos a abrirse paso entre el enemigo. En un instante se vieron envueltos por los mapuche y comenzó una contienda sin cuartel que habría de durar el resto del día. Resulta imposible creer que los hombres y caballos, que habían galopado desde Purén durante la noche entera, resistieran hora tras hora de lucha durante todo ese fatídico día, pero yo he visto batallar a los españoles y he luchado junto a ellos, sé de lo que somos capaces. Por fin los soldados de Gómez pudieron agruparse y huir, seguidos de cerca por las huestes de Lautaro. Los caballos no daban más de sí y el bosque estaba sembrado de troncos caídos y otros obstáculos que impedían correr a las bestias, pero no así a los indios, que surgían de entre los árboles e interceptaban a los jinetes.

Estos catorce hombres, los más bravos de los bravos, decidieron entonces ir sacrificándose uno a uno para detener al enemigo, mientras sus compañeros intentaban avanzar. No lo discutieron, no echaron suertes, nadie se lo mandó. El primero gritó adiós a los demás, detuvo su cabalgadura y se volvió para enfrentar a los perseguidores. Arremetió desprendiendo centellas con la espada, decidido a luchar hasta el último suspiro, ya que ser apresado vivo era una suerte mil veces peor. En pocos minutos cien manos lo bajaron del animal y lo atacaron con las mismas espadas y cuchillos que les habían quitado a los españoles vencidos de Valdivia.

Los escasos minutos que aquel héroe regaló a sus amigos permitieron a éstos adelantarse un trecho, pero pronto los mapuche los alcanzaron de nuevo. Un segundo soldado decidió inmolarse, también gritó un último adiós y se detuvo cara a la masa de indios, ávidos de sangre. Y enseguida lo hizo un tercero. Y así, uno a uno cayeron seis soldados. Los ocho restantes, varios de ellos malheridos, continuaron la desesperada carrera hasta llegar a una angostura, donde otro debió sacrificarse para que pasaran los demás. También a él lo despacharon en pocos minutos. En ese punto el caballo de Juan Gómez, sangrando de varios flechazos en las ijadas y exhausto, cayó de bruces al suelo. Para entonces ya era noche cerrada en el bosque y el avance resultaba casi imposible.

—¡Subid a mi grupa, capitán! —le ofreció uno de los soldados.

—¡No! ¡Seguid adelante y no os retraséis por mí! —les ordenó Gómez, sabiéndose malherido y calculando que el caballo no resistiría el peso de dos hombres.

Los soldados debieron obedecerle, continuaron adelante, tanteando en la oscuridad, perdidos, mientras él se internaba más en la espesura. Al cabo de muchas y muy terribles horas, los seis sobrevivientes lograron llegar al fuerte de Purén y dar aviso a sus camaradas antes de caer desplomados de fatiga. Allí aguardaron apenas lo necesario para restañar la sangre de sus heridas y dar alivio a las cabalgaduras, antes de emprender marcha forzada hacia La

Imperial, que entonces era sólo una aldea. Los yanaconas cargaban en hamacas a los heridos con esperanza de vida, pero a los moribundos les dieron un fin rápido y honroso para que los mapuche no los hallasen vivos.

Entretanto, a Juan Gómez se le hundían los pies, porque las lluvias del invierno reciente habían convertido la zona en una espesa ciénaga. A pesar de estar sangrando de varios flechazos, extenuado, sediento, sin haber comido en dos días, no se sometió a la muerte. La visibilidad era casi nula, debía avanzar penosamente, tanteando entre los árboles y los matorrales. No podía aguardar el amanecer, la noche era su única aliada. Escuchó claramente los alaridos de triunfo de los mapuche cuando encontraron su caballo caído y rezó para que el noble animal, que lo había acompañado en tantas batallas, estuviese muerto. Los indios solían torturar a las bestias heridas para vengarse de los amos. El olor a humo le indicó que sus perseguidores habían encendido antorchas y lo buscaban en la vegetación, seguros de que el jinete no podía estar lejos. Se quitó la armadura y la ropa y las hizo desaparecer en el barro y, desnudo, se adentró en la ciénaga. Los mapuche estaban ya muy cerca, podía oír sus voces y vislumbrar la luz de las antorchas.

Y en este punto de la narración es donde Cecilia, cuyo macabro sentido del humor parece español, se doblaba de risa al contarme aquella espantosa noche. «Mi marido acabó hundido en un pantano, tal como le advertí que ocurriría», dijo la princesa. Con su espada, Juan Gómez cortó una caña y enseguida se sumergió por completo en el pútrido lodazal. No supo cuántas horas estuvo en el barro, desnudo, con las heridas abiertas, encomendando su alma a Dios y pensando en sus hijos y en Cecilia, esa bella mujer que había salido de un palacio para seguirlo al fin del mundo. Los mapuche pasaron varias veces por su lado rozándolo, sin imaginar que el hombre que buscaban yacía sepultado en la ciénaga, abrazado a su espada, respirando apenas por el hueco de la caña.

A media mañana del día siguiente, los hombres que marchaban hacia La Imperial vieron a un ser de pesadilla, cubierto de sangre y barro, que se arrastraba entre la tupida vegetación. Por la espada, que no había soltado, reconocieron a Juan Gómez, el capitán de los catorce de la fama.

Por primera vez desde la muerte de Rodrigo, anoche pude descansar durante varias horas. En la duermevela del amanecer sentí una opresión en el pecho que me aplastaba el corazón y me dificultaba respirar, pero no sentí angustia, sino gran sosiego y dicha, porque comprendí que era el brazo de Rodrigo, que dormía a mi lado, como en los mejores tiempos. Permanecí inmóvil, con los ojos cerrados, agradecida de ese dulce peso. Deseaba preguntarle a mi marido si había venido por fin a buscarme, decirle que me hizo muy feliz durante los treinta años que compartimos y que sólo lamenté sus largas ausencias de guerrero. Pero temí que al hablarle desapareciera; en estos meses de soledad he comprobado cuán tímidos son los espíritus. Con la primera luz de la mañana, que se coló por las ranuras de los postigos, Rodrigo se retiró de mi lado, dejando la huella de su brazo sobre mí y su olor en la almohada. Cuando llegaron las criadas ya no había rastro de él en la habitación. A pesar de la dicha que esa inesperada noche de amor me dio, parece que amanecí con mal semblante, porque las mujeres fueron a llamarte, Isabel. No estoy enferma, hija, nada me duele, me siento mejor que nunca, así es que no me mires con esa cara de funeral; pero me quedaré acostada un rato más, porque tengo frío. Si no te importa, me gustaría aprovechar para dictarte.

Como sabes, Juan Gómez salió con vida de aquella prueba, aunque demoró meses en reponerse de las heridas infectadas. Abandonó la idea del oro, regresó a Santiago y todavía vive con su espléndida mujer, quien ya debe de tener unos sesenta años, pero está igual que a los treinta, sin arrugas ni canas, no sé si por milagro o hechicería. Ese diciembre fatídico fue el comienzo de la insurrección de los mapuche, una guerra sin cuartel que no ha cesado en cuarenta años y no tiene para cuándo terminar; mientras quede un solo indio y un solo español vivos, correrá sangre. Debería odiarlos, Isabel, pero no puedo. Son mis enemigos, pero los admiro; si yo estuviese en su lugar, moriría luchando por mi tierra, como mueren ellos.

Llevo varios días evitando el momento de relatar el fin de Pedro de Valdivia. Durante veintisiete años he procurado no pensar en eso, pero supongo que ha llegado la hora de hacerlo. Quisiera creer la versión menos cruel, que Pedro se batió hasta ser derribado de un mazazo en la cabeza, pero Cecilia me ayudó a descubrir la verdad. Sólo un yanacona logró escapar al desastre de Tucapel para contar lo ocurrido ese día de Navidad, pero él nada sabía de la suerte del gobernador. Dos meses más tarde, Cecilia vino a verme y me dijo que una muchacha mapuche, recién llegada de la Araucanía, estaba sirviendo en su casa. Cecilia estaba enterada de que la india, quien no hablaba ni una palabra de castellano, había sido encontrada cerca de Tucapel. Una vez más, el *mapudungu* aprendido de Felipe –ahora Lautaro– me fue útil. Cecilia me la trajo y pude hablar con ella. Era una joven de unos dieciocho años, baja, delicada de facciones, fuerte de espaldas. Como no entendía nuestro idioma, parecía lerda, pero cuando le hablé en *mapudungu* comprendí que era habilísima. Esto es lo que pude averiguar por el yanacona que sobrevivió en Tucapel y lo que esa mapuche, quien estuvo presente en la ejecución de Pedro de Valdivia, me contó.

El gobernador se hallaba en las ruinas del fuerte, luchando a la desesperada con un puñado de valientes contra miles de mapuche, que se renovaban en frescos escuadrones, mientras ellos no podían dar descanso a las espadas. Transcurrió el día entero lidiando. Al atardecer, Valdivia perdió la esperanza de que Juan Gómez acudiera con refuerzos. Su gente estaba extenuada, los caballos sangraban tanto como los hombres y por las colinas ascendían obstinadamente nuevos destacamentos enemigos.

–Señores, ¿qué hacemos? –preguntó Valdivia a los nueve hombres que quedaban en pie.

–¿Qué quiere vuestra merced que hagamos, sino que luchemos y muramos? –replicó uno de los soldados.

–¡Entonces, hagámoslo con honra, señores!

Y los diez tenaces españoles, seguidos de los yanaconas que quedaban en pie, se lanzaron a luchar y morir de frente, las espadas en alto y el apóstol Santiago en los labios. En pocos minutos, ocho soldados fueron arrancados de sus cabalgaduras con boleadoras y lazos, arrastrados por el suelo y aniquilados por centenares de mapuche. Sólo Pedro de Valdivia, un fraile y un fiel yanacona pudieron romper el cerco y huir por la única vía abierta ante ellos, las demás estaban bloqueadas por el enemigo. Escondido en el fuerte había otro yanacona que soportó la humareda del incendio debajo de un montón de escombros y logró escapar con vida dos días más tarde, cuando ya los mapuche se habían retirado. El sendero abierto ante Valdivia había sido hábilmente dispuesto por Lautaro. Era un callejón sin salida, que conducía por el bosque oscuro a una ciénaga, donde las patas de los caballos se empantanaron, tal como Lautaro había calculado. Los fugitivos no podían retroceder porque tenían al enemigo a sus espaldas. En la luz de la tarde vieron salir de los matorrales a cientos de indígenas, mientras ellos se hundían irremisiblemente en aquel lodo podrido, del que se desprendía un hálito sulfuroso de infierno. Antes de que el pantano se los tragara, los mapuche los rescataron, porque no era así como planeaban darles fin.

Al verse perdido, Valdivia quiso negociar su libertad con el enemigo, prometiendo que abandonaría las ciudades fundadas en el sur, los españoles se irían de la Araucanía para siempre y además les daría ovejas y otros bienes. El yanacona debió traducir, pero antes de que alcanzara a terminar los indios se le fueron encima y lo mataron. Habían aprendido a despreciar las promesas de los *huincas.* Al fraile, quien había formado una cruz con dos palos y pretendía dar la extremaunción al yanacona, como antes se la había dado al gobernador, le destrozaron el cráneo de un mazazo. Y entonces comenzó el martirio de Pedro de Valdivia, el más odiado enemigo, la encarnación de todos los abusos y crueldades infligidas al pueblo mapuche. No habían olvidado los miles de muertos, los hombres quemados, las mujeres violadas, los niños reventados, los centenares de manos que se llevó el río, los pies y las narices cercenados, los látigos, las cadenas y los perros.

Obligaron al cautivo a presenciar el suplicio de los yanaconas sobrevivientes de Tucapel y la profanación de los cadáveres de los españoles. Lo arrastraron del cabello, desnudo, hacia el ranchería donde aguardaba Lautaro. En el trayecto, las piedras y ramas filudas del bosque le rompieron la piel, y cuando lo depositaron a los pies del *ñidoltoqui* era un guiñapo cubierto de barro y sangre. Lautaro ordenó que le dieran de beber, para que despertara del desmayo, y lo ataran a un poste. Como simbólica burla, quebró en dos la espada toledana, inseparable compañera de Pedro de Valdivia, y la plantó en tierra a los pies del prisionero. Una vez que éste se repuso lo suficiente para abrir los ojos y darse cuenta de dónde estaba, se encontró frente a frente con su antiguo criado.

–¡Felipe! –exclamó, esperanzado, porque al menos era una cara conocida y podría hablarle en castellano.

Lautaro le clavó los ojos, con infinito desprecio.

–¿No me reconoces, Felipe? Soy el Taita –insistió el cautivo.

Lautaro lo escupió en el rostro. Había esperado ese momento durante veintidós años.

A una orden del *ñidoltoqui* los mapuche, enardecidos, desfilaron ante Pedro de Valdivia con afiladas conchas de almeja, sacándole bocados del cuerpo. Hicieron un fuego y con las mismas conchas le arrancaron los músculos de los brazos y las piernas, los asaron y se los comieron delante de él. Esta macabra orgía duró tres noches y dos días, sin que la madre Muerte socorriese al infeliz cautivo. Por fin, al amanecer del tercer día, al ver Lautaro que Valdivia se moría, le vertió oro derretido en la boca, para que se hartase del metal que tanto le gustaba y tanto sufrimiento causaba a los indios en las minas.

¡Ay, qué dolor, qué dolor! Estos recuerdos son un lanzazo aquí, en medio del pecho. ¿Qué hora es, hija? ¿Por qué se fue la luz? Las horas han retrocedido, debe de ser de nuevo el alba. Creo que será el amanecer para siempre…

Nunca se encontraron los restos de Pedro de Valdivia. Dicen que los mapuche devoraron su cuerpo en un rito improvisado, que hicieron flautas con sus huesos y que su cráneo sirve hasta hoy como recipiente para el *muday* de los toquis. Me preguntas, hija, por qué me aferro a la terrible versión de la criada de Cecilia, en vez de la otra, más misericordiosa, de que Valdivia fue ejecutado de un garrotazo en la cabeza, como escribió el poeta y como era la costumbre entre los indios del sur. Te lo diré. Durante esos tres días aciagos de diciembre de 1553 estuve muy enferma. Fue como si mi alma supiera lo que mi mente aún ignoraba. Imágenes horrendas pasaban ante mis ojos, como en una pesadilla de la que no lograba despertar. Me parecía ver dentro de mi casa los cestos llenos de manos y narices amputadas, en mi patio a los indios cargados de cadenas y aquellos que fueron empalados; el aire olía a carne humana chamuscada y la brisa de la noche me traía chasquidos de latigazos. Esta conquista ha costado inmensos padecimientos… Nadie puede perdonar tanta crueldad, y menos los mapuche, que jamás olvidan las ofensas, tal como no olvidan los favores recibidos. Me atormentaban los recuerdos, estaba como poseída por un demonio. Ya sabes, Isabel, que salvo algunos sobresaltos del corazón he sido siempre sana, con el favor de Dios, así es que no tengo otra explicación para la enfermedad que me aquejó en esos días. Mientras Pedro soportaba su horrendo fin, a la distancia mi alma lo acompañaba y lloraba por él y por todas las víctimas de esos años. Caí postrada, con vómitos tan intensos y fiebres tan ardientes, que temieron por mi vida. En mi delirio oía con claridad los alaridos de Pedro de Valdivia y su voz despidiéndose de mí por última vez: «Adiós, Inés del alma mía…».

Agradecimientos

Mis amigos Josefina Rossetti, Vittorio Cintolesi, Rolando Hamilton y Diana Huidobro me ayudaron en la investigación de la época de la conquista en Chile y en especial de Inés Suárez. Malú Sierra revisó lo concerniente a los mapuche. Juan Allende, Jorge Manzanilla y Gloria Gutiérrez corrigieron el manuscrito. William Gordon me protegió y alimentó durante los silenciosos meses de escritura. Agradezco a los escasos historiadores que mencionan la importancia de Inés Suárez; sus obras me permitieron escribir esta novela.

Apuntes bibliográficos

La investigación de esta novela me tomó cuatro años de ávidas lecturas. No he llevado la cuenta de los libros de historia, obras de ficción y artículos que leí para empaparme de la época y los personajes porque la idea de agregar una bibliografía no surgió hasta el final. Cuando Gloria Gutiérrez, mi agente, leyó el manuscrito, me dijo que sin algunas referencias bibliográficas este relato parecería fruto de una imaginación patológica (de lo que me han acusado a menudo): muchos episodios de la vida de Inés Suárez y de la conquista de Chile le parecían increíbles y tenía que demostrarle que eran hechos históricos. Algunos de los libros que usé y que aún están apilados en la casucha donde escribo, al fondo de mi jardín, son los que siguen.

Al abordar la historia general de Chile tuve la suerte de disponer de dos obras clásicas: las *Crónicas del reino de Chile* (El Ferrocarril, 1865), de Pedro Mariño de Lovera y la fundamental *Historia general de Chile* (1884), de Diego Barros Arana, en cuyo primer volumen se relatan los episodios de la conquista. Más actual es la *Historia general de Chile* (Planeta, Santiago de Chile, 2000), de Alfredo Jocelyn-Holt Letelier.

Sobre la conquista tuve en cuenta distintas obras, entre las que recuerdo el *Estudio sobre la conquista de América* (Universitaria, Santiago de Chile, 1992), de Néstor Meza, así como *La era colonial* (Nacimiento, Santiago de Chile, 1974), de Benjamín Vicuña Mackenna, un nombre muy unido a la historia e historiografía chilenas, y *El imperio hispánico de América* (Peuser, Buenos Aires, 1958), de C. H. Harina. Sobre el trasfondo histórico español consulté las historias de España de Miguel Ángel Artola (Alianza Editorial, Madrid, 1988; vol. 3) y Fernando García de Cortázar (Planeta, Barcelona, 2002), entre otras obras. En lo que se refiere a los conquistadores, algunos títulos de mi bibliografía son *Conquistadores españoles del siglo XVI* (Aguilar, Madrid, 1963), de Ricardo Majó Framis; *Los últimos conquistadores* (2001) y *Diego de Almagro* (3.ª edición, 2001), de Gerardo Larraín Valdés, y *Pedro de Valdivia, capitán conquistado* (Instituto de Cultura Hispánica, Madrid, 1961), de Santiago del Campo.

El universo mapuche cuenta con una importante bibliografía, de la que entresaco la clásica *Los araucanos* (Universitaria, Santiago, 1914), de Edmond Reuel Smith, y las más modernas *Mapuche, gente de la Tierra* (Sudamericana, Buenos Aires, 2000), de Malú Sierra; *Historia de los antiguos mapuche del sur* (Catalonia, Barcelona, 2003), de José Bengoa y, en un plano más especializado, *Folklore médico chileno* (Nacimiento, Santiago de Chile, 1981), de Oreste Plath.

Entre mis lecturas no podían faltar dos excelentes novelas históricas: *Butamalón* (Anaya-Mario Muchnik, Madrid, 1994), de Eduardo Labarca, y *Ay, mamá Inés* (Andrés Bello, Santiago de Chile, 1993), de Jorge Guzmán, la única novela, que conozca, sobre mi protagonista.

Por último, una mención especial para dos obras de la época en que transcurre mi libro: *La Araucana* (1578), de Alonso de Ercilla, de la que existen innumerables ediciones (yo manejé la de Santillana), incluida la bellísima de 1842 de la que se han extraído las ilustraciones de esta obra, y las *Cartas* de Pedro de Valdivia, entre cuyas ediciones hay dos notables: la española de la editorial Lumen y la Junta de Extremadura (1991), a cargo del chileno Miguel Rojas Mix, y la chilena de 1998, de la compañía minera Doña Inés de Collahuasi.